KB080820

Julio Cortázar
La noche boca arriba

•

드러누운 밤

창 비 세 계 문 학

39

드러누운 밤

훌리오 꼬르따사르

박병규 옮김

창비

Work Published within the framework of "Sur" Translation Support Program of the Ministry of Foreign Affairs, International Trade and Worship of the Argentine Republic.
본 도서는 아르헨띠나 외무부 'Sur 번역 지원 프로그램'의 지원을 받아 출간되었습니다.

차례

•

일러두기

1. 이 책에 수록된 작품들의 번역 저본은 '수록작품 출전'에 밝혀두었다.
2. 이 책에서 라틴아메리카-에스빠냐어 표기는 해당 지역의 언어현실을 반영하여 공용 에스빠냐어 표기와 일부 달리하였다. 그외 외국어는 가급적 현지 발음에 준하여 표기하되, 일부 우리말로 굳어진 것은 관용을 따랐다.
3. 본문 중의 각주는 옮긴이의 것이다.

점거당한 집
Casa tomada

우리는 그 집을 좋아했다. 넓고 오래되었다는 이유도 있었지만 (요즘 오래된 집은 자재만 팔아도 상당한 값을 받는다) 증조부모님, 조부님, 부모님, 그리고 어린 시절의 추억이 깃든 집이었기 때문이다.

여덟 식구가 살아도 넉넉한 집에서 이레네와 나 단둘이 살기로 한 것은 어찌 보면 미친 짓이었다. 우리는 7시에 일어나서 오전에는 청소를 했다. 11시경이 되면, 이레네에게 나머지 방을 맡기고 주방으로 갔다. 늘 12시 정각에 점심을 먹고, 접시 몇개를 설거지하고 나면, 할 일은 별로 없었다. 조용하고 운치가 있는 집에 살고 있고, 집 안 청소도 두사람만으로 충분하다고 생각하면서 점심을 먹는 것은 즐거운 일이었다. 가끔 우리가 결혼을 못한 것은 바로 그 집 탓이라는 생각이 들었다. 이레네는 별 이유 없이 두사람의 청혼을 모두 거절했고, 나는 마리아 에스떼르와 혼담까지 오갔는데, 그 여자가 그만 세상을 뜨고 말았다. 이제 우리 나이도 사십 줄에 접어들었다. 대놓고 이런 이야기를 나눈 적은 없으나 우리 오누이가 단순하고 조용한 결혼생활을 하고 있기 때문에 그 집에서 증조부 대부터 살아온 우리 집안도 필시 문을 닫을 수밖에 없다고 생각했다. 우리도 언젠가는 그 집에서 죽을 것이며, 그때는 남이나 다름없는 먼 친척들이 물려받아 벽돌과 대지를 팔아먹으려고 헐어버릴 것이다. 어쩌면 그 전에 우리가 선수를 써서 그 집을 철거할지도 모를 일이었다.

이레네는 천성이 남을 귀찮게 하는 여자가 아니다. 오전에 청소를 마치면 하루 종일 침실 소파에 앉아 뜨개질을 했다. 웬 뜨개질을 그렇게 많이 하는지 모르겠다. 내 생각인데, 여자들은 일하기 싫으면 핑계 삼아 뜨개질을 하는 것 같다. 그런데 이레네는 반드시 그런 것도 아니었다. 겨울용 삼각 숄, 내 양말, 자기가 입을 가운이나 조끼처럼 항상 필요한 물건을 만들었다. 가끔 완성된 조끼가 마음에 들지 않으면 단번에 풀어버렸는데, 불과 얼마 전의 모습을 잊지 못하겠다는 듯이 꼬불꼬불하니 바구니에 쌓여 있는 실이 재미있었다. 나는 토요일마다 털실을 사러 시내로 나갔다. 이레네는 내 안목을 믿었고, 또 내가 고른 색깔에 만족했기 때문에 사온 털실을 바꾸러 가는 일은 없었다. 아무튼 털실을 사러 갈 때면 책방도 한 바퀴 돌아보고 프랑스 문학 쪽 신간이 들어왔는지 건성으로 물어보기도 했다. 1939년부터 읽을 만한 책은 아르헨띠나에 들어오지 않았다.

그러나 내가 하고 싶은 이야기는 내 이야기가 아니라 그 집 이야기, 그 집과 이레네 이야기다. 내 이야기는 중요하지 않다. 뜨개질이 아니라면 이레네는 무엇을 했을까 하고 생각해본다. 책은 다시 읽을 수도 있으나 스웨터는 한장 뜨고 나면 여간해서는 다시 뜰 엄두를 못 낸다. 어느날인가 녹나무 장롱 서랍을 열어보았더니 하얀색, 초록색, 연보라색 숄이 가득했다. 나프탈렌과 함께 차곡차곡 쌓여 있는 게 수예점 같았다. 무슨 생각으로 그렇게 많은 숄을 떴는지 차마 묻지 못했다. 우리는 돈을 벌 필요가 없었다. 매달 농장에서 돈이 들어왔고, 저축까지 했다. 그러나 이레네는 뜨개질만 좋아했고, 솜씨도 훌륭했다. 나는 뜨개바늘을 쥐고 은빛 고슴도치처럼 움직이는 이레네의 손놀림과 바닥에 놓인 바구니에서 끊임없이 요동치는 실타래를 몇시간이고 바라보았다. 아름다운 장면이었다.

내가 어떻게 그 집의 구조를 잊을 수가 있겠는가. 식당, 태피스트리가 걸려 있는 응접실, 서재 그리고 커다란 침실 세개가 집 안쪽, 다시 말해서 로드리게스뻬냐 거리 쪽에 자리 잡고 있었다. 복도에는 떡갈나무로 만든 견고한 문이 달려 있었다. 이 문을 사이에 두고 집 안쪽과 날개처럼 생긴 집 앞쪽이 나누어졌다. 집 앞쪽에는 화장실, 주방, 이레네 침실과 내 침실이 있었고, 방과 복도로 통하는 거실이 있었다. 그 집은 마욜리까 타일로 장식한 현관을 통해 들어올 수 있었고, 중문은 거실로 통해 있었다. 그러니까 현관을 지나서 중문을 열고 거실로 들어오게 되어 있었다. 거실 양편으로는 우리 침실이 있었고, 정면에는 집 안쪽으로 통하는 복도가 있었다. 복도를 따라가다 떡갈나무 복도 문을 밀치면 바로 집 안쪽으로 들어서는 구조였다. 복도 문 바로 앞에서 왼쪽으로 꺾으면 주방과 화장실로 통하는 좁은 복도가 나왔다. 복도 문을 열어놓으면 그 집이 얼마나 큰지 금방 알 수 있었다. 그러나 그 문을 닫아놓으면 요즘 분양하는 아파트처럼 비좁다는 인상을 주었다. 이레네와 나는 항상 앞쪽에서 살았다. 청소할 때를 제외하고는 복도 문을 넘는 경우가 드물었다. 그런데도 가구에는 웬 흙먼지가 그렇게 쌓이는지 도무지 믿을 수가 없을 정도였다. 부에노스아이레스가 깨끗한 것은 순전히 시민 덕분이다. 공기 중에 흙가루가 너무 많아서 바람만 한 번 불어도 대리석 콘솔이나 레이스 깔개의 마름모 무늬 틈에 흙먼지가 수북하게 쌓인다. 먼지떨이로 힘들게 털어내도 공중으로 떠올랐다가 이내 가구와 피아노 위로 내려앉는다.

나는 그 일을 언제까지나 똑똑히 기억할 것이다. 왜냐하면 별다른 조짐도 없이 무연히 일어난 일이었기 때문이다. 이레네는 자기 방에서 뜨개질을 하고 있었다. 저녁 8시였다. 나는 문득 마떼 차 생각이 나서 주전자에 물을 올려놔야겠다고 생각했다. 복도를 지나 반쯤 열린 복도 문 앞까지 와서 주방으로 향했다. 바로 그때, 식당인지 서재인지 모르겠는데 무슨 소리가 들렸다. 둔탁한 소리였다. 양탄자 위로 의자가 넘어지는 소리 같기도 하고, 소곤소곤 이야기를 나누는 소리 같기도 했다. 그 순간인가 조금 후인가, 아무튼 복도 문 안쪽 복도에서도 똑같은 소리가 들렸다. 재빨리 몸으로 문을 밀어 쾅 소리가 나게 닫아버렸다. 열쇠는 다행히 이쪽에 꽂혀 있었다. 문 위에 커다란 빗장을 질러 단단히 문단속을 했다.

주방으로 가서 물을 끓였다. 마떼 차를 쟁반에 담아 오면서 이레네에게 말했다.

"복도 문을 잠갔어. 뭔가가 집 안쪽을 점거했거든."

이레네 손에서 뜨개질감이 떨어졌다. 그리고 심각한 눈으로 나를 쳐다보았다.

"정말?"

나는 고개를 끄덕거렸다.

"그렇다면 우리는 이쪽에서만 살아야겠네." 뜨개바늘을 집으면서 이레네가 말했다.

나는 조심해서 뜨거운 마떼 차를 마셨다. 그러나 이레네는 잠시 동안 일손을 놓고 있었다. 내 기억으로는 회색 조끼를 뜨고 있었는데, 마음에 쏙 드는 옷이었다.

처음 며칠 동안은 몹시 힘들었다. 우리가 아끼던 물건은 대부분 점거당한 안쪽에 있었기 때문이다. 예를 들어, 내 프랑스 문학책은 모두 서재에 있었다. 이레네는 양탄자와 겨울철에 신던 슬리퍼를 아쉬워했다. 나는 두송목 파이프가 없어 유감이었고, 이레네는 여러해 묵은 에스뻬리디나¹를 생각하는 것 같았다. 종종 (실제로는 처음 며칠 동안만 그랬다) 우리는 옷장 서랍을 닫고 마주 보며 서글프게 말했다.

"여기에 없구나."

이렇게 우리가 집 안쪽에 두고 못 찾는 물건이 차츰 늘어났다.

그러나 좋은 점도 있었다. 집 안 청소가 그만큼 간단해졌다. 우리가 느지막하게, 이를테면, 9시 반에 일어나도 11시 이전에 청소가 끝났다. 이레네는 주방으로 와서 나와 함께 점심을 준비했다. 우리는 여러가지 생각 끝에 결정을 내렸다. 내가 점심을 차리는 동안 이레네는 저녁에 먹을 음식을 만들기로 한 것이다. 저녁때 방에서 나와 또 음식을 만드는 것이 귀찮았기 때문에 우리는 이런 결정을 흡족하게 여겼다. 이제 저녁 상차림은 이레네 방에 탁자 하나를 놓

---

1 시큼한 광귤 껍질을 주성분으로 만든 아르헨띠나 고유의 술.

고 미리 준비한 음식을 갖다놓으면 되었다.

이레네는 뜨개질할 시간이 더 많아졌기 때문에 만족했다. 나는 책 때문에 조금 심란했다. 그러나 이레네 마음이 아플까봐 내색하지 않고 아버지가 수집한 우표집을 넘겨보았다. 시간을 때우기에는 안성맞춤이었다. 우리 생활은 아주 즐거웠다. 각자 자기 일을 했고, 이레네 방이 더 편했으므로 항상 거기서 모였다. 가끔 이레네는 이렇게 말했다.

"이 뜨개 좀 봐. 클로버 무늬 같지 않아?"

잠시 후에는 내가 우표집을 이레네 눈앞에 들이밀고 외빵에말메디²에서 발행한 독특한 우표를 보여주었다. 우리는 잘 지냈고, 차츰 아무것도 생각하지 않았다. 생각 없이도 살 수 있었다.

(이레네가 잠꼬대를 할 때마다 나는 잠이 깨서 밤을 새웠다. 이레네의 잠꼬대는 목구멍이 아니라 꿈에서 나오기 때문에 앵무새나 조각상이 내는 소리 같아서 도무지 적응할 수가 없었다. 이레네는 내 잠버릇이 험악해서 종종 이불이 침대에서 떨어진다고 말했다. 우리 방은 거실을 사이에 두고 마주 보고 있었지만 밤에는 집 안에서 나는 소리는 모두 들을 수 있었다. 또 상대방의 숨소리, 기침 소리를 들었고, 스탠드 스위치를 켜려고 손을 뻗을 것이라고 짐작했다. 그렇게 우리는 자주 불면의 밤을 보냈다. 그외에는 온 집 안이 쥐죽은 듯 조용했다. 낮에는 집안일 하는 소리와 뜨개바늘의 금속성 소리, 우표집 책장을 넘기는 소리뿐이었다. 앞에서 이미 이야기했듯이 떡갈나무 문은 견고했다. 우리는 점거당한 부분과 맞닿

---

2 1919년 베르사유 조약에 의해서 벨기에로 편입된 독일 도시. 1920년부터 1925년 까지 벨기에 정부는 이곳에서 60종의 우표를 발행했다.

은 주방과 화장실에 들어가면 큰 소리로 이야기했다. 이레네는 자장가를 부르기도 했다. 주방에서는 사기그릇과 유리그릇 부딪히는 소리가 너무 커서 다른 소리는 파묻혀버렸다. 주방이 조용한 때는 별로 없었다. 그러나 우리가 거실이나 방으로 돌아오면 집은 희미한 불빛 아래 다시 적막에 싸이고, 걸을 때조차 상대방 신경에 거슬리지 않도록 조심했다. 그렇기 때문에 밤에 이레네가 큰 소리로 잠꼬대를 할 때면 잠을 이루지 못했던 것 같다.)

이런 생활이 반복되었는데, 그날은 달랐다. 밤이었는데 갈증이 났다. 우리가 잠자리에 들기 전이었다. 나는 이레네에게 물 한잔 마시러 주방에 간다고 말했다. 방문을 열려고 하는데 (이레네는 뜨개질을 하고 있었다) 주방에서 무슨 소리가 들렸다. 주방이 아니라 어쩌면 화장실인지도 모르겠다. 복도가 꺾어진 탓에 소리가 잘 들리지 않았기 때문이다. 내가 갑자기 걸음을 멈추자 이레네는 무슨 일인가 싶어 조용히 내 곁으로 다가왔다. 우리는 그 자리에서 서서 귀를 기울였다. 그 소리는 떡갈나무 복도 문 앞쪽에 있는 주방이나 화장실, 아니면 주방으로 통하는 복도에서 나는 소리였다.
서로 쳐다볼 겨를도 없었다. 나는 이레네의 팔목을 붙잡고 뒤도 안 돌아보고 중문으로 뛰어나갔다. 둔탁한 소리는 우리 등 뒤에서 더욱 크게 들려왔다. 나는 단숨에 중문을 닫고 현관으로 나섰다. 그제야 아무 소리도 들리지 않았다.
"이쪽까지 차지해버렸네." 이레네가 말했다.
이레네는 뜨개질감을 손에 들고 있었고, 털실은 중문 밑을 통해서 집 안쪽으로 이어져 있었다. 실 꾸러미를 집 안에 두고 온 것을 깨닫자 이레네는 미련 없이 뜨개질감을 버렸다.

"뭣 좀 들고 나왔니?" 나는 바보 같은 질문을 했다.

"아니, 아무것도."

우리는 옷도 입고 있던 그대로였다. 나는 옷장에 있던 돈 만오천 뻬소가 생각났으나 그때는 이미 늦었다.

손목시계를 보니 밤 11시였다. 나는 이레네의 허리를 껴안고 (울고 있었던 것 같다) 거리로 나갔다. 집을 떠나려니 심정이 착잡했다. 대문을 단단히 잠그고, 열쇠를 하수구에 던져버렸다. 어떤 놈이 도둑질을 하려고 그 시각에 그 집으로, 점거당한 집으로 들어가는 불상사를 막으려고 그런 것은 아니었다.

빠리의 아가씨에게 보내는 편지
Carta a una señorita en París

친애하는 앙드레, 사실 수이빠차 거리[1]에 있는 당신 아파트로 들어와 살고 싶지 않았습니다. 토끼 때문은 아닙니다. 그보다는 집 안 분위기마저 섬세한 그물망을 구축하여 라벤더의 음악, 분첩을 토닥거리는 소리, 라벨 현악 사중주의 바이올린과 비올라 선율을 간직할 정도로 빈틈이 없는 세계로 들어간다는 게 내키지 않았기 때문입니다. 누군가 우아하게 살던 곳으로 들어간다는 게, 당신의 영혼이 가시적으로 드러난 것처럼 한치의 흐트러짐도 없이 모든 게 정돈된 곳으로 들어간다는 게 마뜩잖았습니다. 여기에는 책이 있고, (한쪽은 에스빠냐어 책이고, 다른 쪽은 프랑스어 책과 영어 책입니다) 저기에는 초록색 쿠션이 놓여 있으며, 비눗방울의 단면 같은 유리 재떨이도 다탁 위 제자리가 있습니다. 그리고 항상 실내

---

1 부에노스아이레스의 중심가.

에 떠도는 모종의 냄새, 어떤 소리, 갈수록 많아지는 식물, 죽은 친구의 사진, 때가 되면 가져오는 찻잔과 설탕 집게가 놓인 쟁반……

앙드레, 어떤 여자가 자기 아파트에 세심한 질서를 수립해놓았는데, 이를 순순히 받아들이지 않고 어지럽히기란 무척 어려운 일입니다. 영어 사전을 손이 닿는 탁자 이쪽에 올려놓아야 하기 때문에 별도리가 없는 일이기는 합니다만 금속 찻잔을 탁자 저쪽 가장자리로 옮겨놓을 때는 얼마나 송구한지 모릅니다. 찻잔을 옮기는 것은, 색조가 바뀌는 오장팡의 그림에서 돌연히 나타나는 붉은색만큼이나 오싹한 일입니다. 마치 모차르트 교향곡에서 가장 조용한 순간에 모든 콘트라베이스의 현이 일제히 텅 하고 끊어지는 것과 같습니다. 이처럼 찻잔을 옮기는 것은 이 집의 모든 관계를 바꿔놓습니다. 사물과 사물의 관계, 개별 사물의 영혼과 집 전체 영혼의 관계, 멀리 있는 집주인과의 관계 말입니다. 그리고 좋아 한번 해보자라는 분노와 오기의 감정이 참새 떼처럼 눈앞을 지나가기 전에는 책에 손가락도 댈 수 없고, 스탠드의 원추형 불빛도 건드리지 못하며, 뮤직 박스[2]도 틀 수가 없습니다.

내가 정오에 자주 드나들던 당신 집에 어떤 연유로 살게 되었는지 당신은 잘 알고 있습니다. 모든 일이 너무나 자연스럽게 보이는데, 진실을 모를 때는 항상 그렇습니다. 당신은 빠리로 떠났고, 나는 수이빠차 거리의 당신 아파트로 들어왔습니다. 우리 두사람은 상호공존이라는 단순하고도 흡족한 계획을 세웠으므로 당신이 9월에 부에노스아이레스로 돌아오면 나는 다른 집을 구해야 하고…… 그러나 지금 그 일로 편지를 쓰는 것은 아닙니다. 이 편지

---

2 19세기 후반에 유행하던 자동연주악기.

를 보내는 이유는 토끼 때문인데, 당신도 알아두는 게 좋을 것 같습니다. 또다른 이유는 내가 편지 쓰기를 좋아하고, 어쩌면 지금 비가 오고 있기 때문인지도 모릅니다.

지난 목요일 오후 5시에 이사했습니다. 심신은 녹초가 되어 안갯속을 헤매고 있었습니다. 내 평생 그렇게 많은 가방을 싸본 적이 없습니다. 어느 곳에도 부치지 않을 짐을 싸느라 여러시간을 허비했습니다. 정말 그 목요일은 하루 종일 가방 벨트와 씨름하고, 헛것과 씨름했습니다. 가방 벨트를 보면 헛것이 보였습니다. 은근슬쩍 나를 때리는 채찍 같았습니다. 살짝 때리는 것 같은데도 매서운 채찍 말입니다. 그래도 짐 가방을 싸고, 당신 집 가정부에게 이사한다고 통고했습니다. 마침내 당신 집에 도착하여 엘리베이터를 탔습니다. 일층과 이층 사이를 지나는 바로 그 순간에 토끼를 토할 것 같은 느낌이 들었습니다. 당신에게 이런 이야기를 하지 않았습니다만, 속이려는 뜻은 없었습니다. 가끔 토끼를 토한다고 떠벌리고 다닐 사람이 어디 있겠습니까. 그런 일은 항상 나 혼자 있을 때만 일어나고, 또 흔히들 사소한 사생활을 감추듯이 나도 이야기하지 않았을 뿐입니다. 그러니 나를 나무라지는 마십시오. 앙드레, 정말 부탁하는데 나를 나무라지는 마십시오. 나는 가끔 토끼를 토합니다. 이 집에 살기 싫어서 둘러대는 핑계가 아닙니다. 너무 황당한 일이라 당신이 어디 가서 입도 뻥끗 못하게 만들려는 핑계가 아닙니다.

토끼를 토하겠다는 느낌이 들면 손가락 두개를 입속에 넣어 핀셋처럼 벌립니다. 그리고 미지근한 솜털이 발포정처럼 목구멍에서 올라올 때까지 기다립니다. 이 모든 과정은 위생적이고 또 신속하게 진행됩니다. 순식간에 끝납니다. 손가락으로 작고 하얀 토끼의 귀를 잡고 입에서 꺼냅니다. 토끼는 즐거운 듯이 보입니다. 모든 게 정상인데, 단지 크기가 매우 작을 뿐입니다. 토끼 모양의 초콜릿만큼 작습니다. 그렇지만 하얗고 온전한 토끼입니다. 토끼를 손바닥에 올려놓고 손가락으로 털을 세워줍니다. 토끼는 태어난 것이 기쁜 듯이 몸을 털고, 주둥이로 손바닥을 간질이듯이 문지르며 쩝쩝거립니다. 먹이를 찾는 것입니다. 그러면 발코니로 데리고 나가서 (교외의 우리 집에 있을 때 이야기입니다) 내가 때맞춰 클로버 씨를 뿌려놓은 커다란 화분에 놓아둡니다. 토끼는 귀를 쫑긋 세우고 팔랑개비처럼 재빠르게 주둥이를 놀리며 연한 잎을 뜯어먹습니다. 이때 토끼를 놔두고 돌아서야 합니다. 그래야 농장에서 토끼를 구입한 여느 사람과 다르지 않은 삶을 한동안 지속할 수 있습니다.

아무튼 일층과 이층 중간에 있을 때, 토끼를 토하겠다는 느낌이 들었습니다. 마치 당신 집에서 내 삶이 어떨지를 예고하는 징후 같았습니다. 순간 두려웠습니다. (이상했느냐고요? 아닙니다. 아마 이상하다는 게 두려웠던 것 같습니다.) 왜냐하면 이사하기 전에, 그러니까 이사 이틀 전에 토끼를 토했으므로 한 다섯주 정도, 운이 좋으면 여섯주 정도는 괜찮을 것으로 여겼습니다. 다시 한번 이야기하지만, 나는 토끼 문제를 완벽하게 해결했습니다. 발코니에 클로버를 키우고, 토끼를 토하면 클로버에 놔두고, 한달 정도 지나 또 토끼를 토할 때가 다가오면 이미 자란 토끼를 몰리나 부인에게 선물했거든요. 몰리나 부인은 내 취미가 토끼 기르기라고 생각해서 아무 말도 하지 않았습니다. 그때쯤이면 다른 화분에서 클로버가 파릇파릇 자라고 있었고, 나는 편안한 마음으로 간지러운 토끼털이 목구멍에 가득 차오를 날을 기다렸다가 때가 되어 새 토끼가 나오면 이전처럼 처리했습니다. 습관이 된 것입니다. 앙드레, 습관이란 리듬이 구체화된 형식입니다. 리듬이 우리 삶을 도와주고 받는 요금입니다. 토끼를 토하는 것도 일정한 주기가 있고 방식이 있다는 것을 알고 나면 그렇게 섬뜩한 일은 아닙니다. 당신은 내가 클로버니 몰리나 부인이니, 왜 그런 고생을 하는지 모르겠다고 생각할 것입니다. 차라리 그 자리에서 토끼를 죽여서…… 아, 당신이 단 한마리의 토끼라도 토해보고 두 손가락으로 꺼내서 손바닥에 올려놔보면 그런 이야기는 못할 것입니다. 당신이 한 일이고, 또 이내 사라진다고는 하더라도 형언할 수 없는 애틋함을 느끼기 때문입니다. 한달은 아주 긴 시간입니다. 한달이면 몸집, 털 길이, 뛰는 높이, 야생적인 눈 등 많이 달라집니다. 한달이면 어엿한 토끼가 됩니다. 정말로 토끼다워집니다. 그러나 처음에는 따뜻하고 부스스한 털이 양도할 수 없는 현존을 뒤덮고 있으며…… 처음 얼마간은 시 같습니다. 이두메 밤의 산물 같습니다. 즉, 처음에는 그게 그것 같은데, 나중에는 편지지 크기의 하얗고 평평한 세계에서 아주 상이하고, 독자적인 작품이 되듯이 말입니다.

어쨌거나 토끼가 태어나는 즉시 죽이기로 마음먹었습니다. 당신 집에서 넉달 동안 살 것이므로 알코올 네숟갈을 (운이 좋으면 세숟갈) 주둥이에 넣으면 되겠지요. (알코올 한숟갈을 먹여 앙증맞은 토끼를 즉사시켜야 하는 참담한 심정을 당신이 짐작이나 할까요? 고기 맛이 더 좋아진다는 이야기도 있습니다만…… 나는 알코올을 들고 욕실이나 후미진 곳을 찾을 것이고, 끝내는 쓰레기통으로 가겠지요.)

삼층을 지날 때, 토끼는 손바닥에서 움직이고 있었습니다. 위에서는 가정부 사라가 이삿짐을 거들어주려고 기다리고 있었습니다. 뭐라고 설명하겠습니까? 갑자기 생각이 바뀌어 애완동물 가게에 들렀다고요? 나는 부랴부랴 토끼를 손수건에 싸서 외투 호주머니에 넣고, 짓눌리지 않도록 외투 단추를 풀어놓았습니다. 토끼는 가만히 있었습니다. 이런 미물도 중요한 사실을 의식한 것이 틀림없습니다. 다시 말해서, 인생이란 딩동 소리가 날 때까지 위로 올라가는 것이며, 따뜻한 구덩이 밑바닥에 있는 낮고, 하얗고, 사방이 둘러싸이고, 라벤더 향이 나는 하늘이라는 것입니다.

사라는 아무것도 보지 못했습니다. 그녀의 질서 감각으로는 이해하기 힘든 문제에 정신이 팔려 있었습니다. 옷 가방과 서류도 난잡했고, 말끝마다 '예를 들면' 하고 열심히 설명하는데도 내가 듣는 둥 마는 둥 했기 때문입니다. 나는 틈이 나자마자 욕실로 들어갔습니다. 당장 토끼를 죽일 작정이었습니다. 손수건에서 따뜻한 온기가 묻어났습니다. 새하얀 토끼는 그 어떤 토끼보다 예뻤습니다. 나를 쳐다보지는 않았습니다. 그저 꼼지락거리며 즐거워하고 있었는데, 그것이야말로 나를 쳐다보는 가장 무서운 방식이었습니다. 토끼를 빈 약상자에 넣어두고 짐을 풀려고 욕실을 나왔습니다. 정신이 하나도 없었지만 비참하지는 않았고, 죄의식도 없었으며, 꿈틀거리는 느낌을 없애려고 손을 씻지도 않았습니다.

도저히 토끼를 죽일 수는 없었습니다. 그런데 바로 그날밤 또 검은 토끼를 토했습니다. 이틀 뒤에는 하얀 토끼를 토했고, 나흘째 밤에는 회색 토끼를 토했습니다.

침실에는 당신이 애지중지 여기는 멋진 옷장이 있습니다. 큰 문짝은 시원하게 열리고, 이사 올 당시 선반은 내 옷을 넣을 수 있도록 말끔하게 치워져 있었습니다. 그 옷장 안에 지금은 토끼를 넣어두고 있습니다. 사실, 불가능하게 보입니다. 사라도 전혀 모르는 일입니다. 사라가 짐작조차 못하는 까닭은 내가 무던히도 노력하기 때문입니다. 밤이건 낮이건 달가닥거리는 소리가 한번만 들려도 가슴이 철렁 내려앉고, 당신이 욕조 위에 놓아둔 불가사리처럼 경직됩니다. (목욕할 때마다 그 불가사리는 짭짤한 소금기와 따가운 햇살과 심해의 육중한 소리가 온몸으로 밀려드는 느낌을 주기도 합니다.)

토끼는 낮에 잡니다. 모두 열마리인데, 낮에는 잡니다. 문이 닫힌 옷장이 대낮에도 그들만의 밤이 되는 것입니다. 그곳에서 잠자코 잠을 잡니다. 출근할 때는 옷장 열쇠를 가지고 갑니다. 사라는 자기를 못 믿어서 그런다고 여기고 나를 의아하게 쳐다봅니다. 매일 아침 내게 무슨 말을 할 듯하다가 입을 다물어버려서 나는 마음이 아주 편안합니다. (9시에서 10시 사이에 사라가 침실을 정리할 때는 거실에서 소음을 냅니다. 온 집 안이 울릴 정도로 베니 카터의 판을 틉니다. 사라도 사에따와 빠소도블레를 좋아하기 때문에 옷장이 조용하다고 생각할 것입니다. 실제로 조용한지도 모릅니다. 토끼에게는 편히 쉬는 한밤중이기 때문입니다.)

토끼에게 낮은 저녁식사 시간 이후에 시작됩니다. 설탕 집게가 달가닥거리는 쟁반을 들고 나가면서 사라가 편히 주무시라고 인사를 하고 (네, 그렇게 인사를 합니다. 그런데 편히 주무시라는 인사만큼 쓸쓸한 것도 없습니다) 자기 방으로 돌아가면 갑자기 혼자가 됩니다. 천형 같은 옷장과 의무적으로 해야 하는 일과 비애만이 남습니다.

옷장을 열어놓으면 토끼는 호주머니에 감춰둔 싱싱한 클로버 냄새를 맡고 날렵하게 거실로 뛰어나옵니다. 거실 양탄자에 어지러운 발자국이 생기지만 이내 흔적도 없이 사라집니다. 토끼는 풀도 잘 먹고, 조용하고, 얌전하게 굽니다. 그때까지 내가 할 일은 없습니다. 읽지도 않는 책을 들고 (당신이 여기 두고 간 지로두 작품 전부와 책장 제일 밑에 있는 로뻬스의 아르헨띠나 역사책을 읽고 싶었습니다) 소파에 앉아서 클로버를 먹는 토끼를 살펴볼 뿐입니다.

모두 열마리입니다. 대부분 하얀색입니다. 토끼는 뜨뜻해진 머리를 들고 거실 세곳에 켜놓은 스탠드를 쳐다봅니다. 움직이지 않는 태양이 셋인 셈이죠. 그네들 밤에는 달도 별도 등불도 없기 때문에 빛을 좋아합니다. 세개의 태양을 쳐다보면서 행복해합니다. 그리고 작은 얼룩 열개가 양탄자로 의자로 뛰어다니는 모양은 마치 밤하늘에서 별자리가 움직이는 것 같습니다. 그럴 때마다 나는 토끼가 잠자코 있기를 바랍니다. 내 발을 쳐다보며 가만히 있기를 바랍니다. 앙드레, 이것이 내가 매일 열망하는 작은 꿈입니다. 어떤 신도 이루지 못한 꿈입니다. 그렇지만 토끼는 우나무노 초상화 뒤에서 나오기도 하고, 연두색 항아리 주변에 숨기도 하고, 깜깜한 책상 밑으로 들어가기도 해서 항상 열마리가 안됩니다. 여섯마리에서 여덟마리만 눈에 띕니다. 그때마다 나머지 두마리는 어디에 있을까, 무슨 일로 사라가 일어나면 어쩌나, 로뻬스 역사책에서 읽고 싶은 리바다비아 대통령 시절은 어땠을까, 그런 생각을 합니다.

앙드레, 지금 나는 어찌할 바를 모르겠습니다. 당신도 알다시피, 쉬고 싶어서 이 집으로 이사했습니다. 그런데 이렇게 시시때때로 토끼를 토하고 있습니다. 이번 이사로 내 체질이 바뀌었다면 그건 내 잘못이 아닙니다. 유명론이나 마법 이야기 같은 것이 아니라 단지 세상일이 이렇게 갑자기 확 바뀔 수는 없다는 뜻입니다. 물론 가끔은 급작스럽게 돌변하기도 해서 오른뺨을 내밀었는데 왼뺨을 맞는 경우도 있음을 모르는 바는 아닙니다. 아무튼 그렇습니다, 앙드레. 뭐가 달라질까 했는데 항상 이 모양입니다.

밤에 이 편지를 쓰고 있습니다. 현재 시각은 오후 3시입니다만 토끼의 시간으로는 밤에 이 편지를 쓰고 있습니다. 낮에는 자니까요. 지금 이 사무실이 얼마나 속편한지 모릅니다. 소리도 치고, 명령도 하고, 로열 타자기 소리도 들리고, 부사장도 들락거리고, 등사기도 돌리는데, 얼마나 마음 편하고 평화롭고 짜릿한지 모릅니다. 앙드레, 방금 전화가 왔습니다. 내가 밤에는 죽은 듯이 집에만 틀어박혀 있기 때문에 걱정하는 친구들입니다. 루이스는 산책하자고 하고, 호르헤는 콘서트를 예매했다고 합니다. 단번에 거절할 엄두가 나지 않아서 건강이 안 좋다, 밀린 번역거리가 있다는 등 씨알도 안 먹히는 핑계를 댑니다. 그리고 퇴근해서 엘리베이터를 타고 일층과 이층 사이를 지날 쯤에는 이게 현실이 아니었으면 좋겠다는 헛된 희망을 밤마다 품어봅니다.

토끼가 당신 물건을 망가뜨리지 못하게 최선을 다하고 있습니다. 그런데도 책장 제일 아래 칸에 있는 책을 조금 갉아먹었습니다. 사라가 눈치 못 채게 때워놓았습니다만, 당신은 금방 알 것입니다. 그리고 나비와 고대 기사騎士 그림이 가득한 항아리 스탠드를 무척 아끼시죠? 금이 간 것은 알아차리기 힘들 겁니다. 영국인 가게에서 구입한 특수 접착제로 (당신도 알다시피, 영국인 가게에서 파는 물건은 좋습니다) 밤새 작업해서 이제 내 옆에 두었습니다. 어떤 놈도 다시는 발로 못 건드리게 말입니다. (토끼가 가만히 서 있는 모습은 보기만 해도 사랑스럽습니다. 아주 먼 옛날의 인류도 생각나게 하고, 또 유랑하는 신이 자신의 모습을 본떠 창조하고도 뚱하니 바라보는 듯도 합니다. 게다가 당신도 아마 알겠지만—어린 시절에 그런 경험이 있을 것입니다—토끼에게 벌을 준다고 한쪽 벽

구석에 몰아붙이면 조막만 한 발로 몇시간이고 가만히 서 있습니다.)

새벽 5시에 토끼를 옷장에 집어넣고 청소를 합니다. (잠은 자는 둥 마는 둥 합니다. 초록색 소파에 누워 있지만 부스럭거리는 소리가 조금만 들려도 잠이 깹니다.) 그래서 사라가 보기에는 아무 일도 없는 것입니다. 사라는 겉으로 표현은 안해도 가끔 흠칫 놀라는 모습을 보이기도 합니다. 어떤 물건을 한참 들여다보거나 색깔이 살짝 바랜 양탄자를 보고 뭔가를 물어보려고 하는데, 그때마다 내가 프랑크의 「교향적 변주곡」을 휘파람으로 불기 때문에 아무 일 없이 그냥 넘어갑니다. 앙드레, 내가 지금 뭣 때문에 어리벙벙한 새벽에 벌어지는 성가신 일을 당신에게 이야기하는지 모르겠습니다. 잠이 덜 깬 상태로 비틀거리며 클로버 부스러기와 널브러진 종이와 하얀 털을 줍다가 가구에 걸려 넘어지고, 졸음은 미치게 쏟아지고, 지드 번역은 늦어지고, 트로야 작품은 손도 못 대고, 멀리 떨어진 빠리에 사는 아가씨에게 걱정스러운 편지나 보내고…… 내가 뭣 때문에 이런 일을 계속해야 하며, 전화를 받고 인터뷰를 하는 틈틈이 이런 편지를 써야 하는지 모르겠습니다.

앙드레, 친애하는 앙드레, 위안이라면 그나마 열마리뿐이라는 것입니다. 십오일 전에 마지막 토끼를 손바닥에 올려놓은 뒤로는 아직까지 소식이 없습니다. 열마리뿐입니다. 낮에는 자고, 무럭무럭 성장해서 이제는 보기에도 흉하고, 털갈이도 하고, 벌써 사춘기에 접어들었는지 변덕도 심하고, 요구하는 것도 많고, 안토니우스 흉상을 뛰어넘고 (장님처럼 쳐다보는 청년이 안토니우스 맞죠?) 응접실로 숨기도 합니다. 응접실에서는 토끼가 뛰어다니는 소리가 울리기 때문에 쫓아내야만 합니다. 그렇지 않으면 소스라치게 놀란 사라가 아마도 잠옷 차림으로 (사라라면 틀림없이 잠옷 차림일 것입니다) 내 앞에 나타날 테고…… 그래도 열마리뿐이니 다행이다 싶어서 날이 갈수록 침착하게 일층과 이층의 준엄한 천장을 지나서 귀가합니다.

이 편지를 쓰던 중 회의가 있어서 잠시 중단했다가 퇴근 후 집에 와서 다시 펜을 들었습니다. 앙드레, 지금은 고요한 잿빛 새벽입니다. 그런데 지금이 정말로 다음 날일까요? 편지지의 하얀 공백이 당신에게는 시간의 간격일 것입니다. 어제의 글과 오늘의 글을 이어주는 다리 같다고 해야겠지요. 그런데 이런 시간 간격에서 모든 것이 엉망이 되었습니다. 당신의 눈에는 건너기 쉬운 다리인데, 나에게는 분노의 제방이 터지는 소리가 들립니다. 나에게 종이의 이쪽 편은, 즉 편지지의 이쪽 편은 회의에 참석하기 전 당신에게 편지를 쓸 때 찾아든 평온함과는 아주 딴판입니다. 열한마리의 토끼는 직육면체의 밤 속에서 편안하게 자고 있습니다. 아무래도 지금 당장…… 아닙니다, 지금은 아닙니다. 아무튼 엘리베이터 안인지, 집에 들어올 때인지 모르겠습니다. 이제 장소는 중요하지 않습니다. 그때가 지금이 되었으니까요. 내가 살아 있는 한 아무 때나 가능한 일이 되었으니까요.

그건 그렇고, 내가 이 편지를 쓰는 이유는, 당신 집이 구제 불가능할 정도로 망가진 게 전적으로 내 잘못만은 아니라는 점을 밝혀두고 싶기 때문입니다. 당신에게 보내는 이 편지를 여기에 놓아두렵니다. 빠리의 어느 맑은 아침에 이런 편지를 받으면 틀림없이 기분이 언짢을 것입니다. 어제저녁에 책장 두번째 선반의 책을 돌려놓았습니다. 토끼가 서거나 뛰면 그곳까지 닿는데, 이놈들이 이빨을 갈려고 책등을 갉아먹었습니다. 배가 고파서 그런 게 아닙니다. 클로버는 충분합니다. 내가 구입해서 책상 서랍에 보관하고 있으니까요. 그런데도 커튼을 망가뜨리고, 의자 커버도 뜯어먹고, 아우구스또 또레스의 자화상 귀퉁이도 갉아먹었습니다. 양탄자에는 사방에 털이 널려 있습니다. 이놈들이 이제는 소리를 지르기도 합니다. 나를 존경하듯이 스탠드 불빛 아래 빙 둘러앉아 있다가 갑자기 소리를 지릅니다. 토끼가 그런 소리를 내리라고는 상상조차 못했습니다.

양탄자에 박힌 털을 빼내고, 뜯어먹은 의자 커버 끝단을 정리하고, 토끼를 다시 옷장에 넣으려고 갖은 애를 썼습니다만 모두 헛수고였습니다. 날이 밝아오고 있습니다. 곧 사라가 일어날 것입니다. 이상하게도 토끼가 장난감을 찾아 이리저리 뛰어다니는데도 신경이 쓰이지 않습니다. 내가 그렇게 잘못한 것은 아닙니다. 당신이 이 집에 도착하면, 영국인 가게에서 사온 접착제로 감쪽같이 수선해놓은 물건을 여기저기서 발견할 것입니다. 당신이 불쾌할까봐 내 나름으로는 최선을 다했습니다만…… 나에게 열마리와 열한마리는 하늘과 땅 차이입니다. 당신도 알다시피, 열마리는 괜찮습니다. 옷장도 있고, 클로버도 있고, 희망도 있고, 뒤치다꺼리도 잘할 수 있습니다. 그러나 열한마리는 이야기가 다릅니다. 열한마리는 곧 열두마리가 되고, 열두마리는 곧 열세마리가 되기 때문입니다. 이제 동이 틉니다. 이 차가운 고독 속에는 기쁨, 추억, 당신, 그밖에 많은 것이 담겨 있습니다. 수이빠차 거리의 발코니에 새벽이 가득하고, 도시의 소음이 들리기 시작합니다. 인도 위에 널브러진 열한마리의 토끼를 수거하는 일은 그다지 어렵지 않을 것입니다. 어쩌면 토끼는 미처 눈에 들어오지 않을 수도 있습니다. 학생들이 등교하기 전에 또다른 주검을 얼른 치워야 할 테니까요.

먼 곳의 여자
Lejana

알리나 레예스의 일기

1월 12일

엊저녁에 또 그랬다. 이제 화려한 장신구도, 유명인사의 뒷이야기도, 핑크 샴페인도 신물이 난다. 게다가 레나또 비녜스의 면상은 말 많은 물개 같고, 추하게 변해버린 도리언 그레이의 초상화 같았다. 잠자리에 들 때는 기분이 좋았다. 박하 봉봉도 먹고, 「레드뱅크 부기」[1]도 듣고, 엄마는 하품하는 씬데렐라 같았으니까. (밤늦게 파티에서 돌아온 엄마는 파김치가 되어 졸음을 견디지 못했다.)

노라는 불을 켜놓아도 자고, 시끄러운 소리가 들려도 자고, 속옷만 걸친 여동생이 수다를 떨어도 잔다고 한다. 참 부럽다. 나는 불을 끄고, 손을 모으고, 분주한 대낮의 소음도 다 벗고 잠을 청한다.

---

1 카운트 베이시 악단이 1944년에 발표한 재즈 앨범.

그런데 나는 지겹게 울리는 종이고, 파도이며, 우리 집 개 렉스가 밤새 쥐똥나무 울타리에 비벼대는 쇠사슬이다. "저는 이제 자려고 합니다……" 기도문과 시구를 몇번이나 외우고 단어 찾기 놀이를 해야만 한다. 모음 '아'가 있는 단어, '아'와 '에'가 있는 단어, 모음 다섯자가 있는 단어, 네자가 있는 단어, 모음 두자와 자음 두자인 단어(나비, 파도), 자음 세자와 모음 두자인 단어(후면, 재색). 다시 시를 외운다. "달이 월하향 치마를 대장간에 드리우니 어린아이는 쳐다보고 또 쳐다본다. 어린아이는 그런 달을 쳐다보고 있다."[2] 자음 세자와 모음 세자가 교대로 나오는 단어. 히브리, 사다리, 포유류, 그리스, 소나기, 휴지기.

이렇게 시간을 보낸다. 네 글자 단어, 자음 세자와 모음 두자로 구성된 단어, 한참 후에는 회문까지. 쉬운 회문은, '다들잠들다' '자꾸만꿈만꾸자'. 어렵고 아름다운 회문은, '나가다오나나오다가나' '다시올이월이윤이월이올시다'. 또 멋진 애너그램도 있다. '쌀바도르 달리'(Salvador Dalí)와 '달러에 환장한 사람'(Avida Dollars), '알리나 레예스'(Alina Reyes)와 '여왕이고……'(es la reina y……) 마지막 애너그램은 참 아름답다. 모종의 길을 열어주기 때문이고, 문장이 끝나지 않기 때문이다. 또 여왕이고……

아니다. 소름이 끼친다. 애너그램이 길을 열어준 그 여자는 여왕이 아니기 때문이다. 그래서 이 밤에 또다시 그 여자를 미워한다. 알리나 레예스이지만 애너그램의 여왕은 아닌 그 여자를. 어쩌면 헝가리 부다뻬스뜨의 여자 거지, 아르헨띠나 후후이 지방의 술집 여자, 과떼말라 께찰떼낭고의 가정부처럼 먼 곳에 살지만 여왕은

2 페데리꼬 가르시아 로르까의 시 「달의 로만세」 제1연.

아닌 여자일 것이다. 그러나 그 여자는 알리나 레예스가 맞다. 그래서 엊저녁에도 또 그 여자를 느끼고, 미워했다.

1월 20일

때때로 나는 그 여자가 추워하고, 고생하고, 두들겨 맞는다는 것을 안다. 내가 할 수 있는 일이라고는 그 여자를 미워하고, 그 여자를 땅바닥에 쓰러뜨리는 손을 미워하고, 그 손만큼 그 여자를 미워하는 것뿐이다. 아니, 그 여자를 더 미워한다. 맞기 때문이다. 그 여자가 나인데, 맞기 때문이다. 내가 그다지 절망하지 않는 때는 잠을 자거나 옷을 마름질하거나 엄마를 찾아온 레굴레스 부인이나 리바스 집안의 꼬마에게 차를 내줄 때다. 그럴 때는 신경이 조금 덜 쓰인다. 그 여자는 그 여자고, 나는 나인 듯하다. 불행의 주인공은 그 여자라는 느낌이 더 강하다. 먼 곳에서 혼자 사는 여자, 하지만 주인공이다. 그 여자가 얼마나 시달리든 얼마나 추워하든 나는 여기서 견뎌낸다. 이것이 그 여자를 조금이나마 돕는 길이라고 믿는다. 마치 아직 부상당하지 않은 병사에게 붕대를 감아주고, 선견지명이 있어 병사를 사전에 안심시켰다고 흐뭇하게 여기는 것처럼.

그 여자가 고생하든 말든 나는 레굴레스 부인의 볼에 키스하고, 라바스 집안의 꼬마에게 차를 갖다준다. 그리고 꾹 참으며 속으로 이렇게 말한다. "지금 나는 얼어붙은 다리를 건너고 있다. 해어진 신발 속으로 눈이 들어오고 있다." 그 여자가 아무것도 못 느낀다는 이야기는 아니다. 다만, 그런 일이 일어나고 있음을 내가 안다는 것이다. 리바스 집안의 꼬마가 찻잔을 받으면서 바보처럼 헤벌쭉

거리는 순간에 (동일한 순간인지 아닌지는 모르겠지만) 어느 곳에 선가 내가 다리를 건너고 있음을 내가 안다는 것이다. 나는 잘 견뎌낸다. 아무것도 못 느끼는 사람들 사이에 혼자 있기 때문이고, 또 그렇게 절망적이지는 않기 때문이다. 노라는 엊저녁 바보처럼 이렇게 물었다. "그런데 무슨 일이 있니?" 무슨 일은 그 여자에게, 아주 먼 곳의 나에게 생겼다. 그 여자에게 힘든 일이 생긴 게 틀림없다. 맞았거나 아니면 아픈 것인데, 바로 그때 노라는 가브리엘 포레의 가곡을 부를 채비를 하고 있었고, 나는 피아노 앞에 앉아서 루이스 마리아를 쳐다보며 행복에 젖어 있었다. 루이스 마리아는 광고 모델의 사진처럼 그랜드피아노 꽁무니에 팔꿈치를 괴고 애완견처럼 흐뭇하게 나를 바라보며 아르뻬지오를 기다리고 있었다. 우리 두사람은 이토록 가깝고, 이토록 서로 사랑한다. 그래서 최악이다. 그 여자에게 뭔 일이 생겼다는 것을 뻔히 알면서도 나는 루이스 마리아와 춤을 추고, 키스하고, 오로지 루이스 마리아 곁에만 있었다. 왜냐하면 사람들은 나를, 먼 곳의 여자를 좋아하지 않기 때문이다. 사람들이 싫어해도 그 여자는 나의 일부이다. 나와 춤을 추는 루이스 마리아의 손이 한낮의 더위처럼, 강렬한 오렌지 맛처럼, 쪼개진 댓살처럼 허리에서 점점 위로 올라오고 있을 때, 내가 맞거나 신발 속으로 눈이 들어오는 것을 느끼는데 어찌 가슴이 찢어지지 않겠는가. 그 여자가 맞고, 그래서 도저히 견딜 수가 없을 때, 나는 루이스 마리아에게 몸이 찌뿌듯하다고 말할 수밖에 없다. 느끼지 못하는 눈에 젖어서, 느끼지는 못하지만 신발 속으로 들어오는 눈에 젖어서 축축하기 때문이다.

1월 25일

노라가 나를 찾아와서 한바탕 시끄러웠다. "애, 마지막으로 부탁하는데, 피아노 반주 좀 해주라. 전에 우리 끝내줬잖니." 끝내줬는지 어쩐지는 모르겠지만 나는 최선을 다해 피아노 반주를 하고 노라의 노래가 아련하게 들리던 기억이 난다. "그대 영혼은 선택된 풍경……"3 그렇지만 나는 건반 사이를 오가는 내 손을 보고 있었다. 피아노를 잘 치고 있는 것처럼 보였다. 노라에게 충실히 반주해주는 것처럼 보였다. 루이스 마리아 역시 내 손을 쳐다보고 있었다. 못난 사람. 내 얼굴을 쳐다볼 용기가 없어서 그랬다고 생각한다. 내가 많이 이상하게 보인 게 틀림없다.

속없는 노라, 나보고 또 반주해달란다. (이런 것이 가면 갈수록 형벌처럼 느껴진다. 이제 나는 저기의 나를 경험할 뿐이다. 내가 행복해지려고 할 때, 내가 행복할 때, 노라가 포레의 가곡을 노래할 때, 나는 저기의 나를 경험한다. 그러니 남는 것은 미움뿐이다.)

밤

가끔은 안쓰럽다. 저기에 사는 여자, 여왕 아닌 여자에 대한 갑작스럽고 주체할 수 없는 안쓰러움이다. 생각 같아서는 안부를 묻는 전보라도 보내고 싶다. 자식은 있는지, (왜냐하면 그곳에 내 자식은 없다고 생각하기 때문이다) 있다면 건강한지, 격려나 위로나

---

3 가브리엘 포레의 「월광」 첫 소절 가사.

캐러멜이 필요한지 궁금하다. 엊저녁에는 어디서 만나자고 할까 궁리하다가 잠이 들었다. 목요일에 내가 갈 테니까 꼼짝 말고 다리에서 기다려. 무슨 다리? 자꾸 떠오르는 부다뻬스뜨만큼이나 자꾸 떠오르는 생각은, 다리도 많고 눈도 많고 또 눈이 신발 속으로 스며드는 부다뻬스뜨의 여자 거지를 믿자는 것이다. 그때 침대에서 벌떡 일어났다. 비명을 지를 뻔했고, 엄마에게 달려가서 빨리 일어나라고 깨물고 싶었다. 그러나 이 모두는 생각에 불과해서 아직은 이야기를 꺼내기가 쉽지 않다. 생각에 불과한 이유는, 정말로 간절했다면 당장 부다뻬스뜨로 떠났을 테니까. 후후이나 께찰떼낭고는 아니다. (이런 지명을 찾으려고 다시 앞장을 뒤적거렸다.) 뜨레스 아로요스, 코오베, 플로리다 거리 400번지도 아니다. 부다뻬스뜨만 남는다. 거기는 춥고, 내가 맞고, 학대당하는 곳이기 때문이다. 거기에 (나는 부다뻬스뜨 꿈을 꾸었다. 한갓 꿈에 지나지 않지만 머리에서 떠나지 않고 또 현실처럼 아주 생생하다) 로드(에로드 같기도 하고, 로도 같기도 하다)라는 이름의 어떤 사람이 있고, 그 사람이 나를 때리고, 나는 그 사람을 사랑하고, 그 사람을 사랑하는지는 잘 모르겠으나 나는 맞고만 있고, 그런 일이 매일 반복되므로 내가 그 사람을 사랑하는 게 틀림없다.

늦은 밤

다 거짓말이다. 나는 로드 꿈을 꾸었을 뿐이다. 구태의연한 이미지로 꿈에서 로드를 만들어낸 것이다. 로드라는 사람은 없다. 거기에서 누군가 나를 때리는데, 그 사람이 남자인지, 화가 난 엄마인지, 아니면 고독인지 알 길이 없다.

　나를 찾으러 가자. 루이스 마리아에게는 이렇게 말하자. "우리
결혼해요. 그리고 나를 부다뻬스뜨로 데려가요. 눈이 쌓여 있고 누
군가가 있는 다리로." 그런데 그곳에 정말로 내가 있다면? (내가
지금껏 생각한 것을 진짜로 믿지 않는다고 하더라도, 그곳에 정말
로 내가 있다면?) 아무튼, 그곳에 정말로 내가 있다면…… 그러나
정신 나간 생각에 불과하다. 신혼여행! 벌써 가슴이 설렌다.

1월 28일

　이상한 일을 생각했다. 사흘 전부터 먼 곳의 여자로부터 아무것
도 오지 않는다. 이제는 맞지 않거나 외투를 구했는지도 모른다. 전
보를 보내고, 양말도 몇켤레 보낼까…… 아무튼 이상한 일을 생각
했다. 무서운 도시에 도착했다. 오후였다. 푸르뎅뎅한 오후였다. 오
후라고 생각하지 않는다면 오후라고 할 수 없는 오후였다. 도브리
나 스따나 부근, 전망이 좋은 스꼬르다, 허연 석순이 매달린 기마
상, 경직된 경찰관, 김이 모락모락 나는 빵, 창문을 뒤흔드는 바람.
여행객 걸음으로 둘러보는 도브리나, 내 청색 셔츠 호주머니에 찔
러둔 지도, (그런 추위에도 부르글로스 호텔에 외투를 두고 왔다)
발길이 멈춘 강변의 광장, 천둥소리를 내며 얼음이 깨지는 강, 얼어
붙은 바지선, 그곳 사람들이 스부나이아 뜨헤노라던가 뭔가 괴상
망측한 이름으로 부르는 물총새.

　광장 너머에 다리가 있다고 추측했다. 이런 생각만 했을 뿐, 다
리에 가기는 싫었다. 오후에 오데온 극장에서 엘사 뻬아히오의 연

주회가 있었다. 나는 마지못해 옷을 입으면서 나중에 불면에 시달릴 것이라고 예상했다. 밤에, 아주 늦은 밤에 이런 생각을 하면서…… 내가 길을 잃지 않았다는 것은 아무도 모른다. 생각 속에서 여행할 때 이름을 만들어내는데, 도브리나 스따나, 스부나이아 뜨헤노, 부르글로스, 이런 이름이 순간적으로 떠오른 것이다. 그러나 광장 이름은 모른다. 마치 부다뻬스뜨의 어느 광장에 진짜로 갔는데, 이름을 모르기 때문에 길을 잃어버린 듯했다. 거기에는 이름이 광장인 곳이 있다.

지금 가요, 엄마. 엄마가 좋아하는 바흐와 브람스의 연주회에 늦지 않게 도착할 겁니다. 아주 쉬운 길이다. 광장도 없고, 부르글로스도 없다. 우리는 여기 있고, 엘사 뻬아히오는 저기에 있다. 그런데 길을 가다가 중간에 그만둬서 얼마나 속상한지 모른다. 내가 광장에 있다는 것을 아는데. (그러나 이제는 확실하지 않다. 단지 그렇게 생각할 뿐, 그 이상도 그 이하도 아니다.) 광장 끝에서 다리가 시작된다는 것도 알고 있는데.

밤

이왕 시작했으니 계속하자. 연주회 마지막 곡이 끝나고 첫번째 앙꼬르 곡이 시작되기 전에 광장의 이름과 길을 찾아냈다. 블라다스 광장, 시장교市場橋. 블라다스 광장을 지나 천천히 걸어서 다리 입구까지 갔다. 가끔은 집 앞이나 가게 앞이나 외투를 껴입은 아이들 앞에서 발길을 멈추고 싶었다. 하얗게 변해버린 망또를 걸친 인물상 분수도 보았다. 또꺼이 와인 애호가이자 침벌롬 연주가인 따데오 알란꼬와 블라지스라스 네로의 인물상이었다. 쇼빵 곡 연주를 마친 엘사 삐아히오가 또다른 쇼빵 곡 연주에 앞서 인사하는 것을 보았다. 내가 앉은 자리에서 광장으로 가는 길이 활짝 열렸다. 거대한 열주 사이로 다리 입구가 보였다. 그렇지만 이것은 어디까지나 내 생각이라는 점에 주의하자. 알리나 레예스로 만들어낸 애너그램 '여왕이고⋯⋯'와 같은 것이며, 엄마가 내 옆이 아니라 수아레스 집에 있다고 상상하는 것과 마찬가지다. 어리석은 짓은 하지 않는 게 좋다. 왜냐하면 그것은 내 일이다. 내가 하고 싶은 일, 실제로 하고 싶은 일에 불과하다. '실제로'라고 말한 이유는 알리나가⋯⋯ 아무튼 그 여자가 추워하거나 학대당하는 것을 느끼지 못하지는 않는다는 것이다. 이것에 마음이 끌려서 기꺼이 따라가보는 것이다. 어디까지 가는지 알고 싶은 것이다. 결혼하면 루이스 마리아에게 부다뻬스뜨로 가자고 할 것인데, 그러면 실제로 나를 부다뻬스뜨로 데려가는지 한번 보고 싶은 것이다. 사실 그 다리를 찾으려고, 내 궁금증을 해소하려고 떠나는 것은 식은 죽 먹기다. 또 지금처럼 나를 만나기 위해서 떠나는 것도 식은 죽 먹기다. 왜냐하면 청중이 환호하고 갈채를 보내며 '알베니스!' '뽈로네즈⁴!' 하고 외치는 와중에 나는 이미 다리 중간으로 가고 있기 때문이다. 마치 이런 환호와 갈채가 내 등을 떠미는 눈보라 속에서도, 내 허리를 붙잡고 다리 중간으로 데려가는 푹신한 손 같은 눈보라 속에서도 의미가 있는 것처럼.

(현재시제로 이야기하는 게 좋겠다. 엘사 삐아히오가 세번째 앙꼬르 곡을 연주할 때가 8시였다. 초목과 새를 들먹인 것으로 보아

------

4 에스빠냐 작곡가 알베니스의 작품.

훌리안 아기레 곡이나 까를로스 구아스따비노 곡이었다.) 그러나 시간이 갈수록 나는 까칠해진다. 이제 그 여자를 존중하지 않는다. 지금 떠올랐는데, 언젠가 이런 생각이 들었다. '저기서 내가 맞고, 저기서 내 신발 속으로 눈이 들어오는 순간 나는 곧바로 그 사실을 안다. 저기서 내게 무슨 일이 일어나는 동시에 나는 그 일을 안다. 그런데 왜 동시라고 생각하지? 어쩌면 내게 늦게 전해지거나 아직 일어나지 않은 일일 수도 있는데. 어쩌면 십사년 후에 그 여자가 맞거나 아니면, 이미 산따우르술라 공동묘지에 생몰 연대가 적힌 십자가가 세워졌는지도 모르는데.' 이런 생각은 근사해 보였고, 가능해 보였고, 또 아주 어리석어 보였다. 누군가는 항상 자신의 짝의 시간과 함께하기 때문이다. 만약 지금 그 여자가 실제로 다리 입구를 지나고 있다면, 나는 여기서 동시적으로 그런 일을 느끼리라는 것을 안다. 발길을 멈추고 강을 내려다본 기억이 난다. 뚝뚝 끊어지는 마요네즈처럼 교각에 거세게 부딪히며 요란하게 흘러가고 있었다. (그런 생각을 하고 있었다.) 다리 난간을 잡고 저 아래에서 부서지는 얼음 소리에 귀를 기울일 만했다. 주변 경치 때문에라도, 내심 느끼는 두려움 때문에라도 (외투를 입지 않아서, 진눈깨비 때문에, 호텔에 두고 온 외투 때문에라도) 그곳에서 잠시 멈출 만했다. 아무튼 나는 소탈한 여자다. 뜬구름이나 좇는 여자가 아니다. 그런데도 그 여자에게 생기는 일을 동시에 느끼는 다른 여자, 한창 공연 중인 오데온 극장에서 헝가리를 여행하는 다른 여자가 내게 이야기한다. 이봐, 그러면 어떤 여자라도 한기를 느끼게 되어 있어, 여기에 있든 프랑스에 있든.

엄마가 내 소매를 잡아당기고 있었다. 청중이 거의 다 나가고 객석은 비어 있었다. 여기까지 쓰겠다. 내가 생각한 것을 그만 되새기고 싶다. 계속해서 그런 기억을 떠올리면 해로울 것이다. 그러나 틀림없이 분명한 사실은, 내가 이상한 일을 생각했다는 것이다.

1월 30일

불쌍한 루이스 마리아, 얼마나 바보 같으면 나하고 결혼을 할까. 무슨 속셈인 줄도 모르면서. 젠체하는 노라의 표현을 빌면, 무슨 셈속인 줄도 모르면서.

1월 31일

우리는 거기로 갈 것이다. 루이스 마리아가 두말 않고 찬성해서 소리를 지를 뻔했다. 나는 두려웠다. 루이스 마리아가 너무 쉽게 이 놀이에 끼어든 것처럼 보였다. 루이스 마리아는 아무것도 모른다. 그래서 자기가 뭘 하는지도 모르는 사이에 체스 판을 끝내버리는, 퀸의 폰 같다. 여왕 옆에 있는 루이스 마리아라는 폰, '여왕이고……' 옆에 있는 루이스 마리아라는 폰.

2월 7일

그 여자가 어서 낫기를 바란다. 연주회에서 생각한 것의 결말을 쓰지는 않겠다. 엊저녁에도 그 여자의 고통을 느꼈다. 저기서 또 내가 맞은 것을 안다. 모르려야 모를 수가 없는 일인데, 그런 일이 있었다는 정도만 말하겠다. 그 일만 소상하게 기록해두고 싶은 마음이 없지 않았지만…… 안 좋은 점은, 여러날이 지난 후에 다시 읽어보고 싶고, 종이에 적어놓은 단어에서 실마리를 찾고 싶어진다는 것이다. 광장과 얼음이 깨지는 강과 꽝음을 생각할 때처럼…… 그러나 지금 그 이야기를 쓰고 싶지는 않다. 앞으로도 결코 쓰지 않을 것이다.

저기에 가서, 독신이 얼마나 내 정신건강에 안 좋은 것인지 확인하련다. 그것뿐이다. 스물일곱살이나 먹었는데 남자를 모르다니. 이제 그 사람은 내 자기가 될 것이다. 생각만으로도 결국 그렇게 되었다. 어쨌거나 결과적으로는 잘된 일이다.

이제 이 일기장을 덮으려고 한다. 결혼을 하든지 일기를 쓰든지, 둘 중 하나를 선택할 때가 됐다. 두가지 일을 함께 할 수는 없다. (아무리 희망에 들떠 있고, 즐거운 일을 기대한다고 하더라도 이런 이야기도 없이 일기를 중단하기는 싫다.) 우리는 거기로 갈 것이다. 그러나 연주회 밤에 내가 생각한 것처럼 되어서는 안된다. (순전히 나만 보는 일기장이니까 이런 이야기를 쓴다.) 나는 다리에서 그 여자를 찾을 것이고, 우리 둘은 서로 쳐다볼 것이다. 연주회 밤에 저 밑에서 얼음이 깨지는 소리가 들린다고 느꼈는데, 이번 여행은 이런 악의적인 관계에 대한, 이런 소리 없고 부당한 침해에 대한 여왕의 승리가 될 것이다. 내가 진정으로 나라면 그 여자는 굴복할 것이다. 밝고 아름답고 안전한 내 영역으로 합류할 것이다. 나는 단지 그 여자 곁으로 가서 어깨에 한 손을 얹으려고 한다.

알리나 레예스 데 아라오스와 그녀의 남편 루이스 마리아는 4월

6일 부다뻬스뜨에 도착해서 리츠 호텔에 묵었다. 이혼하기 두달 전의 일이었다. 둘째 날 오후에 알리나는 부다뻬스뜨와 해빙을 구경하려고 호텔을 나섰다. 혼자 걷기 좋아했기 때문에 (빨리 걷고 호기심도 많았다) 사방으로 돌아다니며 무언가를 찾았다. 그런데도 부족하다고 여겼는지, 발길 닿는 대로 이 가게 저 가게를 기웃거리다 길을 건너 또 이 쇼윈도우, 저 쇼윈도우를 둘러보고 다녔다.

알리나는 다리에 도착했다. 다리 중간까지 걸어오는 데만도 힘들었다. 눈이 방해했고, 다뉴브 강에서 거세게 솟구친 칼바람도 길을 막았기 때문이다. 알리나는 다리에 휘감기는 치맛자락을 느꼈다. (옷을 든든하게 입지 않았다.) 갑자기 되돌아가고 싶었다. 낯익은 도시로 되돌아가고 싶었다. 적막한 다리 중간에 넝마를 걸친 검은 직모의 여인이 기다리고 있었다. 엉큼한 얼굴과 엉거주춤하게 내뻗는 양손에는 뭔지 모를 확고한 열망이 담겨 있었다. 그 여자에게 다가간 알리나는, 최종 리허설을 마친 다음에 그러듯이, 거리를 가늠해보고 동작을 반복해봤다. (이제 숙지하고 있었다.) 두려움은 없었다. 마침내 자신을 해방시키고 (추위에 시달리고 승리를 확신한 알리나는 섬뜩한 비약을 통해 그렇게 믿었다) 그 여자 앞에 섰다. 그리고 그 어떤 생각도 물리치고 손을 내밀었다. 다리의 여자가 알리나를 꼭 끌어안았다. 교각에 부딪혀 얼음이 산산조각 나는 강 위의 다리에서 두 여자는 부둥켜안고 말없이 가만히 있었다.

힘을 주어 껴안는 바람에 핸드백 고리가 알리나의 젖가슴 사이에 꽂혀 은근히 아팠다. 알리나는 가냘픈 여자를 두 팔에 안고 그 여자의 전부를 남김없이 느끼고 있었다. 찬가가 들리고, 비둘기가 날고, 강물이 노래하는 것처럼 가슴이 벅찼다. 완전한 융합에서 눈을 감고, 외부의 감각도 황혼의 빛도 물리쳤다. 갑자기 무척이나 피곤해졌다. 끝내 혼자 힘으로 해냈다고 환호성을 올리지는 않았지만 승리를 확신하고 있었다.

둘 중 한사람이 조용히 울고 있는 것 같았다. 그 여자가 틀림없었다. 뺨이 축축해진 느낌이었기 때문이다. 한대 얻어맞은 것처럼 광대뼈가 아팠다. 목덜미도 아프고, 수많은 고생에 찌든 두 어깨도 불현듯 아파왔다. 눈을 떴을 때 (아마 비명을 질렀을 것이다) 이미 서로 떨어져 있다는 것을 알았다. 이제 비명을 질렀다. 추웠기 때문이고, 해어진 신발 속으로 눈이 들어오고 있었기 때문이고, 회색 옷을 입은 아름다운 알리나 레예스가 바람에 머리를 날리며 광장을 향해 걸어가고 있었기 때문이다. 뒤도 안 돌아보고 가고 있었기 때문이다.

시내버스
Ómnibus

"괜찮으면 돌아올 때 『가정생활』 좀 사다줘요." 로베르따 부인이 낮잠을 자려고 안락의자에 등을 기대면서 잡지를 부탁했다. 끌라라는 카트에 약품을 정리하고 예리한 시선으로 방 안을 둘러보았다. 빠트린 것은 없었다. 마띨데가 남아서 부인을 돌볼 것이고, 가정부가 필요한 것을 대령할 것이다. 끌라라는 이제 외출해도 된다. 토요일 오후 내내 혼자만의 시간을 즐길 것이다. 친구 아나와 수다를 떨고, 5시 30분에는 설탕을 듬뿍 넣은 차를 마시고, 라디오를 들으면서 초콜릿을 먹을 것이다.

오후 2시, 노동자의 물결은 수많은 집의 대문에 부딪혀 방금 전에 소멸되었다. 한산해진 비야델빠르께는 맑게 빛났다. 똑똑 구두 소리를 내며 사무디오 거리를 내려가는 끌라라는 농과대학 나무 그늘 사이로 부서지는 11월의 태양¹을 만끽했다. 산마르띤 대로에서 168번 시내버스를 기다릴 때는 머리 위에서 참새 떼가 푸드덕거렸다. 산 후안 마리아 비아네이 성당의 피렌쩨식 탑은 구름 한점 없는 하늘에서 더욱 붉게 보였고, 현기증이 날 정도로 높아 보였다. 시계 장수 루이스가 지나가면서 공손하게 인사를 건넸다. 끌라라의 단정한 옷차림과 다리가 한결 날씬해 보이는 구두와 크림색 블라우스의 하얀 옷깃을 칭찬하는 듯했다. 한적한 거리로 168번 시내버스가 꾸물거리며 다가왔다. 문이 열릴 때는 마뜩잖다는 듯이 삐걱거렸다. 고즈넉한 오후 길모퉁이 승객은 끌라라뿐이었다.

끌라라가 잡동사니 가득한 핸드백에서 동전을 찾는 동안 버스 차장은 무뚝뚝한 얼굴로 기다리고 있었다. 배는 불룩하고, 허벅지가 굵어서 브레이크를 밟거나 급커브를 돌 때도 잘 버틸 것 같았다. "15센따보짜리 차표 주세요." 뭔가 이상하다는 듯이 차장이 빤히 쳐다보는 것도 모르고 끌라라는 두번이나 말했다. 분홍색 차표를 받은 끌라라는 동요가 생각났다. '끊어라, 끊어라, 차장아, 파랑 차표, 분홍 차표 끊어라. 노래해라, 노래해라, 뭐든지 노래해라, 돈을 셀 때는.' 끌라라는 웃음을 머금고 뒷자리를 찾았다. 비상구 옆에 빈자리가 있었다. 창가에 앉을 때마다 끌라라는 주인이 된 듯한 소소한 기쁨을 느꼈다. 그때까지도 차장은 끌라라를 쳐다보고 있었다. 버스 기사는 산마르띤 고가도로 앞에서 좌회전하기 직전에 고개를 돌려 끌라라를 쳐다봤다. 거리가 있기 때문인지 좌석에 푹 파묻힌 끌라라를 어렵사리 찾아냈다. 버스 기사는 며칠을 굶은 듯, 피골이 상접한 금발이었다. 차장과 버스 기사는 몇마디 말을 주고받더니 끌라라를 쳐다보고, 자기들끼리 쳐다봤다. 덜컹하고 한번 튀어오른 버스는 초로아린 대로로 접어들어 속도를 냈다.

---

1 북반구의 초여름에 해당함.

'바보들이 아주 쌍으로 놀고 있어요.' 끌라라는 이렇게 생각했다. 신경은 쓰이지만 한편으로는 우쭐했다. 차표를 지갑에 넣고, 앞자리에 앉은 부인을 곁눈질했다. 큼직한 카네이션 다발을 들고 있었다. 그때 부인도 고개를 돌려 꽃다발 너머로 끌라라를 쳐다봤다. 울타리를 넘겨다보는 암소처럼 유순한 눈길이었다. 끌라라는 손거울을 꺼내들고 입술과 눈썹을 꼼꼼히 살펴보고 있었다. 목덜미에 따가운 시선이 느껴졌다. 무례한 사람이 또 있다는 생각에 정말로 화가 나서 고개를 홱 돌렸다. 바로 코앞에 노인의 눈이 있었다. 풀을 먹여 빳빳한 옷깃, 역겨운 냄새가 나는 데이지 꽃다발을 들고 있었다. 버스 맨 뒤의 기다란 초록색 의자에 앉은 승객들도 끌라라를 쳐다보고 있었다. 어디 흠잡을 데 없나 살피는 듯한 눈초리였다. 끌라라는 그런 시선을 견뎌내려고 안간힘을 썼으나 갈수록 힘들었다. 승객들이 일제히 쳐다보고 있어서 그런 것도 아니요, 하나같이 꽃다발을 들고 있어서 그런 것도 아니었다. 그보다는 노인의 코에 점이라도 박혀 있다면 (점 같은 것은 없었다) 웃고 끝날 일이라고 예상했기 때문이다. 그러나 뚫어져라 쳐다보는 시선 앞에서는 입가에 떠오른 웃음기조차 얼어붙고 말았다. 마치 꽃다발이 끌라라를 쳐다보는 듯했다.

갑자기 불안해진 끌라라는 좌석에서 몸이 조금 미끄러졌는데도 그대로 있었다. 그리고 망가진 앞좌석 등받이에 두 눈을 고정시키고, 비상구 손잡이를 살펴봤다. '손잡이를 앞으로 당기면 문이 열립니다'라는 문구도 그저 의미 없는 낱글자의 나열에 불과했다. 이렇게 끌라라는 일종의 안전지대, 생각할 틈을 만들어냈다. 승객이 차에 타는 사람을 쳐다보는 것은 당연하다. 차까리따 공동묘지를 경유하는 시내버스의 승객이 꽃다발을 들고 있다고 해서 이상한 일은 아니며, 승객 모두가 꽃다발을 들고 있다 하더라도 그렇게까지 이상한 일은 아니다. 알베아르 병원 앞을 지났다. 끌라라 쪽 창밖으로 잡풀이 우거진 땅이 펼쳐지고, 그 너머로 에스뜨레야 제약공장이 보였다. 더러운 물웅덩이가 널려 있고, 누런 말이 밧줄 쪼가리 같은 갈기를 늘어뜨리고 어슬렁거리는 곳이었다. 차창 밖 풍경은 쨍쨍한 햇볕 아래에서도 싱그럽지가 않았다. 그런데도 끌라라는 차창 밖 풍경에서 고개를 돌리기 힘들었다. 어쩌다 용기를 내서 한두번 차 안을 훔쳐봤다. 붉은 장미와 칼라 꽃, 그 너머로 보이는 글라디올러스는 더럽고 으깨지고 우중충한 붉은색이어서 끔찍했다. 세번째 창에 앉은 남자가 (전부터 끌라라를 힐끗거렸다) 들고 있는 거무튀튀한 카네이션 다발은 너무 촘촘해서 우둘투둘한 피부 같았다. 코가 잔인하게 생긴 두 소녀가 앞쪽 세로 좌석에 앉아 있었다. 가난한 사람이나 들고 다니는 국화와 달리아를 섞은 꽃다발을 함께 들고 있었다. 그러나 차림새는 가난하게 보이지 않았다. 주름치마 위에 말쑥한 재킷을 입고 무릎까지 오는 흰 스타킹을 신고 있었다. 둘은 거만하게 끌라라를 쳐다보았다. 끌라라는 버릇없는 철부지 소녀들의 기를 죽이고 싶었다. 그러나 똑바로 쳐다보는 네 개의 눈동자, 버스 차장, 카네이션 남자, 뒤통수에서 느끼는 승객들의 따가운 눈총, 바로 뒤에 앉은 빳빳한 옷깃의 노인, 뒷좌석의 청년들, 그리고 차장의 목소리. "빠떼르날 역입니다. 꾸엔까에서 승차한 분은 여기서 내리세요."

내리는 사람은 아무도 없었다. 어떤 남자가 민첩하게 차에 올랐다. 차장은 버스 중간쯤에서 그 남자의 손을 쳐다보고 있었다. 남자는 오른손에 20센따보를 쥐고 있었고, 왼손으로는 양복 자락을 쓸어내리며 별생각 없이 차장을 기다렸다. 끌라라는 15센따보라는 소리를 들었다. 그녀와 마찬가지로 남자도 15센따보였다. 그러나 차장은 차표를 끊지 않고 남자를 쳐다보고만 있었다. 마침내 남자는 상황을 파악했는지 짜증난 목소리로 말했다. "15센따보짜리 끊어주라니까요." 차표를 받은 남자는 거스름돈을 받기도 전에 미끄러지듯이 카네이션 남자 옆에 앉았다. 차장은 5센따보를 거슬러주고 머리 위에서 남자를 내려다봤다. 머리가 어떻게 됐나 살펴보는 듯했다. 남자는 그런 줄도 모르고 검은 카네이션에 시선을 빼앗겼다. 카네이션 남자는 옆에 앉은 남자를 힐끗거렸고, 남자도 카네이션 남자를 쳐다봤다. 두사람이 거의 동시에 고개를 돌렸지만 눈알을 부라리기는커녕 서로 무심히 쳐다볼 뿐이었다. 끌라라는 앞좌석 두 소녀 때문에 아직도 화가 나 있었다. 끌라라를 한참 쳐다보던 두 소녀는 고개를 돌려 방금 탄 남자를 쳐다봤다. 조금 뒤, 버스가 차까리따 공동묘지 담벼락 길로 접어들었을 때, 차 안의 승객들은 남자를 쳐다보고, 끌라라를 쳐다봤다. 방금 전에 승차한 남자에게 관심이 쏠렸기 때문에 끌라라를 대놓고 쳐다보지는 않았다. 그러나 그들의 시선에는 끌라라가 포함되어 있었고, 두사람을 한통속으로 보고 있었다. 이 사람들이 지금 무슨 짓을 하는 거야. 저 소녀들도 어리다고는 하지만 그렇게 철없을 나이는 아닌데. 모두들 꽃다발을 들고 남의 일이 뭐가 궁금하다고 저렇게 무례하게 굴까. 까닭 없이 은근한 동지애를 느낀 끌라라는 남자에게 이렇게 말하고 싶었다. '당신과 나는 15센따보짜리 차표를 끊었어요.' 그래서 두사람이 가깝다는 듯이. 또 팔을 붙들고 이런 주의도 주고 싶었다. '아직 모르셨죠? 꽃다발 뒤에 숨은 저 사람들, 바보 같아 보이지만 사실은 아주 무례한 사람들이에요.' 끌라라는 청년이 (얼굴에 굵은 주름살이 있었지만 사실은 청년이었다) 자기 옆에 앉기를 바랐다. 그런데 빈자리가 눈에 띄자마자 털썩 앉아버렸다. 그리고 재밌으면서도 황당하다는 표정으로 차장과 철부지 두 소녀와 글라디올러스 여자의 시선을 맞받아내고 있었다. 이제 빨간 카네이션 남자가 고개를 돌려 끌라라를 쳐다봤다. 무표정한 시선이었다. 흐리멍덩하고 부석浮石처럼 부유하는 시선이었다. 카네이션 남자를 집요하게 쳐다보던 끌라라는 자신이 텅 비어버린 느낌이 들었다. 버스에서 내리고 싶었다. (그런데 도로 한가운데서 단지 꽃다발이 없다는 이유로!) 청년도 불안해서 이쪽저쪽을 쳐다보다가 뒤를 돌아봤다. 그러고는 뒷좌석에 앉은 승객 네사람과 데이지 꽃다발을 든 빳빳한 옷깃의 노인을 보고 흠칫 놀랐다. 끌라라의 얼굴을 훑어보던 청년의 시선이 입술과 턱에 잠깐 머물렀다. 버스 앞쪽에서는 차장과 두 소녀와 글라디올러스 남자가 청년을 주시하고 있었다. 청년이 다시 고개를 돌려 그들을 멍하니 쳐다볼 때까지 시선을 떼지않았다. 끌라라는 몇분 전에는 자신이 궁지에 몰렸는데 이제는 청년이 궁지에 몰려 안절부절못한다고 생각했다. 저 사람도 빈손이라서 그런가보다라고 터무니없는 생각을 했다. 청년은 무방비 상태였다. 사방에서 쏟아지는 차가운 눈길을 거두게 할 수 있는 것은 청년의 두 눈뿐이었다.

정차도 하지 않고 내달린 버스는 커브를 돌고 돌아, 주랑이 늘어선 차까리따 공동묘지 정문으로 가고 있었다. 두 소녀는 자리에서 일어나 뒷문에 섰다. 그다음에 데이지, 글라디올러스, 칼라 꽃이 줄을 섰고, 뒤이어 한무더기 사람들이 늘어서서 꽃 냄새를 풍기고 있었다. 창가에 조용히 앉아 있던 끌라라는 사람들이 많이 내리면 편히 갈 수 있겠구나 싶어 마음이 가벼웠다. 줄을 선 사람들 머리 위로 검은 카네이션이 나타났다. 청년은 길을 비켜주려고 끌라라 앞

의 빈 좌석으로 몸을 반쯤 집어넣었다. 순진한 인상에 잘생긴 청년
이었다. 아마도 약국 종업원이거나 회계원이거나 건축 일을 할 것
이다. 버스는 천천히 멈췄다. 쉿 소리를 내면서 문이 열리기 시작했
다. 청년은 마음에 드는 자리에 앉으려고 사람들이 내리기를 기다
렸고, 끌라라도 청년과 같은 심정으로 글라디올러스와 장미를 든
사람들이 어서 내리기를 바라고 있었다. 드디어 문이 활짝 열렸다.
통로에 늘어선 사람들은 차에서 내릴 생각도 않고 흔들리는 꽃다
발 너머로 끌라라와 청년을 쳐다봤다. 마치 땅 밑에서 올라오는 바
람이 뿌리와 꽃을 한꺼번에 흔드는 것 같았다. 칼라 꽃과 빨간 카
네이션이 먼저 내리고, 그 뒤로 줄을 선 사람들과 두 소녀와 데이
지 노인이 내렸다. 이제 남은 승객은 그들 둘뿐이었다. 갑자기 버스
가 더 작아지고, 더 짙은 회색을 띠고, 더 예뻐진 것 같았다. 끌라라
는 청년이 자기 옆에 앉으면 좋겠다고, 당연히 그래야 하지 않겠느
냐고 생각했다. 어디에 앉을지는 그 사람 마음이지만. 청년이 옆자
리에 앉았다. 두 사람은 고개를 까닥이고, 서로 손을 살펴봤다. 아무
것도 들지 않은 빈손이었다.

"차까리따!" 차장이 소리쳤다.

재촉하는 차장의 눈짓에 끌라라와 청년의 대답은 간단했다. 우
리는 15센따보짜리 표라고, 단순히 그렇게만 생각하고 말았다.

문은 아직도 열려 있었다. 차장이 다가왔다.

"차까리따 내리세요." 차장은 설명하듯이 말했다.

청년은 차장을 쳐다보지도 않았지만 끌라라는 차장이 딱하게
보였다.

"레띠로까지 가는데요." 끌라라는 이렇게 말하고 차표를 보여
줬다. '끊어라, 끊어라, 차장아, 파랑 차표, 분홍 차표 끊어라.' 그들

을 쳐다보던 버스 기사는 운전석에서 일어날 기세였다. 무심코 돌아보던 차장이 손짓했다. 뒷문이 쉿 소리를 내며 닫혔다. (앞문으로 차에 탄 사람은 없었다.) 버스는 부아가 난 듯 덜컹거리며 속력을 냈다. 거칠 것 없이 경쾌하게 질주했기 때문에 끌라라는 배 속이 울렁거렸다. 차장은 버스 기사 옆에서 은색 봉을 잡고 두사람을 뚫어지게 쳐다봤다. 그들도 질세라 차장을 뚫어지게 바라봤다. 도레고 대로와 만나는 교차로까지 그렇게 쳐다보고 있었다. 조금 후 끌라라는 손등 위로 슬그머니 올라오는 청년의 손을 느꼈다. 앞에서는 안 보이는 곳이라서 기회를 노린 것이다. 청년의 손은 부드럽고 따뜻했다. 끌라라는 손을 빼지 않았지만 야금야금 움직여서 넓적다리에서 무릎 근처로 옮겨놓았다. 세찬 바람이 전속력으로 달리는 시내버스를 휘감았다.

"사람들이 많이 타고 있었는데, 한꺼번에 다 내렸네요." 청년은 낮은 소리로 말했다.

"꽃을 들고 차까리따 공동묘지로 가는 사람들이죠. 토요일에는 묘지를 찾는 사람들이 많아요." 끌라라가 대답했다.

"예. 그런데……"

"조금 이상하긴 했어요. 아시겠지만……"

"예." 말문을 막듯이 청년이 이야기했다. "당신도 나와 같은 일을 당했다고 생각했습니다."

"살다보면 별일이 다 있어요. 그런데 지금은 버스에 타는 사람이 없네요."

버스가 급정거했다. 철길 건널목이었다. 둘은 몸이 앞으로 쏠렸는데, 느닷없이 훌러덩 뛰어오르는 바람에 괜찮았다. 버스는 거대한 몸처럼 부르르 떨고 있었다.

"저는 레띠로까지 가요." 끌라라가 말했다.

"저도요."

그 와중에도 차장은 흔들리는 기색조차 없었다. 지금은 버스 기사와 화난 목소리로 이야기하고 있었다. 운전석에서 일어난 버스 기사가 그들 쪽으로 다가오고, 차장도 똑같은 걸음으로 뒤따라오는 것을 보면서도 그들은 그 장면을 주시하고 있다는 사실을 의식하지 못했다. 끌라라는 버스 기사와 차장이 청년을 쳐다보고 있다는 것을 깨달았다. 청년은 경직되었다. 마치 안간힘을 쓰고 있는 듯했다. 청년은 다리를 달달 떨면서 끌라라에게 어깨를 기댔다. 그때 기차가 굉음을 내며 전속력으로 지나갔다. 검은 연기가 태양을 가렸다. 버스 기사가 무슨 말을 했는데, 기차 지나가는 소리에 파묻혀 버렸다. 버스 기사는 그들로부터 두 좌석쯤 앞에 와서 걸음을 멈추고, 마치 뛰어내리려는 사람처럼 몸을 웅크렸다. 차장이 어깨를 잡고 말리면서 급하게 차단기를 가리켰다. 마지막 객차가 덜컹거리며 지나가고 있는데도 차단기는 벌써 올라가 있었다. 버스 기사는 입술을 깨물고 다시 운전석으로 달려갔다. 한번 덜커덩 뛰어오른 버스는 마주 보이는 반대편 경사로로 내달렸다.

긴장이 풀린 청년의 몸이 스르르 미끄러져내렸다.

"이런 일은 처음이야." 혼잣말처럼 말했다.

끌라라는 울고 싶었다. 금방이라도 터질 것 같은 울음, 그러나 쓸데없는 울음이었다. 그리고 일부러 생각한 것은 아니지만, 모든 일이 무사하고, 승객 한명을 제외하면 텅텅 비어 있는 168번 시내버스를 타고 가고 있으며, 이런 상황이 싫으면 벨을 누르고 다음 정거장에서 내리면 된다고 막연히 의식하고 있었다. 아무튼 모든 것이 무사했다. 이제 남은 일은 차에서 내리고, 그녀의 손을 다시 꼭 쥐고 있는 그의 손을 떼어내면 된다는 생각뿐이었다.

"무서워요." 끌라라는 그렇게만 말했다. "블라우스에 바이올렛 꽃이라도 꽂고 나올 걸 그랬나봐요."

그는 끌라라를 쳐다보고, 밋밋한 블라우스를 쳐다봤다.

"저도 가끔 양복 깃에 재스민 꽃을 꽂고 다니는데, 오늘은 서둘러 나오느라 깜빡했네요."

"안됐네요. 그런데 지금 우리 레띠로로 가고 있죠."

"그럼요, 레띠로로 가고 있습니다."

대화였다. 그를 보살펴주는 대화, 그에게 자양분을 주는 대화였다.

"창문을 조금만 열어주시겠어요? 차 안이 후덥지근해서 숨이 막히네요."

그는 깜짝 놀란 눈으로 끌라라를 쳐다봤다. 후덥지근한 게 아니라 추위를 느끼고 있었기 때문이다. 차장은 버스 기사와 이야기하면서 그들을 곁눈질했다. 버스는 건널목을 지난 이후로 멈추지 않았다. 이제 까닝 대로에서 산따페 대로로 우회전하고 있었다.

"창문을 고정시켜놓았나봅니다. 이 자리만 그럴 거예요. 비상구라서."

"아, 그런가요." 끌라라가 대답했다.

"자리를 옮길까요?"

"아니요. 됐어요." 끌라라는 자리에서 일어나려는 그를 제지하려고 손을 꼭 잡았다. "되도록이면 안 움직이는 게 좋겠어요."

"그러면 앞좌석 창문을 열까요?"

"아니요. 그러지 마세요."

그는 기다렸다. 끌라라가 무슨 말을 할 것 같았기 때문이다. 그러나 끌라라는 더욱 움츠러들었다. 그리고 싸한 침묵처럼, 열기처럼 밀려드는 전방의 분노에 휘말려들지 않으려고 그의 얼굴을 대놓고 쳐다봤다. 그는 나머지 손을 끌라라의 무릎에 올려놓았고, 끌라라도 그 위에 손을 얹었다. 둘은 손가락으로, 손바닥의 온기로 은밀히 소통했다.

"가끔 정신을 놓는 때가 있어요." 끌라라가 조심스럽게 말을 꺼냈다. "챙긴다고 챙기는데도 항상 뭔가를 하나씩 빠트려요."

"그렇지만 우리는 전혀 몰랐죠."

"맞아요. 그래도 마찬가지죠. 그 사람들이 나를 쳐다봤어요. 특히 두 소녀가. 그래서 기분이 나빴어요."

"버릇없는 애들이죠. 둘이 약속이나 한 듯이 우리를 노려보지 않았어요?"

"국화와 달리아를 섞은 꽃다발을 들고 있었는데, 다른 사람들과 마찬가지였어요." 끌라라가 말했다.

"사람들이 부추겨서 그래요." 그는 짜증난 목소리로 말했다. "쭈글쭈글한 카네이션 다발을 들고 내 옆에 앉은 노인은 새같이 생겼던데, 뒤에 앉은 사람들은 잘 보지 못했어요. 당신 생각으로는 전부 다⋯⋯"

"전부 다 그래요. 버스에 타자마자 전부 다 봤어요. 산마르면 대로에서 버스에 탔는데, 고개를 돌리자마자 봤어요, 전부 다⋯⋯"

"전부 다 차에서 내려서 잘됐어요."

뿌에이레돈 대로에서 버스가 갑자기 멈췄다. 구릿빛 피부의 경찰이 교통정리대에서 양팔을 벌리고 십자가처럼 서서 뭐라고 투덜대고 있었다. 버스 기사가 운전석에서 미끄러지듯이 빠져나오자 차장은 소매를 붙잡으려고 했다. 그러나 손을 홱 뿌리치고 엉거주춤한 자세로 통로로 나온 버스 기사는 그들을 번갈아 바라보았다. 침 묻은 입술이 파닥거렸다. "지나가래." 차장은 희한한 목소리로 소리를 질렀다. 시내버스 뒤에서 연신 경적이 울렸다. 버스 기사는 정신없이 운전석으로 달려갔다. 차장은 버스 기사 귀에 대고 속삭이면서 그들을 힐끗힐끗 쳐다봤다.

"당신이 없었더라면……" 끌라라가 중얼거렸다. "당신이 없었더라면 기를 쓰고 내렸을 거예요."

"하지만 레띠로에 간다면서요." 청년이 조금 놀라며 말했다.

"네. 약속이 있거든요. 그래도 내렸을 거예요."

"저는 15센따보를 내고 레띠로까지 표를 끊었습니다."

"저도 그래요. 하기는 한번 버스에서 내리면 다음 버스가 올 때까지……"

"맞습니다. 게다가 만원일지도 모르죠."

"그럴 수도 있겠네요. 요즘 교통이 말이 아니죠. 지하철은 타보셨어요?"

"말도 못합니다. 업무보다 출근이 더 피곤해요."

맑고 푸른 공기가 차 안으로 들어왔다. 그들은 분홍색의 국립박물관을 보았고, 신축한 법과대학 건물을 보았다. 버스는 레안드로 알렘 대로에서 더욱 속력을 냈다. 화가 나서 어서 도착하려는 것 같았다. 교통경찰이 두번 버스를 세웠고, 그때마다 버스 기사는 그들에게 달려들려고 했다. 두번째는 차장이 버스 기사 앞을 가로막고 화를 냈다. 마치 자기에게 달려들기라도 한 것처럼. 끌라라는 저도 모르게 무릎을 끌어안고 웅크렸고, 그는 부리나케 손을 빼내 주먹을 불끈 쥐었다. 남자 주먹의 굵은 핏줄을 한번도 본 적이 없는 끌라라는 단단한 주먹을 보고 두려움 때문에 사라진, 그에 대한 믿음을 되찾았다. 그리고 버스를 타고 가는 동안 오월광장에서는 줄을 서야 한다는 이야기, 예의 없는 사람들 이야기, 인내심이 필요하다는 이야기를 나누었다. 그후 그들은 입을 다물고 철둑길을 쳐다보았고, 그는 지갑을 꺼내 뒤적거리면서 아주 심각한 표정을 지었다. 손가락도 조금 떨리고 있었다.

"거의 다 왔어요. 곧 도착해요." 끌라라가 똑바로 앉으면서 말했다.

"아, 예. 레띠로에 들어서면 재빨리 일어나서 내립시다."

"좋아요. 광장 옆을 지날 때."

"그거 좋네요. 영국인 탑 근처에 정류장이 있습니다. 먼저 내리세요."

"전 괜찮아요."

"아닙니다. 아무튼 뒤는 내게 맡겨요. 커브를 돌자마자 내가 자리에서 일어날 테니까 당신은 재빨리 뒷문 계단으로 내려가요. 그러면 내가 뒤따라갈게요."

"고마워요." 끌라라는 감동해서 그를 쳐다봤다. 그들은 계획 세우기에 골몰했다. 어느 위치에 다리를 둘지 의논하고, 앞쪽에서 안 보이는 곳이 어딘지 찾아봤다. 버스가 광장 모퉁이로 접어들고 있었다. 유리창이 흔들렸다. 전속력으로 달리던 버스는 광장 경계석을 넘어가려는 순간 방향을 바꾸었다. 그는 좌석에서 벌떡 일어나 몸을 앞으로 숙였고, 재빨리 좌석에서 빠져나간 끌라라는 뒷문 계단에 내려섰다. 그사이 그는 뒤돌아서서 끌라라를 몸으로 가려주었다. 끌라라는 버스 문짝에 둘러진 검은 고무와 더러운 유리창을 보고 있었다. 다른 것은 보려고도 하지 않고 그저 덜덜 떨고만 있었다. 머리 위에서 헐떡이는 그의 숨결이 느껴졌다. 급브레이크를 밟는 바람에 그들은 한쪽으로 쏠렸고, 차문이 열리는 순간 버스 기사가 통로로 달려오면서 손을 뻗었다. 끌라라는 이미 광장으로 뛰어내렸다. 뒤돌아보니 그 역시 뛰어내렸고, 버스 문은 쉿 소리를 내며 닫히고 있었다. 버스 기사의 손이 검은 고무에 끼었다. 허옇고 뺏뺏한 손가락이었다. 끌라라는 버스 창문 너머로 운전석에 엎어진 차장이 차문 조작레버를 잡고 있는 모습을 보았다.

그가 끌라라의 팔을 잡았다. 그들은 빠른 걸음으로 아이스크림 장수와 아이들로 북적거리는 광장을 지나갔다. 아무 말도 주고받지 않았지만 다행이라는 생각에 떨고 있었다. 그러나 서로 쳐다보지는 않았다. 끌라라는 그가 이끄는 대로 따라갔다. 갈수록 거세지는 강바람 냄새를 맡으며 잔디와 화단이 있는가보다고 막연히 짐작했다. 광장 한쪽에 꽃집이 있었다. 그는 꽃바구니를 올려놓은 진열대 앞에 서서 팬지 꽃² 두다발을 골랐다. 한다발은 끌라라에게 건네주었다. 지갑을 꺼내 계산할 때는 두다발 모두 끌라라가 들고 있었다. 그러나 걸어갈 때는 (그는 팔을 잡지 않았다) 각자 한다발씩 들고 있었다. 각자 한다발씩 들고 걸어가면서 행복했다.

---

2 에스빠냐어로는 '생각'이란 의미이며, 꽃말은 '나를 생각해주세요'이다.

맞물린 공원
Continuidad de los parques

그는 며칠 전부터 소설을 읽기 시작했다. 급한 용무가 생겨 책을 덮었다가 열차 편으로 농장에 돌아온 다음에 다시 책을 펼쳤다. 차츰 줄거리와 인물 묘사에 흥미를 느꼈다. 그날 오후, 대리인에게 편지를 쓰고 관리인과 소작료 문제를 상의한 후, 책을 읽으려고 떡갈나무 공원이 보이는 조용한 서재로 들어갔다. 누군가 불쑥 들어와 독서를 방해할지도 모른다는 생각에 문을 등지고, 아끼는 안락의자에 편안하게 앉았다. 왼손으로 안락의자의 초록색 벨벳 천을 한두차례 쓰다듬어보는 사이에 어느덧 소설의 마지막 부분에 이르렀다. 별다른 노력을 하지 않았는데도 등장인물의 이름과 이미지가 뇌리에서 맴돌고 있었다. 이내 소설적 환상에 사로잡혔던 것이다. 그는 한줄 한줄 읽어감에 따라 주변 현실이 산산조각 나는 야릇한 희열을 맛보고 있었다. 동시에, 자신은 벨벳 의자 등받이에 머리를 기대고 있고, 담배는 손 닿는 곳에 있으며, 커다란 창문 너머 떡갈나무 아래로 늦은 오후의 바람이 춤추고 있다는 사실도 느끼고 있었다. 그는 한장 한장 책장을 넘기면서 주인공들의 지저분한 갈등 속으로 빨려들어갔고, 여러 이미지가 한데 어울려 생생한 모습으로 살아나고 있는 주인공들에게 다가감으로써 마침내 산속 오두막집에서 남녀가 마지막으로 만나는 장면을 목격하게 되었다. 먼저 여자가 들어왔다. 조심하는 눈치였다. 이어 정부가 들어왔는데, 나뭇가지에 얼굴을 긁혀 생채기가 나 있었다. 놀랍게도 여자는 키스로 지혈을 했다. 그러나 사내는 애무를 뿌리쳤다. 이전처럼 사람들의 눈을 피해 오솔길과 낙엽 속에서 열정적인 밀회를 하려고 온 것이 아니었다. 가슴에 품은 칼은 따뜻했고, 그 아래에서 움츠러든 자유가 박동하고 있었다. 구불구불한 시냇물처럼 숨 가쁜 대화가 몇 장이나 이어졌다. 모든 것은 처음부터 이미 정해졌다는 느낌이 들었다. 사내의 행동을 말리려는 듯이 온몸을 더듬는 애무도 실은 결딴낼 사람의 생김새를 그리고 있었다. 알리바이, 우연, 실수까지, 하나도 빠뜨리지 않고 계산에 넣었다. 그 시간 이후, 매 순간은 치밀한 계획에 따라 흘러갈 터였다. 비정하게도 한번 더 계획을 검토하려는데 손으로 뺨을 쓰다듬는 바람에 중단됐다. 날이 어두워지고 있었다.

그들은 앞일에 골몰한 나머지 오두막집 앞에서 헤어질 때 서로 쳐다보지도 않았다. 여자는 북쪽 오솔길로 가야만 했다. 반대편 오솔길로 가던 사내는 잠시 멈춰서서 뒤를 돌아보았다. 머리칼을 날리며 달려가는 여자가 보였다. 사내도 나무나 울타리 뒤에 몸을 숨기며 달려갔다. 연보라색 안개 같은 황혼 속에서 마침내 그 집으로 이어지는 가로수길이 나타났다. 개가 짖으면 안된다. 짖지 않았다. 이 시간이면 관리인은 집에 없을 것이다. 집에 없었다. 사내는 현관 계단을 올라가 집 안으로 들어갔다. 심장은 널뛰고 있어도 여자의 말이 귓전에 쟁쟁했다. 맨 처음이 청색 거실, 다음이 복도, 그리고 양탄자가 깔린 계단. 계단 위쪽에 문이 두개 있다. 첫번째 방에는 아무도 없다. 두번째 방에도 사람이 안 보인다. 그런데 저 서재의 문, 움켜쥔 칼, 빛이 들어오는 커다란 창, 등받이가 높은 초록색 벨벳 안락의자, 그 의자에 앉아 소설을 읽고 있는 사람의 머리.

키클라데스 제도의 우상
El ídolo de las Cícladas

"내 말을 듣든 말든 상관없다." 소모사가 말했다. "사실이 그러니까, 너도 알아두는 게 좋을 거다."

깜짝 놀란 모랑은 퍼뜩 정신이 들었다. 그리고 몽롱한 상태에 빠져들기 전에 소모사가 미쳐가고 있다고 생각한 기억이 났다.

"미안, 내가 잠깐 딴생각을 했다." 모랑이 말했다. "너도 인정하겠지만, 이 모두가…… 아무튼 여기에 와보니까 네가 그러고 있어서……"

그러나 소모사가 미쳐가고 있다고 간주하기에는 충분하고 남았다.

"아무튼 말로는 표현할 수 없다. 적어도 우리가 사용하는 언어로는." 소모사가 말했다.

두사람은 잠시 서로 쳐다봤다. 소모사가 다시 목소리를 높이자 모랑이 먼저 눈을 피해버렸다. 몰개성적인 어조의 소모사의 설명은 이내 지성으로 이해할 수 있는 한계를 넘어서고 있었다. 모랑은 소모사를 쳐다보고 싶지 않았다. 그렇지만 자기도 모르는 사이에 좌대 위의 조그만 조각상에 다시 눈길이 갔다. 마치 씨가와 풀냄새 향기롭던 그날 오후로, 소모사와 함께 기적처럼 그 섬에서 저 조각상을 발굴한 그 찬란한 오후로 되돌아간 것 같았다. 떼레즈의 모습이 떠올랐다. 멀리 파로스 섬 해안선이 보이는 높은 바위 위에 있던 떼레즈는 소모사의 고함 소리를 듣고 고개를 돌렸다. 잠깐 머뭇거리던 떼레즈는 빨간 비키니 수영복을 손에 들고 있다는 사실도 잊고 소리나는 쪽으로 달려가 구덩이를 들여다봤다. 소모사의 손에서 이끼와 석회질로 뒤덮인 조그만 조각상이 피어나고 있었다. 모랑은 우습기도 하고 화도 나서 몸이나 좀 가리라고 소리쳤다. 떼레즈는 일어나서 무슨 말이냐는 듯이 모랑을 쳐다보다가 갑자기 등을 돌리고 손으로 가슴을 가렸다. 그사이 소모사는 모랑에게 조각상을 넘겨주고 구덩이에서 나왔다. 모랑은 그 이후의 시간도 곧바로 기억났다. 시냇가 텐트에서 보낸 밤, 달빛 아래 올리브 나무 사이로 걸어가는 떼레즈의 그림자. 그리고 지금은 텅 비어 있다시피 한 조각 작업장에서 단조롭게 울리던 소모사의 목소리도 기억 속에 자리한 그날밤으로부터 들려오는 듯했다. 소모사가 터무니없는 희망을 앞뒤 없이 늘어놓았을 때였다. 모랑은 레치나 와인을 두 모금 마시면서 쾌활하게 웃고, 소모사를 사이비 고고학자이자 어쩔 수 없는 시인으로 취급하고 말았다.

"말로는 표현할 수 없다. 적어도 우리가 사용하는 언어로는." 방금 전 소모사는 이렇게 말했다.

스코로스 계곡 깊은 곳에 설치한 텐트에서 모랑은 조각상을 손으로 살살 문질러서 시간과 망각이라는 거짓 옷을 벗겨냈다. (떼레즈는 아직도 올리브 나무 사이에서 모랑의 책망과 터무니없는 의심 때문에 툴툴거리고 있었다.) 그날밤은 느리게 흘러갔다. 소모사가 언젠가는 손, 눈, 과학이 아닌 다른 길을 통해서 조각상에 접근할 수 있다는 몰지각한 희망을 피력하는 동안 술과 담배는 귀뚜라미와 계곡 물소리의 대화와 섞여들었고, 결국 무슨 말인지 갈피를 잡을 수 없다는 느낌밖에 남지 않았다. 나중에 소모사가 조각상을 들고 자기 텐트로 가고, 떼레즈가 혼자 있기 지쳐서 자러 왔을 때, 모랑은 소모사의 망상을 이야기해주었다. 아르헨띠나 사람들은 너 나없이 말도 안되는 상상을 하는 것 같다고 두사람은 빠리 출신답게 슬쩍 비꼬았다. 자기 전에는 그날 오후 일로 티격태격했고, 떼레즈는 모랑의 사과를 받고 키스했다. 그리고 두사람은 그 섬에서 항상 그랬듯이, 어느 곳에서나 그랬듯이 밤을 덮었고, 한동안 그 일을 잊었다.

"그 일을 아는 사람이 또 있냐?" 모랑이 물었다.

"아니. 너하고 나뿐이다. 그게 좋을 것 같아서." 소모사가 말했다. "이 근래 몇달 동안 꼼짝 않고 여기서 지냈다. 처음에는 아줌마가 와서 작업장 청소도 해주고 옷도 빨아주고 그랬는데, 나를 귀찮게 하더라."

"빠리 교외에서 이렇게 산다는 게 안 믿어진다. 그렇지만 아무런 소식도 없이…… 어쨌거나 생필품을 사려면 마을로 내려왔을 것 아니냐."

"전에는 그랬다고 방금 이야기했잖아. 지금은 부족한 것이 없다. 필요한 것은 다 있다, 저기에."

모랑은 소모사가 손가락으로 가리키는 방향을 쳐다봤다. 조각상 너머였고, 선반에 방치된 복제품 너머였다. 목재, 석고, 석재, 망치,

먼지, 유리창에 드리운 나무 그림자가 보였다. 소모사의 손가락은 바닥에 나뒹구는 더러운 걸레 말고는 아무것도 없는 작업장 구석을 가리키는 것 같았다.

그러나 근본적으로 변한 것은 거의 없었다. 그들 사이의 지난 이 년 역시 저 구석처럼 비어 있었다. 더러운 걸레는 마치 그들이 이야기해야만 했는데도 입을 다물어버린 그 무엇 같았다. 키클라데스 제도의 탐험은 쌩미셸 거리의 야외 까페에서 발동한 낭만적 광기에서 시작되었고, 그 섬 계곡의 유적지에서 우상을 발견함으로써 끝났다. 발각될지도 모른다는 두려움이 처음 몇주간의 기쁨을 갉아먹었다. 그리고 어느날 셋이 해변으로 내려가고 있을 때, 소모사의 시선을 보고 모랑은 깜짝 놀랐다. 그날밤 모랑은 떼레즈하고 이야기하고, 가능한 한 빨리 돌아가기로 결정했다. 소모사는 인품이 괜찮은 사람이라고 믿었는데 괴로워하는 것 같아서 (너무 의외였다) 조금 어이가 없었기 때문이다. 빠리에서는 뜸하게 만났다. 직업상 자주 만나기는 어려웠다고는 하지만 모랑은 혼자 약속 장소에 나타났다. 처음 만날 때 소모사는 떼레즈 안부를 물어봤으나 이후로는 관심이 없는 것 같았다. 그들이 이야기해야만 했는데 입을 다물어버린 그 무엇이 두사람을, 어쩌면 세사람을 무겁게 짓누르고 있었다. 모랑은 소모사가 한동안 조각상을 보관한다는 데 동의했다. 이년 내에 조각상을 판다는 것은 불가능했다. 아테네 세관원을 아는 대령을 아는 마르꼬스가 뇌물 외에도 매매금지 기간을 조건으로 달았기 때문이다. 소모사는 조각상을 자기 아파트로 가져갔다. 모랑은 만날 때마다 조각상을 보았다. 소모사가 모랑 부부의 집을 찾아가겠다는 이야기를 한 적은 없었다. 이밖에도 서로 입을 다물어버린 많은 일이 있었는데, 그 배경은 항상 떼레즈였다. 소모사는 오로지 그 생각에 집착하고 있는 것 같았다. 가끔 술 한잔 하자며 모랑을 아파트로 불렀을 때도 사실은 그 이야기를 하고 싶었던 것이다. 특별히 이상한 점은 없었다. 어쨌거나 모랑은, 향수를 달래려고 삼류 문학작품을 읽는 소모사의 취향을 잘 알고 있었다. 다만 놀라운 것은 자신의 희망 사항에 대한 광신적인 태도였다. 무조건적인 확신에 휩싸였을 때 소모사는 형언할 수 없이 아름다운 조각상을 연신 쓰다듬으면서 동일한 문구의 주문을 신물이 날 때까지 주워섬겼는데, 모랑은 쓸데없는 짓을 하고 있다고 생각했다. 모랑의 관점에서 소모사의 강박증은 분석이 가능했다. 어떤 의미에서 고고학자는 자기가 조사하고 발굴한 과거와 자신을 동일시한다. 여기서 더 나아가 과거의 흔적 가운데 하나를 애지중지하다보면 자신을 망각하고, 시간과 공간을 착각하며, 과거로 통하는 어떤 틈이 열리리라고 믿게 된다. 소모사가 이런 어휘를 동원한 적은 한번도 없었다. 뭐라고 단순화하기 어려운 차원에서 추정적이고 암시적으로 말했으나 그 뜻은 대강 그랬다. 이미 그 무렵부터 소모사는 서툰 솜씨로 복제품을 만들기 시작했다. 소모사가 빠리를 뜨기 전에 모랑은 첫 복제품을 보았으며, 만날 듣는 똑같은 이야기를 친구로서 참고 들어주었다. 소모사의 이야기로는 시공간을 철폐하는 방법은 상황과 동작을 되풀이하는 것이다. 이렇게 집요하게 접근하다보면 언젠가는 초기 조각상과 자신이 동일해질 것인데, 이것은 중첩과 같은 이중성이 아니라 원초적인 접촉, 즉 합일이라고 확신하고 있었다. (소모사가 이렇게 말한 것은 아니었으나 모랑은 후에 떼레즈에게 이야기할 때 이런 식으로 재구성했다.) 그런데 방금 전에 소모사가 이야기한 것처럼 사십팔시간 전인 하짓날 밤에 그런 접촉이 있었다.

"다 좋다." 모랑은 이렇게 인정하면서 또 담뱃불을 붙였다. "그렇지만 설명을 듣고 싶다. 네가 왜 그렇게 확신하는지…… 그러니까 네가 접촉한 게 뭔지 설명 좀 해봐라."

"설명이라…… 지금 안 보여?"

소모사는 다시 손으로 작업장 구석 방향의 허공을 가리키며 반원을 그렸다. 조명을 받고 있는 대리석 좌대 위의 조각상과 작업장 지붕이 그 안에 포함되었다. 모랑은 뚱딴지같은 기억이 떠올랐다. 아테네의 플라카 뒷골목에서 마르꼬스가 개 인형에 감춰놓은 조각상을 들고 떼레즈가 국경을 넘던 일이었다.

"그런 일은 안 생기려고 해도 안 생길 수가 없는 거다." 소모사는 아이처럼 말했다. "새 복제품을 만들 때마다 점점 내게 다가왔다. 복제품이 나를 알아갔던 거다. 내 말은…… 참, 너에게 설명하려면 몇날 며칠이 걸릴 텐데…… 이상한 것은 저기서 모든 게 하나로…… 하지만 그때는 이것이……"

소모사는 손을 움직이며 저기와 이것을 강조했다.

"이제 조각가가 다 됐구나." 모랑은 이런 말을 하는 자신이 바보 같았다. "최근에 만든 복제품 두점은 완벽해서 나중에 조각상을 넘겨줘도 진품인지 가품인지 모르겠다."

"절대 너에게 안 줄 거다." 소모사는 잘라 말했다. "조각품이 우리 두사람 공동 소유라는 걸 망각했다고는 생각하지 마라. 그래도 너에게는 절대 안 줄 거다. 내가 원한 건 하나뿐이었다. 떼레즈와 네가 나를 따라와서 함께 지내는 것. 그래, 내가 여기에 온 날 저녁에 너희가 함께했으면 참 좋았을 거다."

모랑은 이년 만에 처음으로 소모사 입에서 떼레즈라는 말을 들었다. 그때까지만 해도 소모사는 떼레즈를 죽은 사람처럼 취급했다. 그러나 이제는 아내가 된 사람이건만 떼레즈 이름을 부르는 방식은 예전 그대로였다. 그날 아침 그리스 해변으로 내려갈 때와 다르지 않았다. 한심한 소모사. 여전히 정신 못 차리고 있구나. 미친놈. 그러나 더 이상한 일은 마지막 순간에, 다시 말해서 소모사의 전화를 받고 자동차에 오르기 전에, 떼레즈의 사무실로 전화해야겠다고 느꼈다는 것이다. 세사람이 함께 모이게 늦게라도 소모사 작업장으로 오라고 이야기했는데, 왜 그랬는지 모르겠다. 떼레즈가 산속 외딴집으로 찾아오는 길 설명을 듣고 있는 동안, 또 들은 말을 한마디도 빼놓지 않고 또박또박 반복하는 동안 무슨 생각을 했는지 나중에 물어봐야겠다. 모랑은 박물관에서 그리스 화병을 복원할 때처럼 작은 조각을 정교하게 붙여서 생명을 다시 불어넣으려는 소모사의 저 체계적인 광기를 속으로 저주했다. 그리고 허공에서 조각을 붙여 보이지 않는 화병을 만들기라도 하듯이 이리저리 움직이는 손동작에 섞여드는 소모사의 목소리도 저주했다. 그러나 소모사가 조각상을 가리키자 모랑은 자기 의지와 상관없이 다시 한번 선사시대의 벌레 같은 새하얀 육신을 쳐다볼 수밖에 없었다. 수천년 전이라는 상상조차 불가능한 태곳적, 상상조차 불가능한 환경에서 누군가가 제작한 조각상. 조수와 삭망이 바뀌면 동물 울음소리 들리고, 발정기가 되면 닥치는 대로 덮치고, 곡물제사와 어리석은 희생제의를 번갈아 올리던 그 아찔하게 먼 옛날에 만든 표정 없는 얼굴, 뿌옇게 흐린 거울에서 팽팽한 긴장을 깨뜨리며 우뚝 솟아난 코, 간신히 도드라진 젖가슴, 삼각형 아랫도리, 배를 두르고 있는 팔. 초창기 사람들의 우상이었다. 신성한 시간에 치르던 의례에서 공포를 야기한 우상이었으며, 언덕의 제단에서 제물을 바칠 때 사용하던 돌도끼 우상이었다. 이런 이야기를 사실로 믿을 만큼 모랑 역시 자신이 고고학자라는 사실을 망각하고 바보가 되어가고 있었다.

"아무것도 설명할 수 없다고 생각하는 것은 알겠는데, 그래도 설명하려고 노력은 해야 하는 것 아니냐? 내가 아는 것이라고는 이 몇달 동안 복제품을 만들었고, 이틀 밤 전에⋯⋯"

"아주 단순하다." 소모사가 말했다. "피부는 여전히 다른 무엇과 접촉하고 있다고 항상 느꼈다. 그런데도 나는 지난 오천년 동안의 잘못된 길을 되짚어가야만 했다. 재미있는 사실은 에게 문명의 후손도 이런 오류에 책임이 있다는 거다. 그러나 이제는 중요하지 않다. 잘 봐라, 이렇게 하는 거다."

우상 옆에 선 소모사는 한 손을 젖가슴과 복부에 조심스럽게 올려놓았다. 다른 손으로는 우상의 목에서 입이 있어야 할 부분까지 쓰다듬었다. 모랑은 뭐라고 웅얼거리는 소모사의 목소리를 들었다. 흡사 소모사의 손이나 어쩌면 존재하지 않는 우상의 입이 연기 자욱한 동굴에서 사냥 이야기를 하고, 궁지에 몰린 사슴 이야기를 하고, 나중에 말해야만 하는 이름을 이야기하고, 푸르스름한 기름 얼룩을 이야기하고, 두 강의 합류를 이야기하고, 폭Pohk의 어린 시절을 이야기하고, 서쪽 계단을 통해서 불길한 그림자가 드리운 제단으로 향하는 행렬을 이야기하는 것 같았다. 모랑은 소모사가 한눈파는 사이에 뗴레즈에게 전화를 걸어 의사 베르네를 데려오라고 할까 망설였다. 그러나 뗴레즈는 이미 길을 떠났을 것이며, 바위 끝에서는 군중이 고함을 지르고, 녹색 옷을 입은 사람들의 대장이 가장 아름다운 수컷의 왼쪽 뿔을 도려내어 소금을 관리하는 사람들의 대장에게 넘겨줌으로써 아게사Haghesa와 맺은 계약을 갱신했다.[1]

"숨 좀 돌리자." 이렇게 말한 모랑은 일어나서 한걸음 앞으로 나갔다. "신화 같은 이야기다. 갈증이 심한데, 우리 뭐라도 마시자. 내가 가서……"

"위스키는 저기 있다." 조각상에서 천천히 손을 떼며 소모사가 말했다. "나는 안 마실 거다. 희생의식 전에는 금식해야 하거든."

"저런, 나 혼자 마시기는 싫은데." 모랑은 술병을 찾으면서 말했다. "그런데 무슨 희생의식?

모랑은 위스키를 한잔 가득 따랐다.

"네 말로는 합일이다. 저 소리 들리지? 우리가 아테네 박물관에서 본 쌍피리 조각상과 같은 쌍피리 소리. 왼쪽은 생명의 소리이고, 오른쪽은 불화의 소리다. 불화 또한 아게사에게는 생명인데, 희생의식을 올리면 피리 연주가는 오른쪽 피리를 불지 않는다. 그쪽에서는 새 생명이 흘린 피를 마시는 소리만 들릴 거다. 피리 연주자의 입에 피가 가득 차면 왼쪽 피리를 불어 피를 내보내고, 나는 조각상 얼굴에 피를 바를 거다, 이렇게. 그러면 피 아래서 눈도 나타나고 입도 나타난다."

"말도 안되는 소리는 그만둬라." 모랑은 이렇게 말하고 위스키를 마셨다. "피는 대리석 조각상에 안 좋다. 그런데 너무 덥다."

소모사는 느릿느릿 셔츠를 벗었다. 바지 단추를 풀고 있는 소모사를 보았을 때, 저렇게 흥분하게 내버려둔 게, 저런 발광에 동조해준 게 잘못이었다고 모랑은 중얼거렸다. 가무잡잡하고 마른 소모사가 벌거벗고 조명등 불빛 아래에 서 있었다. 어떤 곳을 응시하느라 넋이 나간 것처럼 보였다. 반쯤 벌어진 입에서는 침이 흘러내리고 있었다. 모랑은 급히 술잔을 내려놓고, 문까지 가려면 어떻게든

<hr />

1 폭과 아게사는 작가가 고안해낸 것이다. 해설 360면 참조.

소모사를 속여야 한다고 생각했다. 소모사의 손에 들린 돌도끼가 어디서 났는지 몰랐다. 그냥 깨달았을 뿐이다.

"이미 예상했다." 모랑은 천천히 뒷걸음치며 말했다. "이게 아게 사와 맺은 계약이냐? 이 모랑의 피를 바치겠다는 거지? 그렇지?"

소모사는 모랑을 쳐다보지도 않고 반원을 그리듯이 돌도끼를 휘두르면서 덤벼들었다. 마치 사전에 정해놓은 길을 따라가듯이.

"나를 정말 죽이려는 모양이구나." 모랑은 이렇게 큰 소리로 말하면서 어두운 곳으로 뒷걸음쳤다. "이런 미장센은 어디서 배운 것이냐? 떼레즈 때문이라는 것은 굳이 말 안해도 안다. 그런데 너를 사랑한 적도 없고 사랑하지도 않을 텐데, 이런들 무슨 소용이 있겠냐?"

벌거벗은 몸은 이제 조명등 불빛에서 벗어났다. 어두운 구석으로 피한 모랑은 축축한 걸레를 밟았다. 더이상 물러날 곳이 없었다. 도끼를 쳐드는 모습을 보고 모랑은 뻘라스 데 떼른 도장에서 나가시 선생에게 배운 대로 몸을 날려 소모사의 낭심을 걷어차고 왼쪽 목을 가격했다. 도끼는 사선을 그리며 턱없이 빗나갔다. 모랑은 꼬꾸라지는 상체를 날렵하게 피해 도끼를 놓친 손을 낚아챘다. 소모사가 아직도 숨넘어가게 비명을 지르고 있을 때 도끼날이 이마 한가운데 박혔다.

소모사를 다시 쳐다보기 전에 모랑은 작업장 구석에 있는 더러운 걸레 위에다 토했다. 속이 텅 빈 것 같았다. 토하고 나니 한결 가뿐했다. 바닥에 놓인 컵을 들고 남은 위스키를 마시면서 떼레즈가 금세 도착할 것이라고 생각했다. 뭔가를 해야만 할 것 같았다. 경찰에 신고하고, 해명을 해야만 할 것 같았다. 시신의 한쪽 발을 잡고 조명등 한가운데로 끌고 가면서 정당방위를 입증하기는 어렵지 않으리라고 생각했다. 소모사의 기이한 행동, 은둔 생활, 분명한 광기. 모랑은 허리를 구부리고 죽은 사람의 머리칼과 얼굴로 흘러내리는 피를 손에 묻히면서 손목시계를 보았다. 7시 45분을 가리키고 있었다. 떼레즈는 늦지 않을 것이다. 집 밖으로 나가서 정원이나 길거리에서 기다리는 것이 좋겠다. 그러면 얼굴에서 흘러내린 핏줄기가 목덜미로 내려와 젖가슴을 에워싸고 삼각형 아랫도리로 모여 허벅지로 흘러내리는 우상의 모습을 떼레즈에게 안 보여줘도 될 것이다. 도끼는 희생자의 머리에 깊이 박혀 있었다. 모랑은 끈적끈적한 손으로 도끼를 빼냈다. 시신을 발로 조금 밀어 좌대에 붙여두고, 공기 냄새를 맡으며 문 쪽으로 갔다. 떼레즈가 들어오게 문을 열어두는 것이 좋을 것 같았다. 모랑은 도끼를 문에 기대놓고 옷을 벗었다. 날씨가 더웠고, 짙은 냄새, 갇혀 있는 군중의 냄새가 났기 때문이다. 알몸이 되었을 때, 쌍피리 소리를 압도하는 택시 소음과 떼레즈 목소리가 들렸다. 모랑은 불을 껐다. 도끼를 들고 문 뒤에서 기다렸다. 도끼날을 핥으면서 떼레즈는 시간을 잘 지킨다고 생각하고 있었다.

아솔로뜰
Axolotl

한때 나는 아숄로뜰 생각을 많이 했다. 빠리 식물원의 수족관에 가서 몇시간씩 머물면서 꼼짝 않고 있거나 은밀하게 움직이는 아숄로뜰을 보았다. 그런데 지금은 내가 아숄로뜰이다.

아숄로뜰을 본 것은 우연이었다. 어느 봄날 아침이었다. 지루한 겨울이 물러간 빠리는 공작이 꼬리를 펼친 듯했다. 나는 뽀르루아얄 대로를 내려와 쌩마르셀 거리로 접어들었다. 회색빛 사이사이로 초록빛이 시야에 들어왔다. 문득 사자 생각이 났다. 사자와 표범 우리는 자주 들렀으나 습하고 어두컴컴한 수족관 건물은 한번도 들어가본 적이 없었다. 아무튼 철책에 자전거를 기대어놓고 튤립을 보러 갔다. 사자는 추레하고 풀이 죽은 것 같았고, 내가 좋아하는 표범은 잠들어 있었다. 수족관으로 발길을 옮겼다. 흔한 물고기를 건성으로 둘러보다가 뜻밖에 아숄로뜰을 만나게 되었다. 한시간 동안 아숄로뜰을 쳐다보다가 그냥 식물원을 나왔다.

쌩뜨주느비에브 도서관에서 사전을 들춰보고 아숄로뜰은 암비스토마속屬 양서류의 일종으로 아가미가 달린 유생幼生 형태의 동물이라는 것을 알았다. 그리고 내가 본 아숄로뜰은 멕시꼬종이었다. 생김새도 그러했고, 아스떼까인을 닮은 조그만 분홍색 면상이나 수족관 높은 곳에 붙은 안내문을 보더라도 알 수 있었다. 안내문에는 아프리카에서도 몇마리가 발견되었으며, 건기에는 뭍에서 살고 우기에는 수중에서 생활한다고 적혀 있었다. 또 아숄로뜰의 에스빠냐어 이름은 아홀로떼인데,[1] 식용하기도 하고, 기름은 대구 간유 대용으로 사용했다는 (지금은 이런 용도로 사용하지 않는다고 한다) 언급도 있었다.

전문서적을 뒤적거리고 싶은 생각은 없었다. 다음 날 다시 식물원을 찾았다. 그날 이후 매일 오전 그곳을 찾았다. 때로는 오전에도 들르고 오후에도 들렀다. 수족관 경비원은 입장권을 받으면서 곤혹스러운 웃음을 띠었다. 나는 수족관을 둘러싼 철책에 기대어 아숄로뜰을 보았다. 이런 행동은 하등 이상할 게 없다. 처음 본 순간부터 우리는 모종의 관계가 있으며, 까마득한 옛날에 상실했음에도 불구하고 아직도 우리를 하나로 묶고 있는 그 무엇이 있다고 깨달았는데, 첫날 물속에서 공기 방울이 올라오던 수족관 앞에 발길을 멈추고 오래 머무른 것만으로도 그렇게 생각하기에 충분했다. 아숄로뜰은 이끼가 끼고 코딱지만 한 돌바닥에 떼 지어 있었다. (지금은 얼마나 좁은지 절감하고 있다.) 아홉마리였고, 대부분은 머리를 수족관 유리에 밀착시킨 채 황금빛 눈으로 가까이 다가오는 사람을 쳐다보고 있었다. 나는 혼란스럽고 조금은 부끄러웠

1 '아숄로뜰'은 아스떼까 원주민이 사용하던 나우아어(語) 명칭으로, 그 뜻은 '수중 괴물'이다.

다. 수족관 밑바닥에 모여 움직이지도 않고 조용히 있는 아솔로뜰을 들여다보는 내 모습이 뻔뻔하게 느껴졌다. 나는 다른 놈들로부터 오른편으로 약간 떨어진 곳에 있는 아솔로뜰을 정신적으로 격리시켜 자세히 관찰했다. 분홍색 몸뚱이는 반투명이고, (유백색 유리로 만든 중국 인물상 생각이 났다) 길이는 15쎈티미터 정도로 작은 도마뱀을 닮았다. 꼬리 부분은 극히 여려서 우리 몸의 가장 민감한 부분 같았다. 투명한 지느러미는 등줄기를 타고 내려와 꼬리와 하나가 되었다. 그러나 정작 나를 사로잡은 것은 섬세하기 이를 데 없는 발이었다. 작은 발가락에는 사람처럼 조그만 발톱까지 달려 있었다. 그때 아솔로뜰의 눈을, 얼굴을 보았다. 얼굴이라고 해야 눈밖에 없으니 표정이 있을 리 없다. 침핀 머리만 한 크기의 두 눈은 죄다 투명한 황금색이었고, 생기라고는 찾아볼 수가 없지만 그래도 쳐다보고 있었기에 내 시선은 황금색 눈을 통과하여 내면의 신비 속으로 사라지는 것 같았다. 눈 둘레에 가느다란 검정 테두리가 있었다. 그 때문에 분홍색 살에, 아니 분홍색 돌에 눈을 아로새겨 놓은 듯했다. 머리는 모서리가 뭉개지고 평퍼짐한 삼각형 모양이어서 세월이 갉아먹은 조각상과 흡사했다. 입은 삼각형 밑변과 구별하기 어려웠다. 측면에서 볼 때는 크기가 상당했는데, 정면에서 보면 생명이 없는 돌에 살짝 금이 간 모습이었다. 귀가 있어야 할 머리 양쪽에는 기생식물 같고 산호 같은 붉은색 가지가 셋씩 돋아나 있었다. 짐작건대 아가미였다. 이 가지가 아솔로뜰 가운데 유일하게 살아 있는 부분이었다. 십초나 십오초마다 꼿꼿하게 일어섰다가 다시 밑으로 처졌기 때문이다. 이따금 발을 조금 움직이는데, 그때 이끼를 살짝 짚고 있는 조그만 발가락이 보였다. 사실 우리는 많이 움직이는 것을 싫어한다. 또 수족관은 너무 좁아서 조금만 움직여도 동료 아숄로뜰의 꼬리나 머리와 부딪히게 되고, 그러면 난처한 일이 생긴다. 피곤한 싸움이 벌어진다. 한자리에 가만히 있으면 시간이 훨씬 덜 느껴진다.

나는 아숄로뜰을 처음 보았을 때부터 조용한 모습에 반했다. 무심한 부동성으로 시간과 공간을 철폐하려는 아숄로뜰의 은밀한 의지를 이해할 수 있을 것 같았다. 나중에는 아가미의 수축이라든가, 조그만 발이 바위에서 꼼지락거리는 모습까지도 감지할 수 있었다. 갑작스러운 헤엄은 (어떤 놈들은 몸을 한번만 꿈틀거려도 헤엄을 칠 수 있다) 아숄로뜰이 몇시간씩 지속되는 광물적 혼수상태에서 탈피할 능력이 있다는 증거였다. 그렇지만 무엇보다도 나를 사로잡는 것은 눈이었다. 옆 수족관의 다양한 물고기는 비록 눈이 아름답고 또 우리 눈과 닮았다고는 하나 멍청하게 보일 뿐이었다. 아숄로뜰의 눈은 나에게 다른 삶이 현존하며, 다르게 보는 방법이 있다는 것을 말하고 있었다. 나는 얼굴을 유리에 대고 (불안해진 경비원은 이따금 헛기침을 했다) 분홍색 생명체의 한없이 느리고 아득한 세계로 들어가는 입구 같은 극히 작은 황금색 눈을 자세히 보려고 했다. 아숄로뜰의 얼굴 바로 앞에서 손가락으로 유리를 두드려보아도 소용이 없었다. 미세한 반응조차 보이지 않았다. 황금색 눈은 부드러우면서도 무서운 빛으로 불타고 있었다. 아숄로뜰은 현기증이 날만큼 아득한 깊이에서 여전히 나를 쳐다보고 있었다.

그렇지만 아숄로뜰은 우리와 가까웠다. 나는 아숄로뜰이 되기 전에 이 사실을 알았다. 내가 처음으로 아숄로뜰에게 다가간 날 이 사실을 깨달은 것이다. 대다수 사람들의 믿음과 반대로, 원숭이의 인간적인 특성은 원숭이와 인간 사이의 거리를 드러낸다. 아숄로뜰과 인간은 비슷한 점이 하나도 없다는 사실이, 손쉬운 아날로지에 기대지 않은 내 추론이 옳다는 증거였다. 다만 작은 발이……
그러나 도마뱀도 그런 발이 달려 있기는 하지만 우리와 도마뱀은
비슷한 구석조차 없다. 우리와 닮은 것은 아숄로뜰의 머리였다. 황
금색 눈이 달린 삼각형 모양의 분홍색 머리였다. 그래서 쳐다보고
있었고, 알고 있었다. 그래서 무언가를 간청하고 있었다. 아숄로뜰
은 동물이 아니었다.

　신화를 동원하는 것은 쉽고, 또 당연한 듯싶었다. 내가 아숄로뜰
에게서 본 것은, 신비한 인간성을 완전히 지워버리지 못한 변신이
었다. 그래서 아숄로뜰은 의식이 있고, 몸에 예속되어 있으며, 심연
같은 침묵이랄까 절망적인 성찰에 영원히 사로잡혀 있다고 상상했
다. 아숄로뜰의 눈먼 시선은, 무표정하지만 무섭게 빛나는 작은 황
금색 눈은, "우리를 구해주세요, 우리를 구해주세요"라는 메시지
처럼 나를 파고들었다. 이런 아숄로뜰에게 위로의 말을 해주고 어
린애 같은 희망을 전하는 나 자신을 보고 깜짝 놀랐다. 아숄로뜰은
미동도 하지 않고 나를 보고 있었는데, 갑자기 붉은색 가지가 꼿꼿
해졌다. 그 순간 나는 소리 없는 아픔을 느꼈다. 아마도 아숄로뜰은
나를 보고 있었을 것이고, 침투 불가능한 그들의 삶 속으로 침투하
려는 내 노력을 포착했을 것이다. 아숄로뜰은 인간이 아니었다. 그
렇지만 나는 어떤 동물에서도 그처럼 깊은 관계를 느낀 적이 없었
다. 아숄로뜰은 그 무엇에 대한 증인 같았고, 때로는 냉혹한 재판관
같았다. 아숄로뜰 앞에서 나는 비천한 존재였다. 투명한 눈 속에 섬
뜩한 순수함이 있었기 때문이다. 아숄로뜰은 유생 형태의 동물이
다. 그런데 유생이란 가면을 뜻하며, 환영을 뜻한다. 무표정하지만
지독하게 잔인한 저 얼굴 뒤에는 어떤 모습이 때를 기다리고 있었
을까?

나는 아숄로뜰이 무서웠다. 관람객과 경비원이 근처에 있다고 생각하지 않았더라면 혼자 있을 엄두가 나지 않았을 것이다. "잡아먹을 듯이 쳐다보고 계시네요." 내가 조금 지나치다고 여긴 경비원이 웃으면서 말했다. 황금빛 식인축제에서 눈으로 천천히 나를 잡아먹는 것은 바로 아숄로뜰이라는 사실을 몰랐던 것이다. 수족관을 나와서도 나는 아숄로뜰 생각을 떨쳐버릴 수가 없었다. 마치 원거리에서 영향력을 행사하고 있는 것 같았다. 나는 매일 아숄로뜰을 찾아갔다. 밤에는 어둠속에서 미동도 하지 않는 아숄로뜰을 상상하면서 한 손을 천천히 앞으로 내밀었는데, 문득 다른 아숄로뜰의 손과 부딪히기도 했다. 아숄로뜰은 한밤중에도 눈을 뜨고 있었다. 낮만이 무한히 계속되고 있었다. 아숄로뜰의 눈에는 눈꺼풀이 없다.

이제는 하등 이상할 게 없었다는 것을 안다. 그런 일은 생길 수밖에 없었다. 매일 오전 수족관을 들여다볼 때마다 더욱 확실해졌는데, 아숄로뜰은 고통받고 있었다. 내 몸의 세포 하나하나는 물속에서 당하는 저 혹독한 고문, 저 극심한 고통을 실감하고 있었다. 아숄로뜰은 무언가를 엿보고 있었다. 그것은 이제는 소멸해버린 아득한 과거의 영지領地이며, 세상이 아숄로뜰의 것일 때 누린 자유의 시간이었다. 얼굴이 돌 같아서 무표정하게 보이지만 실제로는 섬뜩하기 이를 데 없는 저 표정은 수중 지옥에서 영원한 형벌을 받고 있는 아숄로뜰의 고통을 전달하고도 남았다. 나 자신의 느낌을 존재하지도 않는 아숄로뜰의 의식에 투사한 것이라고 여기고 싶었지만 소용없는 일이었다. 아숄로뜰과 나는 알고 있었다. 그래서 그일은 하등 이상할 게 없었다. 나는 수족관에 얼굴을 들이밀고, 홍채도 눈동자도 없는 황금색 눈의 신비 속으로 침투하려고 다시 한번 시도했다. 유리에 붙어서 미동도 하지 않는 아솔로뜰의 얼굴이 아주 가까이 보였다. 깜짝 놀랄 만한 그 어떤 과정도 없었는데 나는 유리창에서 내 얼굴을 보았다. 아솔로뜰 얼굴 대신에 내 얼굴을 보았다. 수족관 바깥에 있는 내 얼굴, 유리 건너편에 있는 내 얼굴을 보았다. 그때 내 얼굴이 유리에서 떨어졌고, 나는 무슨 일이 생겼는지 깨달았다.

이상한 점이 하나 있었다. 이전과 다를 바 없이 생각이라는 것을 하고 있으며, 또 생각하고 있다는 것을 안다는 점이다. 나는 이 사실을 알고 처음에는 산 채로 매장당하기 직전에 느낄 법한 공포를 경험했다. 수족관 밖에서 내 얼굴이 다시 유리로 다가왔고, 나는 아솔로뜰을 이해하려는 결의로 굳게 다물어진 내 입을 바라보았다. 그런데 내가 아솔로뜰이었다. 그 순간 어떤 이해도 불가능하다는 것을 깨달았다. 그는 수족관 바깥에 있었고, 그의 생각은 수족관 밖의 생각이었다. 그를 알던 내가, 아니 그였던 내가 아솔로뜰이었다. 그리고 나는 내 세계에 있었다. 나는 아솔로뜰의 몸 안에 갇혔다는 사실을 알고 (그 순간에 깨달았다) 공포에 떨었다. 인간의 사고를 가진 채 아솔로뜰이 되어버린 나는, 아솔로뜰의 몸 안에 산 채로 매장당한 나는 무감각한 아솔로뜰 사이에서 명료한 의식을 지닌 채 살아가야 할 처지였다. 그러나 이런 생각도 잠시였다. 어떤 발이 내 얼굴을 스치려는 순간 가까스로 비켜나면서 바로 옆에서 나를 쳐다보는 아솔로뜰을 발견했을 때, 그 아솔로뜰 역시 알고 있다는 것을, 의사소통할 방법은 없었으나 분명히 알고 있다는 것을 깨달았다. 나 역시 그 아솔로뜰의 생각 안에 있었다. 바꿔말해서, 우리 모두는 인간처럼 생각하고 있었으나 표현 능력이 없었다. 기껏해야 수족관에 얼굴을 들이민 사람을 바라보는 우리 눈의 황금색 광채밖에 없었다.

전에 자주 찾아오던 그의 발길이 요즘 들어 뜸하다. 몇주일째 얼굴을 못 보았는데, 어제 나타나서 오랫동안 나를 쳐다보다가 그냥 가버렸다. 우리에게 관심이 있다기보다는 습관적으로 찾아오는 것 같았다. 내가 할 수 있는 일은 생각하는 것뿐이므로 그에 대해 많이 생각했다. 돌이켜보면, 처음에 우리는 지속적으로 의사소통했고, 그리하여 그는 강박관념처럼 자기를 사로잡고 있는 신비와 점점 일체가 되어간다고 느끼고 있었다. 그러나 그와 나 사이의 다리는 끊어졌다. 왜냐하면 이제 그는, 인간으로서 자기 삶과는 아무런 관계도 없는 다른 아숄로뜰에 사로잡혀 있었기 때문이다. 처음에 나는 어느 면에서 (아, 단지 어느 면에서만) 그로 돌아갈 수 있었고, 우리 아숄로뜰을 잘 알고자 하는 그의 욕망을 일깨울 수 있었다. 이제 나는 어쩔 수 없는 아숄로뜰이다. 만일 내가 인간처럼 생각한다면, 그것은 단지 모든 아숄로뜰이 분홍색 돌 같은 모습 속에서 인간처럼 생각하기 때문이다. 이렇게 해서 내가 아직 그였을 때, 처음 며칠 동안은 그에게 무언가를 전달할 수 있었던 것 같다. 그리고 이 막다른 고독 속에서, 그가 찾아오지 않는 이 고독 속에서 위안이 있다면, 그가 우리 이야기를 쓸 것이라는 생각이다. 아마 단편을 창작한다는 생각으로 아숄로뜰에 관한 이 모든 이야기를 쓸 것이다.

드러누운 밤
La noche boca arriba

그들은 어떤 시기가 되면 적을 사냥하러 나섰는데,

이를 일러 '꽃전쟁'이라 하였다.

그는 기다란 호텔 로비 중간에 이르렀을 때, 늦었다는 생각이 들어 서둘러 밖으로 나갔다. 그리고 호텔에 들어올 때 도어맨이 지정한 구석에 세워놓은 모터사이클을 꺼냈다. 길모퉁이 금은방 시계를 보니 9시 십분 전이었다. 목적지까지 시간은 충분했다. 도심 고층건물 사이로 햇살이 스며들고 있었다. 그는 (마음속으로 생각할 때는 이름을 부르지 않기 때문이다) 모터사이클에 올라 느긋하게 달렸다. 모터사이클은 다리 사이에서 붕붕거렸고, 시원한 바람은 바지 자락을 휘감았다.

관공서 건물(분홍색 건물과 하얀색 건물)이 지나갔고, 센뜨랄 거리에 죽 늘어선 쇼윈도우가 반짝이며 스쳐갔다. 이제 가장 상쾌한 도로에 들어섰다. 쭉 뻗은 길, 무성한 가로수, 한산한 교통, 낮은 울타리 너머로 정원이 훤히 보이는 저택. 달릴 맛이 나는 길이었다. 그는 우측 차로를 따라 달리고 있었으나, 어쩌면 잠시 한눈을 팔

고 갓 시작된 그날의 잔잔하고 유려한 물결에 몸을 내맡기고 있었
는지도 모른다. 이렇게 긴장을 늦춘 탓에 사고를 예방할 수 없었을
것이다. 길모퉁이에 서 있던 여자가 파란불에도 불구하고 도로로
뛰어드는 것을 보았으나 피하기에는 너무 늦었다. 왼쪽으로 꺾으
면서 손과 발로 급브레이크를 잡았다. 여자의 비명이 들렸고, 충돌
과 함께 눈앞이 캄캄해졌다. 갑자기 잠이 든 것 같았다.

　문득 정신이 돌아왔다. 청년들 네댓이 모터사이클 밑에서 그를
꺼내고 있었다. 짭짤한 피 맛을 느꼈고, 무릎이 아팠다. 사람들이
일으켜세우려고 했을 때는 비명을 질렀다. 오른팔이 떨어져나가는
것 같았기 때문이다. 별일도 아닌데 괜히 엄살을 부리지 말라는 말
이 들렸는데, 모터사이클 밑에서 본 청년들 목소리 같지는 않았다.
한가지 안심이 되는 일은, 그는 잘못이 없다는 주변 사람들의 이야
기였다. 목구멍으로 넘어오는 구역질을 참으며 여자는 어떤지 물
었다. 그를 반듯하게 누인 채로 가까운 약국으로 데려가던 사람들
이야기를 듣고, 사고를 유발한 여자는 다리에 찰과상을 입었을 뿐
이라는 것을 알았다. "하마터면 당신이 그 여자를 칠 뻔했어요. 그
런데 부딪히는 순간 모터사이클이 옆으로 넘어간 거죠……" 사고
이야기를 비롯하여 천천히 움직이라는 둥 등으로 밀고 들어가라는
둥 잘하고 있다는 둥 이런저런 이야기가 들렸다. 그리고 작업복을
걸친 사람이 물 한모금을 먹여주어 어둑한 동네 약국에서 한숨 돌
릴 수가 있었다.

　오분 뒤, 경찰 구급차가 도착했다. 사람들이 그를 푹신한 들것에
옮겼다. 들것에서는 마음대로 전신을 펼 수 있었다. 의식은 또렷했
지만 엄청난 충격에서 아직 헤어나지 못했기 때문에 경찰에게 동
행하자고 손짓했다. 이제 팔은 그다지 아프지 않았다. 눈썹이 찢어

져 얼굴은 피범벅이 되었다. 한두차례 혀로 피를 핥았다. 기분은 괜찮았다. 재수가 없어서 사고를 당한 것이다. 몇주 쉬면 된다. 경찰은 모터사이클이 아주 망가진 것 같지는 않다고 이야기했다. "당연하죠. 여자를 올라탔는데……" 두사람은 웃었다. 병원에 도착했을 때, 경찰은 손을 내밀며 행운을 빈다고 말했다. 그런데 조금씩 구역질이 났다. 그는 환자 수송용 침대에 실려 안쪽에 위치한 병동으로 가고 있었다. 새가 가득히 내려앉은 나무 밑을 지날 때는 눈을 감았다. 잠을 자든지 아니면 마취라도 당하고 싶었다. 그러나 병원 냄새가 나는 방으로 들어간 다음에도 한참 시간이 걸렸다. 차트를 작성하고, 옷을 벗기고 빳빳한 회색 옷을 입혀준 다음에 팔을 잡고 그가 아프지 않게 조심스럽게 움직여보기도 했다. 그동안에도 간호사들은 농담을 주고받았는데, 배만 쿡쿡 쑤시지 않았더라면 기분도 좋고 편안했을 것이다.

이어 방사선실로 데려갔다. 이십분 후, 그는 오석 묘비 같은 축축한 건판을 가슴에 올려놓은 채 수술실로 들어갔다. 키가 크고 마른 체격의 흰옷 입은 남자가 다가와 엑스레이를 살펴보았다. 여자의 손길이 머리를 편안하게 감쌌다. 다른 침대로 옮기고 있다고 생각했다. 다시 흰옷 입은 남자가 웃으면서 다가왔다. 오른손에 반짝이는 물건을 들고 있었다. 그리고 그의 뺨을 토닥거리더니 뒤에 서 있는 사람에게 신호를 보냈다.

꿈치고는 야릇했다. 온통 냄새만이 가득한 꿈이었는데, 냄새 꿈은 처음이었다. 처음에는 늪지대 냄새가 났다. 이제 보니 도로 왼편은 늪이었다. 아무도 살아나올 수 없는 늪이었다. 그러나 늪지대 냄새가 멈추고, 그 대신 아스떼까 전사들을 피해 다니던 밤처럼 은근하고 복잡한 냄새가 흘렀다. 모든 일이 너무 자연스러웠다. 사람 사냥을 다니는 아스떼까 전사들을 피해 도망쳐야 하는데, 유일한 방법은 그들 모떼까족[1]만이 알고 있는 좁은 둑길에서 이탈하지 않도록 주의하면서 무성한 숲 속에 숨는 길밖에 없었다.

무엇보다도 괴로운 것은 냄새였다. 아무리 그 꿈을 받아들이려고 노력해도 무언가 생소하다는 느낌을 떨쳐버릴 수가 없었다. 여태껏 그런 놀이는 해본 적이 없었다. 그는 '전쟁 냄새가 난다'라고 생각하면서 본능적으로 허리띠에 찔러둔 돌칼을 쥐었다. 예상하지 못한 소리에 잔뜩 몸을 웅크리고 가만히 있었다. 떨고 있었다. 무서움을 느낀다는 것이 이상한 일은 아니었다. 무서운 꿈은 많이 꾸었기 때문이다. 그는 별 하나 없는 깜깜한 어둠과 덤불에 숨어서 기다리고 있었다. 아주 멀리서, 아마도 이 커다란 호수 저편 야영지에서 모닥불을 피우는 모양이다. 그쪽 하늘이 붉은 기운으로 물들고 있었다. 그 소리는 다시 들리지 않았다. 나뭇가지 부러지는 소리 같았는데, 어쩌면 그와 마찬가지로 전쟁 냄새를 맡고 도망치던 동물이었을 것이다. 그는 천천히 일어나면서 냄새를 맡았다. 아무 소리도 들리지 않았다. 그러나 공포는 냄새처럼, 꽃전쟁에서 태우는 감미로운 향연처럼 여전히 그곳에 남아 있었다. 그래도 늪을 벗어나 숲 속으로 들어가야만 했다. 몸을 웅크리고 단단한 둑길을 찾아 더듬더듬 몇발자국 나아갔다. 생각 같아서는 달리고 싶었지만, 바로 옆에 늪이 출렁이고 있었다. 어두운 오솔길에서 방향을 찾고 있을 때 무시무시한 냄새가 한입 가득 느껴졌다. 겁에 질려 앞을 보고 필사적으로 뛰었다.

---

1 꼬르따사르가 만든 신조어. '모터사이클'(motocicleta)과 나우아어로 '출신'을 뜻하는 '-떼까'(-teca)의 합성어.

"침대에서 떨어지겠어요. 심하게 움직이지 마세요." 옆에 있던 환자가 말했다.

그는 눈을 떴다. 오후였다. 이제 햇살은 커다란 병실 창틀 아래에 걸려 있었다. 옆에 있는 환자에게 웃음을 보이려고 애쓰는 동안 방금 전의 악몽에서 육체적으로 벗어났다. 깁스를 한 팔은 도르래가 달린 기구에 매달려 있었다. 갈증이 났다. 마치 수십 킬로미터를 달린 것 같은데, 물을 많이 주지 않았다. 기껏해야 입술을 적시거나 입안을 헹구는 정도였다. 점차 신열이 올라 다시 잠이라도 든 기분이 들었다. 그러나 깨어 있다는 기쁨을 맛보았고, 눈을 동그랗게 뜨고 환자들의 이야기를 듣고, 때때로 묻는 말에 대답하기도 했다. 하얀색 카트가 병실 안으로 들어와 침대 옆에 멈췄다. 금발 머리 간호사는 알코올로 허벅지 앞쪽을 문지르고 굵은 주삿바늘을 꽂았다. 주사기는 희뿌연 액체가 담긴 병과 연결되어 있었다. 젊은 의사가 금속에 가죽을 씌운 진찰 도구로 성한 팔을 조이더니 무언가를 검사했다. 이제 밤이 되었다. 그는 신열 때문에 몽롱한 상태로 빠져들었다. 사물은 오페라글라스로 보듯이 윤곽이 뚜렷하고, 현실적이고, 감미로우면서도 조금은 역겨웠다. 마치 따분한 영화인데도 길거리로 나서면 더 따분하리라는 생각에 그 자리에 눌러앉아 있는 기분이었다.

먹음직스러운 황금색 국물 요리가 나왔다. 대파, 셀러리, 파슬리 냄새가 났다. 빵도 한조각 곁들였는데, 여느 잔칫집에서 내놓는 빵보다 고급이어서 조금씩 뜯어먹었다. 이제 팔은 전혀 아프지 않았다. 다만 몇 바늘 꿰맨 눈썹은 가끔씩 칼로 찌르는 듯이 아렸다. 정면으로 보이는 창문이 군청색으로 물들었을 때, 쉽게 잠들 수 있으리라 생각했다. 드러누워 있는 게 조금 지겨웠으나 혀로 뜨겁고 메마른 입술을 핥으니 국물 맛이 났고, 다행이다 싶어 한숨을 쉬고 넋을 놓아버렸다.

처음에는 혼란스러웠다. 일순간에 모든 감각이 헝클어지고 무뎌졌다. 완전한 어둠속을 달리고 있었다. 그러나 나무 사이로 보이는 하늘은 그렇게 어둡지 않았다. '길이 어디 있지? 둑길을 벗어났구나' 하고 생각했다. 나뭇잎과 진흙이 뒤섞인 수렁에 발이 빠졌다. 발걸음을 뗄 때마다 나뭇가지가 상반신과 다리를 후려쳤다. 그는 헐떡거리고 있었다. 어둠과 침묵밖에 없었으나 포위되었다는 생각이 들어 웅크리고 앉아 귀를 기울였다. 아마도 둑길은 가까이 있을 것이고, 먼동이 트면 다시 길을 찾을 수 있을 것이다. 그러나 지금은 길을 찾을 방도가 없었다. 그는 저도 모르게 칼자루를 움켜쥐고, 습지에 사는 전갈처럼 목을 더듬어 호신 부적을 만지고 있었다. 그리고 입술을 달싹거리며 행복하고 풍성한 계절을 관장하는 옥수수 신에게 간청하고, 모떼까족에게 복을 내리는 최고의 신에게 기도를 드렸다. 그동안에도 발목은 점점 수렁으로 빠지고 있는데다 컴컴하고 낯선 잡목 숲에서 마냥 기다리자니 안달이 났다. 하현달에 시작된 꽃전쟁도 벌써 사흘째 밤에 접어들었다. 만약 늪지대 저편에서 둑길을 버리고 깊은 숲 속으로 피신할 수만 있다면 아스떼까 전사들도 쫓아오지 못할 것이다. 그는 이미 희생되었을 포로가 얼마나 되는지 헤아려보았다. 그러나 문제는 포로가 많고 적음이 아니라 신성한 시간²이었다. 사냥은 사제가 귀환 신호를 보낼 때까지 계속될 것이다. 만물은 정해진 운명이 있는 법인데, 그는 신성한 시간 안에 있었으며, 사냥꾼들의 사냥 대상이었다.

---

2 꽃전쟁으로 포로를 잡아와서 희생물로 바치는 기간.

함성이 들리자 칼을 쥐고 벌떡 일어났다. 지평선에 불이 붙은 것처럼 근처의 나뭇가지 사이로 움직이는 횃불이 보였다. 전쟁의 냄새를 견딜 수가 없었다. 첫번째 적이 목을 노리고 덤벼들었을 때는 적의 가슴 한복판에 돌칼을 꽂는 기쁨을 맛보는 듯했다. 이제 불빛은 그를 에워싸고 있었고, 환호성이 들렸다. 한두번 칼로 허공을 베었으나 뒤에서 던진 밧줄에 사로잡혔다.

"열 때문이죠. 나도 십이지장 수술을 받았을 때 그랬어요. 물을 마시면 푹 잘 수 있을 겁니다." 옆 침대의 환자가 말했다.

그가 방금 전에 있다가 되돌아온 밤에 비하면 병실의 온화한 으스름은 감미롭게 보였다. 안쪽 벽 높은 곳에서 보라색 전등이 수호신처럼 빛을 발하고 있었다. 기침하는 소리, 거친 숨소리, 가끔은 낮은 소리로 이야기하는 소리도 들렸다. 모든 게 쾌적하고 안전했다. 쫓기는 일도 없고 또…… 더이상 악몽을 떠올리고 싶지 않았다. 심심풀이 대상은 많았다. 깁스한 팔을 쳐다보고, 팔을 편안하게 공중에 매달아놓은 도르래를 쳐다보았다. 싸이드테이블에는 미네랄워터가 한병 놓여 있었다. 그는 병째 입에 대고 꿀꺽꿀꺽 마셨다. 이제 병실이 눈에 들어왔다. 서른개의 침상과 유리 장식장이 있었다. 열도 많이 내려 얼굴이 시원했다. 눈썹 부위도 그다지 아프지 않아서 마치 오래전 일 같았다. 호텔에서 나와 모터사이클을 꺼내던 순간이 눈에 선했다. 일이 이렇게 될 줄 누가 상상이나 했겠는가? 사고 순간을 기억하려고 노력했으나 그 지점에는 구멍 같은 것, 결코 채울 수 없는 공백이 있어서 짜증이 났다. 충돌한 후부터 사람들이 그를 일으켜세울 때까지 정신을 잃었거나, 아니면 아무것도 눈에 뵈지 않았던 것이다. 동시에 그 구멍은, 그 무無는 영원히 지속될 것이라는 느낌이 들었다. 아니다, 시간이 아니다. 차라리 그 구멍 속에서 어떤 통로를 지났거나 아득한 거리를 통과한 것 같았다. 충돌이 있었고, 도로에다 사정없이 몸을 부딪혔다. 아무튼 검은 구멍에서 빠져나왔을 때, 사람들이 일으켜세워줬고, 그는 안도감을 느꼈다. 팔은 부러져 통증이 심하고, 찢어진 눈썹에서는 피가 흐르고, 무릎은 타박상을 입었으나 다시 대낮으로 돌아와 사람들의 도움과 부축을 받으면서 조금은 안심했다. 그런데 충돌 직후의 기억이 없다니 이상한 일이었다. 나중에 의사 선생님에게 물어봐야겠다. 다시 졸음이 몰려왔다. 몸이 서서히 가라앉고 있었다. 베개는 아주 폭신하고, 열이 오른 목 안에서는 미네랄워터가 시원했다. 어쩌면 지겨운 악몽을 꾸지 않고 진정으로 휴식을 취할 수 있을 것 같았다. 저 높은 곳에 걸린 보라색 불빛이 점점 흐려지고 있었다.

반듯하게 누워서 잤기 때문에 그런 자세를 하고 있어도 놀라지 않았다. 그러나 축축한 냄새 때문에, 습기 찬 돌 냄새 때문에 목이 칼칼했다. 왜 그런 냄새가 나는지, 그 까닭을 알고 싶었다. 눈을 뜨고 사방을 둘러보았다. 주변이 칠흑같이 어두워서 아무것도 보이지 않았다. 일어나려고 했으나 손목과 발목이 밧줄로 묶여 있었다. 사지가 묶인 채 바닥에, 얼음장같이 차갑고 축축한 판석板石 바닥에 누워 있었다. 헐벗은 등과 허벅지로 한기가 스며들었다. 턱으로 호신 부적을 찾았으나 이미 뜯어가고 없었다. 이제 어쩔 도리가 없었다. 어떤 기도를 해도 종말을 피할 수가 없었다. 북소리가 아득하게 들렸다. (감방 석벽 사이로 스며들고 있었기 때문이다.) 신전으로 끌려왔는데 아직 차례가 되지 않아 지하 감방에 수감된 것이다.

고함 소리가 들렸다. 걸걸한 소리가 감방 벽에서 되울렸다. 고함 소리가 또 들렸으나 비명으로 끝났다. 어둠속에서 고함을 지른 사람은 바로 그였다. 살아 있기 때문에 고함을 질렀다. 장차 다가올

일, 피할 수 없는 종말을 알고 온몸이 내지르는 절규였다. 그는 다른 감방에 수감된 동료들, 이미 희생제단에 올라간 동료들을 생각했다. 다시 한번 숨이 넘어가라 고함을 질렀으나 턱이 뻣뻣하여 입이 잘 벌어지지 않았다. 안간힘을 썼더니 고무로 만든 턱이라도 되듯이 천천히 입이 벌어졌다. 눈썹을 찌르는 통증 때문에 채찍을 맞은 듯 몸이 떨렸다. 살 속으로 파고든 밧줄을 풀어보려고 버둥거렸다. 오른팔을 힘껏 당겼으나 통증을 참을 수가 없어서 단념했다. 이중문이 열리고 있었다. 불빛보다 횃불 냄새가 먼저 들어왔다. 의식용 아랫도리 가리개를 걸친 사람들이 보이고, 사제의 시종들이 다가와 경멸에 찬 눈길로 그를 쳐다보았다. 땀방울이 맺힌 상체와 깃털로 장식한 검은 머리칼이 불빛에 반짝거렸다. 시종들은 밧줄을 풀어내고, 따뜻하고 청동처럼 단단한 손으로 옴짝달싹 못하게 붙잡았다. 반듯하게 누워 있는 그를 그대로 들어올리고 있다는 느낌이 들었다. 시종 네사람이 그를 들고 통로로 나가고 있었다. 횃불을 든 사람들이 앞장섰다. 축축하게 젖은 통로의 벽이 어슴푸레 보였다. 천장이 아주 낮아서 시종들은 머리를 숙여야 했다. 지금 그는 반듯하게 드러누운 자세로 한없이 끌려가고 있었다. 종말이었다. 일 미터 위로는 횃불을 받아 간간이 붉은색을 띠는 바위 천장이 보였다. 천장 대신에 별이 보이고 춤과 함성으로 달아오른 계단이 나타나면 그것으로 끝이리라. 계속 통로만 이어졌다. 그러나 곧 끝이 보이고, 갑자기 별빛을 머금은 공기 냄새가 날 것이다. 그러나 아직은 끝이 아니었다. 불그스레한 어스름 속에서 한없이 그를 데려가고 있었다. 난폭하게 끌고 가고 있었다. 그는 싫었지만 진정한 심장이고 삶의 근원인 호신 부적마저 떼어내버린 지금은 어쩔 도리가 없었다.

일순간 그는 병원으로 나왔다. 밤이었다. 높고 온화한 천장과 부드러운 어둠이 그를 둘러싸고 있었다. 고함을 지른 게 틀림없다고 생각했는데, 환자들은 조용히 자고 있었다. 창문의 군청색 어둠을 배경으로 싸이드테이블 위의 물병에서 그 장면이 어른거렸다. 그는 가슴도 답답하고, 또 눈꺼풀에 붙어다니는 그 장면을 잊으려고 숨을 몰아쉬었다. 눈을 감을 때마다 즉시 그 장면이 되살아났다. 공포에 질려 자리에서 일어나려고 했다. 그러나 이내 지금은 깨어 있다는 사실을 알고 기쁨을 느꼈다. 깨어 있으면 아무 일도 일어나지 않을 것이고, 곧 날이 밝을 것이며, 낮에 숙면을 취하면 그 장면이 보이지 않을 것이다. 아무것도 보이지 않으리라…… 눈을 뜨고 있기가 힘들었다. 쏟아지는 잠을 어쩔 수가 없었다. 성한 팔로 물병을 잡으려고 안간힘을 썼으나 손이 닿지 않았다. 손가락은 다시 한번 검은 허공을 움켜쥐었고, 통로는 아직도 끝이 보이지 않았다. 불그스레한 불빛이 간간이 번쩍거리는 바위 천장만 이어졌다. 드러누운 자세로 끌려가던 그는 숨죽여 흐느꼈다. 천장이 높아지면서 끝이 보이기 시작하고, 어둠이 아가리를 벌리고 있었기 때문이다. 시종들은 허리를 폈다. 저 높이 떠 있는 그믐달이 얼굴에 쏟아졌다. 그는 달을 보고 싶지 않아 절망적으로 눈을 감았다 뜨면서 다른 쪽으로 나가려고 하였다. 다시 병실을 감싸고 있는 천장이 보였다. 그런데 눈을 뜰 때마다 그 밤과 그 달이었고, 시종들은 그의 다리부터 들고 계단을 올라가고 있어서 머리가 덜렁거렸다. 신전 꼭대기에는 모닥불과 향연으로 뒤덮인 붉은 기둥이 있었다. 문득 선연한 피가 흘러내리는 붉은 돌이 눈에 띄었다. 몇사람이 앞서 희생당한 사람의 사지를 붙잡고 흔들더니 신전의 북쪽 계단 아래로 던져버렸다. 마지막 희망은 눈을 질끈 감는 일이었다. 그리고 깨어나려고 신음했다. 한순간 성공했다고 믿었다. 다시 한번 그는 침대에서 움직이지 않고 있었기 때문이다. 머리가 덜렁거린다는 점만 제외한다면. 그러나 죽음의 냄새가 났고, 눈을 뜨자 피범벅이 된 사제가 손에 돌칼을 쥐고 그에게로 다가오는 모습이 보였다. 그는 다시 한번 눈을 감았지만 이제는 알고 있었다. 깨어나지 않을 것이며, 지금 깨어 있으며, 경이로운 꿈은 바로 그 꿈, 꿈이란 게 그러하듯이, 터무니없는 그 꿈이라는 사실을 알고 있었다. 그 꿈에서 놀라운 도시의 이상한 거리를 돌아다녔다. 적색과 녹색 불이 있었으나 불꽃도 없었고 연기도 없었다. 다리 사이에서 붕붕거리는 커다란 금속 곤충도 있었다. 또 그 꿈이라는 무한한 거짓말에서 사람들은 그를 땅바닥에서 들어올렸고, 누군가 손에 칼을 쥐고 반듯하게 누워 있는 그에게로, 모닥불 가운데 눈을 감고 반듯하게 누워 있는 그에게로 다가왔다.

어머니의 편지
Cartas de mamá

가석방으로 누리는 자유라고 하면 꼭 맞는 말이었다. 아파트 관리실 아주머니가 편지를 건네줄 때마다 루이스는 손톱만 한 크기의 낯익은 산마르띤¹ 얼굴을 보고 또다시 다리(橋)를 열어야겠다고 생각했다. 산마르띤, 리바다비아, 하지만 이런 이름은 거리와 사물의 이미지이기도 했다. 리바다비아 6500번지, 플로레스에 있는 커다란 집, 어머니, 친구들이 종종 기다리고, 마자그랑 음료에서는 피마자기름 맛이 약간 나던 산마르띤 거리의 까페. 편지를 받아들고, "고마워요, 뒤랑 부인"이라는 인사말을 던지고 길거리로 나섰을 때, 루이스는 이미 전날의, 예전의 루이스가 아니었다. 어머니의 편지는 매번 (방금 받은 이 어처구니없고 말도 안되는 실수를 범한 편지뿐만 아니라 그 이전에 온 편지조차) 루이스의 삶을 느닷없이

....
1 아르헨띠나의 독립운동가. 아르헨띠나 우표에 초상이 쓰였다(1954~76).

바꿔놓았다. 벽에 맞고 튀어나오는 공인 양 과거로 돌려놓았다. 방금 받은 편지는 물론이고 (이제 버스 속에서 편지를 다시 읽어보지만 당혹스럽고 화만 났을 뿐, 도무지 납득할 수가 없었다) 그 이전에 온 편지조차 그랬다. 어머니의 편지는 항상 시간을 뒤죽박죽으로 만들었고, 루이스가 희구하고 계획하고 성취한 일상의 질서를 어지럽혀놓았다. 라우라를 삶에 끼워넣었듯이, 빠리를 삶에 끼워넣었듯이, 겨우 삶에 끼워넣은 평범한 일상을 뒤흔들어놓았다. 새 편지가 도착할 때마다 루이스는 잠시 동안이나마 (왜냐하면 애정 어린 답장을 보내는 즉시 편지 건은 뇌리에서 지워버렸으니까) 어렵사리 쟁취한 자유가, 사람들이 세상살이라고 부르는 인연의 끈을 무자비하게 잘라버리고 새 출발 한 삶이 정당성을 잃어가고, 발판을 상실해가며, 버스 뒤로 사라지는 리슐리외 거리처럼 지워져버리는 느낌을 받았다. 결국 그가 누리고 있는 자유란 가석방에 지나지 않으며, 그의 삶 또한 주문장主文章과 결별했음에도 불구하고 언제나 그 문장을 뒷받침하고 설명하는 괄호 속 단어와 마찬가지라는 이야기였다. 기분이 찜찜해서 즉시 답장을 보낼 필요가 있었다. 열어준 다리를 다시 닫아버리는 사람처럼.

그날 아침도 어머니의 편지가 도착한 여느 아침과 다르지 않았다. 라우라하고 과거 이야기를 나누는 사람은 거의 없었고, 플로레스에 있는 집 이야기는 아예 꺼내지도 않았다. 루이스가 부에노스아이레스를 생각조차 하기 싫어한 것은 아니었다. 그보다는 이름을 피하고 싶었다. (사람들이야 벌써 오래전부터 피하고 살 수 있었다. 그러나 이름들, 끈덕지게 남아 있는 그 이름들이야말로 진정한 환영이었다.) 어느날 루이스는 용기를 내서 라우라에게 말했다. "원고나 편지의 초고처럼 과거를 찢어서 버릴 수만 있다면 좋겠어요. 그런데 항상 저기에 남아서 정서한 원고를 더럽히고 있는데, 이게 진정한 미래라는 생각이 들어요." 사실 가족이 살고 있고, 친구들이 가끔 애정 어린 엽서를 보내오는데 부에노스아이레스 이야기가 왜 없었겠는가. 열광적인 아주머니들의 쏘네뜨가 실린 『나시온』지를 읽은 느낌이라든가, 그런 시를 투고한 목적이라든가, 불안한 정치 상황이라든가, 격분한 대령이라든가, 뛰어난 권투 선수라든가, 그런 이야기가 왜 없었겠는가. 그런데 왜 라우라하고는 부에노스아이레스 이야기를 하지 않았을까? 하지만 라우라 역시 이야기 도중에 우연히 발설하는 경우를 제외하고는 과거를 들먹이지 않았다. 특히 어머니의 편지가 도착했을 때는 그녀 입에서 저도 모르게 어떤 이름이나 이미지가 튀어나왔는데, 그것은 유통되지 않는 동전이나 강 건너 아득히 먼 구세계의 물건과 다를 바 없었다.

"어휴, 푹푹 찌네, 쪄." 루이스 앞에 앉아 있던 노동자가 중얼거렸다.

'더위가 뭔지도 모르면서. 2월 오후에[2] 아베니다데마요 거리나 리니에르스 지역의 골목길을 돌아다녀보라지.' 루이스는 생각했다.

루이스는 다시 편지를 꺼내 읽어보았다. 이제 헛된 희망 같은 것은 품지도 않았다. 그 문장은 편지에 뚜렷이 박혀 있었다. 너무나 터무니없는 문장이지만 그래도 거기에 적혀 있었다. 뒤통수를 얻어맞은 것처럼 멍한 기분 다음에 찾아온 첫번째 반응은 항상 그렇듯이 자기방어였다. 라우라가 편지를 읽어서는 안된다. 이름을 혼동한 것이 (어머니는 빅또르라고 쓰려고 했을 것인데 니꼬라고 적고 말았다) 아무리 웃기는 실수라고 할지라도 어쨌거나 라우라가

---

2 아르헨띠나는 남반구여서 계절이 반대이다.

가슴 아파할 것인데, 이런 편지를 보여주는 것은 얼빠진 짓이다. 가끔 어머니가 부친 편지가 도착하지 않았는데, 이 편지나 바다 한가운데 빠져버릴 것이지. 이제는 사무실 화장실에 처박아버리는 수밖에 없다. 그러면 며칠 뒤, 라우라는 궁금하게 여길 것이다. "이상하게도 어머님 편지가 안 오네요." 라우라는 한번도 어머니라고 부른 적이 없었다. 아마도 어려서 어머니를 여읜 탓이리라. 그는 이렇게 대답할 것이다. "정말 이상한데. 오늘 당장 몇자 적어 보내야겠어요." 그리고 어머니의 침묵에 놀란 척하면서 편지를 띄울 것이다. 그러면 사무실, 밤에 가는 영화관, 삶은 이렇게 일상을 반복하고, 라우라는 평소처럼 조용하고 곰살맞게 내조할 것이다. 렌 거리에 이르러 버스에서 내렸을 때, 루이스는 문득 자신에게 질문을 던졌다. (질문은 아니지만, 달리 어떻게 말할 수가 없었다.) 왜 라우라에게 편지를 보여주지 않으려고 했을까? 그녀 때문이 아니라 그녀가 느낄지도 모르는 감정 때문이다. 내색만 하지 않는다면 그녀의 감정은 그렇게 큰 문제가 아니다. (내색하지 않는다면 그녀의 감정은 정말로 큰 문제가 아닐까?) 그래, 그렇게 중요하지 않다. (정말 중요하지 않을까?) 그러나 첫번째 진실, 이 진실 뒤에 다른 진실이 있다고 가정한다면, 다시 말해 즉시 떠오른 진실은, 라우라의 표정이, 라우라의 태도가 중요하다는 것이다. 당연하게도, 어머니의 편지가 라우라에게 중요하다는 사실이 그에게 던지는 파문 때문에 중요했다. 어느 순간 라우라의 눈길은 니꼬라는 이름에 머물고, 이내 턱이 가늘게 떨릴 것이라고 상상했다. 이어 라우라는 이렇게 말할 것이다. "참 이상하네…… 어머님께 무슨 일이라도 생겼을까요?" 그러는 동안 내내 라우라가 떨리는 입술로 니꼬라는 이름을 더듬지 않으려고, 북받치는 울음으로 일그러진 얼굴을 손으로 가리지 않으려고, 소리 지르지 않으려고 애써 참고 있다는 사실을 알면서도 모른 체할 것이다.

디자이너로 일하는 광고회사에서 편지를 다시 읽어보았다. 이름을 혼동한 문장을 제외하면 이상한 점이라고는 하나도 없는, 수많은 어머니의 편지 가운데 하나였다. 루이스는 글자를 지울 방법을 궁리했다. 니꼬 대신에 빅또르라고 쓰면 오류는 간단히 수정되고, 그다음에 집으로 가져가서 라우라에게 건네주면 되는 일이었다. 라우라는 언제나 어머니 편지에 관심이 많았다. 꼭 그녀 앞으로 보낸 편지가 아닐 경우에도 그랬다. 어머니는 루이스 앞으로만 편지를 보냈고, 편지 말미에, 때로는 중간에 라우라 안부를 물었을 뿐이다. 라우라는 그런 것에 개의치 않았다. 류머티즘과 근시 때문에 꼬여버린 글자 앞에서는 멈칫거리면서도 변함없는 관심으로 편지를 읽었다. "사리돈을 먹었다. 의사가 류머티즘 약을 처방해주었단다……" 어머니의 편지는 보통 이삼일 동안 제도 책상 위에 놓여 있었다. 루이스는 답장을 하자마자 치워버리고 싶었지만, 라우라는 몇번이고 읽고 또 읽었다. 여자들은 편지를 이리저리 뒤집어보면서 되읽기를 좋아한다. 봉투에서 편지를 꺼내 다시 읽을 때마다 다른 의미를 찾아내는 것 같다. 어머니의 편지는 간략했다. 집안 소식과 몇가지 나라 소식(그러나 『르 몽드』지 국제면을 통해 이미 알려진 것이어서 항상 때늦은 소식이었다)을 담고 있을 뿐이었다. 그래서 모든 편지가 똑같다고, 간결하고 평범해서 재미라곤 하나도 없다는 생각이 들 정도였다. 어머니는 자식도 며느리도 당신 곁에 없기 때문에 느낄 만한 허전함도, 니꼬 형의 죽음으로 인한 고통도(처음에는 얼마나 통곡했던가) 훌륭히 이겨냈다. 그들이 빠리에서 생활한 지 이년이 되었건만 어머니는 편지에서 단 한번도 니꼬를 들먹이지 않았다. 마찬가지로 라우라 역시 니꼬라는 이름을 입에 올리지 않았다. 죽은 지 이년이 넘었으나 어머니도 라우라도 니꼬라는 이름을 입 밖에 낸 적이 없었다. 그런데 편지 중간에 느닷없이 니꼬라는 이름이 튀어나와 당혹스러웠다. '니꼬'Nico라는 글자는 기다랗고 떨리는 'N' 자와 끝머리가 뒤틀어진 'o' 자 모양으로 문장 가운데 돌출되어 있었다. 아주 불길한 징조였다. 그 이름이 이해할 수도 없고 조리에도 닿지 않는 문장 가운데 위치하고 있었기 때문이다. 노망기라고밖에 생각할 수 없었다. 어머니가 갑자기 시간 관념을 상실하고…… 그 문장은 라우라의 편지를 잘 받았다는 짤막한 언급 뒤에, 동네 문방구에서 산 청색 잉크로 찍어놓은 흐릿한 마침표 바로 뒤에 이어지고 있었다. "오늘 아침 니꼬가 너희들 안부를 묻더구나." 나머지 문장은 당신 건강이 어떻다는 둥 사촌 마띨데가 넘어져서 쇄골이 부러졌다는 둥 개는 두마리 다 잘 크고 있다는 둥 평소 편지와 다름이 없었다. 그런데 니꼬가 그들 안부를 물었단다.

사실, 마음만 먹으면 니꼬를 빅또르로 바꿔치기란 쉬운 일이었다. 게다가 그들 안부를 물어본 사람은 틀림없이 사촌형 빅또르였을 것이다. 빅또르가 항상 그들을 돌봐주었기 때문이다. '빅또르'는 '니꼬'보다 글자가 더 많지만, 지우개와 요령만 있으면 바꿀 수가 있었다. 오늘 아침 빅또르가 그들 안부를 물었다. 빅또르가 어머니 집에 들러 곁에 없는 자식의 안부를 묻는 것은 너무나 자연스럽다.

점심식사를 하러 집으로 돌아왔을 때, 편지는 원본 그대로 호주머니 속에 있었다. 라우라에게는 아무 말도 하지 않기로 했다. 그녀는 웃는 얼굴로 기다리고 있었다. 부에노스아이레스 시절보다 얼굴이 조금 부해진 것 같았다. 마치 빠리의 탁한 공기가 혈색과 얼굴 윤곽을 앗아가기라도 한 듯이. 그들은 니꼬가 죽고 두달이 지났을 때, 부에노스아이레스를 떠나서 지금껏 이년 넘게 빠리에서 살고 있었다. 사실, 루이스는 라우라와 결혼한 그날부터 니꼬라는 사람은 이 세상에 없는 것으로 치부했다. 어느날 오후, 병을 앓고 있던 니꼬 형과 이야기를 나눈 뒤 아르헨띠나로부터, 플로레스의 집으로부터, 어머니로부터, 두마리 개로부터, 형으로부터 (형은 투병중이었는데) 탈출하기로 결심했다. 그 몇달 동안 모든 일은 무도회처럼 루이스를 중심으로 회전했다. 니꼬, 어머니, 두마리 개, 정원이 파트너였다. 루이스의 결심은 느닷없이 유리병을 바닥에 던져 무도회를 중단시킨 것이나 다를 바 없는 야만적인 처사였다. 그즈음의 모든 일이 그랬다. 결혼식, 어머니에 대한 배려도 새로운 세계에 대한 설렘도 없는 출국, 사회인으로서 무책임한 행동, 놀라고 실망한 친구들을 무시한 일 또한 야만적인 처사였다. 그러나 루이스는 전혀 개의치 않았다. 심지어 라우라가 못마땅한 기색을 내비쳐도 모르는 체했다. 두마리 개와 약병과 아직도 장롱 속에 니꼬의 옷가지가 걸려 있는 그 커다란 집에 어머니 혼자 남게 되었다. 혼자 남든 말든 무슨 상관이랴. 어머니는 모든 것을 이해한 듯했다. 죽은 사람 앞에서 노인네들이 보여주는 냉정하고 단호한 태도를 취했다. 이제는 니꼬 생각에 울지도 않았고, 전과 마찬가지로 집안일을 돌봤다. 그러나 루이스는 떠나던 날 오후 일이며, 가방이며, 항구까지 데려다 준 택시며, 어린 시절을 보낸 집이며, 형과 전쟁놀이를 하던 정원이며, 무심하고 얼간이 같은 두마리 개며, 이 모두를 생각하고 싶지 않았다. 이제는 이 모두를 잊을 만했다. 광고회사에

나가고, 포스터를 그리며, 집에 와서 식사를 하고, 라우라가 웃으면서 건네준 커피를 마셨다. 그들은 틈틈이 영화관에도 가고, 공원에도 가고, 그렇게 빠리를 속속들이 알게 되었다. 행운도 따랐다. 괜찮은 직장에, 쓸 만한 아파트에, 수작 영화까지. 인생은 놀랄 만치 손쉬웠다. 그때 어머니의 편지가 오기 시작했다.

　루이스는 어머니의 편지가 싫지 않았다. 만약 편지가 없었더라면 자유는 견딜 수 없는 무게로 그를 짓눌렀을 것이다. 어머니의 편지는 무언의 용서였고 (하지만 그가 용서받을 일은 하나도 없었다) 왕래할 수 있는 다리였다. 편지를 받으면 때로는 마음이 편안해지기도 하고, 때로는 어머니의 건강이 걱정스럽기도 했으며, 아직도 존속하고 있는 낯익은 질서를 떠올리기도 했다. 이와 동시에 그 질서를 혐오했다. 라우라 때문에 혐오했다. 라우라와 함께 빠리에 살고 있는데도 불구하고 어머니는 편지에서 루이스와 무관한 사람으로 치부했다. 다시 말해서, 어느날 저녁 정원에서 니꼬의 애처로운 기침 소리를 들은 뒤 그가 거부하기로 결심한 질서의 동조자로 여겼다.

　아니다. 라우라에게 편지를 보여줄 일은 아니다. 이름을 바꿔치기하는 것은 야비한 짓이다. 그러나 라우라가 그 문장을 읽는다는 생각만으로도 견딜 수가 없었다. 그 괴상한 실수, 한순간의 방심으로 빚어진 어처구니없는 일은 (어머니가 낡은 펜을 들고 훌렁거리는 종이 앞에서 침침한 눈으로 씨름하는 모습을 자주 보았다) 라우라의 가슴속에서 쉽게 싹을 틔우고 무럭무럭 자랄 것이다. 편지를 쓰레기통에 처박고 (그날 오후에 편지를 없애버렸다) 라우라와 함께 영화관에나 가는 편이 나았다. 빅또르가 그들 안부를 물었다는 사실 또한 될 수 있으면 빨리 잊는 편이 나았다. 그네들 안부를 물은 사람이 예절 바른 사촌 빅또르였다 할지라도 그 사실을 잊는 편이 좋았다.

톰은 엎드린 채 악마처럼 혀를 날름거리며 제리가 함정에 빠지기를 기다리고 있었다. 제리는 용케도 덫을 피하고, 톰 위로 엄청난 재앙이 쏟아졌다. 이어 루이스가 아이스크림을 사왔고, 그들은 총천연색 광고를 건성으로 보면서 아이스크림을 먹었다. 영화가 시작되자 라우라는 의자 깊숙이 몸을 파묻고 루이스의 팔에서 손을 빼냈다. 루이스는 다시 한번 그녀가 멀어진 것 같았다. 그들이 함께 보고 있는 영화가, 나중에 길거리나 침대에서 그 영화 이야기를 한다고 할지라도, 두사람에게 동일한 영화라고 누가 장담하겠는가. 니꼬가 라우라를 초대해서 영화관에 갔을 때도 이렇게 떨어져 있었을까 하고 생각해보았다. (질문은 아니지만, 달리 어떻게 말할 수가 없었다.) 아마도 그 두사람은 플로레스에 있는 영화관은 죄다 돌아다녔을 것이다. 라바예 거리의 맨숭맨숭한 산책로, 사자, 징을 두드리는 근육질 흥행단원, 까르멘 데 삐니요스가 번역한 에스빠냐어 자막. 이 영화의 등장인물들은 허구이며, 모든 관계는…… 제리가 톰의 수중에서 벗어났을 때, 바버라 스탠윅과 타이론 파워의 시대가 시작되었고, 니꼬의 손길은 라우라의 허벅지에 오래도록 머물렀을 것이며, (불쌍한 니꼬 형, 얼마나 수줍음 많고 천진했던가) 두사람은 뭔지 모르지만 죄를 지은 기분이었을 것이다. 두사람이 마지막 선을 넘은 것 같지는 않았다. 라우라가 모든 시험 중에서도 가장 달콤한 시험에 들지 않았다 할지라도 니꼬에 대한 애정이 그토록 빨리 식어버린 것은 그 연인 관계가 동네, 이웃, 플로레스의 멋진 문화단체나 오락단체가 만들어낸 환영에 불과했다는 것을 증명한다. 어느날 저녁 니꼬가 자주 가던 무도장에 우연히 들르고, 친구가 그녀를 소개하면 되는 일이었다. 어쩌면 그렇기 때문에, 그렇게 시작이 쉬웠기 때문에 그 이후의 모든 일은 예상 밖으로 어렵고 힘들었는지도 모른다. 하지만 이제는 기억하고 싶지 않다. 그 희극은 니꼬가 맥없이 무너짐으로써, 죽음이라는 폐병 환자의 서글픈 도피처로 나앉음으로써 끝났다. 이상한 것은 라우라가 니꼬라는 이름을 입 밖에 내지 않았다는 것이고, 그리고 그 때문에 루이스 역시 니꼬라는 이름을 입에 올리지 않았다는 것이다. 니꼬는 죽은 사람도, 죽은 시아주버니도, 죽은 형도 아니었다. 처음에는 이런 침묵 때문에 루이스는 마음이 가벼웠다. 어머니가 야단을 치고, 울부짖고, 에밀리오 숙부와 빅또르가 (빅또르가 오늘 아침 그들 안부를 물었다) 영문도 모르고 참견을 하는 등, 한바탕 소동이 벌어진 후에 서둘러 올린 결혼식 뒤끝이라서 그랬다. 콜택시, 옷깃에 비듬이 묻은 관리 앞에서 삼분 만에 치른 결혼식. 그리고 어머니로부터, 실망한 친척들로부터 멀리 떠나 아드로게에 있는 호텔로 피신했다. 라우라는 엉겁결에 애인에서 시아주버니로 전락한 저 불쌍한 꼭두각시를 단 한번도 언급하지 않았고, 루이스는 이를 고맙게 여겼다. 그러나 지금도, 대서양과 죽음과 이년이라는 세월이 흐른 지금도 라우라는 니꼬라는 이름을 입에 올리지 않았다. 루이스는 비겁하게도 그런 침묵에 편승했으나, 내심으로는 침묵을 자책하고 후회하였으며, 배신이나 다를 바 없다고 느껴 마음이 무거웠다. 그래서 한두차례 니꼬라는 이름을 일부러 입 밖에 내어보았으나 라우라가 어떻게든 화제를 다른 데로 돌려버려 소용이 없었다. 점차 화제로 삼을 수 없는 금지구역이 형성되어갔고, 그들은 니꼬로부터 멀어졌으며, 니꼬라는 이름과 그에 대한 추억을 더럽고 끈적끈적한 솜뭉치로 포장하게 되었다. 저쪽에 있는 어머니도 그랬다. 도대체 영문을 모를 일이지만 그런 침묵에 동조했다. 편지마다 개, 마멸데, 빅또르, 류머티즘 약, 연금 이야기뿐이었다. 루이스는 어머니가 한번쯤 죽은 아들 이야기를 넌지시 비치기를 바랐다. 그랬더라면 루이스는 라우라 면전에서 어머니와 한편이 되었을 것이고, 라우라 또한 니꼬의 사후死後 존재를 애틋한 심정으로 받아들였을 것이다. 반드시 그럴 필요가 있었다는 이야기는 아니다. 이제 와서 니꼬가 살았든 죽었든 무슨 상관이 있겠는가마는 그 일을 과거의 추억으로 안고 살아간다면, 이는 라우라가 진정으로 그리고 영원히 니꼬를 잊어버렸다는 확실하고 씁쓸한 증거이리라. 대낮에 이름을 부른다면 몽마夢魔는 땅에 발을 딛을 때처럼 약해지고 무력해져 마침내 연기처럼 사라질 것이었다. 하지만 라우라는 여전히 함구하고 있었다. 그녀가 침묵을 지킬 때마다, 니꼬의 이름을 입에 올리는 것이 아주 당연하고 자연스러운 순간조차 침묵으로 일관할 때마다 루이스는 플로레스의 집 정원에 있는 니꼬의 존재를 다시 한번 감지했고, 한때는 애인이던 여자와 동생의 신혼이 한창일 때 죽음으로써 더할 나위 없는 결혼 선물을 안겨주었던 니꼬의 숨죽인 기침 소리를 들었다.

일주일 뒤, 라우라는 어머니의 편지가 오지 않은 것을 알고 놀랐다. 그들은 갖가지 추측을 해보았다. 그리고 그날 오후 루이스는 편지를 썼다. 답장이 궁금하지는 않았지만, 관리실 아주머니가 편지를 들고 삼층까지 올라오는 대신 그에게 직접 건네주기를 바랐다. (매일 아침 계단을 내려가면서 그런 생각을 했다.) 보름 후, 낯익은 편지봉투를 받았다. 한눈에 보아도 브라운 제독의 얼굴과 이구아

수 폭포였다. 길거리로 나서기 전, 편지를 호주머니 속에 챙겨넣고 창밖으로 얼굴을 내민 라우라에게 손을 흔들었다. 길모퉁이를 돌아선 다음에 편지를 뜯어보다니, 자기가 생각해도 참 한심스러웠다. 보비가 집 밖으로 나간 적이 있었는데, 며칠 후부터 몸을 긁기 시작했단다. 옴을 옮아온 것이다. 어머니는 에밀리오 숙부의 친구인 수의사를 찾아갔는데, 보비가 검둥이에게 병을 옮길까봐 두려워서 그런 것이 아니었다. 숙부가 보기에는 옴 치료제를 섞어 목욕시키면 될 일이었다. 그러나 어머니는 그런 일을 할 수 없었을뿐더러 수의사가 살충제나 음식에 섞어 먹이는 약을 처방해주는 것이 더 낫다고 여겼다. 옆집 아주머니가 기르고 있는 고양이가 옴을 앓고 있었는데, 아무리 가둬 기른다고는 하지만 그 고양이가 옴을 옮겼을지도 모를 일이었다. 루이스가 니꼬와 달리 개를 무척이나 좋아해서 어릴 때는 침대 밑에서 개와 함께 잤다고 할지라도 이런 노인네의 수다가 무슨 재미가 있겠는가. 어쨌거나 옆집 아주머니는 디디티를 뿌려줘야 할 것이라며 집 바깥을 돌아다니는 개는 옴뿐만 아니라 온갖 질병을 물어온다고 했다. 또 바까이 거리에 들어선 써커스단이 진기한 동물들을 데려왔으니까, 잘은 모르겠지만, 세균 같은 것이 공중에 떠다닐 것이라는 이야기도 했다. 양복점 아이는 끓는 우유에 팔을 데고, 보비는 옴을 앓고 있는데다 이런 이야기까지 겹치자 어머니의 놀란 가슴은 누그러들 줄 몰랐다.

편지지에 조그맣고 파란 별 같은 것이 묻어 있었다. (펜촉이 종이에 걸린 흔적으로 만사가 귀찮은 어머니의 심정을 단적으로 드러내고 있었다.) 뒤이어 어머니는 신세 한탄을 늘어놓았다. 니꼬마저 예상한 대로 유럽으로 떠난다면 혼자 쓸쓸하게 지낼 것인데, 이런 게 늙은이들의 운명이고, 자식들은 언젠가는 곁을 떠나는 제비 같은 존재이기에 주름살이 늘어가면서 체념해야만 하는 일이라고 했다. 옆집 아주머니는……

누군가가 루이스를 밀치면서 마르세유 억양으로 공중도덕이 없는 사람이라고 중얼거렸다. 자신이 좁은 지하철 입구를 가로막고 있다는 사실을 어렴풋이 깨달았다. 그날 내내 정신이 어렴풋했다. 라우라에게 전화를 걸어 점심시간에 집에 못 간다고 했다. 그리고 두시간 내내 광장 벤치에 앉아 편지를 다시 읽어보고, 어머니의 노망기에 대처할 방법을 궁리했다. 무엇보다도 먼저 라우라하고 이야기를 해야만 했다. 왜 이 일을 라우라에게 숨겨야 한단 말인가? (질문은 아니지만, 달리 어떻게 말할 수가 없었다.) 이번 편지는 저번 것처럼 잃어버렸다고 할 수도 없었고, 어머니가 실수로 빅또르 대신 니꼬라고 썼다고 생각하기도 어려웠으며, 망령이 났을지도 모른다는 생각만으로도 가슴이 아렸다. 결국 두통의 편지는 라우라의 몫, 라우라가 감당할 일이었다. 적어도 결혼식 이후, 아드로게 호텔에서 보낸 밀월 이후, 프랑스로 향하는 배에서 서로 절망적으로 사랑하던 밤 이후에 일어난 일은 아니었다. 모두가 라우라의 몫이었다. 어머니의 정신착란 속에서 니꼬가 유럽으로 가고 싶어 하는 것도 라우라의 몫일 것이다. 어머니와 라우라는 이제 완전한 공모자였다. 어머니는 라우라에게 니꼬 이야기를 하고 있었다. 니꼬가 유럽으로 갈 것이라고 일러주고 있었다. 니꼬가 프랑스에, 빠리에, 라우라가 교묘하게 망각한 척하며 살고 있는 집에 도착하리라는 사실을 그저 유럽이라는 단 한마디로 라우라에게 전하고 있었다.

루이스는 두가지 일을 했다. 먼저 에밀리오 숙부에게 편지를 보내 어머니의 증세가 걱정스러우니 즉시 찾아가 무슨 일인지 알아본 다음 필요한 조치를 취하라고 부탁했다. 그리고 꼬냑을 연거푸 몇잔 들이켜고 집을 향해 걸어가면서 라우라에게 할 말을 궁리했다. 어쨌든 라우라하고 이야기를 해야 했고, 그 사실을 알려주어야 했기 때문이다. 이 거리 저 거리를 지나면서 현재에 자리 잡는다는 것이 얼마나 힘든 일이며, 삼십분 후의 일조차 알 수 없다는 사실을 깨달았다. 어머니 편지는 빠리 생활 이년이라는 현실 속으로 그를 밀어넣고 숨도 못 쉬게 만들었다. 빠리 생활의 참모습은 밀수입한 평화, 오락거리와 볼거리를 찾아 외출하는 재미, 침묵하자는 묵계로 이루어진 거짓부렁이었다. 그리고 떳떳치 못한 모든 계약이 그렇듯이, 그들 두사람은 이 묵계 속에서 점차 멀어지고 있었다. 어머니, 그래요, 옴에 걸린 보비가 불쌍하지요. 불쌍한 보비, 불쌍한 루이스. 옴투성이예요, 어머니. 플로레스에 있는 무도장에 갔습니다. 형이 고집해서 갔어요. 사귀고 있는 여자를 자랑하고 싶었던 모양입니다. 불쌍한 니꼬 형. 어머니, 그때까지 아무도 몰랐지만 형은 마른기침을 하고 있었어요. 머리는 포마드를 발라 빗어 넘기고 줄무늬 양복에 촌스러운 인견 넥타이를 매고 있었습니다. 잠시 이야기를 나누었는데, 상냥했습니다. 형의 애인하고 한곡 추지 않을 사람이 어디 있겠습니까. 애인이라는 말은 지나친데요. 루이스라고 불러도 되죠. 그런데 형이 당신을 집에 데려오지 않은 것이 이상하네요. 이 사람이 숫기가 없어서 그래요. 형은 그녀 아버지하고도 이야기한 적이 없었답니다. 형이 내성적이라 그렇습니다. 언제나 그래요. 저도 그렇습니다. 뭐가 그리 우습죠? 제 말을 안 믿죠? 저는 겉보기와 다른 사람인데. 정말 덥죠? 우리 집에 꼭 오셔야 합니다. 어머니가 좋아하실 겁니다. 개 두마리하고 어머니, 형, 나 이렇게 셋이 살고 있습니다. 형, 부끄럽지도 않아요? 숨길 게 따로 있지.

우리는 이렇답니다. 제각각입니다. 형, 이분하고 탱고를 춰도 괜찮죠?

　너무 쉽고, 별일 아니었다. 반들거리는 포마드와 인견 넥타이면 되는 일이었다. 그녀는 실수로, 잠시 눈이 멀어 니꼬와 헤어졌다. 얌생이 같은 동생은 남의 것을 빼앗고 등을 돌릴 수 있는 사람이기 때문이다. 니꼬 형은 테니스도 하지 않고, 운동하고는 거리가 멀어요. 체스나 두고 우표 수집이나 하게 놔둬요. 말수가 적고 소극적인 니꼬는 뒤로 처졌다. 정원 한구석에 틀어박혀 폐병 약과 마떼 차로 자신을 달래고 있었다. 드디어 니꼬가 침대에서 쓰러지고 사람들이 달려왔을 때, 때마침 체육관에서는 무도회가 열렸다. 이런 기회를 놓쳐서는 안된다. 특히 에드가르도 도나또 악단이 연주를 하고, 뭔가 일이 잘 풀릴 기미가 보일 때는. 어머니는 라우라하고 산책을 나가도 괜찮다고 여기는 것 같았으며, 어느날 오후 그녀를 집에 데려왔을 때는 딸처럼 대했다. 어머니, 제 말 좀 들어보세요. 형은 건강도 안 좋은데, 아마 이런 이야기까지 들으면 속이 상할 겁니다. 몸이 아픈 사람들은 제멋대로 상상하기 때문에 형은 내가 라우라를 꼬드기고 있다고 믿을 겁니다. 우리가 체육관에 간다는 사실을 형이 모르면 좋겠어요. 하지만 어머니에게 이런 이야기는 하지 않았다. 집안사람들 그 누구도 우리가 함께 다닌다는 사실을 모르고 있었다. 물론 환자가 호전될 때까지만. 이렇게 시간이 흘러갔다. 두세번의 무도회, 니꼬의 엑스레이 사진, 땅딸보 라모스의 자동차, 베바 집에서 열린 저녁 파티, 술 몇잔, 강물에 걸친 다리까지 드라이브, 달, 저 위쪽 호텔의 창문 같은 달. 그리고 라우라는 자동차 안에서 거부하고 있었다. 그녀는 술을 조금 마신 상태였다. 능숙한 손놀림, 입맞춤, 숨넘어가는 소리, 비꾸냐 외투. 그녀는 말없이 돌아보고, 용서의 미소를 지었다.

그 미소는 현관문을 열어줄 때 짓는 미소와 비슷했다. 식탁에는 고기 요리와 쌜러드와 푸딩이 올라왔다. 10시에 라우라의 장바구니 친구들이 찾아왔다. 밤이 이슥해져 잠자리에 들었고, 루이스는 편지를 꺼내 싸이드테이블 위에 올려놓았다.

"당신이 마음 아파할까봐 얘기 안했는데, 내 생각에는 어머니가……"

루이스는 등을 돌리고 누워서 잠시 기다렸다. 라우라는 편지를 봉투에 집어넣고 스탠드를 껐다. 그를 향해 누워 있는 것 같았다. 정확하게 말해서, 그를 보고 누운 것은 아니었지만 귓전 근처에서 그녀의 숨소리를 들을 수 있었다.

"무슨 말인지 알죠?" 루이스의 목소리는 조심스러웠다.

"예. 이름을 혼동한 것 아닌가요?"

그렇게 말해야만 했다. 체스의 폰을 킹 4로 움직인 것이었다. 완벽한 한수였다.

"아마도 빅또르라고 쓴다는 게 그랬을 거예요." 루이스는 주먹을 꼭 쥐면서 이렇게 말했다.

"맞아요. 그랬을 거예요." 라우라가 말했다. 킹의 나이트를 비숍 3으로 옮긴 것이었다.

그들은 잠이 든 척했다.

라우라가 보기에 에밀리오 숙부만은 이런 사정을 알고 있어도 괜찮을 것 같았다. 그들은 며칠 동안 그 이야기를 꺼내지 않았다. 루이스는 집으로 돌아올 적마다 라우라에게서 이상한 거동이나 말을 기대했다. 저 완벽한 냉정과 침묵에서 빈틈이 보이기를 기대했다. 그들은 평소처럼 영화관에 갔고, 평소처럼 사랑을 나누었다. 라우라의 신비라면 이년 전에 그들이 기대한 것을 하나도 이루지 못한 이 삶에 집착하고 있다는 것뿐이었다. 그밖에 다른 신비는 찾을 수가 없었다. 이제 루이스는 라우라를 잘 알고 있었다. 결정적인 순간에 직면하면 니꼬와 같다는 사실을 인정해야 했다. 그런 순간에 라우라와 니꼬는 무기력하게 뒤로 물러났다. 비록 가끔씩은 아무것도 하지 않으려는, 정말 아무것도 하지 않고 살아가려는 무서울 정도의 의지를 보여주기는 했지만. 니꼬라면 라우라를 훨씬 잘 이해했을 것이다. 그들 두사람은 결혼식 이래, 첫날밤을 보내고 밀월과 욕망에 선선히 복종한 이래, 그 사실을 인정하고 살아왔다. 이제 라우라는 다시 악몽을 꾸기 시작했다. 꿈을 자주 꾸는 편이지만 악몽과 꿈은 다르다. 루이스는 라우라가 몸을 뒤척이며 숨넘어가는 동물의 외마디 비명을 지르거나 알아들을 수 없는 말을 중얼거리는 모습을 보고 악몽을 꾸고 있다는 사실을 알았다. 프랑스로 오는 배에서 라우라는 처음으로 악몽을 꾸기 시작했다. 니꼬가 죽고 몇 주일 후에 배에 올랐기 때문에 그들이 아직도 니꼬 이야기를 할 때였다. 어느날인가, 그들 사이에 묵계가 확립되기 시작할 즈음에 라우라는 악몽에 시달렸다. 악몽은 때때로 반복되었다. 라우라는 거친 신음 소리를 내고 다리를 부들부들 떨면서 갑자기 비명을 내질러 잠자던 루이스를 깨웠다. 라우라의 비명 소리는 완전한 거부였다. 두 손과 온몸과 온 목소리로 끈적끈적하고 거대한 물체가 몰고 오는 공포에 저항했다. 루이스는 라우라를 흔들어 깨우고, 진정시키고, 물을 가져다주었다. 라우라는 아직도 정신을 차리지 못하고 흐느끼면서 물을 마셨다. 그리고 아무것도 기억나지 않는다고 말했다. 무언가 아주 무서운 것이었는데 설명할 수가 없다면서 비밀을 간직한 채 다시 잠이 들었다. 사실 루이스는 라우라가 어떤 악몽에 시달리는지 알고 있었다. 루이스 역시 라우라의 꿈속에 나타난 것과 마주하고 난 다음이었기 때문이다. 얼마나 무시무시한 가면을 쓰고 나타났는지 누가 알겠는가마는 라우라는 공포에 짓눌린 와중에도 그의 다리를 껴안았을 것이다. 아마도 허망한 사랑이었으리라. 항상 그랬다. 루이스는 물 한 컵을 건네주고 라우라가 다시 베개에 얼굴을 묻을 때까지 잠자코 기다렸다. 언젠가는 공포가 자존심을 (이런 것도 자존심이라고 부를 수가 있다면) 압도하리라. 그때부터는 라우라 곁에서 싸울 수가 있으리라. 아직은 전부를 잃어버린 것은 아니리라. 아마도 새로운 삶은, 미소와 프랑스 영화라는 환영과는 진정으로 다른 것이리라.

루이스는 낯선 사람들로 둘러싸인 제도 책상 앞에서 좌우명처럼 여기던 균형의 의미를, 주는 만큼 받는다는 것의 의미를 절감하고 있었다. 왜냐하면 라우라가 내심으로는 에밀리오 숙부의 답장을 기다리면서도 겉으로는 무관심한 척 그 문제에 손을 대지 않자 숙부는 어머니의 근황을 그에게 전했기 때문이다. 숙부는 최근 몇 주일 소식만 간단하게 써 보냈다. 그리고 추신에서 이렇게 덧붙였다. "그런데 빅또르가 유럽에 간다고 하더라. 다들 여행을 가고 싶어하는데, 여행사 광고를 보고 그런다. 그애더러 편지를 보내라고 해라. 필요한 자료는 뭐든지 보내주마. 그리고 앞으로는 우리 집으로 연락하라는 말도 전해라."

에밀리오 숙부는 편지를 받자마자 답장을 보낸 것이다. 그저 가까운 친척에게, 니꼬의 장례식 날 숙부가 말했듯이, 이루 말할 수 없이 괘씸한 친척에게 답신을 보낸 것이다. 루이스 앞에서 숙부가 노골적으로 불쾌한 감정을 드러낸 적은 없었다. 그러나 이와 유사한 경우에도 그랬듯이, 교묘하게 속마음을 표현했다. 어쩔 수 없이 부두까지 나와 배웅을 하기는 했지만 그뒤 이년 동안 루이스의 생일에도 무소식이던 숙부는 이제 어머니의 시아주버니로서 할 일을 하고, 그 결과만 간단히 적어 보냈다. 어머니는 건강하지만 거의 말이 없었다. 지난 몇년 사이의 속상한 일을 감안하면 충분히 이해할 수 있는 일이었다. 무척이나 외롭게 지내는 것 같은데, 평생을 두 아들과 함께 살아왔던 어머니로서는 추억이 가득한 그 커다란 집에서 마음 편히 지낼 수 없는 것이 당연했다. 숙부는 문제의 편지 구절을 읽어보고, 사태의 미묘함을 고려해 몸소 어머니를 찾아갔다. 하지만 속 시원한 답을 얻지 못해 유감이라고 했다. 어머니는 말문을 열지도 않았고, 또 응접실에서 숙부를 맞았는데, 전에는 결코 그렇게 대접하지 않았다. 건강은 어떠냐고 넌지시 묻자, 요즘 들어 다림질할 셔츠가 많아서 피곤하지만 류머티즘 말고는 아주 건강하다고 말했다. 숙부는 무슨 셔츠를 이야기하는지 궁금했으나 어머니는 고개를 한번 까닥하고는 셰리와 배글리 비스킷을 내놓았을 뿐이다.

어머니는 숙부의 아리송한 편지에 대해 생각해볼 여유도 주지 않았다. 사흘 뒤, 어머니에게서 등기우편이 도착한 것이다. 빠리로 보내는 항공우편은 등기로 부치지 않아도 된다는 것을 빤히 알면서도 등기우편을 보내왔다. 라우라는 루이스에게 전화를 걸어 될 수 있으면 빨리 집으로 오라고 전했다. 삼십분 뒤, 루이스가 도착했을 때 라우라는 가쁜 숨을 몰아쉬며 멍하니 탁자 위의 노란 꽃을 바라보고 있었다. 편지는 벽난로 까치발 위에 놓여 있었다. 루이스는 편지를 읽어보고 다시 제자리에 두었다. 그리고 라우라 옆에 잠자코 앉았다. 라우라는 이해할 수 없다는 표정을 지었다.

"아무래도 어머님이 제정신이 아닌가봐요."

루이스는 담뱃불을 붙였다. 담배 연기가 눈으로 들어와 눈물이 났다. 체스 시합은 계속되고 있었고, 이제 루이스가 말을 움직일 차례였다. 하지만 이 체스 시합은 세사람이, 어쩌면 네사람이 하고 있었다. 이제는 어머니가 체스판 한쪽을 차지하고 있다고 확신하게 되었다. 의자에서 조금씩 미끄러져내린 루이스는 쓸데없이 얼굴을 두 손으로 가렸다. 라우라가 우는 소리가 들렸고, 아래층에서는 관리실 아주머니의 아이들이 소리를 지르며 뛰어다녔다.

자고 일어나면 해결책이 보인다는 둥 그렇게들 말하지만 그들은 욕망도 없는 밋밋한 전투 후에 무겁고 깊은 잠에 빠졌다. 다시 한번 무언의 합의가 이루어졌다. 아침에는 날씨와 쌩끌루에서 일어난 사건과 제임스 딘 이야기를 했다. 차를 마시는 동안 편지는 눈에 띄지 않았지만 사실 까치발에 그대로 놓여 있었다. 그러나 루이스가 직장에서 돌아왔을 때는 편지가 없었다. 라우라가 냉철하고 능률적으로 부지런을 떨어 흔적을 지워버렸다. 하루가 지나고, 또 하루가 지나고, 또 하루가 지나갔다. 어느날 저녁에는 이웃이 들려준 우스갯소리와 페르낭델이 출연한 코미디 영화를 보고 무척이나 웃었다. 연극을 보러 가기로 했고, 퐁뗀블로에서 주말을 보내기로 했다.

제도 책상 위에 쌓인 자료는 쓸모가 없었다. 모든 내용은 어머니의 편지와 일치했다. 실제로 여객선은 17일 금요일 아침 르아브르 항에 입항하고, 임시 열차는 11시 45분 쌩라자르 역에 도착한다. 목요일에는 연극을 보러 갔는데 무척 재미있었다. 이틀 전에 라우라는 또 악몽을 꾸었다. 하지만 루이스는 물을 가져다주기는커녕 등을 돌리고 못 본 체했다. 조금 후 라우라는 조용히 잠이 들었다. 낮에 라우라는 여름옷을 재단하고 바느질하느라고 바빴다. 그들은 냉장고 할부가 끝나면 전기재봉틀을 장만하기로 했다. 루이스는 싸이드테이블 서랍에서 편지를 꺼내 사무실로 가져갔다. 어머니가 정확한 날짜를 이야기한 것이 틀림없지만 그래도 선박회사에 전화를 걸었다. 확인해볼 곳이라고는 거기밖에 없었다. 나머지는 생각하기도 싫었다. 에밀리오 숙부의 바보 같은 처사도 마찬가지였다. 마떨데에게 연락을 취했더라면 더 나았을 것이다. 촌수가 멀기는 해도 마떨데는 사정이 급하다는 것을 알고 당장 집으로 달려가 어머니를 보호했을 것이다. 하지만 정말로 어머니를 보호할 필요가 있었을까? (질문은 아니지만, 달리 어떻게 말할 수가 없었다.) 국제전화를 걸어 마떨데하고 이야기를 할까 잠시 생각해보았다. 그러나 셰리와 배글리 비스킷이 떠올라서 그만두고 말았다. 마떨데에게 편지 쓸 시간도 없었다. 사실 편지를 쓸 시간은 있었지만 17일 금요일까지 기다려보자는 심산이었다. 이제 꼬냑을 마셔도 도움이 안됐다. 생각을 않는 데도, 두려움을 없애는 데도 전혀 도움이 되지 않았다. 니꼬의 장례식을 치르고 난 후, 부에노스아이레스에서 마지막으로 본 어머니의 얼굴이 갈수록 뚜렷하게 떠올랐다. 이때까지는 아픔이라고 생각했는데, 이제는 달리 보였다. 그것은 집에서 멀리 떨어진 황무지에 혼자 내버려질 것이라고 예감한 동물의 표정, 다시 말해서 원한과 불신이었다. 이제야 루이스는 진정으로 어머니의 얼굴을 보기 시작했다. 친지들이 몰려와 니꼬의 죽음을 애도하고, 라우라와 루이스 또한 아드로게에서 찾아왔던 그날의 어머니 얼굴을 이제야 진정으로 볼 수가 있었다. 그들은 잠깐 머물렀다. 조금 후에 에밀리오 숙부, 빅또르, 마띨데가 얼굴을 내밀었는데, 모두들 두사람을 본체만체했다. 친지들은 그 사건, 아드로게 일을 못마땅하게 생각했다. 불쌍한 니꼬가 죽어가던 그 시간에 그들은 행복을 누렸기 때문이다. 될 수 있으면 빨리 떠나보내려고 친지들이 얼마나 애를 썼는지는 보지 않아도 빤했다. 친지들은 돈을 모아서 뱃삯을 치르고 부두까지 선물과 손수건을 들고 나와 따뜻한 전송을 하자고 합의라도 한 것 같았다.

마띨데에게 즉시 편지를 띄우는 것이 자식 된 도리다. 넷째 잔을 들기 전까지는 아직도 이런 생각할 수가 있었다. 다섯째 잔에 다시 그 일을 생각하고는 웃어버렸다. (좀더 혼자 있고 싶고, 복잡한 머리도 식히고 싶어서 빨리 시내를 돌아다녔다.) 자식 된 도리라는 생각에 피식 웃음이 나왔다. 자식 된 도리이기는 한데, 그 도리라는 게 싸구려 도리 같았기 때문이다. 저열한 싸구려 자식이 신성한 도리를 신성한 아가씨에게 하는 것 같았기 때문이다. 사실은 마띨데에게 편지를 보내지 않는 것이 자식 된 도리였다. 무엇을 바라고 어머니가 노망했다고 꾸며대야 한단 말인가? (질문은 아니지만, 달리 어떻게 말할 수가 없었다.) 그가 할 수 있는 일은 아무 일도 안하는 것이었다. 금요일까지 시간이 흘러가도록 내버려두는 것이었다. 평소와 마찬가지로 라우라에게 출근 인사를 하면서 급한 포스터 작업이 있어서 점심때 집에 오지 못한다고 했을 때, "괜찮으면 우리 함께 갑시다"라는 말이 입안에서 맴돌고 있었다. 루이스는 기차역 까페에 몸을 숨겼다. 위장이라기보다는 남은 볼 수 없는데 자신은 볼 수 있다는 꾀죄죄한 이점을 노린 것이었다. 11시 35분, 청색 치마를 입은 라우라를 발견하고 거리를 유지하면서 뒤를 밟았다. 라우라는 열차 시각표를 쳐다보고 역무원과 이야기한 후에 입장권을 사서 승강장 안으로 들어갔다. 플랫폼에는 마중을 나온 사람들의 상기된 표정이 어우러졌다. 루이스는 과일 상자를 실은 지게차 뒤에 몸을 숨기고, 출구에서 기다릴 것인지 아니면 플랫폼으로 들어갈 것인지 망설이는 라우라를 지켜보고 있었다. 신기하게 움직이는 곤충을 관찰하듯이 침착하게 그녀를 지켜보고 있었다. 곧이어 열차가 들어왔다. 승객들은 숨이 막혀 죽어가는 사람들처럼 객차 안에서 소리를 지르면서 손을 내밀었고, 마중 나온 사람들은 객차 창문으로 다가가서 기다리던 사람을 찾았다. 라우라는 환영객 틈에 섞여버렸다. 루이스는 지게차를 돌아나와 적재된 과일 상자와 바닥에 떨어진 윤활유를 피해서 플랫폼으로 들어갔다. 출구로 나가는 승객이 보일 것이고, 라우라도 다시 보일 것이다. 그러면 안도의 표정을 지을 것이다. 왜냐하면 라우라도 안도의 표정을 짓지 않을까? (질문은 아니지만, 달리 어떻게 말할 수가 없었다.) 마지막 승객과 짐꾼이 나가고 나면 루이스는 느긋하게 승강장을 빠져나와서 햇살이 가득한 역 광장으로 내려올 것이다. 그리고 길모퉁이 까페로 걸어가 꼬냑을 한잔 마실 것이다. 오후에 어머니에게 편지를 쓰겠지만, 이 우스운 이야기는 (하지만 우스운 것은 아니다) 내비치지도 않을 것이다. 그런 다음 용기를 내서 라우라와 이야기를 나누리라. (하지만 용기도 없을 것이고, 라우라하고 이야기를 나누지도 못할 것이다.) 아무튼 꼬냑을 마시리라는 것은 의심할 여지가 없었다. 그 나머지 일이 어찌될지는 아무도 모른다. 사람들은 소리를 치고 눈물을 흘리고 서로를 껴안으면서 무리를 지어 지나갔다. 헤어진 친지들, 여행가방과 짐 꾸러미 틈바구니에서 서로 얼싸안고 회전목마처럼 돌아가는 싸구려 에로티즘. 그래, 그래, 이게 얼마 만이야, 아주 새까맣게

탔구나, 이베뜨, 그래, 햇볕이 기가 막혔어. 닮은 사람을 찾고 있었기에, 그저 기뻐하는 이 바보 같은 대열에 합류하고 싶었기에, 근처를 지나가는 두 남자는 짧은 머리로 보나 양복 차림으로 보나 얼떨떨한 기분을 감추려고 짐짓 자신만만한 태도를 취하는 품으로 보나 아르헨띠나 사람이 틀림없었다. 그중 한사람은 니꼬를 닮았다면 닮았다고 할 수 있었다. 다른 사람은 닮은 데가 없지만, 사실 이 사람 역시 몰라볼 정도로 목덜미가 굵어지거나 허리가 불어난 것이라고 할 수는 없었다. 먼젓번 사람은 왼손에 손가방을 들고 플랫폼을 지나 개찰구 쪽으로 향하고 있었다. 제 마음대로 닮은 점을 찾고 있었기 때문이겠지만, 니꼬도 그 사람처럼 왼손잡이였고, 어깨도 그 사람처럼 좁았고, 등도 그 사람처럼 조금 구부정했다. 라우라가 그 사람 뒤를 따라가고 있는 것으로 보아, 같은 생각을 하고 있는 것이 틀림없었다. 라우라는 눈에 익은 표정을 짓고 있었다. 악몽에서 깨어났을 때의 표정, 침대에 앉아 허공을 응시할 때의 표정, 이제야 깨달았지만 꿈속에서 라우라를 괴롭히고 소리치게 만든 그 사람, 뭐라 이름 붙이기 어려운 복수를 마무리 지은 다음에 등을 돌린 채 멀어져가는 그 사람을 응시할 때의 표정이었다.

그들이 닮은 사람을 찾고 있었기 때문에 그런 것이지, 사실 그 남자는 낯선 사람이었다. 그들은 남자가 바닥에 가방을 내려놓고 차표를 찾아 개찰원에게 건네줄 때 정면에서 얼굴을 보았다. 라우라가 맨 처음 역에서 나왔다. 그녀가 멀어지고, 버스 정류장에서 사라지는 것을 보았다. 루이스는 길모퉁이 까페에 들어가 의자에 축 늘어졌다. 조금 후에는 마실 것을 주문했는지 안했는지, 타는 듯한 입맛이 싸구려 꼬냑의 뒷맛인지 뭔지 기억할 수가 없었다. 오후 내

내 쉬지 않고 포스터에 매달렸다. 잠시 어머니에게 편지를 써야 한다는 생각이 들었지만 퇴근 시간까지 그 일을 미뤘다. 퇴근 후에는 빨리 시내를 걸었다. 집에 도착했을 때 출입구에서 관리실 아주머니를 만나 잠시 이야기를 나누었다. 관리실 아주머니나 이웃들하고 잡담이나 나누면서 그곳에 더 머무르고 싶었는데, 저녁 시간이 가까워지자 모두들 자기 집으로 들어가버렸다. 루이스는 느릿느릿 계단을 올라갔다. (사실 그는 항상 숨이 차지 않도록, 기침이 나오지 않도록 느릿느릿 계단을 올라갔다.) 사층에 이르러 초인종을 누르기 전에 현관문에 몸을 기대었다. 그리고 집 안을 엿들으려는 자세로 잠시 휴식을 취했다. 이윽고 평소처럼 초인종을 짧게 두번 눌렀다.

"당신이에요? 혹시 늦는 게 아닌가 하고 생각하던 참이었어요. 고기가 너무 구워졌는데." 차가운 볼을 내밀며 라우라가 말했다.

고기가 너무 구워진 것은 아니었지만 입맛이 전혀 없었다. 그 순간에 라우라에게 왜 역에 갔느냐고 물었더라면 커피는 제맛을 냈을 것이고, 담배도…… 하지만 라우라는 온종일 집 안에만 있었다고 했다. 마치 거짓말이라도 해야 하는 것처럼, 마치 루이스가 어머니의 안타까운 노망기를 탓하기를 바라는 듯이 그렇게 말했다. 루이스는 식탁 위에 팔꿈치를 괴고 커피를 저으며 그 순간을 다시 한번 흘려보냈다. 라우라의 거짓말은 이제 중요하지 않았다. 그것은 남과 같은 수많은 입맞춤, 수많은 침묵 가운데 하나에 불과했다. 루이스 속의 모든 것은 니꼬의 것이었다. 라우라 속에 있는 것과 루이스 속에 있는 것은 모두 니꼬의 것이었다. 왜 식탁에 제삼자의 수저를 놓지 않았을까? (질문은 아니지만, 달리 어떻게 말할 수가 없었다.) 왜 라우라는 떠나지 않았을까? 왜 라우라는 담배 연기로 일그러진 슬프고 고통스러운 이 얼굴을, 갈피를 못 잡게 만드는 이 얼굴을, 마치 어머니의 얼굴처럼 점점 증오로 가득 차오르는 이 얼굴을 주먹으로 갈기지 않았을까? 아마 니꼬는 다른 방에 있을 것이다. 어쩌면 루이스가 그랬듯이 현관문에 기대고 서서 기다리고 있을 것이다. 혹은 루이스가 주인이었던 침실에, 라우라의 꿈속에서 그토록 자주 찾아갔던 하얗고 따뜻한 이부자리 속에 머물고 있을 것이다. 거기서 기다리고 있을 것이다. 드러누워서 루이스처럼 담배도 피우고, 기침도 조금 하고, 죽기 얼마 전에 보았듯이 핏기 없는 광대 같은 얼굴로 웃고 있을 것이다.

루이스는 작업실로 건너갔다. 작업대로 다가가서 전등을 켰다. 전처럼 답장을 쓰기 전에 편지를 다시 읽을 필요는 없었다. 편지를 쓰기 시작했다. '사랑하는 어머니'. 편지지를 찢어버리고 간단히 '어머니'라고 썼다. 주먹을 쥘 때처럼 집이 오그라드는 느낌이었다. 모든 것이 점점 좁아지고, 숨 쉬기가 힘들어졌다. 전에는 두사람이 살기에 충분한 아파트였는데, 이제는 꼭 두사람만이 살 수 있을 것 같았다. 눈을 들어보니 (그는 막 '어머니'라고 썼다) 라우라가 문밖에서 쳐다보고 있었다. 루이스는 펜을 내려놓았다.

"당신이 보기에, 예전보다 훨씬 마른 것 같지 않던가요?" 루이스가 말했다.

라우라의 표정이 변했다. 반짝거리는 평행선이 볼을 타고 흘러내리고 있었다.

"조금요. 모습은 변하니까……"

악마의 침
Las babas del diablo

이런 일을 어떻게 이야기해야 할지 도무지 알 수가 없다. 일인 칭이나 이인칭으로 이야기해야 할지, 삼인칭 복수를 사용해야 할지, 아니면 아무짝에도 쓸모없는 형식을 계속 만들어내야 할지 알 수가 없다. 이렇게 이야기하면 어떨까. "나는 달이 뜨는 것을 그들이 보았다"라든가 "나는 우리 눈 속이 아프다"라고 말이다. 또 이런 이야기는 어떨까. "너 금발의 여자는 나의 너의 그의 우리의 너희의 그들의 얼굴 앞으로 지금도 계속 흘러가고 있는 구름이었다." 도대체 이게 뭔 소리야.

이야기를 쓸 준비를 해놓고 흑맥주나 한잔하러 나가버린다면, 그래서 기기 혼자 쓴다면 (나는 타자기로 글을 쓰고 있기 때문이다) 그 이야기는 완벽할 것이다. 말한다고 할 수는 없겠지만 완벽한 것임은 틀림없다. 이처럼 여기서 이야기를 해야 하는 구멍 역시 기기인데, (종류는 다르다. 콘탁스 카메라 1.1.2) 어쩌면 나, 너, 그 여자(금발의 여자), 구름보다는 기기가 기기에 대해서 더 잘 알지도 모른다. 하지만 그것은 요행을 바라는 것이다. 내가 밖으로 나간다면 이 레밍턴 타자기는, 작동하던 물건이 움직이지 않을 때 그렇듯이 싸한 정적에 휩싸여 책상 위에 덩그러니 놓여 있을 것이다. 그러므로 내가 글을 써야 한다. 이런 이야기를 하려면 적어도 우리 가운데 누군가는 글을 써야만 한다. 차라리 내가 죽었다고, 다른 사람이나 사물보다 이야기에 덜 간여한다고 말하는 편이 나을 것이다. 나는 구름밖에 본 것이 없으며, 무심하게 생각할 수 있고, 무심하게 글을 쓸 수 있고, (저기, 잿빛 테두리의 구름이 지나간다) 또 무심하게 회상할 수 있으니, 사실 나는 죽어 있다. (그리고 나는 살아 있다. 때가 되면 알겠지만 이는 누구를 속이려는 것이 아니다. 어떻게든 이야기를 시작해야 하기 때문에 이 지점에서, 즉 뒤로 돌아가 출발점에서 시작했다. 아무튼 이 지점은 무언가를 이야기하고자 할 때 가장 좋은 곳이기도 하다.)

문득 내가 이 이야기를 해야 하는 이유가 무언지 되물어본다. 그런데 모든 일에 이유를 되묻는다고 해보자. 단순한 예로, 저녁 초대를 받아들인 이유라든가 (지금 비둘기 한마리가 날아가는데, 내게는 참새처럼 보인다) 혹은 재미있는 이야기를 들었을 때 도저히 참을 수가 없을 정도로 입이 근질근질하고, 그래서 옆 사무실에 들어가 그 이야기를 털어놓아야만 속이 후련해지고 일이 손에 잡히게 되는 이유를 되물어본다고 하자. 내가 아는 한, 이런 일을 명쾌하게 설명할 수 있는 사람은 아무도 없다. 그러므로 이것저것 따질 필요 없이 이야기하는 것이 최선책이다. 아무튼 숨 쉬는 일이나 신발 신는 일을 부끄럽게 여기는 사람은 없는데, 이런 일은 항상 있는 일이기 때문이다. 그러나 이상한 일이 일어나면, 그러니까 신발 속에 거미가 들어가 있다거나 숨을 쉴 때 깨진 유리 조각이 박힌 듯한 통증을 느낀다면, 그때는 이야기를 해야 한다. 사무실 직원이나 의사 선생님에게 이야기를 해야 한다. 저, 의사 선생님. 숨을 쉴 때마다…… 이야기를 하면 입이 가려운 증상은 사라지기 마련이다.

이왕 이야기를 시작하기로 했으니, 우리 조금 순서를 지키도록 하자. 그러니까 지금으로부터 꼭 한달 전인 11월 7일 일요일로 거슬러올라가서 이 집 계단을 내려가보도록 하자. 어떤 사람이 오층에서 내려온다. 때는 일요일이고, 11월의 빠리라고는 믿을 수 없을 만큼 날씨가 화창하다. 그 사람은 여기저기 다니며 구경도 하고, 사진도 찍고 싶은 마음이 굴뚝같다. (왜냐하면 우리는 사진사였으며, 현재 나는 사진사이기 때문이다.) 이런 이야기를 할 방법이 묘연하다는 것은 이미 알고 있다. 그러므로 반복해서 이야기하는 것을 조금도 두려워하지 않는다. 이야기를 하고 있는 진짜 주체가 누구인지 아무도 모르기 때문에 일이 어렵다. 그 주체가 나인지, 발생한 사건인지, 내가 지금 보고 있는 것(구름과 이따금씩 보이는 비둘기 한마리)인지 알 수가 없다. 어쩌면 그저 나에게만 진실일 뿐인 진실, 그러니까 근질근질한 내 입과 어떻게든 이 일을 끝내고 밖으로 뛰쳐나가고 싶은 욕망에서만 진실일 뿐인 이야기를 하는 것인지도 모른다.

이제 차근차근 이야기하도록 하자. 내가 글을 써나가면 무슨 일인지 밝혀질 것이다. 만일 무언가가 나를 대신한다면, 만일 내가 무슨 이야기를 해야 할지 모른다면, 만일 구름이 걷히고 다른 일이 시작된다면, (이 일이 지나가는 구름이나 가끔씩 눈에 띄는 비둘기를 쳐다보는 일은 아니기 때문이다) 만일 이들 가운데 어떤 것이…… 그런데 '만일'이라고 말을 꺼낸 다음에 무슨 이야기를 하지? 그 문장을 어떻게 끝내지? 그러나 내가 이런 질문을 하면 아무런 이야기도 못할 것이므로 차라리 이야기를 하겠다. 어쩌면 이야기를 하는 것이, 적어도 이 글을 읽는 사람에게는 대답이 될 것이다.

프랑스에 사는 칠레인으로, 번역가이자 아마추어 사진사인 로베르또 미첼은 금년 11월 7일 일요일 무슈르프랭스 거리 11번지를 나섰다. (이제 은빛 테두리의 작은 구름 두송이가 지나간다.) 미첼은 지난 석주 동안 칠레 산띠아고 대학교의 호세 노르베르또 아옌데 교수가 저술한 항고와 기각에 관한 책을 프랑스어로 번역하고 있었다. 빠리에 바람이 부는 경우는 드물다. 더구나 거리를 휩쓸고 지나가면서 낡은 목재 블라인드를 뒤흔들고, 이에 놀란 아주머니들이 최근 몇년 동안 날씨가 변덕스럽다고 블라인드 뒤에서 쑥덕거릴 정도의 바람이 부는 경우는 더더욱 드물다. 하지만 저기 태양이 있었다. 바람을 등에 태우고 고양이와 장난치는 햇살이 있었다. 따라서 내가 쎈 강 선창가를 돌아보고 꽁시에르주리와 쌩뜨샤뻴 성당 사진을 몇장 찍는 데는 큰 어려움이 없을 것이다. 10시쯤 되었다. 나는 11시경에 화창한 가을 햇볕이 내리쬐리라고 생각했다. 그리고 남는 시간을 보내기 위해 쌩루이 섬까지 어슬렁어슬렁 걸어갔다. 께당주 거리를 지날 때는 잠시 로죙관[1]을 쳐다보았고, 그 앞을 지날 때면 언제나 머릿속에 떠오르는 아뽈리네르의 시구를 읊조렸다. (사실 나는 다른 시인이 떠올랐는데, 미첼은 고집쟁이다.) 갑자기 바람이 멈추고 태양이 두배 가까이 커졌을 때 (내 말은 더 따뜻해졌다는 이야기다. 사실 태양의 크기는 동일하다) 강변 제방에 앉아서 일요일 아침의 짜릿한 행복을 만끽했다.

---

1 보들레르가 거주한 호텔. 보들레르와 고띠에는 이곳 쌀롱에서 '해시시 클럽'을 운영했다.

허무와 싸우는 방법은 여러가지가 있으나 최선의 방법은 사진을 찍는 것이다. 사진술은 훈련이 필요하다. 게다가 미적 감각과 훌륭한 안목과 정확한 손놀림을 요구하기 때문에 어릴 때부터 가르쳐야 한다. 이 말은 어떤 기자들처럼 잠입하여 거짓말하는 현장을 포착하라거나 다우닝 가 10번지에서 나오는 거물급 인사의 우중충한 뒷모습을 잡으라는 이야기는 아니다. 어쨌거나 사진기를 들고 다닐 때는 바짝 긴장해야 한다. 오래된 바위에서 섬광처럼 튀어오르는 미묘한 햇살이나, 우유나 빵을 들고 돌아서는 소녀의 댕기머리가 찰랑거리는 순간을 놓쳐서는 안된다. 미첼은 사진사의 작업이란 주관적인 눈으로 세상을 보는 것 같지만 결국에는 사진기가 은근히 요구하는 방법으로 세상을 보는 것임을 알고 있었다. (지금 거무스름한 구름 하나가 지나간다.) 그렇다고 신뢰할 수 없다는 이야기는 아니다. 다채로운 색깔이나 뷰파인더 없는 경치나 1/250 셔터나 조리개 없는 광선을 다시 느끼려면 콘탁스 없이 외출하면 된다. 이제 ('이제'라니, 이 얼마나 바보 같은 거짓말인가) 나는 제방에 앉아 빨갛고 검은 보트들이 지나가는 광경을 보고 있었다. 하지만 이 장면을 사진에 담겠다는 생각은 없었다. 그저 가만히 앉아서 흘러가는 사물을 무심히 바라보고 있었다. 이제 바람은 불지 않았다.

그뒤, 께드부르봉 거리를 따라 섬 끝에 당도했다. 오붓한 공간이 나타났는데, (후미진 곳이 아니라 작기 때문에 오붓하다. 사실 강과 하늘이 훤히 보이는 곳이다) 내 마음에 쏙 들었다. 그곳에는 남녀 한쌍밖에 없었다. 물론 비둘기도 있었다. 아마도 그 비둘기들 가운데 몇마리는 지금 내가 쳐다보고 있는 곳을 지나갈 것이다. 나는 단번에 제방 위로 올라가 햇살에 몸을 맡겼다. 햇살이 내 몸을 휘감도록 얼굴과 귀와 두 손을 내밀었다. (장갑은 호주머니에 넣었다.) 사진을 찍고 싶은 생각도 없고 또 무료해서 담배를 꺼냈다. 담뱃불을 붙이려던 순간 처음으로 그 소년을 본 것 같다.

처음에는 연인으로 여기고 말았는데, 다시 보니 어머니와 함께 온 어린이 같았다. 동시에 어머니를 대동한 어린이가 아니며, 광장 벤치에서 껴안고 있거나 제방에 기대고 있는 남녀를 보았을 때, 통념상 연인으로 간주한다는 의미에서 그들은 연인이라고 생각했다. 나는 특별히 할 일도 없었으므로 소년이 무엇 때문에 망아지나 토끼처럼 그렇게 초조하게 굴면서 양손을 호주머니에 집어넣었다가 빼내고, 손으로 머리를 쓸어넘기고, 이리저리 자세를 바꾸는지 궁금했다. 특히 무엇 때문에 두려워하는지 궁금했다. 그것은 소년의 행동에서 짐작할 수 있었다. 부끄러워하는 것 같지만 내심으로는 두려워서 몸을 뒤로 내빼고 있었다. 어쭙잖은 폼을 잡고 있으나 금세 도망이라도 갈 듯한 태도였다.

모든 게 지극히 명확했다. 저기, 오 미터 앞에서 (섬 끝에서 제방에 몸을 기대고 있는 사람은 우리뿐이었다) 일어난 일이었다. 처음에는 소년의 두려움에 관심이 쏠려 금발 여자를 자세히 보지 못했다. 그런데 지금 돌이켜보니 그 여자의 얼굴을 확실하게 본 것은 처음 본 순간이었다. (여자는 풍향계처럼 갑자기 얼굴을 돌려버려 두 눈만이 거기에 남아 있었다.) 막연하게나마 소년에게 무슨 일이 일어나고 있다는 생각이 들었다. 그리고 좀더 지켜볼 필요가 있다고 혼자 중얼거렸다. (바람이 내 말을 실어가버려 흡사 웅얼거림 같았다.) 나는 보는 것이 무언지 안다. 내가 무언가를 안다면 말이다. 보는 것은 거짓을 드러내는 것이다. 왜냐하면 보는 것은 우리를 우리 바깥으로 무작정 내던지는 행위이기 때문이다. 반면에 냄새라든가······ (미첼은 걸핏하면 옆길로 빠지므로 마음대로 말하게 해서는 안된다.) 아무튼 거짓이라는 예감이 들면 보는 것이 가능해진다. 아마도 보는 것과 보이는 것 중에서 잘 선택해서 사물의 외피를 벗기면 충분할 것이다. 물론 아주 어려운 일이다.

나는 소년의 진짜 육신보다는 이미지를 기억하고 있으며 (무슨 말인지 나중에 이해하게 될 것이다) 여자의 경우는, 이제 확신하지만, 이미지보다는 육신을 더 또렷하게 기억한다. 여자는 마르고 날씬했으며, (이 두 단어는 그 여자의 사람됨을 말하기에는 공평하지 않다) 상당히 검고, 상당히 길고, 상당히 아름다운 모피 외투를 입고 있었다. 그날 아침 바람은 (이제 바람은 거의 불지 않았고, 춥지도 않았다) 여자의 금발을 흩날리며 희고 그늘진 (이 두 단어는 공평하지 않다) 얼굴을 뚜렷이 드러냈고, 세상을 여자의 발밑에, 섬뜩한 일이지만 세상을 여자의 검은 두 눈 앞에 부려놓았다. 여자의 눈은 두마리 독수리처럼, 두가닥 섬광처럼, 두줄기 초록색[2] 흙탕물처럼 사물을 덮치고 있었다. 지금 나는 묘사하려는 게 아니라 이해하려고 한다. 그래서 두줄기 초록색 흙탕물이라고 표현했다.

공평하게 말해서 소년의 차림새는 아주 말쑥했다. 노란 장갑을 가지고 있었는데, 틀림없이 법학이나 사회과학을 공부하는 큰형의 장갑일 것이다. 재킷 호주머니에서 삐죽이 고개를 내밀고 있는 장갑은 정말 멋있었다. 나는 한동안 소년의 얼굴을 보지 못했다. 고작해야 제법 똑똑하게 생긴 옆모습(공포에 질린 새나 프라 필리뽀 그림의 천사나 아로스 꼰 레체[3]와 같은 옆모습)과 어깨뿐이었다. 어깨가 듬직한 것으로 보아 유도를 좋아하고 또 누이동생이나 어떤

---

2 초록색은 에스빠냐어권에서 '호색' '음란'을 뜻한다.
3 우유, 쌀, 설탕을 넣고 끓인 후식.

이념 때문에 두어번은 싸웠을 법했다. 나이는 열네살이나 열다섯 살 정도였다. 부모가 입혀주고 먹여주지만 호주머니에는 돈 한푼 없고, 담배 한갑, 꼬냑 한잔, 커피 한잔을 마실 때에도 친구들과 상 의할 것이다. 길거리를 배회하면서 여학생을 생각하고, 극장에 가 서 최신 영화를 보든지 아니면 파랗고 하얀 라벨이 붙은 술이나 넥 타이나 소설을 사보면 좋겠다고 생각할 것이다. 집에서는 (존경받 는 집안일 것이다. 점심은 12시에 먹고, 벽에는 낭만적인 풍경화가 걸려 있고, 응접실은 어두컴컴하고, 현관에는 마호가니 우산꽂이 가 있을 것이다) 공부하는 시간도, 아비뇽의 숙모에게 편지를 쓰는 시간도 지겹도록 느리게 흘러갈 것이다. 어서 어른이 되어 어머니 의 희망이 되고, 아버지 같은 사람이 되고 싶으나 시간은 고여 있 을 것이다. 그래서 소년은 강물처럼 보이는 시내 길거리를 쏘다닐 것이다. (그러나 돈 한푼 없다.) 수많은 간판, 진저리치는 고양이, 삼십 프랑짜리 프렌치프라이 한 봉지, 이리 접고 저리 접은 포르노 잡지, 텅 빈 호주머니 같은 고독, 반가운 만남, 그리고 이해할 수는 없으나 너무 갈망하기 때문에, 또 바람이나 길거리처럼 자유롭게 이용할 수 있기 때문에 조금은 알 것도 같은 대상이 널려 있는 도 시는 열다섯살 소년에게는 신기할 것이다.

이런 전기傳記는 그 소년뿐만 아니라 소년이라면 누구에게나 해 당되는 이야기이다. 그러나 이제 소년은 달라 보였다. 소년에게 계 속 말을 건네는 금발 여자 때문이었다. (반복하기도 지겹지만 방 금 기다란 새털구름 두송이가 지나갔다. 지금 생각해보니 그날 아 침 나는 한번도 하늘을 쳐다보지 않은 것 같다. 소년과 여자 사이 에 진행되는 일을 목격한 다음부터는 그들에게서 눈을 떼지 못하 고 기다리고, 쳐다보고 또……) 요컨대, 소년은 안절부절못했다.

따라서 방금 전의 일, 기껏해야 삼십분 전의 일을 추측하기란 어렵지 않았다. 소년은 섬 끝에 도착해서 여자를 보고 감탄했을 것이다. 여자로서는 예상한 일이었다. 그런 일을 기대하고 그곳에 왔기 때문이다. 어쩌면 소년이 먼저 도착했을 것이다. 여자는 발코니나 자동차 안에서 소년을 보고 만나러 나왔을 것이다. 그리고 이야기를 건넸을 것이다. 그러나 여자는 처음부터 확신하고 있었다. 소년이 내심으로는 두려워서 도망치고 싶으면서도 겉으로는 베떼랑인 체, 그런 위험한 일이 즐겁다는 듯이 거만하고 무뚝뚝하게 자리를 지킬 것이라는 사실을 말이다. 나머지는 쉬웠다. 왜냐하면 오 미터 전방에서 벌어지는 일이었고, 누구라도 그 게임의 절차, 우스운 실랑이를 짐작할 수 있었기 때문이다. 게임의 묘미는 현재의 일보다는 결말을 예측하는 데 있었다. 소년은 결국 약속이나 피치 못할 사정이 있다고 평계를 댈 것이다. 그리고 마음이야 의젓하게 걸어가고 싶겠지만 비실비실 자리를 뜰 것이고, 여자는 속이 보인다는 듯이 비아냥거리며 소년의 뒤통수를 뚫어지게 쳐다볼 것이다. 어쩌면 소년은 황홀감에 취해서 혹은 주도권을 잡을 능력이 없기 때문에 그 자리에 남을 수도 있다. 그러면 여자는 소리 없는 말을 건네며 소년의 얼굴을 만지고 머리칼을 쓰다듬을 것이다. 그리고 팔짱을 끼고 어디론가 데려갈 것이다. 처음엔 멋쩍어하던 소년이 욕망에 물들어 용감하게 여자의 허리를 껴안고 키스를 하지 않는다면 말이다. 그런 일이 일어날 수도 있었다. 그러나 아직은 그런 일이 일어나지 않았기 때문에 짓궂은 미첼은 제방에 앉아서 기다리고 있었다. 그리고 결코 평범하지 않은 연인이 섬 귀퉁이에서 서로 쳐다보며 이야기하는 그림 같은 장면을 촬영하려고 서둘러 사진기를 준비했다.

묘하게도 그 장면은 (나이 차이가 나는 그 젊은 남녀를 제외하면 아무것도 없는 것이나 마찬가지다) 불안정한 숨결 같았다. 그러나 그것은 어디까지나 내 생각에 지나지 않으며, 사진을 찍으면 사물은 바보처럼 진실을 드러낼 것이라고 여겼다. 나는 부두에 세워둔 자동차 운전석에 앉아 있는 회색 모자의 사내가 무슨 생각을 하는지, 혹시 신문을 보고 있거나 자고 있는 것은 아닌지 궁금했다. 방금 전에 사내를 발견했는데, 주차한 자동차 안에 있는 사람은 잘 보이지 않는데다 그 사내는 기동력과 위험을 수반한 저 아름답고 좁스럽고 사적인 우리 안에 몸을 감추고 있었기 때문이다. 하지만 그 자동차는 섬의 일부로서 (또는 섬을 변형시키면서) 내내 그곳에 있었다. 이때 자동차라는 말은 이를테면 불을 밝힌 등대나 광장의 벤치와 같은 성격의 사물이라는 뜻이다. 바람과 햇살은 그렇지 않았다. 피부로 느끼는 바람이나 눈으로 보는 햇살은 항상 새로웠다. 소년과 여자도 그렇지 않았다. 그들이 저기에 있기 때문에 섬의 풍경이 바뀌었고, 나는 그 섬을 다시 보게 되었다. 아무튼 사내 또한 그 장면에 주의를 기울이고 있으며, 나처럼 음흉한 마음으로 무슨 일이 일어날지 지켜보고 있다는 것을 알 수 있었다. 이제 여자가 살짝 돌아섰고, 소년은 여자와 제방 사이에 위치했기 때문에 옆모습밖에 볼 수가 없었다. 소년의 키는 여자보다 조금 더 컸다. 그러나 여자의 몸이 소년을 가리고 있어서 마치 소년을 감시하는 것 같았다. (느닷없는 여자의 웃음은 깃털로 만든 채찍 같았다.) 여자는 단지 그곳에 있다는 사실만으로, 웃음만으로, 팔을 움직이는 것만으로 소년을 압도했다. 더이상 기다릴 필요가 있을까? 조리개를 16에 놓고, 흉측한 검은색 자동차는 뷰파인더에 들어오지 않게 하고, 하지만 잿빛 일색의 공간에 변화를 주기 위해 나무는 집어넣고……

　사진기를 들고 다른 곳에 초점을 맞추는 척하며 기회를 노리고 있었다. 그리고 결국에는 모든 것을 종합적으로 드러내는 몸짓을 포착할 것이라고 믿었다. 연속적인 동작으로 이루어져 있으나 시간을 분절하면 고착된 이미지로 나타나는 삶을 포착할 것이라고 확신했다. 감지하기 어려운 핵심 편린을 포착하겠다는 생각만 버린다면 말이다. 그리 오래 기다리지 않아도 될 것 같았다. 여자가 진도를 나가 소년을 부드럽게 옭아매고, 아주 느릿하고 감미로운 고문을 가하면서 소년의 자유를 한올 한올 송두리째 빼앗고 있었기 때문이다. 그 일의 결말을 상상해보았다. (이제 조그마한 뭉게구름이 보인다. 하늘에는 그 구름뿐이다.) 그들이 집으로 들어가는 광경을 그려보았다. (아마도 일층일 것이고, 여자는 쿠션과 고양이를 들여놓았을 것이다.) 소년은 불안한 심정을 감추려고 안간힘을 쓸 것이며, 이런 일이 처음은 아니라는 듯이 여자에게 모든 것을 맡길 것이다. 나는 아예 눈을 감고 그 장면을 차근차근 짚어나갔다. 놀리는 듯한 키스, 소설 장면처럼 옷을 벗기려는 소년의 손을 부드럽게 밀어내는 여자, 보라색 침구가 깔린 침대, 소년은 여자 혼자 옷을 벗게 할 수밖에 없고, 은은한 스탠드 불빛 아래서 꼭 어머니와 아들처럼, 그리고 모든 일은 언제나처럼 그렇게 끝나겠지. 어쩌면 조금 다를지도 모르겠다. 그래서 소년은 통과의례를 치르지 못할 것이다. 여자가 허락하지 않을 것이다. 그저 길고 긴 전희 수준을 넘지 못할 것이다. 서툰 행동, 성급한 애무, 어디쯤에서 손길이 멈출는지 누가 알겠는가마는 고적하고 쓸쓸한 쾌락을 맛볼 것이다. 여자는 솜씨를 부려서 한심할 정도로 순진한 소년을 난감하고 피곤하게 만들어놓고도 결정적인 행위만큼은 단호하게 거부할 것이다. 그럴 것이다. 그럴 공산이 컸다. 아마도 여자는 소년을 애인으로 삼으려는 게 아니라 잔인한 게임이라고밖에 생각할 수 없는 그 어떤 목적을 노리고 소년을 소유하려고 했으리라. 자기의 만족을 위한 욕망이 아니라 타인, 결코 소년은 아닌 타인을 흥분시키기 위한 욕망이리라.

미셸의 병은 문학이다. 다시 말해서, 비현실적인 이야기를 꾸며낸다는 것이다. 미셸은 예외적인 존재, 탈인간적인 존재, 항상 혐오스럽지만은 않은 괴물을 즐겨 상상한다. 그런데 저 여자는 미셸을 창작의 세계로 끌어들였으며, 어쩌면 진실을 파악하기에 충분한 실마리도 제공하고 있었다. 여자가 떠나기 전에, 그리고 오랫동안 내 기억에 남을 이제, (나는 곰곰이 되씹는 경향이 있기 때문이다) 더 미룰 필요가 없었다. 뷰파인더에 그 모두(나무, 제방, 11시의 태양)를 집어넣고 사진을 찍었다. 바로 그때, 두사람은 낌새를 알아채고 나를 쳐다보았다. 소년은 깜짝 놀라 물음표처럼 서 있었으나 화가 치민 여자는 누군가가 훔쳐보고 있으며, 치욕스럽게도 조그마한 화학적 이미지에 붙잡혔다는 사실에 얼굴과 몸으로 결연한 적의를 드러냈다.

아주 상세하게 이야기할 수도 있지만 여기서 그럴 필요는 없다. 여자는 어떤 사람도 허락 없이는 사진을 촬영할 권리가 없다면서 필름을 넘기라고 요구했다. 전형적인 빠리 억양에 목소리는 카랑카랑했다. 말을 할수록 어조는 격앙되고 안색은 붉어졌다. 필름을 건네주고 안 건네주고는 나에게 그다지 중요한 문제가 아니다. 하지만 내 성격상 그런 일은 공손하게 부탁해야 될 일이었다. 아무튼 나는 공공장소에서 사진 촬영이 금지된 것은 아니며, 공적으로나 사적으로나 가장 선호하는 활동이라는 견해만 피력했다. 이런 말을 하면서도 소년이 꽁무니를 빼고 있다는 사실에 속으로 쾌재를 불렀다. 뒤에 있던 (그 자리에서 움직이지 않았기 때문이다) 소년은 갑자기 (믿을 수 없는 일처럼 보였다) 돌아서서 달리기 시작했다. 자기는 걸어간다고 생각했겠지만 사실은 서둘러 도망치고 있었다. 자동차를 지나서 아침 공기 속으로 '성모 마리아의 실'[4]처럼 사라졌다.

그런데 '성모 마리아의 실'은 '악마의 침(唾液)'이라고 부르기도 한다. 미첼은 갖가지 욕설을 감내해야 했다. 주책바가지처럼 남의 일에 참견한다는 소리도 들었으나 억지웃음을 짓고 고개만 까닥거리며 건성으로 응대했다. 조금 지겹다는 생각이 들었을 때, 자동차 문이 닫히는 소리가 들렸다. 회색 모자를 쓴 사내가 저기서 우리를 쳐다보고 있었다. 그때서야 사내가 그 희극에서 모종의 역할을 맡고 있다는 생각이 들었다.

사내가 우리 쪽으로 걸어오고 있었다. 조금 전까지 읽는 척 펼쳐들고 있던 신문을 손에 쥐고 있었다. 잔뜩 찡그린 인상은 지금도 기억에 생생하다. 입은 일그러지고, 얼굴은 주름살투성이였다. 생김새는 시시때때로 달라보였다. 턱이 부들부들 떨리고, 인상을 쓸 때마다 입술이 이쪽저쪽으로 일그러졌기 때문이다. 입술은 의지와는 상관없이 제멋대로 움직였지만 나머지 얼굴은 제자리에 있었다. 꼭 분칠한 광대나 핏기 없는 인간 같았다. 피부는 까칠하고 생기가 없었다. 눈은 움푹 들어갔고, 훤히 들여다보이는 콧구멍은 검은색이었다. 검은색 눈썹이나 검은색 머리칼이나 검은색 넥타이보다 훨씬 더 검은색이었다. 사내는 조심스럽게 걸어왔다. 마치 돌로

---
4 가을철 바람을 타고 이동하는 거미줄을 가리킨다.

포장한 길이 걷기에 불편한 듯싶었다. 신고 있는 에나멜 구두 밑창이 너무 얇아서 울퉁불퉁한 길바닥이 그대로 느껴졌을 것이다. 내가 왜 제방에서 내려왔는지 모르겠다. 왜 필름을 주지 않으려고 작정했는지, 두려움과 비겁함이 묻어나는 여자의 요구를 왜 묵살했는지 잘 모르겠다. 광대와 여자는 아무 말 없이 서로 눈치를 살피고 있었고, 우리는 불편하기 짝이 없는 삼각관계를 형성하게 되었다. 어떻게든 이런 분위기를 깨뜨려야 했다. 나는 그들에게 웃음을 보이고 걷기 시작했다. 소년보다는 조금 천천히 걸은 것 같다. 철제 난간 옆에 늘어선 주택가에 이르렀을 때 뒤돌아보았다. 그들은 아직도 그 자리에 있었다. 그러나 사내는 신문을 떨어뜨린 채 서 있었고, 제방에 기댄 여자는 돌을 만지작거리는 듯이 보였는데, 궁지에 몰린 사람에게서 흔히 나타나는 고전적이면서도 무의미한 행동이었다.

다음 일은 지금, 여기 오층 방에서 일어났다. 며칠 뒤, 미첼은 일요일에 찍은 사진을 현상했다. 꽁시에르주리와 쌩뜨샤뻴 성당의 사진은 예상한 바와 다르지 않았다. 미첼은 시험 삼아 찍은 사진 두어장을 찾아냈다. 그동안 까맣게 망각한 사진이었다. 한장은 공중변소 지붕 위에 아슬아슬하게 쭈그리고 앉은 고양이 사진으로 의도만큼 좋은 사진은 아니었다. 또 한장은 금발 여자와 소년의 사진이었다. 이 사진은 음화 상태가 좋아서 확대했다. 확대사진도 쓸 만해서 훨씬 더 크게, 포스터 크기로 다시 확대했다. 꽁시에르주리에서 찍은 사진만이 이런 작업을 할 만하다는 사실은 생각지도 못했다. (이제야 자꾸만 그런 생각이 든다.) 아무튼 흥미를 끈 사진은 섬 끝에서 찍은 이 스냅사진뿐이었다. 그래서 미첼은 확대사진을 벽에 붙여놓았다. 첫날, 미첼은 잠시 사진을 쳐다보며 회상에 잠겼다. 현실은 이미 사라지고 추억만이 남았다는 쓸쓸한 생각이었다. 이러한 추억은, 모든 사진이 그러하듯이, 화석화된 추억으로 그 장면의 진정한 고착제인 허무마저도 필요하지 않았다. 여자가 있었고, 소년이 있었고, 그들 머리 위로 견고하게 자리 잡은 나무가 있었고, 제방의 돌만큼이나 확실하게 고정된 하늘이 있었고, 분간할 수 없이 뒤섞여버린 돌과 구름이 있었다. (이제 산발한 구름 하나가 지나간다. 폭풍우가 몰려오는 모양이다.) 처음 이틀 동안은 사진을 확대하고 벽에 걸기까지 내가 한 일을 대수롭지 않게 여겼다. 그래서 호세 노르베르또 아옌데의 저술을 번역하는 동안 여자의 얼굴과 얼룩덜룩한 난간을 틈틈이 쳐다보면서도 왜 쳐다보는지 그 이유조차 생각하지 않았다. 우선 내가 놀란 사실은, 어리석게도, 사진을 정면으로 쳐다볼 때 눈은 렌즈의 시각과 위치를 정확하게 반복한다는 사실을 전혀 상상조차 못했다는 점이다. 사람들은 이런 일을 아주 당연하게 여기기 때문에 인식조차 못한다. 나는 타자기를 앞에 두고 의자에 앉은 채로 삼 미터쯤 물러나서 사진을 바라보았다. 그때에야 렌즈의 시점에 정확하게 위치하고 있다는 생각이 들었다. 아주 적절한 위치였다. 사진을 감상하는 데는 더없이 완벽한 위치임을 의심치 않았다. 물론 대각선에서 바라봐도 그 나름의 매력이 있을 테고, 새로운 점을 발견할 수도 있을 것이다. 나는 짬이 나는 대로, 이를테면 호세 노르베르또 아옌데의 멋진 에스빠냐어에 적합한 프랑스어 표현이 떠오르지 않을 때, 눈을 들어 사진을 바라보았다. 때로는 여자에게, 때로는 소년에게, 때로는 측면의 빈 공간을 살려주는 낙엽 하나가 뒹구는 돌길이 내 시선을 붙잡았다. 나는 잠시 일손을 놓았다. 그리고 즐거운 마음으로 사진을 촬영하던 그날 아침 일을 돌이켜보았다. 필름을 달라고 요구하던 여자의 성난 표정과 측은하고 우스운 모습으로 줄행랑을 놓던 소년과 허연 얼굴의 사내가 끼어들던 일을 아이러니하게 회상했다. 마음속으로는 내가 취한 태도가 만족스러웠다. 그래도 내가 그 자리를 뜬 행동이 훌륭했다고 할 수는 없다. 천성적으로 말대답을 잘하는 프랑스인들이 특권이나 특전이나 시민의 권리를 들먹이지도 않았는데 왜 내가 그 자리를 떴는지, 그 이유를 잘 모르겠다. 중요한 사실은, 정말 중요한 사실은 때마침 소년이 도망가도록 도와주었다는 것이다. (물론 내 짐작이 정확하다는 가정 아래서만 그렇다는 이야기이다. 완벽하게 입증된 것은 아니지만, 소년이 도망친 사실로 보아 내 짐작이 틀림없는 것 같다.) 내가 멋모르고 끼어드는 바람에 겁에 질린 소년은 두려운 상황에서 벗어날 수가 있었다. 지금은 비록 그 일을 창피하게 여기고, 사내답지 못한 행동이었다고 후회할지도 모르지만, 그런 눈길의 여자와 어울리는 것보다는 도망치는 편이 훨씬 훌륭한 처신이다. 미첼은 때때로 청교도적이어서 사람을 강제로 타락시켜서는 안된다고 생각한다. 따라서 사진을 찍은 일은 아주 바람직한 행동이었다.

바람직한 행동이라서 내가 번역을 하면서 그렇게 자주 사진을 쳐다본 것은 아니었다. 당시에는 확대사진을 벽에 붙여둔 이유나 사진을 쳐다본 이유를 잘 몰랐다. 아마도 모든 운명적인 행동이 그러하듯 영문도 모르고 그랬을 것이다. 어쩌면 그것은 운명적인 일이 발생하기 위한 조건이었을 것이다. 나는 나뭇잎이 살짝 떨리는 것을 보고도 별로 놀라지 않고 번역하던 문장을 마무리 지었다고 생각한다. 습관이란 커다란 식물표본집과 같은 것이니, 80×60 확대사진은 기껏해야 영화가 상영되는 스크린처럼 보일 뿐이다. 이스크린에서 어떤 여자가 섬 끝에서 어떤 소년과 이야기를 하고, 그들 머리 위에서 마른 잎이 흔들리고 있었다.

그런데 손이 너무 많이 움직이고 있었다. 나는 다음 문장을 막 번역했다. "Donc, la seconde clé réside dans la nature intrinsèque des difficultés que les sociétés……"[5] 그리고 여자의 손을 보았다. 여자는 손가락을 하나씩 천천히 오므리고 있었다. 내 수중에는 아무것도 없었다. 다만 결코 끝나지 않을 프랑스어 문장과 바닥으로 떨어지는 타자기와 삐걱거리는 의자와 안개뿐이었다. 소년은 고개를 숙이고 있었다. 결정타가 날아와도 어쩔 도리가 없는 권투 선수 같았다. 외투 깃을 세우고 있었는데, 영락없이 포로 아니면 비극적 결말에 꼭 필요한 희생자처럼 보였다. 이제 여자는 소년의 귀에 대고 이야기하고 있었다. 다시 손을 뻗어 소년의 볼을 천천히 쓰다듬고 또 쓰다듬었다. 소년은 한두번 여자의 어깨 너머로 주위를 살폈는데, 난처한 표정이 아니라 무언가를 의심하는 눈치였다. 여자는 계속 말을 하고 있었다. 여자가 무슨 설명을 하는지 소년은 매번 저쪽을 쳐다보았다. 미첼이 잘 알고 있듯이, 회색 모자의 사내가 타고 있는 자동차 쪽이었다. 촬영할 때 주의했기 때문에 사진에는 나와 있지 않지만 사내는 소년의 눈동자에, 여자의 말 속에, (이제 의심할 여지가 없었다) 여자의 손길 속에, 대타로 나선 여자의 존재 속에 투영되고 있었다. 나는 근처로 다가온 사내가 그들을 쳐다보고 있는 것을 보았다. 사내는 호주머니에 손을 넣은 채로 우두커니 서서, 마치 해변에서 뛰노는 개를 휘파람으로 부르는 주인처럼 약간은 짜증스럽고 약간은 끈덕진 태도로 그들을 쳐다보고 있었다. 그

---

5 프랑스어. "그러므로 두번째 열쇠는 그 문제의 본질적인 속성에 있는데, 사회는……"

때 나는 그들 사이에 일어나야만 하는 일과 일어났어야만 하는 일과 그 순간에 일어날지도 모르는 일이 무엇인지 이해했다. (이런 것을 이해라고 할 수 있다면 말이다.) 내가 멋모르고 끼어들어 질서를 헝클어뜨렸기 때문에 일어나지 않은 일이 이제 일어나려고 하며, 완결되려고 하고 있었다. 현실은 당시 내가 상상한 것보다 훨씬 더 무서웠다. 여자는 자신을 위해 그곳에 나타난 게 아니었다. 자신의 쾌락을 위해 소년을 애무하고 유혹하고 자극한 것이 아니었다. 머리가 헝클어진 천사 같은 소년을 데려가서 장난삼아 두려움과 갈망을 희롱하려는 것도 아니었다. 진짜 주인은 저기서 다 된 일이라고 흐뭇한 미소를 띠우며 기다리고 있었다. 꽃 같은 여자를 앞세워 코가 꿰인 포로들을 데려오는 것도 처음은 아니었다. 그뒤의 일은 안 봐도 훤하다. 자동차, 어떤 집, 술 몇잔, 선정적인 사진, 때늦은 눈물, 그리고 지옥에서 깨어난 것만 같은 몸서리. 그렇지만 나는 아무것도 할 수 없었다. 이번에는 할 수 있는 일이 전혀 없었다. 내 힘이라고는 저기에 걸려 있는 사진뿐인데, 그 사진 속에서 그들은 노골적으로 마음먹은 일을 함으로써 내게 복수를 하고 있었다. 사진은 이미 찍었고, 시간도 이미 흘러갔다. 그래서 우리는 서로 아주 멀리 떨어져 있었으며, 그들은 틀림없이 못된 일을 저지르고, 눈물을 쏟게 만들고, 나머지 일을 짐작하건대 비애뿐이었다. 별안간 질서가 전도되어 그들이 살아나고, 움직이고, 결심하고, 미래로 나아가고 있었던 것이다. 이런 측면에서 보면 나는 다른 시간에 갇혀 있는 포로이고, 오층 방 안에 있는 포로이며, 저 사내와 여자와 소년이 누구인지도 모르는 포로이다. 다소 까다롭고 참견할 능력도 없는 내 사진기 렌즈의 포로이다. 그들은 내 면전에서 독살스럽게 비웃고 있었다. 내 면전에서도 마음먹은 일을 얼마든지 할 수 있다고 비웃고 있었다. 소년이 또다시 분칠한 광대를 쳐다보고 돈이나 속임수에 넘어가서 제의를 받아들일 때에도 내가 무기력하기 때문에 도망치라고 고함을 지르지도 못할 것이며, 사진을 다시 한번 찍음으로써, 즉 타액과 향기로 이루어진 발판을 망가뜨리는 사소하고 보잘것없는 간섭을 함으로써 소년이 도망치도록 도와줄 수도 없을 것이라고 비웃고 있었다. 이 모든 일이 그 순간 그곳에서 일어나고 있었다. 물리적인 침묵과는 전혀 관계가 없는 모종의 거대한 침묵 속에서 그런 일이 전개되고 있었다. 나는 소리를 질렀다고, 떠나갈 듯이 고함을 질렀다고 생각한다. 그리고 그 순간 나는 십 쎈티 정도의 보폭으로 한걸음씩 다가가고 있었다. 전면의 나뭇가지는 움찔움찔 클로즈업되었으며, 얼룩덜룩한 난간은 뷰파인더에서 벗어났고, 깜짝 놀라 내 쪽으로 고개를 돌린 여자의 얼굴은 확대되었다. 그 순간 나는 방향을 조금 틀어, 다시 말해서 사진기는 방향을 조금 틀어 여자가 시야에서 벗어나지 않도록 조심하면서 휑한 눈구멍으로 재수 없다는 듯이 나를 위아래로 훑어보고 있는 사내 쪽으로 다가갔다. 그 순간 렌즈 앞으로 휙 지나가는 커다란 새 같은 것을 보았다. 나는 벽을 짚었다. 다행이라고 여겼다. 소년이 방금 도망쳤기 때문이다. 나는 다시 한번 렌즈 속에서 소년이 머리칼을 바람에 날리며 달려가는 모습을 보고 있었다. 섬을 지나고 다리를 건너 시내로 되돌아가는 소년을 보고 있었다. 소년은 재차 그들에게서 벗어났으며, 나는 재차 소년이 도망치도록 도와주었으며, 불안정한 낙원으로 소년을 돌려보냈다. 나는 숨을 헐떡거리며 그들 앞에 서 있었다. 더이상 다가갈 필요가 없었다. 게임은 끝났다. 뷰파인더에서 느닷없이 잘려나간 여자는 어깨와 머리칼만 조금 남았다. 그러나 정면에는 사내가 있었다. 반쯤 벌어진 입 속에서 떨고 있는 검은 혀가 보였다. 사내는 천천히 손을 들어 앞으로 내밀었고, 초점이 완벽하게 맞춰진 순간이었는데, 섬과 나무를 지워버렸다. 나는 눈을 감았다. 더이상 쳐다보고 싶지 않았다. 얼굴을 가리고 바보처럼 울음을 터트렸다.

이제 커다란 흰 구름 하나가 떠간다. 요즈음의 나날처럼, 헤아릴 수 없는 요즈음의 시간처럼. 아직도 할 말이 남아 있다면 그것은 한송이 구름이거나 두송이 구름이거나 혹은 내 방 벽에 압정으로 붙여놓은 지극히 순수한 사각형, 그러니까 완전무결하게 깨끗한 하늘의 긴 시간들이다. 이것이 내가 눈을 뜨고 손으로 눈시울을 훔쳤을 때 본 것이다. 깨끗한 하늘, 그 왼편에서 나타난 구름 한송이가 자태를 뽐내며 천천히 배회하다가 오른쪽으로 사라진다. 그리고 또다른 구름이…… 때때로 아주 거대한 회색 구름이 들어오고 갑자기 요란스럽게 비가 내린다. 오랫동안 이미지 위로 비가 내리는 것이 보인다. 거꾸로 흐르는 눈물처럼. 점차 뷰파인더가 밝아진다. 아마 태양이 나왔을 것이다. 다시 구름이 둘씩, 셋씩 들어온다. 그리고 가끔씩 비둘기와 몇마리 참새도 들어온다.

비밀 병기
Las armas secretas

이상하게도 사람들은 침대 정리는 그저 침대 정리일 뿐이라고 생각하고, 악수는 언제나 같은 악수라고 생각하며, 정어리 통조림 한개를 따는 것은 그와 동일한 정어리 통조림을 무수히 따는 것과 마찬가지라고 생각한다. '하지만 예외가 아닌 게 없지.' 삐에르는 서툰 솜씨로 낡은 청색 침대보를 판판하게 펴면서 생각한다. '어제는 비가 왔지만 오늘은 해가 뜨고, 어제는 우울했지만 오늘은 미셸이 올 것이다. 변하지 않는 것이 있다면, 아무리 애를 써서 침대 정리를 해도 모양새가 없다는 것이다.' 상관없다. 여자들은 어질러진 독신 남자의 방을 좋아하기 때문에 웃음을 띤 채 (어머니는 치아가 다 드러난다) 커튼을 정리하고, 의자나 꽃병을 다른 자리로 옮기고, 어떻게 너는 빛도 없이 어두컴컴한 곳에 탁자를 놓을 생각을 했느냐고 말할 것이다. 어쩌면 미셸도 책과 스탠드를 이리저리 옮기면서 이런 이야기를 할지도 모른다. 그리고 그는 그녀가 뭘 하든지 내버려두고 시종 그녀를 바라볼 것이다. 침대에 드러눕거나 낡은 소파에 몸을 묻은 채 골루아즈 담배 연기 사이로 그녀를 바라보면서 욕망할 것이다.

'드디어 6시다'라고 삐에르는 생각한다. 쎙쉴삐스 동네 전체가 변하고, 저녁을 맞이하는 황금 시간이다. 곧 공중소 여직원들이 퇴근하고, 르노트르 부인의 남편은 다리를 끌면서 계단을 올라올 것이며, 빵이나 신문을 사러 갈 때도 항상 같이 다니는 육층 자매의 목소리가 들려올 것이다. 곧 미셸이 올 것이다. 길을 잃어버렸거나 길거리에서 꾸물거리고 있지 않다면 말이다. 그녀는 아무 곳에나 멈춰서서 진열장 특유의 작은 세계를 기웃거리는 특이한 버릇이 있다. 나중에 태엽으로 움직이는 곰, 꾸쁘랭의 음반, 파란 보석이 달린 구리 목걸이, 스땅달 전집, 올여름 유행 이야기를 들려줄 것이다. 이런 것들은 그녀가 조금 늦을 수 있는 충분한 이유가 된다. 이쯤에서 그는 다시 담배 한개비를 피우고 꼬냑을 한잔 더 마신다. 마꼬를랑의 노래를 듣고 싶어 음반을 찾는다. 쌓아놓은 종이와 공책 더미를 대충 뒤적거려본다. 틀림없이 롤랑이나 바베뜨가 음반을 가져갔다. 가져가면 가져간다고 말이라도 하지. 미셸은 왜 아직 안 오지? 그는 침대 가장자리에 앉는다. 침대보에 주름이 생긴다. 이제 올 때가 됐으니까 침대보 이쪽저쪽을 잡아당겨 주름을 펴야 하는데, 이놈의 베개 모서리가 삐져나와 속을 썩인다. 담배 냄새가 지독하다. 미셸은 코를 찡그리며 담배 냄새가 지독하다고 말하겠지. 논문 때문에, 여자 때문에, 두번 앓은 간질환 때문에, 소설 때문에, 따분하기 때문에 수백 수천날에 피워댄 수백 수천갑의 골루아즈. 수백 수천? 이렇게 세부적인 사항을 따지고 하찮은 일에도 세심하게 신경을 쓰는 자신을 발견할 때마다 그는 깜짝 놀란다.

십년 전 쓰레기통에 버린 낡은 넥타이를 지금도 기억하고, 어릴 적 우표 수집의 자랑거리던 벨기에령 콩고 우표 색깔도 기억하고 있다. 마치 저 기억의 밑바닥에서는 일생 동안 정확히 몇갑의 담배를 피웠고, 그 하나하나마다 어떤 맛이 났으며, 어떤 때 담뱃불을 붙였고, 어디에다 꽁초를 버렸는지를 알고 있기라도 하듯이. 가끔 꿈에 나타나는 터무니없는 숫자도 계수計數에 집착하는 성격의 발로인지도 모른다. '그래도 하느님은 존재한다'라고 삐에르는 생각한다. 옷장 거울에 웃음이 비친다. 늘 하던 대로 표정을 고치고, 이마로 흘러내린 검은색 앞머리를 뒤로 넘긴다. 전에 미셸은 그 머리를 자르겠다고 으름장을 놓았다. 그런데 왜 아직도 안 오지? '그녀는 내 방으로 올라오기 싫기 때문이다'라고 삐에르는 생각한다. 하지만 앞머리를 자르려면 언젠가는 방에 들어와서 침대에 누워야만 한다. 델릴라는 고작 한 남자의 머리칼을 자르려고 그렇게 비싼 값을 치렀다. 미셸이 방으로 올라오고 싶지 않다고 생각하다니 바보라고 삐에르는 속으로 생각한다. 그는 소리 없이, 마치 멀리서 생각하듯이, 그런 생각을 한다. 생각이란 가끔은 수많은 장벽을 헤치고 나아가야 겉으로 표출되고 타인이 듣게 되는 것 같다. 미셸이 방으로 올라오고 싶지 않다는 생각은 바보나 하는 생각이다. 그녀가 아직 오지 않은 이유는 만물상이나 가게 진열장 앞에서 도자기로 만든 조그마한 물개 상이나 자오우지趙無極의 석판화에 넋을 잃고 있기 때문이다. 그 모습을 눈앞에 보고 있는 듯하다. 그런데 그와 동시에 쌍발 엽총을 떠올리는 자신을 깨닫는다. 담배를 한모금 빨고 바보 같은 생각도 용서를 받은 느낌이 드는 바로 그 순간에. 쌍발 엽총 자체는 이상할 게 하나도 없다. 그러나 이 시간에, 그것도 방 안에서 쌍발 엽총 생각이 나서 어쩌자는 것인가. 그리고 뭔가 아쉬운 저 느낌은 무엇이란 말인가. 그는 사방이 보라색으로, 이내 회색으로 변해가는 이런 시각이 싫다. 무심코 팔을 뻗어 스탠드를 켠다. 미셸은 왜 아직 안 오지? 이제 오지 않을 것이다. 더이상 기다려도 소용이 없다. 정말로 그녀는 그의 집에 오기 싫어한다고 생각해야 한다. 결국, 그렇게 됐다. 이런 일을 비극적으로 받아들일 이유는 전혀 없다. 꼬냑을 한잔 마시고 읽던 소설이나 들춰보다가 레옹의 가게로 내려가서 요기를 하면 된다. 여자들은 늙으나 젊으나, 빠리에 사나 앙갱에 사나 똑같다. 예외적인 사례에 대한 그의 이론은 추락하기 시작하고, 생쥐는 쥐덫으로 들어가기 전에 뒷걸음친다. 그런데 무슨 쥐덫? 예전에 아니면 훗날에, 이전에 아니면 나중에…… 그녀가 6시에 오리라는 것을 알면서도 그는 5시부터 기다렸다. 그녀를 위해 청색 침대보를 정성 들여 판판하게 깔고, 총채를 쥐고 의자 위로 바보처럼 기어올라가 아무에게도 해를 끼치지 않고 또 눈에 잘 띄지도 않는 거미줄을 걷어냈다. 그 순간 그녀는 쌩쉘뻬스 버스 정류장에서 내려 진열장 앞에서 걸음을 멈추기도 하고 또 광장의 비둘기를 쳐다보기도 하면서 그의 집으로 오고 있을 수도 있었다. 그녀가 그의 방으로 올라오지 않을 이유는 하나도 없다. 물론, 그 순간에 쌍발 엽총을 떠올릴 이유도 없고, 그레이엄 그린보다는 앙리 미쇼 작품을 읽는 것이 더 낫다고 생각할 이유도 전혀 없다. 삐에르는 이처럼 순간적인 선택을 해야 할 때마다 신경이 날카로워진다. 무슨 일이든 공연한 일은 없으며, 그린 대신에 미쇼, 미쇼 대신에 앙갱, 아니, 그린을 선택한 것이 순전히 우연일 수는 없다. 그린 같은 작가를 앙갱 같은 지명과 혼동하는 것조차도…… '만사가 그렇게 터무니없을 수는 없다'라고 삐에르는 담배를 끄면서 생각한다. '그녀가 오지 않는 것은, 우리 두사람과는 무관한 무

슨 일이 생겼기 때문이다.'

그는 계단을 내려와 잠시 건물 출입구 앞에서 서성인다. 광장에 불이 들어오는 것이 보인다. 레옹의 가게에는 손님이 거의 없다. 노천 탁자에 앉아서 맥주를 주문한다. 앉은 곳에서 출입구가 보이므로 그녀가…… 레옹은 프랑스 국제싸이클대회 이야기를 한다. 니꼴이 여자 친구와 함께 들어온다. 목소리가 걸걸한 그 여자는 꽃꽂이 전문가다. 맥주가 시원하다. 쏘시지를 주문해야겠다. 그의 집 출입구에서는 관리인 아들이 외발로 뜀뛰기를 하며 놀고 있다. 피곤해지면 발을 바꿔가며 출입구에서 떠날 줄 모른다.

"무슨 바보 같은 소리야." 미셸이 이야기한다. "약속을 했는데, 왜 네 집에 가고 싶지 않았겠니?"

에드몽이 아침 11시 커피를 가져온다. 이 시간에는 손님이 거의 없기 때문에 에드몽은 탁자 옆에 서서 프랑스 국제싸이클대회 이야기를 한다. 조금 후 미셸은 삐에르가 추측한 일, 생각했을 만한 일을 설명한다. 그녀 어머니의 잦은 연락 두절, 깜짝 놀라 사무실로 전화를 건 아버지, 알고 보니 별일도 아닌데 택시를 잡은 일, 가벼운 짜증. 이런 일이 처음은 아니지만 삐에르가 되려면……

"어머니가 무사하다니 다행이다." 삐에르는 얼간이처럼 말한다.

그는 미셸의 손 위에 손을 얹는다. 미셸은 나머지 한 손을 삐에르의 손 위에 얹고, 삐에르도 나머지 한 손을 미셸의 손 위에 얹는다. 미셸은 밑에 있는 손을 빼내 위에 얹고, 삐에르도 밑에 있는 손을 빼내 위에 얹는다. 미셸은 밑에 있는 손을 빼내 삐에르 코에 손바닥을 대본다.

"한겨울 개 코처럼 차갑네."

코의 온도는 풀리지 않는 수수께끼라고 삐에르가 인정한다.

"바보." 미셸이 말한다. 상황을 요약해서.

삐에르는 그녀 이마에, 머리에 입맞춤한다. 그리고 그녀가 고개를 숙이고 있기 때문에 턱을 당긴다. 그녀는 그를 보지 않을 수가 없고, 그는 입에 키스한다. 한번, 두번. 신선한 냄새, 나무 그늘 냄새가 난다. Im wunderschönen Monat Mai,[1] 선율이 명확하게 들린다. 그에게는 번역을 해야만 뜻이 통하는 말인데도 이토록 뚜렷하게 기억하고 있다니 그저 감탄스럽다. 선율이 마음에 들고, 미셸의 머리칼과 촉촉한 입술에도 불구하고 가사가 너무 좋다. Im wunderschönen Monat Mai, als······

미셸이 어깨를 거머쥐고 손톱을 박는다.

"아파." 미셸이 그를 밀쳐내고 손가락으로 입술을 만져본다.

삐에르는 미셸의 입술에 난 잇자국을 본다. 그녀의 뺨을 쓰다듬고, 다시 한번 가볍게 키스한다. 미셸은 화가 났을까? 아니, 그렇지 않다. 도대체 언제, 언제나, 언제쯤이면 둘만이 오붓하게 있을 수 있을까? 미셸의 대답은 참 이해하기 힘들다. 딴청을 부리는 것 같다. 언젠가는 그녀가 집으로 찾아와 오층에 있는 그의 방으로 들어올 것이라는 생각에만 집착하고 있는 그는 갑자기 분명해지는 그 이야기를, 미셸 부모가 두주일 동안 농장에 가게 되었다는 이야기를 이해할 수가 없다. 잘 다녀오시라고 해. 그러면 미셸은······ 문득 깨달은 그는 미셸을 한동안 쳐다본다. 미셸이 웃는다.

"두주일 동안 집에 혼자 있겠네?"

"이런, 바보." 미셸은 이렇게 말하고 손가락으로 탁자 위에 별과

---

1 독일어. "눈부시게 아름다운 오월에." 슈만의 가곡집 「시인의 사랑」 제1곡 가사.

마름모와 동그라미를 그린다. 물론 그녀의 어머니는 미셸이 두주일 동안 믿음직한 바베뜨와 함께 지내리라고 믿고 있다. 끌라마르 같은 교외에서는 도둑과 강도 사건이 잦기 때문이다. 하지만 바베뜨는 두사람이 원한다면 빠리에 남을 것이다.

삐에르는 미셸네 별장에 가본 적이 없다. 물론 별장 안에 있는 자신을 수없이 상상했다. 미셸과 함께 고색창연한 가구로 빼곡한 응접실로 들어간다. 그리고 계단 난간 앞머리에 달린 유리공 장식을 손으로 만져보고 계단을 올라간다. 왜 그 집이 싫은지 까닭을 모르겠는데, 아무튼 정원으로 나가고 싶다. 이렇게 작은 별장에 정원이 있다고는 믿기 어렵지만. 그는 안간힘을 쓴 끝에 간신히 이런 이미지를 떨쳐낸다. 그리고 행복을 느끼고 있는 자신을 발견하고, 미셸과 함께 까페에 앉아 있으며, 그녀의 집은 상상과 다르고, 가구와 색 바랜 양탄자가 깔려 있어 조금 답답하다는 사실을 알아차린다. '자비에르에게 모터사이클을 빌려야겠다'라고 삐에르는 생각한다. 기다렸다가 미셸을 태우고, 그로부터 삼십분 후면 끌라마르에 있을 것이다. 주말이면 소풍 갈 테니까, 보온병도 구하고 네스까페도 사야겠다.

"너희 집 계단 난간 앞머리에 유리공 장식이 있지?"

"아니." 미셸이 대답한다. "지금 다른 집과 혼동하고……"

그는 목구멍에 뭔가 걸린 것처럼 입을 다문다. 의자에 몸을 묻고, 에드몽이 까페 탁자가 많아 보이게 하려고 벽에 걸어놓은 대형 거울에 머리를 기댄다. 삐에르는 막연하게나마 미셸이 암고양이나 익명의 초상화 같다고 여긴다. 그녀를 안 지 얼마 되지 않았으므로 그녀 역시 그를 이해하기 어려울 것이다. 만나서 곧 사랑하게 되었다는 사실이 상대방을 전부 안다는 의미는 아니다. 서로 아는 친구가 있다거나 정치적 견해가 같다는 것 또한 그렇다. 처음부터 불가사의한 사람은 없다고 믿고 인간관계를 시작하기 때문에 상대방의 신상을 파악하는 것은 시간문제다. 미셸 뒤베르누아, 이십사세, 갈색 머리, 회색 눈, 사무직. 그녀 역시 삐에르 졸리베를 알고 있다. 이십삼세, 금발…… 그러나 내일 그녀 집으로 간다. 모터사이클로 삼십분만 달리면 그들은 앙갱에 있을 것이다. '이놈의 앙갱'이라고 삐에르는 생각한다. 그 지명이 모기라도 되는 듯이 쫓아내면서. 그들은 두주 동안 함께 지낼 것이다. 그 집에는 정원이 있고, 정원은 아마도 그의 상상과 판이할 것이다. 미셸에게 정원이 어떻게 생겼는지 물어보려는데 미셸이 에드몽을 부르고 있다. 11시 30분이 넘었다. 그녀가 사무실에 늦게 들어오는 것을 보면 부장은 인상을 찌푸릴 것이다.

"잠깐만 더 있어." 삐에르가 말한다. "저기 롤랑하고 바베뜨가 온다. 이 까페에서는 우리만 오붓하게 있을 수가 없다니까."

"우리만?" 미셸이 말한다. "쟤들을 만나려고 여기 온 것 아냐?"

"응. 하지만 그래도 그렇지 뭐."

미셸은 어깨를 한번 으쓱한다. 삐에르는 그녀가 자기 마음을 이해하며, 그녀 역시 친구들이 제시간에 나타나서 속으로는 아쉽게 여긴다는 것을 안다. 바베뜨와 롤랑은 평소처럼 잔잔한 행복에 젖어 있는데, 이번에는 그런 모습에 화가 나고 짜증이 난다. 저 두사람은 다른 세계에 있으며, 시간이라는 방파제로 보호받고 있다. 저 두사람의 분노와 불만은 세상, 즉 정치나 예술이지 그들 자신이나 그들 사이의 깊은 관계에서 연유한 것은 아니다. 저 두사람이 구원을 받은 것은 습관 덕분이고, 기계적인 행동 덕분이다. 모든 것을 판판하게 펴고, 다림질하고, 보관하고, 계산한다. 만족스러운 돼지들, 불쌍한 젊은이들, 너무 선량한 친구들. 그는 롤랑이 손을 내밀고 있는데도 아직 악수를 하지 않고 있다. 침을 삼키고 롤랑의 눈을 쳐다본다. 그리고 손가락이 으스러질 정도로 롤랑의 손을 세게 잡는다. 롤랑은 웃고, 그들 앞에 앉아 씨네클럽 이야기를 꺼낸다. 월요일에 꼭 보러 가겠다고 한다. '만족스러운 돼지들' 하고 삐에르는 되씹는다. 그는 바보고, 편향적이다. 그런데 뿌돕낀[2] 영화다. 그럼, 참신할 테니 보러 가자.

"뭐, 참신하다고? 삐에르, 너 정말 옛날 사람이구나." 바베뜨가 놀린다.

롤랑에게 손을 내밀지 않을 이유가 전혀 없다.

"주황색 블라우스를 입고 있었는데, 그애에게 잘 어울렸어." 미셸이 이야기한다.

롤랑은 골루아즈를 권하고, 커피를 시킨다. 롤랑에게 손을 내밀지 않을 이유가 전혀 없다.

"그래. 아주 똑똑한 계집애야." 바베뜨의 말이다.

롤랑은 삐에르를 쳐다보고 윙크한다. 평온하고 아무런 문제도 없다. 정말로 아무런 문제도 없다. 평온한 돼지. 미셸이 주황색 블라우스 이야기를 할 수 있는 평온. 삐에르는 이러한 평온이 역겹다. 항상 그렇듯이 미셸은 그와 거리가 너무 멀다. 그는 이들과 아무런 관계도 없다. 이 모임에도 마지막으로 들어왔고, 이들은 마지못해 그를 봐주고 있다.

미셸은 이야기하면서 (이제는 신발 이야기다) 손가락으로 입술 가장자리를 만져본다. 키스조차 제대로 못해 그녀에게 상처를 입

---

2 20세기 초에 활동한 러시아의 영화감독이자 이론가.

혔고, 미셸은 그 일을 기억하고 있다. 모든 사람이 그에게 상처를 입히고, 윙크를 보내고, 웃어주고, 그를 무척이나 좋아한다. 그는 가슴이 답답해 자리를 뜨고 싶다. 자기 방으로 가서 왜 미셸이 오지 않았는지, 왜 바베뜨와 롤랑은 그에게 이야기조차 안하고 음반을 가져갔는지 생각해보고 싶다.

미셸은 시계를 보고 화들짝 놀란다. 씨네클럽에 가기로 약속을 정하고, 삐에르가 커피값을 치른다. 그는 기분이 좋아져서 롤랑과 바베뜨하고 좀더 이야기를 나누고 싶다. 그래도 그들에게 아쉬운 작별 인사를 한다. 착한 돼지들, 미셸의 친한 친구들.

롤랑은 까페에서 나가는 두사람을 보고 있다. 햇볕이 내리쬐는 거리로 나가는 두사람을 보면서 천천히 커피를 마신다.

"좀 그렇다." 롤랑이 이야기한다.

"내 생각도 그래." 바베뜨가 대꾸한다.

"하긴 뭐, 안될 것도 없지 않아?"

"그럼. 아마 그때 이후 처음일 거야."

"미셸이 자기 삶을 살 때도 됐지." 롤랑이 말한다. "내가 보기에는 사랑에 푹 빠진 것 같은데."

"둘 다 푹 빠져 있어."

롤랑은 생각에 잠긴다.

쌩미셸 광장의 까페에서 자비에르를 만나기로 약속했다. 하지만 지나치게 일찍 도착했다. 맥주를 주문하고 신문을 넘겨본다. 사무실 문 앞에서 미셸과 헤어지고 난 뒤에 한 일이 잘 기억나지 않는다. 최근 몇달 동안의 일이 무척이나 아리송하다. 오늘만 해도 아직 오전이 채 지나가지도 않았는데 한 적도 없는 일이 기억나고 혼동

하기도 한다. 이렇게 어렴풋한 삶에서 확실한 것이라고는 미셸과
더할 나위 없이 가까워졌다는 것뿐이다. 그런데 그것만으로는 만
족스럽지 않다는 생각도 들고, 그것만으로도 뭔가 놀랍다는 생각
도 든다. 또 미셸에 대해 아는 게 없고, 실제로 전혀 모르며, (눈은
회색이고, 양손에 각각 다섯개의 손가락이 달렸으며, 미혼이고, 머
리를 소녀처럼 빗는다는 것뿐이다) 정말로 아는 것이 전혀 없다는
생각도 든다. 미셸에 대해 아무것도 모른다고 하지만 한순간만이
라도 그녀를 보지 않으면 텅 빈 곳이 두텁고 으스스한 검불로 채워
진다. 그녀는 너를 무서워하고, 혐오하고, 가장 진한 키스를 하면서
도 가끔 너를 거부한다. 그녀는 너와 같이 자고 싶지 않다. 무언가
에 공포를 느끼고 있다. 오늘 아침에도 그녀는 매몰차게 너를 밀어
냈다. (그녀는 정말 매력적이었다. 헤어질 때는 얼마나 네게 대들
었으며, 내일 너와 같이 앙갱에 있는 집에 가려고 얼마나 많은 준
비를 했느냐.) 너는 그녀의 입술에 잇자국을 남겼다. 그녀에게 키
스하면서 깨물었다. 그녀는 아프다고 투덜거렸다. 손으로 입술을
만져보고 투덜거렸지만 화를 내지는 않았다. 단지 조금 놀랐을 뿐
이다. Als alle Knospen sprangen,[3] 너는 속으로 슈만의 가곡을 부르
고 있었다. 노래하면서 그녀의 입술을 깨물었다. 이제 기억이 날 것
이다. 게다가, 너는 그 집 계단을 올라갔다. 그래, 너는 계단을 올라
갈 때 계단 난간 앞머리에 달린 유리공 장식을 손으로 만져봤다.
하지만 나중에 미셸의 이야기를 들어보니 그 집에 유리공 장식은
없다고 했다.

　삐에르는 벤치에 느긋하게 앉아 담배를 찾는다. 결국, 미셸 역시

---

3 독일어. "꽃봉오리가 모두 망울을 터트릴 때."

그를 잘 모른다는 이야기인데, 이상할 것도 없다. 비록 그녀가 진지하고 주의 깊은 태도로 속말을 들어주고, 사소한 일상, 그러니까 차고 문에서 나오는 고양이라든가 씨떼 섬의 비바람이라든가 클로버 잎이라든가 제리 멀리건의 음반 등을 공유하고 있다고 할지라도. 그녀는 이야기를 들을 때나 들려줄 때나 똑같이 진지하고 집중하고 열중한다. 그래서 이런저런 만남과 이런저런 대화를 하는 동안, 군중 속에서 두사람만의 고독에 빠져들었다. 그리고 정치 이야기, 소설 이야기, 영화 관람, 갈수록 진지해지는 키스. 그의 손은 그녀의 목 아래로 내려가 가슴을 스치듯이 만져보게 되었고, 집요하게 물어보는데도 그녀는 대답이 없다. 비가 오고, 근처 출입구로 들어가 비를 피하고, 태양이 머리 위로 쏟아져서 우리는 그 책방으로 들어간 것이다. 내일 바베뜨를 소개해줄게. 오랜 친구인데 너를 좋아할 거야. 나중에 보니, 바베뜨의 남자 친구는 자비에르의 오랜 동지이고, 자비에르는 삐에르의 친한 친구라 원은 닫히고, 가끔은 바베뜨와 롤랑의 집에서 모이고, 가끔은 자비에르의 진료실이나 밤에 라땡 지구의 까페에서 만난다. 삐에르는 왜 이런 일에 자기가 감사해야 하는지 모르겠지만, 아무튼 바베뜨와 롤랑이 미셸과 가깝게 지내기에 감사할 것이고, 보호받을 필요가 없는 미셸을 그들이 은밀히 보호하고 있다는 인상을 주기에 감사할 것이다. 이 모임에서는 남들 이야기는 별로 하지 않는다. 그보다는 정치라든가 재판 같은 큰 문제를 즐겨 이야기한다. 그리고 서로를 흐뭇하게 쳐다보고, 담배를 권하고, 까페에 앉아 있고, 동지들에 둘러싸여 산다는 데 만족한다. 그런 사람들이 그를 받아들이고, 모임에 끼워준 것만도 다행이다. 결코 쉬운 사람들이 아닌데다, 신참자의 기를 꺾을 수 있는 확실한 방법을 알고 있기 때문이다. '저들이 마음에 든다'라고 삐에르는 남은 맥주를 마저 마시며 속으로 말한다. 그들은 아마도 그를 미셸의 애인이라고 생각할 것이다. 적어도 자비에르는 그렇게 믿고 있으므로 미셸이 까닭 없이 몸을 도사린다고는 꿈에도 생각하지 못할 것이다. 그녀는 이렇게 거부하면서도 여전히 그를 만나주고, 같이 외출하고, 이야기를 들어주고, 이야기도 한다. 아무리 이상한 일이라도 익숙해질 수 있다. 불가사의는 저절로 밝혀진다고 믿으며, 누군가 자기 내부에 살고 있다고 여김으로써 길모퉁이나 까페에서 그 사람과 작별을 하는 등 도저히 받아들일 수 없는 사실을 받아들이기도 한다. 특히 계단 난간 앞머리에 달린 유리공 장식처럼 사안이 단순할 때 그러하다. 그러나 그 유리공은 만남, 진정한 만남으로 통하는데, 미셸은 유리공 장식이 없다고 말했다.

마르고 키가 큰 자비에르가 일에 찌든 얼굴로 들어온다. 몇가지 실험 이야기, 회의주의를 자극하는 생물학 실험 이야기를 들려준다. 노란 물이 든 손가락이 눈에 띈다. 삐에르가 묻는다.

"전에 생각하던 것과 완전히 판이한 생각이 갑자기 떠오른 거야?"

"작업가설하고 완전히 다르다는 것뿐이야." 자비에르의 말이다.

"요즘 내가 너무 이상하다는 느낌이 드는데, 네가 뭘 좀 줘야 할 것 같다. 객관적인 사람으로 만드는 약 같은 거 말이다."

"객관적으로 만드는 약? 그런 게 어디 있다고 그래."

"나 자신에 대한 생각이 너무 많아서 그래. 바보같이."

"미셸이 너를 객관적으로 만들지 않아?"

"전혀! 어제는 말이야……"

자기 말소리가 들린다. 그를 쳐다보는 자비에르가 보이고, 거울에 비친 자비에르의 이미지, 즉 자비에르의 목덜미가 보이고, 자비에르와 이야기하는 자신이 보이고, (그런데 왜 계단 난간 앞머리에 달린 유리공 장식이 떠오르지?) 때때로 자비에르가 고개를 끄덕이는 모습이 보인다. 그런 직업적인 몸짓은 진료실 밖에서는, 의사를 남다르게 보이게 하고 권위를 부여하는 가운을 입고 있지 않을 때는 아주 우습게 느껴진다.

"앙갱? 그런 거라면 걱정 안해도 된다. 나는 항상 르망과 망똥을 혼동하는데, 어릴 때 여선생님이 잘못 가르쳐준 탓일 거야."

Im wunderschönen Monat Mai, 삐에르의 기억이 콧노래를 부른다.

"잠을 못 자거든 연락해. 약을 줄 테니까. 아무튼 천국에서 두주일 동안 지내면 좋아질 거야. 틀림없다. 한 베개를 쓰는 것만큼 좋은 약이 없으니까. 그러면 머리가 아주 맑아질 거다. 가끔은 아무 생각도 안 날 텐데, 그거야말로 편안하다는 증거다."

그럴지도 모르겠다. 더 많이 활동해서 몸이 더 피곤해진다면, 방에 페인트를 칠한다든지 대학교에 갈 때도 버스를 타는 대신에 걸어간다면, 부모가 보내주는 칠천 프랑을 자기가 벌어야 한다면. 그는 뽕 뇌프 다리 난간에 기대어 지나가는 유람선을 본다. 목덜미와 어깨에 내리쬐는 여름 햇볕이 따갑다. 한 떼의 처녀들이 웃으면서 놀고 있고, 말발굽 소리가 들린다. 자전거를 탄 붉은 머리 청년이 처녀들 곁을 지나면서 휘파람을 길게 불자 처녀들은 더 큰 소리로 웃는데, 마치 낙엽이 몰려와 검고 무시무시한 입을 벌려 단번에 그의 얼굴을 먹어버리는 것 같다.

삐에르는 눈을 비비고 구부린 상체를 천천히 바로 세운다. 그것은 단어도 아니요, 환영도 아니었다. 이도 저도 아닌 그 중간의 무엇, 바닥에 흩어진 낙엽처럼 (그 낙엽이 몰려와 그를 덮어버렸다)

수많은 단어로 분해된 이미지였다. 난간을 잡은 오른손이 떨리는 것이 보인다. 그는 손이 떨리지 않을 때까지 주먹을 꼭 쥔다. 자비에르는 벌써 멀리 갔을 것이다. 뒤쫓아 달려가도 만날 수 없을 것이다. 또 이런 이야기를 하면 기상천외한 이야깃거리만 하나 더 늘려줄 뿐이다. "낙엽?" 하고 자비에르는 말할 것이다. "뽕 뇌프에는 낙엽이 없는데." 마치 뽕 뇌프에는 낙엽이 없다는 사실을 그가 모르는 것처럼, 낙엽은 앙갱에 있다는 사실을 모르는 것처럼.

　이제 나는 사랑하는 여인, 너를 생각하려고 한다. 밤새도록 너를, 오로지 너만을 생각하려고 한다. 이것이 나 자신을 느끼는 유일한 방법이자 나의 중심에다 너를 나무처럼 세우는 유일한 방법이고, 나를 지탱하고 인도하는 나무둥치로부터 점점 뻗어나와 나뭇잎 하나하나로 (푸르고 푸르나니, 너와 나, 나무둥치와 푸른 잎, 푸르고 푸르나니) 대기를 만지면서 조심스럽게 네 주변을 떠도는 유일한 방법이다. 그러나 너로부터 멀어지지 않고 타인이 너와 나 사이를 비집고 들어와 우리를 갈라놓는 일 없이. 오늘밤은 새벽을 향해, 저기 네가 살고 있고 네가 잠자고 있는 다른 세상을 향해 나아가고 있다는 사실을 단 한순간도 잊지 않으면서, 또다시 밤이 되면 우리 함께 너의 집에 도착해서 현관 계단을 올라가 집 안으로 들어갈 것이고, 불을 켜고 너의 개를 쓰다듬고 커피를 마시면서 우리는 한동안 서로를 쳐다볼 것이며, 이윽고 나는 너를 애무하고, (너를 나의 중심에 나무처럼 세워야만 하는데) 너를 계단으로 (하지만 유리공장식 같은 것은 없다) 데려가고, 우리는 계단을 올라가고, 올라가고, 방문이 잠겨 있지만 내 호주머니에는 열쇠가 있기 때문에……
　삐에르는 침대에서 벌떡 일어나 세면대 수도꼭지를 틀고 머리를 박는다. 오로지 너만을 생각하려고 했는데, 어찌 된 일인지 생각하는 것이 음흉한 욕망인지라 미셸은 더이상 미셸이 아니고, (너를 나의 중심에 나무처럼 세워야만 하는데) 계단을 올라가는데 팔에 그녀가 없었다. 계단을 밟자마자 유리공 장식을 보았으므로, 혼자였으므로, 혼자 계단을 올라가고 있었으므로. 위에서 방문을 잠그고 문 뒤에 숨은 미셸은 그가 열쇠를 갖고 있으며, 계단을 올라가고 있다는 사실을 모르고 있다.

얼굴을 닦고, 신선한 새벽을 향해 창문을 활짝 연다. 길거리에서 술에 취한 사람이 혼자 뭐라고 중얼거린다. 비틀거리는 모습이 끈적끈적한 물에서 허우적거리는 것 같다. 돌길과 닫힌 대문을 조금씩 먹어들어가는 여명 속에서 그 사람은, 중단된 의례의 춤을 마무리하듯이, 이리 비틀 저리 비틀 콧노래를 부른다. Als alle Knospen sprangen, 이런 단어가 삐에르의 메마른 입술에서 새어나와 저 아래 콧노래에 들러붙는다. 선율도 아무런 관계가 없고, 가사 역시나 아무런 관계가 없는데도 무연히 흘러나와 한동안 생명에 들러붙는다. 그리고 한 맺힌 열망 같은 빈 공간이 있다. 그 무언가, 쌍발 엽총, 낙엽 더미, 넝마를 입고 비틀거리며 중얼거리는 말 속에서 드러나는 경의로 일종의 빠반^{pavane}을 추는 술주정꾼에 걸려 있는 쪼가리를 쏟아내버린 빈 공간이다.

모터사이클은 붕붕거리며 알레시아 거리를 달린다. 버스 옆을 바짝 붙어 지나거나 길모퉁이를 돌 때마다 삐에르의 허리를 감은 미셸의 팔에 힘이 들어간다. 빨간 신호등 앞에서는 머리를 뒤로 젖히고 미셸이 머리에 키스해주거나 쓰다듬어주기를 기다린다.

"이젠 안 무서워." 미셸이 말한다. "운전을 참 잘하네. 저기서 오른쪽 길로 가야 돼."

별장은 끌라마르 언덕 너머, 비슷비슷하게 생긴 십여채의 집 사이에 숨어 있다. 삐에르에게 별장이라는 단어는 피신이라는 말처럼 들린다. 조용하고 한적해서 안전한 곳, 정원에는 등나무 의자가 있고, 밤에는 아마 반딧불이가 보일 것이다.

"정원에 반딧불이가 있지?"

"아니. 무슨 엉뚱한 소리를 하는 거야."

모터사이클을 타고 가면서 이야기하기는 어렵다. 오가는 차량 때문에 정신을 집중해야 한다. 삐에르는 오전에 한두시간밖에 자지 못해서 피곤하다. 자비에르가 준 약을 잊지 말고 먹어야 하는데, 당연히 그 생각을 못할 것이고, 또 먹을 필요도 없을 것이다. 그는 머리를 뒤로 젖히고 헛기침을 한다. 미셸이 제때에 키스하지 않기 때문이다. 미셸은 웃으면서 한 손으로 머리를 쓰다듬어준다. 파란 불이다. "바보 같은 소리는 그만해라." 당황한 빛이 역력한 자비에르는 이렇게 말했다. 분명 그런 일이 생길 것이므로, 자기 전에 두 알, 물 한잔. 미셸은 어떻게 잘까?

"미셸, 너는 어떻게 자니?"

"잘 자. 가끔은 악몽을 꿔. 다른 사람들처럼."

그래, 다른 사람들처럼 다만 잠에서 깨어나야 꿈은 지나간 일이 되고, 길거리의 소음이나 친구들 얼굴과도 뒤섞이지 않으며, 그렇게 가장 때 묻지 않은 점령지로 잠입한다. (하지만 자비에르는 두 알만 먹으면 만사가 해결된다고 말했다.) 그녀는 베개에 얼굴을 묻고 다리를 조금 구부리고 가볍게 숨을 쉬면서 잘 것이다. 곧 그런 모습을 볼 것이다. 그렇게 곁에서 자고 있는 그녀를 볼 것이다, 그녀의 숨소리를 들으면서, 무방비로 알몸으로 자고 있는 그녀의 머리채를 잡아당길 때, 노란불, 빨간불, 스톱.

너무 급하게 브레이크를 밟는 바람에 미셸이 큰 소리를 지른다. 그리고 이내 조용하다. 소리를 질러 부끄러운 모양이다. 삐에르는 한 발로 땅을 짚고 고개를 돌려 웃는다. 미셸이 아닌 무엇을 향해 넋 나간 사람처럼 웃음만 짓고 있다. 신호등이 곧 파란불로 바뀌고, 뒤에 트럭과 자동차가 있다는 것을 아는데, 파란불이 들어오고, 모터사이클 뒤에 트럭과 자동차가 있고, 누군가가 두세번 경적을 울린다.

"삐에르, 왜 그래?" 미셸이 묻는다.

자동차에 탄 사람이 지나가면서 욕을 한다. 삐에르는 천천히 출발한다. 앞서 우리는 그가 보게 될 그녀가 어떤 모습인지 이야기했다. 무방비이고 알몸이라고, 그렇게 이야기했다. 무방비로 알몸으로 자는 그녀를 보고 있는 바로 그 순간까지 이야기했다. 다시 말해서, 잠시라도 그런 상상을 할 이유가 전혀 없으며, 또 꼭 필요하다고…… 그래, 들은 적이 있다. 처음에는 왼쪽으로, 다음에 다시 왼쪽으로. 저기 슬레이트 지붕? 소나무가 있다. 정말 멋있다. 너희 별장은 정말 멋있다. 정원에 소나무가 우거지고, 너의 부모는 농장으로 떠났고. 미셸, 믿을 수가 없다. 정말 믿을 수 없는 일이다.

짖는 소리도 우렁차게 그들을 맞이한 보비는 겉보기와 다르게 현관으로 모터사이클을 끌고 가는 삐에르의 바짓가랑이를 따라다니며 간간하게 냄새를 맡는다. 미셸은 이미 집으로 들어가서 블라인드를 젖히고 삐에르를 맞이하러 다시 나온다. 벽을 쳐다보는 삐에르는 상상과 전혀 다르다고 생각한다.

"여기에 세계단이 있어야 하는데." 삐에르가 말한다. "이 응접실도…… 내 말에 신경 쓰지 마. 상상과 현실은 항상 다르니까. 가구나 장식물도. 너도 그런 적이 있지?"

"가끔 그래. 삐에르, 배고프다. 아니야. 그냥 얌전히 있다가 나를 도와줘. 먹을 것을 만들어야 할 것 같아."

"알았어." 삐에르가 말한다.

"햇볕이 들어오게 저 창문을 열어줄래. 그냥 있어. 보비가 어떻게 나올지 모르니까⋯⋯"

"미셸, 내가 할게."

"됐어. 올라가서 옷 좀 갈아입고 올게. 너는 점퍼를 벗든지 해. 저기 장식장에 술이 있을 텐데, 난 술을 잘 몰라."

쪼르르 달려가는 그녀가 보인다. 계단을 올라가고 층계참에서 사라진다. 장식장에 술이 있는데, 그녀는 술을 잘 모른다. 응접실은 안이 깊고 어둡다. 삐에르는 손으로 계단 난간 앞부분을 만져본다. 미셸이 이미 이야기했는데도 유리공 장식이 없어서 은근히 실망스럽다.

미셸은 낡은 바지와 희한한 블라우스를 입고 나온다.

"포대 같다." 삐에르는 지나치게 큰 옷을 입은 여자를 보면 남자들이 장난삼아 하는 말을 던진다. "집 구경시켜주지 않을래?"

"그래. 술을 못 찾았니? 잠깐만 기다려. 너는 전혀 도움이 안되는구나."

두사람은 술잔을 들고 응접실로 나와 소파에 앉는다. 맞은편에 반쯤 열린 창문이 보인다. 보비가 장난을 치더니 양탄자에 엎드려 그들을 쳐다본다.

"금방 너하고 친해졌구나." 술잔 가장자리를 핥으면서 미셸이 말한다. "우리 집이 마음에 드니?"

"전혀. 음침하고, 죽어가는 부르주아풍이야. 게다가 우중충한 가

구가 빼곡하고. 그래도 네가 있으니까. 입고 있는 바지가 꼴불견이
지만."

그는 그녀의 목을 만지고, 그녀를 끌어당기고, 입에 키스한다. 그
들은 입으로 키스하고, 미셸의 뜨거운 손은 삐에르를 더듬고, 그들
은 입으로 키스하고, 소파에서 조금 미끄러져내리고, 그런데 미셸
은 신음 소리를 내고, 그를 떠밀어내고 알아들을 수 없는 말을 중
얼거린다. 그는 그녀의 입을 틀어막기가 보통 어려운 일이 아니라
고 어렴풋이 생각하면서도 그녀가 실신하지 않기를 바란다. 갑자
기 그녀를 놓아주고, 흡사 남의 손이라도 되는 양 자기 손을 바라
보는데, 미셸의 가쁜 숨소리가 들린다. 보비는 양탄자에서 소리 없
이 으르렁거린다.

"너 때문에 미치겠다." 삐에르가 말한다. 이 얼토당토않은 말이
방금 일어난 일보다는 그래도 마음이 덜 아프다. 명령처럼, 참을 수
없는 욕망처럼 그는 그녀의 입을 틀어막으면서도 실신하지 않기를
바랐다. 팔을 뻗어 손끝으로 미셸의 뺨을 만져본다. 그리고 그녀가
하자는 대로 한다. 아무거나 먹자고 하면 먹고, 포도주를 고르자면
고르고, 창문 옆이 무척이나 덥다고 하면 그렇다고 대답한다.

미셸은 치즈에다 기름에 재운 안초비 통조림, 쌜러드, 게살을 섞
어서 자기 식대로 먹는다. 삐에르는 백포도주를 마시고 그녀를 바
라보며 웃는다. 이 여자하고 결혼하면 매일 이 식탁에서 백포도주
를 마시고, 저렇게 먹는 그녀를 바라보며 웃을 것이다.

"이상한 일이야. 우리, 전쟁 때 이야기는 한 적이 없어." 삐에르
가 말한다.

"그런 이야기는 되도록 안하는 게……" 미셸은 접시를 깨끗하게

비우면서 말한다.

"알고 있어. 하지만 가끔 기억이 나는걸. 내 기억으로는 그렇게 나쁘지 않았어. 어쨌거나 우리는 어린애들이었으니까. 끝날 줄 모르는 방학 같았지. 숫제 터무니없는 일이지만 재미도 있었고."

"내게 방학 같은 것은 없었어. 항상 비가 내렸으니까." 미셸이 말한다.

"비가 왔다고?"

"여기에." 그녀는 이마를 가리키며 말한다. "눈 앞으로, 눈 뒤로. 전부 젖어 있었어. 전부 땀을 흘리는 것 같았고 축축하게 젖어 있는 것 같았어.

"이 집에서 살고 있었어?"

"음, 처음에는. 나중에 점령당했을 때는 앙갱에 있는 숙부 집으로 데려갔어."

삐에르는 성냥불이 타들어가는 줄도 모른다. 그는 입을 벌리고 손을 흔들면서 욕을 한다. 미셸은 웃는다. 그리고 화제를 돌릴 수 있어서 좋아한다. 그녀가 과일을 내오려고 일어날 때, 삐에르는 담뱃불을 붙이고 숨이 막힐 정도로 한모금 깊이 빨아들인다. 그러나 이미 일은 벌어졌다. 하기야 무슨 일이든 설명하려고 들면 설명 못할 것도 없다. 미셸은 까페에서 이야기를 하면서 몇차례 앙갱 이야기를 꺼냈을 것이고, 그 순간에는 무의미해 보이고 기억에도 남지 않는 단어였지만 나중에는 꿈이나 공상의 핵심 주제가 되었다고 말이다. 복숭아, 좋지. 하지만 껍질을 벗긴 것. 아차, 미안해. 하지만 여자들은 항상 그에게 복숭아 껍질을 벗겨주었고, 미셸이라고 예외일 이유가 없다.

"여자들이란! 네게 복숭아 껍질을 벗겨준 여자들은 나처럼 바보야. 커피 좀 갈아줄래?"

"그때 앙갱에 살았다고." 미셸의 손을 바라보면서 삐에르가 말한다. 과일 껍질을 벗기는 것을 보고 있으면 그는 항상 속이 조금 메스껍다.

"전쟁 중에 네 아버지는 무슨 일을 하셨어?"

"별다른 일을 하진 않았어. 언젠가는 모든 것이 끝나기를 기다리면서 살았지."

"독일군이 괴롭힌 적도 없었어?"

"없었어." 젖은 손으로 복숭아를 깎으면서 미셸이 대답한다.

"식구들이 앙갱에 살았다는 이야기는 처음이다."

"그 시절 이야기는 하고 싶지 않아."

"하지만 언젠가 그 이야기를 했을 거야." 삐에르는 앞뒤가 안 맞는 말을 한다. "어떻게 내가 알게 되었는지 모르겠지만, 아무튼 네가 앙갱에 살았다는 것을 알고 있었어."

복숭아가 접시에 떨어지고, 껍질이 다시 과육에 들러붙는다. 미셸은 과도로 복숭아를 깨끗하게 다듬고, 삐에르는 다시 속이 메스꺼워져 힘껏 커피 분쇄기를 돌린다. 왜 그녀는 아무 말이 없을까? 힘들어하는 것 같다. 과즙이 질질 흐르는 역겨운 복숭아를 열심히 다듬고 있다. 왜 말이 없을까? 그녀는 하고 싶은 말이 가득하지만 고개를 숙이고 손만 쳐다보고 있다. 그리고 신경질적으로 깜박거리는 눈꺼풀. 종종 틱 장애가 되어 한쪽 안면근육이 씰룩거리기도 한다. 뤽상부르 공원 벤치에서도 그런 적이 있었다. 기분이 언짢거나 입을 다물 때는 항상 틱을 일으킨다.

미셸은 등을 돌리고 커피를 준비하고 삐에르는 다시 담뱃불을 붙인다. 그들은 청색 무늬의 도자기 커피잔을 들고 응접실로 돌아온다. 커피 향 때문에 기분이 좋아져, 그런 휴전이 의아하다는 듯이, 아니 그 이전의 모든 일이 의아하다는 듯이 서로를 바라보고 있다. 그들은 이런저런 이야기를 주고받으며 서로를 바라보고 웃고, 정신이 팔린 채 커피를 마신다. 영원히 한쌍으로 묶인 커피 필터처럼 커피만 마신다. 미셸이 블라인드 비늘살을 수평으로 돌려놓는다. 정원에서 푸르고 따뜻한 빛이 들어와 담배 연기처럼, 삐에르가 조금 방심하면서 음미하는 꼬냑처럼 그들을 감싼다. 보비는 진저리를 치기도 하고, 이따금 깊은 숨을 몰아쉬면서 양탄자 위에서 자고 있다.

"보비는 만날 잠만 자." 미셸이 말한다. "가끔 짖기도 하고 갑자기 잠에서 깨어나 우리 식구들을 멍하니 쳐다보는데, 무슨 큰 아픔을 겪은 것처럼 말이야. 아직 강아지나 다름없는데……"

거기에 있다는 환희. 기분이 좋다는 그 순간의 느낌. 눈을 감고 있으며, 보비처럼 숨을 쉬고, 손으로 한번, 두번 머리칼을 쓰다듬고, 머리칼을 쓰다듬는 손이 자기 손 같지 않고, 왠지 목덜미를 만지고 싶고, 이쯤에서 잠깐 휴식. 눈을 뜨고 미셸의 얼굴을 본다. 반쯤 벌어진 입, 핏기가 가셔버린 창백한 얼굴. 그는 어리둥절해서 그녀를 바라보고, 꼬냑잔은 양탄자 위로 구른다. 삐에르는 거울 앞에서 있다. 가운데 가르마를 탄 모습이 우습다. 무성영화에 나오는 멋쟁이 같다. 미셸은 왜 울고 있을까? 그녀가 소리내어 우는 것은 아니지만 울고 있는 사람은 항상 손으로 얼굴을 가린다. 그는 와락 그녀의 손을 떼어내고 목에 키스하고 입술을 찾는다. 말이 나온다. 그의 말, 그녀의 말. 서로를 찾는 동물. 애무 때문에 늦어지는 만남. 분위기가 씨에스따 같고, 외딴집 같고, 난간 앞머리에 유리공 장식이 달려 있는 것 같다. 삐에르는 미셸을 팔에 안고 계단을 올라가고 싶다. 호주머니에 열쇠가 있다. 침실로 들어갈 것이고, 그녀를 덮칠 것이고, 그녀의 몸부림을 느낄 것이고, 허리띠와 단추를 찾아 더듬을 것인데, 계단 난간에 유리공 장식은 없고, 모든 게 너무 아득하고 공포스럽고, 그의 옆에 있는 미셸은 너무 멀리 있고, 울고 있고, 눈물 젖은 손으로 얼굴을 가리고 울고 있고, 그녀의 몸은 숨을 몰아쉬고, 겁에 질려 있으며, 그를 밀어낸다.

삐에르는 무릎을 꿇고 미셸의 넓적다리에 고개를 박는다. 몇시간이, 아니, 일분이나 이분 정도 흘러간다. 시간이란 채찍질과 점액으로 가득한 그 무엇이다. 미셸은 손가락으로 삐에르의 머리칼을 만지고, 삐에르는 다시 그녀를 쳐다본다. 그녀의 얼굴에 웃음기가 보인다. 미셸은 손가락으로 머리를 빗질해준다. 그가 조금 아파해도 머리칼을 억지로 뒤로 넘긴다. 그리고 고개를 숙여 그에게 키스를 하고 웃는다.

"네가 무서웠어." 미셸이 말한다. "내가 보기에 그 순간 너는…… 내가 너무 바보 같지. 하지만 너는 다른 사람이었어."

"누구를 봤는데?"

"아무도 아냐."

삐에르는 웅크린 채로 기다린다. 이제 문 같은 것이 흔들리고 열리려고 한다. 힘겹게 숨을 내쉬는 미셸은 출발 총성을 기다리는 수영 선수 같은 데가 있다.

"무서웠어. 왜냐하면…… 잘 모르겠어. 그때 네 모습은 꼭……"

흔들린다. 문이 흔들리고 있다. 여자 수영 선수는 물로 뛰어들기 위해 총성을 기다리고 있다. 시간은 고무줄처럼 늘어지고, 삐에르는 팔을 뻗어 미셸을 붙잡고 상체를 일으킨다. 진하게 키스하고 블라우스 밑으로 젖가슴을 더듬는다. 그녀의 신음 소리를 듣고, 그도 신음하면서 키스한다. 자, 지금이다. 그는 양팔로 그녀를 안으려 하고 (계단이 열다섯개, 오른쪽에 방문이 있다) 미셸이 싫다고 하는 소리가 들린다. 반항해도 소용이 없다. 그는 양팔에 그녀를 안고 일어선다. 더이상 기다릴 수가 없다. 지금 이 순간에는 그녀가 계단 난간 유리공 장식을 붙잡으려고 해도 쓸데없는 짓일 것이다. (그러나 계단 난간에는 유리공 장식 같은 것은 없다.) 유리공이야 있건 없건 그녀를 위로 데려가야 한다. 창녀를 데려가듯이. 그의 몸은 한 덩어리의 근육이고, 그녀는 창녀이고, 하는 법을 배우려면, 아, 미셸, 그렇게 울지 마, 슬퍼하지 마, 미셸, 그 검은 구멍 속으로 다시는 나를 밀어넣지 마, 내가 어떻게 그런 생각을 했지, 미셸, 울지 마.

"이거 놔." 미셸은 빠져나오려고 발버둥 치면서 낮은 소리로 말한다. 그녀는 그를 밀쳐내고 잠시 그를 낯모르는 사람인 양 쳐다보다가 응접실에서 달려나가 부엌문을 닫는다. 열쇠 돌리는 소리가 들리고, 보비는 정원에서 짖고 있다.

거울에 비친 뻬에르의 얼굴은 반질반질하고 표정이 없다. 팔은 축 늘어져 있고, 셔츠 한 자락이 바지 밖으로 빠져나와 있다. 기계적으로 옷매무새를 고치면서도 거울에 비친 자기 모습에서 눈을 떼지 못한다. 목구멍이 꽉 죄어온다. 너무 독해서 잘 넘어가지 않는 꼬냑을 목구멍으로 넘기기 위해서 병째 들고 꿀꺽꿀꺽 삼키는 느낌이다. 보비는 이제 짖지 않는다. 씨에스따 시간이라 사방이 고요하다. 별장 안으로 들어오는 빛은 갈수록 더 짙은 녹색으로 변하고 있다. 그는 말라붙은 입술에 담배를 물고 현관문을 나선다. 정원으로 내려가 모터사이클 옆을 지나서 계속 걸어간다. 윙윙거리는 벌 소리와 솔잎 냄새가 난다. 그때 보비가 나무 사이에서 다시 짖기 시작한다. 그를 보고 짖다가 갑자기 으르렁거린다. 그에게 다가오지 않고 제자리에서 짖는다. 갈수록 거리가 가까워진다.

보비는 등에 돌멩이를 맞고 깨갱거리며 도망친다. 그리고 멀리서 다시 짖기 시작한다. 삐에르는 천천히 겨냥하고 뒷다리를 정통으로 맞힌다. 보비는 덤불 속으로 숨어버린다. "생각할 장소를 찾아야겠다"라고 삐에르는 혼잣말을 한다. "혼자서 생각할 수 있는 적당한 장소를 찾아야 한다." 소나무에 등을 기대고 서서히 미끄러져내린다. 미셸은 부엌 창문에서 그를 보고 있다. 보비에게 돌팔매질을 할 때부터 안 보는 척하며 나를 쳐다보고 있다. 그녀는 나를 쳐다보고, 울지도 않고, 아무 말도 하지 않고, 유리창 앞에 혼자 있다. 그녀에게 다가가서 착하게 굴어야 한다. 나는 착한 사람이 되고 싶고, 그녀의 손을 잡고 손가락에, 손가락 하나하나에, 부드러운 살결에 키스하고 싶다.

"미셸, 지금 우리 무슨 장난을 하는 거지?"

"보비를 아프게 하지 마."

"놀래주려고 돌멩이를 던졌을 뿐이야. 그놈이 나를 못 알아보는 것 같아. 너처럼 말이야."

"바보 같은 소리 그만해."

"그러면 문을 잠그지 말아야지."

미셸이 문을 열어준다. 그가 팔로 허리를 감아도 아무런 저항이 없다. 응접실은 더 어두워져 계단 난간 앞머리는 잘 보이지 않는다.

"미셸, 미안해. 뭐라고 설명할 수가 없다. 정말 터무니없는 일이라서."

미셸은 쓰러진 술잔을 치우고 꼬냑 병마개를 닫는다. 날은 갈수록 더워지고, 집조차 헐떡이며 힘겹게 숨을 쉬는 것 같다. 그녀는 이끼 냄새 나는 손수건으로 삐에르 이마의 땀방울을 닦아준다. 미셸, 이럴 수는 없지. 우리가 말도 않고, 바로 그 순간에 산산조각 나버린 것을 이해하려 들지도 않고…… 그래, 내가 네 곁에 앉을게. 바보처럼 굴지 않을게. 네게 키스하고 네 머리칼과 목덜미를 만지고. 네가 알다시피, 그렇게 행동할 이유가 없지…… 그래 너는 이해할 거야. 너를 두 팔로 안아 데려가고 싶은 거야. 네게 상처를 주지 않고 네 방으로 곱게 데려가고 싶은 거야. 내 어깨에 머리를 기대고……

"안돼, 삐에르, 안돼. 오늘은 안돼."

"미셸, 미셸……"

"정말 안돼."

"왜 그래? 이유를 말해봐."

"모르겠어, 미안해…… 네 탓이 아니야. 전부 내 잘못이니까. 그리고 우리는 아직 시간이 많아……"

"미셸, 더 미루지 말고 지금."

"안돼, 오늘은 안돼."

"내게 약속했잖아." 삐에르는 바보처럼 말한다. "그래서 이곳에 왔는데…… 얼마나 오래 기다렸는데, 네가 나를 조금이나마 사랑하기를 얼마나 기다렸는데…… 내가 지금 무슨 말을 하는지 모르겠다. 이런 이야기를 하면 모든 것이 더러워져……"

"네가 용서해준다면……

"네가 말도 않고, 너를 잘 모르는데 어떻게 용서할 수가 있겠어? 내가 너를 용서할 게 무엇이 있다고?"

보비가 현관에서 으르렁거린다. 더위가 옷에 들러붙고, 똑딱거리는 시계 소리에 들러붙고, 소파에 앉아서 삐에르를 바라보는 미셸의 앞머리에 들러붙는다.

"나도 너를 잘 몰라. 하지만 그보다는…… 나를 미친 여자라고 생각할 거야."

보비가 다시 으르렁거린다.

"몇년 전에……" 미셸은 이렇게 말하면서 눈을 감는다. "앙갱에 살고 있었는데, 전에 이야기한 적이 있지, 우리가 앙갱에서 살았다고. 그런 식으로 쳐다보지 마."

"너를 보고 있지 않아." 삐에르가 말한다.

"보고 있어. 너는 나를 아프게 만들어."

하지만 사실이 아니다. 그녀의 말을, 그녀가 말을 잇기를 가만히 기다리는 것이, 달싹거리는 입술을 보는 것이 그녀를 아프게 할 리 없다. 이제 그녀는 손을 모으고 애원할 것이다. 개화하고 있는 환희의 꽃. 그녀는 눈물로 호소하고, 그의 팔 안에서 발버둥 치며 울부짖고. 개화하고 있는 젖은 꽃. 헛되이 발버둥 치는 그녀를 안고 있는 기쁨…… 보비가 다리를 끌면서 집 안으로 들어와 구석에 엎드린다. "그런 식으로 쳐다보지 마"라고 미셸이 말했다. 삐에르는 "너를 보고 있지 않아"라고 대답한다. 그러자 그녀는, 아니야, 그런 식으로 쳐다보는 것이 자기에게 상처를 준다고 말한다. 하지만 계속 이야기할 수가 없다. 왜냐하면 이제 삐에르는 보비를 보면서, 거울에 비친 자신을 보면서 자리에서 일어나고 한 손으로 얼굴을 쓸어내리고, 탄식처럼, 끝날 줄 모르는 휘파람처럼 숨을 들이쉬고, 갑자기 소파에 무릎을 꿇고, 손으로 얼굴을 가리고 헐떡거리며 몸부림치고, 얼굴에 달라붙은 거미줄을 떼어내듯이, 젖은 얼굴에 달라붙은 낙엽을 떼어내듯이 그 이미지를 떼어내려고 안간힘을 쓰고 있다.

"삐에르." 가녀린 목소리로 미셸이 그를 부른다.

손으로 얼굴을 가리고 있어도 흐느끼는 소리가 손가락 사이로 새어나온다. 공기는 음탕한 물질로 가득하고, 끈질기게 다시 생겨나고 계속된다.

"삐에르, 삐에르, 왜 그래." 미셸이 말한다.

그녀는 가만히 그의 머리를 쓰다듬고 이끼 냄새 나는 손수건을 그에게 내민다.

"나는 어쩔 수 없는 바보야. 미안해. 나에게…… 전에, 전에 나에게 한 말……"

그는 소파에서 일어나더니 다시 소파 구석으로 쓰러진다. 그래서 미셸이 흠칫 뒤로 물러나서 그를 다시 한번 쳐다보고 도망가는 줄도 모른다. 그리고 되풀이해서 "나에게…… 네가 전에 나에게 한 말……" 하고 힘겹게 말한다. 그는 목이 쉰다. 저게 뭐야. 보비가 다시 으르렁거린다. 미셸은 일어나서 한걸음씩 자꾸만 뒤로 물러난다. 그를 보면서 물러나고 있다. 저게 뭐야. 지금 왜 그러는 거야. 왜 밖으로 나가지. 왜. 그는 문에 부딪혀도 아랑곳하지 않고 웃고, 거울에서 그 웃음을 보고, 또다시 웃고, als alle Knospen sprangen, 입술을 다문 채 흥얼거린다. 집 안은 조용하다. 누군가 수화기를 드는 소리가 들린다. 하나, 둘, 셋, 넷. 스르륵 다이얼이 돌아간다. 삐에르는 떨고 있다. 미셸에게 가서 설명해야 한다고 막연하게 중얼거린다. 하지만 그는 벌써 모터사이클 옆에 있다. 보비는 현관에서 으르렁거리고 모터사이클 시동 거는 소리가 격렬하게 집을 흔든다. 처음에는 올라가는 언덕길, 다음에는 태양 아래로.

"바베뜨, 목소리가 똑같았어. 그래서 알게 됐어……"

"바보 같은 소리." 바베뜨가 대답한다. "내가 지금 거기 있다면 너를 한대 때려줬을 거야."

"삐에르가 떠났어." 미셸이 말한다.

"그럴 수밖에 더 있겠니."

"바베뜨, 네가 지금 오면 좋겠어."

"뭐하러? 알았어, 갈게. 하지만 그 사람도 바보다."

"그 사람이 뭐라고 중얼거렸는데, 정말이야, 바베뜨…… 환각은
아닌 것 같고. 내가 이야기했지만, 전에…… 마치 그런 일이 다시
한번…… 빨리 와. 전화로는 설명 못하겠어. 방금 모터사이클 소리
가 났는데…… 그 사람이 떠났어. 마음이 너무 아파. 내 사정을 그
사람이 어떻게 이해하겠니. 불쌍한 사람. 하지만 그 사람도 미친 사
람 같았어. 너무 이상해."

"네가 그 일을 극복한 줄 알았는데." 바베뜨가 아주 냉정한 목소
리로 말한다. "아무튼, 삐에르는 바보가 아니니까 이해할 거야. 내
가 보기에는 얼마 전부터 알고 있었던 것 같아."

"그 사람에게 이야기를 하려고 했어. 그 이야기를 하고 싶었는
데…… 그런데 바베뜨, 그 사람이 내게 뭐라고 중얼거렸어. 그런데
전에, 전에는……"

"그 이야기는 네가 이미 했잖아. 하지만 네가 과장하는 거야. 롤
랑도 가끔은 내키는 대로 머리를 빗는단다. 그것 때문에 혼동하지
마."

"이제 그 사람이 떠났어." 미셸이 단조롭게 반복한다.

"곧 돌아올 거야. 아무튼 롤랑에게 맛있는 거나 만들어줘. 갈수
록 식욕이 왕성하니까."

"지금 내 흉을 보고 있구나." 현관문에서 롤랑이 말한다. "미셸
에게 무슨 일이 있어?"

"가자, 어서 가." 바베뜨가 말한다.

세계는 손에 쥐고 있는 고무 손잡이로 조종된다. 손잡이를 당기자마자 주변의 나무는 한그루의 거대한 나무가 되어 도로변에 펼쳐지고, 손잡이를 조금 놓으면 그 거대한 나무는 수많은 미루나무로 해체되어 뒤로 밀려나고, 고압선 철탑이 하나씩 천천히 지나간다. 달리는 것은 흥겨운 율동이다. 여기에 노랫말이 붙고, 길의 이미지가 아닌 이미지의 조각들이 붙는다. 손잡이를 당긴다. 소리는 자꾸자꾸 커져 요란한 외줄기 굉음이 된다. 하지만 더이상 생각을 못한다. 모든 것은 기계이고, 기계에 붙은 몸이고, 망각처럼 얼굴에 부딪히는 바람이다. 꼬르베유, 아르빠종, 리나몽레리. 다시 미루나무, 교통경찰 초소, 점점 보라색으로 변하는 하늘, 반쯤 벌린 입안에 가득한 신선한 공기. 조금 천천히. 좀더 천천히. 갈림길에서 오른쪽으로. 빠리 십팔 킬로미터, 친짜노,[4] 빠리 십칠 킬로미터. 삐에르는 왼쪽 길로 서서히 접어들며 '나는 죽지 않았다'라고 생각한다. '내가 죽지 않았다니 믿기지 않는다.' 등짐처럼 그를 짓누르던 피로도 달리면 달릴수록 가뿐하게 느껴진다. '그녀는 나를 용서해줄 거야'라고 삐에르는 생각한다. '우리는 둘 다 참 이상해. 그녀가 이해해줘야 하는데, 이해해줘야 하는데, 이해해줘야 하는데. 서로 사랑하지 않을 때까지는 정말 아무것도 모른다. 내 품에 그녀의 머리칼을 쥐고 싶고, 육신을 가지고 싶다. 그녀를 사랑한다, 사랑한다.' 길옆으로 숲이 펼쳐지고, 바람에 실려온 낙엽이 도로를 침범한다. 모터사이클 앞으로 요동치며 달려드는 낙엽이 보인다. 다시 손

---
4 이딸리아의 베르무트 술.

잡이를 당긴다. 점점 더. 갑자기 난간 손잡이 앞머리에서 흐릿하게
빛나는 유리공 장식. 모터사이클을 별장에서 멀리 떨어진 곳에 둘
이유가 없다. 하지만 보비가 짖을 것이므로 모터사이클을 나무 사
이에 감추고, 동일한 햇별 속을 걸어서 집으로 간다. 미셸을 찾으려
고 응접실로 들어간다. 그녀는 거기에 있을 것이다. 그러나 소파는
비어 있다. 꼬냑병과 마시다 남은 잔만 보일 뿐이다. 부엌으로 통하
는 문이 열려 있다. 그 문으로 석양빛이 들어오고 있다. 태양은 정
원 너머로 지고 있고, 사방은 고요하다. 그렇다면 계단으로 가보자.
저기 유리공 장식이 반짝인다. 사실은 털을 곤두세우고 맨 아래 층
계참에 엎드려 있는 보비의 눈동자다. 보비가 조금 으르렁거리지
만 그 위로 지나가는 것은 어렵지 않다. 삐걱거리는 소리를 내면
미셸이 놀랄까봐 조심스럽게 계단을 올라간다. 방문은 빠끔 열려
있다. 방문이 열려 있고, 호주머니에 열쇠가 없다니, 있을 수 없는
일이다. 그러나 방문이 열려 있으므로 열쇠는 필요없다. 손으로 머
리를 빗질하면서 문 쪽으로 가는 것은 즐거운 일이다. 오른발에 가
볍게 힘을 주고 문을 밀자 소리 없이 열린다. 침대 가장자리에 앉
아 있는 미셸은 눈을 들어 그를 쳐다보더니 손을 입으로 가져간다.
소리를 지르려는 것처럼 보인다. (그런데 왜 머리를 풀지 않았지?
왜 하늘색 잠옷을 입지 않았지? 바지를 입고 있고, 성인처럼 보인
다.) 그리고 미셸은 미소 짓고, 한숨을 내쉬고, 그에게 팔을 내밀며
일어난다. "삐에르, 삐에르." 손을 모아 애원하고 저항하기는커녕
그의 이름을 부르고, 그를 기다리고, 그를 쳐다보고, 행복인지 아니
면 부끄러움 때문인지 떨고 있는데, 밀정 노릇이나 하고 다니는 창
녀처럼. 또다시 그의 얼굴을 덮어버리는 낙엽 무더기에도 불구하
고 그녀를 보고 있는 것 같다. 두 손으로 낙엽을 떼어내는 동안 미

셸은 뒷걸음치고, 침대 가장자리에 부딪히고, 절망적으로 뒤를 돌아보고, 소리를 지르고, 비명을 지르고, 그를 솟구치는 기쁨으로 흥건히 젖게 만들고, 비명을 지르고, 그래야지, 손으로 그녀의 머리칼을 움켜쥐고, 그래야지, 그녀가 애원을 해도, 그때처럼 그래야지, 이 창녀야, 그래야지.

"제발. 하기는 잊을 수 없는 일이지." 전속력으로 방향을 바꾸면서 롤랑이 말한다.

"나도 그렇게 생각해. 벌써 칠년이 다 돼가네. 그런데 하필이면 지금 그때 일이 생각났는지……"

"그건 네가 잘못 생각한 거야. 언젠가 그 일을 떠올린다면 바로 지금 같은 상황이지. 말도 안되는 소리 같지만 논리적으로 보면 그래. 나는…… 가끔 그때 일이 꿈에 나타나. 당신도 알 거야. 우리가 그 자식을 처치한 방법은 잊을 수 없어. 아무튼, 그 시절에는 누구라도 그렇게 일을 처리할 수밖에 없었지만." 속력을 내면서 롤랑이 말한다.

"미셸은 아무것도 모르고 있어. 바로 뒤에 죽임을 당했다는 것밖에. 그런 이야기라도 해줘야 했지만."

"물론이지. 하지만 그 자식이 보기에는 하나도 정당하지 않았을 거야. 우리가 깊은 숲 속으로 데려가 자동차에서 끌어냈을 때 그 자식 표정이 생각난다. 자기를 처치할 것이라고 알아챘지. 용감한 놈이었어. 그건 그래."

"용감해지는 것이 남자가 되는 것보다 쉽지." 바베뜨가 이야기한다. "여자애를 농락하고…… 미셸이 자살하지 못하게 발버둥 친 일을 생각하면. 그날 이후 며칠 밤은…… 미셸이 지금 옛날 일을 다시 떠올린다고 해서 이상할 것도 없어. 당연해."

자동차는 별장으로 향하는 길로 접어들어 속력을 낸다.

"그래, 돼지 같은 놈이었지. 순수 아리아인. 그 당시 사람들이 이해하고 있던 의미에서. 담배 한개비를 달라고 했어. 절차는 다 밟은 거야. 우리가 자기를 처치하려는 이유를 알고 싶어했어. 설명을 해주었는데, 설명이 됐는지 모르겠다. 꿈에 나타나는 장면도 바로 그 순간이야. 죽음을 경멸하던 태도, 제법 품위 있게 띄엄띄엄 말하던 모습. 어떻게 쓰러졌는지 기억난다. 산산이 망가진 얼굴이 낙엽에 파묻혔어."

"이제 그만해." 바베뜨가 말한다.

"당할 만한 일을 당한 거야. 게다가 우리는 다른 무기도 없었고. 흔히 사용하는 사냥용 총으로…… 저기서 왼쪽이지?"

"그래, 왼쪽이야."

"꼬냑이라도 있으면 좋겠다." 브레이크를 밟으면서 롤랑이 말한다.

남부고속도로
La autopista del sur

운전자들은 별로 할 이야기가 없는 것 같다.

(…) 사실, 교통 체증은 인상적이지만 대수롭지 않은 일이다.

─아리고 베네데띠, 『에스쁘레소』

(로마, 1964년 6월 21일자)[1]

도핀을 운전하는 아가씨는 처음부터 자꾸만 시계를 들여다봤다. 뿌조 404의 엔지니어는 그래봐야 마찬가지라고 생각했다. 시계야 누구나 볼 수 있겠지만 오른손 손목에 묶인 시간이나 뚜뚜뚜 하는 라디오 시보는, 일요일 오후에 남부고속도로를 통해 빠리로 들어오는 어리석은 짓을 하지 않는 사람들의 시간을 재고 있는 듯했다. 퐁뗀블로에서 쏟아진 차량들이 상하행선에 각각 여섯줄로 늘어서서 (다들 알고 있듯이, 일요일 남부고속도로는 양방향 모두 빠리로 들어오는 차만 이용하게 되어 있다) 가다 서다를 반복하고 있었다. 엔지니어는 시동을 걸고 삼 미터쯤 가다가 멈춰서 오른쪽 차로에서 씨트로엥 2HP를 운전하는 두 수녀와 이야기를 나누고, 왼쪽 차로의 도핀 아가씨와도 이야기하고, 백미러로 까라벨을 운전하는

_____

1 꼬르따사르는 이딸리아에서 이 시사주간지 기사를 보고 작품의 영감을 얻었다.

창백한 남자도 쳐다보고, 뿌조 203 (아가씨가 탄 도핀의 뒤차) 부부가 여자애와 장난치고 농담하고 치즈를 먹으며 오순도순 행복하게 여행하는 모습을 조금 부러워하고, 바로 앞에서 씸까를 몰고 가는 두 청년의 과도한 흥분에 가끔 짜증도 내고, 차량 행렬이 완전히 멈췄을 때는 차에서 내려서 가까운 주변도 살펴보고, (언제 자동차가 다시 움직일지 모르기 때문에 뒤차들이 빵빵거리고 욕하기 전에 달려올 수 있어야 했다) 매번 시계를 들여다보는 아가씨가 운전하는 도핀 바로 앞의 타우누스까지 가서 남자애와 함께 여행하는 남자들과 답답한 상황에 대해 몇마디 주고받고, (남자애는 이런 상황에서도 뒷좌석이나 뒤쪽 선반에서 장난감 자동차를 맘껏 굴리느라 신바람이 나 있었다) 앞차들이 시동을 걸 기미가 보이지 않기 때문에 좀더 앞으로 가서 커다란 자주색 욕조에서 둥둥 떠다니는 듯한, 씨트로엥 ID의 노부부를 안쓰럽게 쳐다보았다. 피곤한 기색이 역력한 할아버지는 운전대에 팔을 괴고 쉬고 있었고, 할머니는 입맛이 없는데도 억지로 사과를 깨물어 먹고 있었다.

이런 일이 네번이나 반복되자 엔지니어는 더이상 차에서 내리고 싶지 않았다. 경찰이 어떻게든 교통 체증을 해소해주기를 바랐다. 8월의 더위와 지면의 열기가 뒤섞여 가만히 있을수록 더욱 지쳤다. 온통 가솔린 냄새, 버럭 고함을 내지르는 씸까 청년들, 유리창과 크롬 도금 프레임에서 반사되는 햇빛뿐이었다. 게다가 주행용으로 발명한 기계의 정글 속에 갇혔다고 생각하니 어처구니가 없었다. 엔지니어가 운전하는 뿌조 404는 중앙분리대 오른쪽 차도 두번째 차로에 있었다. 따라서 오른쪽에 네줄이 있고, 왼쪽에 일곱줄이 있었지만 실제로 눈에 들어오는 차량은 주변의 여덟대였고, 그 차량에 탄 사람들을 지겹도록 자세히 보게 되었다. 호감이 가지 않는 씀까 청년들을 제외하고 주변 사람들과 모두 이야기를 나눴다. 차가 꼼짝하지 못할 때마다 도로 상황에 대해 시시콜콜한 이야기까지 주고받았다. 지금까지 들은 풍문으로는, 꼬르베유에 손까지는 서다 가다를 반복하며 서행할 것이고, 꼬르베유에서 쥐비시까지는 헬리콥터와 모터사이클이 극심한 체증 구간을 정리해줬기 때문에 조금 속도가 날 것이라고 했다. 모두들 전방에서 심각한 사고가 발생했다고 확신했다. 그렇지 않으면 이런 체증을 설명할 수 없었다. 그래서 정부, 더위, 세금, 도로 관리가 차례차례 도마에 올랐고, 삼 미터쯤 전진하다가 진부한 이야기를 하고, 오 미터쯤 전진하다가 속담을 들먹이거나 악담에 가까운 말을 내뱉었다.

2HP의 젊은 수녀 두사람은 8시 전에 미유이라포레에 도착하기를 바랐다. 주방 수녀에게 갖다줄 채소 바구니가 차에 있었기 때문이다. 뿌조 203 부부는 무엇보다도 9시 반 텔레비전 중계방송을 놓치고 싶지 않았다. 도핀 아가씨는 빠리에 늦게 도착해도 괜찮지만 근본부터 잘못됐다고 엔지니어에게 말했다. 이렇게 많은 사람들이 낙타를 끌고 가는 대상도 아니고, 무슨 생고생이냐는 것이다. 엔지니어 생각으로는 지난 몇시간 동안 (5시쯤 되었는데도 숨이 막힐 정도로 더웠다) 오십 미터쯤 전진했는데, 장난감을 든 남자애 손을 잡고 찾아온 타우누스 남자 중 한명은 답답하다는 표정으로 홀로 서 있는 플라타너스를 가리켰다. 도핀 아가씨 기억으로도 그 플라타너스는 (어쩌면 밤나무였는지도 모른다) 자기 자동차와 꽤 오랫동안 나란히 서 있었다. 하지만 이제 손목시계를 들여다보며 쓸데없이 시간을 재는 일은 하지 않았다.

해가 넘어갈 기미조차 보이지 않았다. 자동차와 도로에서 일렁이는 햇빛은 어지럽다 못해 구역질이 날 지경이었다. 짙은 썬글라스를 끼고, 오 드 꼴로뉴를 뿌린 손수건으로 머리를 덮고, 눈을 찌르는 반사광이나 시동을 걸 때마다 내뿜는 배기가스를 피하기 위해 갖가지 방법을 동원하는 동안 서로 이야기도 나누고, 이런저런 아이디어도 공유했다. 엔지니어는 다시 차에서 내려 다리를 펴고, 수녀들이 타고 있는 2HP 바로 앞에 있는 아리안으로 가서 농부인 듯한 부부와 몇마디 말을 나눴다. 2HP 뒤의 폴크스바겐에는 군인과 젊은 여자가 타고 있었는데, 신혼인 것 같았다. 삼차로 너머는 관심을 두지 않았다. 자기 차에서 지나치게 멀어질 위험이 있었기 때문이다. 색깔과 디자인만 봤다. 메르세데스 벤츠, 씨트로엥 ID, 르노 4R, 란치아, 슈코다, 모리스 마이너, 완전히 차종 카탈로그였다. 왼쪽의 반대편 차도에는 르노, 포드 앵글리아, 뿌조, 포르쉐, 볼보가 무성한 잡초처럼 늘어서 있었다. 엔지니어는 너무 심심해서 타우누스 두 남자와 이야기하고, 혼자 있는 까라벨 운전자에게 말을 붙여보려다가 실패하자 자기 차로 돌아오는 수밖에 없었다. 그리고 도핀 아가씨와 또다시 시간, 거리, 영화 이야기를 했다.

이따금 낯선 사람이 다가왔다. 반대편 차도나 오른쪽 바깥 차로에서 차량 사이를 비집고 들어와서, 땡볕에 수십 킬로미터나 늘어선 자동차에서 자동차로 건너온 뜬소문을 들려줬다. 새로운 이야기여서 반응은 뜨거웠다. 운전자들이 몰려들어 너도나도 한마디씩 거드는 바람에 낯선 사람은 조용히 하라는 뜻으로 차 문을 두들겼다. 그러나 잠시 후 경적이나 시동 거는 소리가 들리면 낯선 사람은 서둘러 달려갔다. 사람들이 화를 내기 전에 자기 차로 되돌아가려고 자동차 사이를 요리조리 빠져나갔다. 오후에 들은 소식으로는 꼬르베유 부근에서 플로리드가 2HP를 추돌하여 세명이 사망하고 어린이 한명이 부상당했으며, 르노 밴이 영국인 관광객을 태운

오스틴을 덮쳤는데, 여기에 다시 피아뜨 1500이 추돌했고, 코펜하겐발 비행기 승객을 태운 오를리 공항버스가 전복되었다. 엔지니어는 이런 소식이 전부 거짓말이라고 확신했다. 물론 이 지점까지 꽉꽉 막힌 것을 보면 꼬르베유 부근이나 빠리 근교에서 뭔가 심각한 사고가 발생한 것이 틀림없지만 말이다. 아리안 농부 부부는 몽뜨로 쪽에 농장이 있어서 그 지역을 잘 안다면서 이전 일요일에도 다섯시간이나 서 있었지만 지금에 비하면 그때는 약과였던 것 같다고 말했다. 차도 왼쪽에 누워 있는 태양이 마지막 주황색 젤리를 쏟아부어 철판은 달아오르고 시야는 흐려지고, 등 뒤의 플라타너스는 아직도 시야에서 완전히 사라지지 않고 있고, 저 멀리 간신히 보이는 나무 그늘은 차량 행렬의 움직임을 실감할 만큼 가까워지는 것도 아니었다. 멈춰 있다가 출발했는가 싶은데 갑자기 브레이크를 밟고, 기어는 1단 이상을 못 놓고, 그마저도 투덜거리며 다시 중립으로 변경하고, 브레이크 밟고, 핸드브레이크 당기고, 정차. 이렇게 몇번이나 반복했는지 모른다.

한번은 유난히 오래도록 제자리에 멈춰서 있어서 차 안에 가만히 있기가 넌더리 난 엔지니어는 이 기회에 왼쪽에 있는 차로를 살펴보기로 했다. 도핀을 등지고 서자 DKW, 또다른 2HP, 피아뜨 600이 보였다. 데소토로 다가가서 워싱턴에서 건너온 미국인과 이야기를 나누었다. 프랑스어를 전혀 모르는 미국인은 어리둥절한 표정으로 무슨 일이 있어도 저녁 8시까지는 오뻬라 광장에 가야 한다고 대답했다. 와이프가 엄청 걱정할 텐데, 이거 큰일이네요. 그리고 이런저런 이야기를 나누고 있는데, 외판원인 듯한 남자가 DKW에서 나와, 조금 전에 들은 소식이라며 삐뻬르퓌브 경비행기가 고속도로 한가운데 추락하여 수명이 사망했다는 이야기를 들려줬다. 미국인은 경비행기 사건에 전혀 신경 쓰지 않았다. 엔지니어도 빵빵거리는 소리가 요란하자 서둘러 자기 차로 돌아가면서 방금 들은 소식을 타우누스 두 남자와 뿌조 203 부부에게 전해줬다. 차량 행렬이 서서히 몇 미터 전진하는 동안 엔지니어는 도핀 아가씨에게 좀더 상세하게 설명했다. (이제 도핀은 뿌조 404보다 조금 뒤처졌고, 조금 후에는 다시 역전됐다. 그러나 실제로 열두차로는 한 덩어리로 움직였다. 마치 고속도로 밑바닥에서 경찰관이 누구도 앞서지 못하도록 동시에 전진하라고 명령하는 것 같았다.) 아가씨, 뻬뻬르꾀브는 레저용 경비행기입니다. 아, 그래요. 일요일 오후 고속도로 한복판에 추락했다니, 생각만 해도 끔찍해요. 이런 이야기를 주고받았다. 이 빌어먹을 차라도 조금 덜 뜨거웠으면, 오른쪽에 서 있는 저 나무까지라도 전진했으면, 어정쩡하게 걸려 있는 주행거리계 숫자라도 어떻게 좀 넘어갔으면.

한때, (부드럽게 해가 지고 있었다. 죽 늘어선 자동차 지붕이 연보라색으로 물들었다) 커다란 흰나비 한마리가 도핀 앞유리에 앉았다. 단번에 완벽하게 멈추는 날갯짓을 보고 도핀 아가씨와 엔지니어는 감탄했다. 나비는 고향이 그리운지 타우누스와 노부부의 자주색 ID 너머 피아뜨 600 쪽으로 가물가물 사라졌다가 씸까 쪽으로 다시 날아왔다. 씸까의 청년들 가운데 누군가가 차 밖으로 손을 내밀어 잡으려고 했지만 몸을 피한 나비는 뭔가를 먹고 있는 농부 부부의 아리안 위에서 살랑살랑 날다가 오른쪽으로 사라졌다. 땅거미가 질 무렵, 차량 행렬은 모처럼 많이 움직였다. 한 사십 미터쯤 전진했다. 엔지니어는 무심코 주행거리계를 쳐다보았다. 중간에 걸쳐 있던 6 자가 사라지고 7 자 윗부분이 고개를 내밀고 있었다. 사람들은 대부분 라디오를 듣고 있었다. 씸까 청년들은 볼

륨을 최대한 높이고 차가 출렁거릴 정도로 몸을 흔들며 트위스트를 따라 불렀다. 수녀들은 묵주를 돌리고 있었고, 타우누스의 남자애는 장난감 차를 손에 쥔 채로 유리창에 얼굴을 붙이고 자고 있었다. 어느 순간 (이제 밤이었다) 낯선 사람들이 다가와서 소식을 전해줬다. 이제는 기억조차 나지 않는 이전 소식만큼이나 앞뒤가 맞지 않는 이야기였다. 삐뻬르꾀브 경비행기가 아니라 장군의 딸이 조종하던 글라이더라는 것이다. 르노 밴이 오스틴을 덮친 것은 사실이었다. 그러나 쥐비시가 아니라 빠리 근처였다. 낯선 사람 가운데 한사람이 뿌조 203 부부에게 설명한 바에 따르면, 이니 부근의 고속도로 아스팔트가 푹 파였는데, 그곳에 차량 앞바퀴가 빠지는 바람에 차량 다섯대가 전복되었다. 자연재해라는 이야기도 들렸지만 엔지니어는 아무런 대꾸도 하지 않고 어깨만 으쓱했다. 나중에 엔지니어는 숨이라도 조금 편하게 쉬었던 이 초저녁 시간을 생각하면서, 한번은 차창 밖으로 손을 내밀고 도핀을 똑똑 두드려서 앞차가 움직이는 줄도 모르고 운전대에 엎드려 자고 있던 아가씨를 깨운 일을 떠올렸다. 아마도 자정이었을 것이다. 수녀 한사람이 배가 고플 것이라고 생각했는지 햄 쌘드위치를 조심스럽게 내밀었다. 엔지니어는 정중히 받아들고, (사실 현기증을 느끼고 있었다) 도핀 아가씨하고 나눠먹어도 되겠느냐고 양해를 구했다. 도핀 아가씨는 쌘드위치를 받아서 허겁지겁 먹었다. 도핀 아가씨 왼쪽에 있는 DKW 외판원이 건네준 초콜릿도 먹었다. 몇시간 동안 제자리에 서 있었기 때문에 후덥지근해진 자동차에서 사람들이 나왔다. 갈증을 느끼기 시작했다. 차 안에 있던 레모네이드, 코카콜라, 심지어 포도주까지도 이미 바닥이 나고 없었다. 맨 먼저 뿌조 203 여자애가 보챘다. 군인과 엔지니어는 차에서 나와 여자애 아버지와 함께 물을 구하러 다녔다. 라디오 소리가 푸짐하게 흘러나오는 씸까 전방의 보리외가 눈에 띄었다. 엔지니어는 불안한 눈동자의 중년 부인이 타고 있는 그 차로 다가갔다. 아니요, 물은 없어요. 그런데 캐러멜이라도 아이에게 주세요. ID 노부부는 잠깐 눈짓을 주고받더니 할머니가 가방에서 조그만 과일주스 캔을 꺼냈다. 엔지니어는 고맙다고 인사하고 혹시 시장하거나 뭐 필요한 것은 없느냐고 물었다. 할아버지는 고개를 가로저었다. 그러나 할머니는 아무 말도 하지 않고 가만히 있었다. 조금 후 도핀 아가씨와 엔지니어는 왼쪽 차로를 함께 돌아다니며 (너무 멀리 가지는 않았다) 비스꼬초 빵을 얻어서 ID 할머니에게 갖다주었다. 바로 그때 경적 소리가 소나기처럼 쏟아져 서둘러 차로 돌아왔다.

이렇게 몇번 차에서 내린 것을 제외하고는 한 일이 거의 없었으므로, 그때의 몇시간은 기억 속에서 중첩되고, 끝내는 영원히 하나가 되었다. 어느 순간인가 엔지니어는 그날을 수첩에서 지우기로 마음먹고, 터져나오는 웃음을 간신히 참았다. 그러나 나중에는 수녀, 타우누스 남자, 도핀 아가씨의 날짜 계산이 제각각이어서 자기라도 제대로 계산을 할 걸 그랬다고 아쉬워했다. 라디오 방송은 이미 송출을 중단했다. DKW 외판원에게만 단파 라디오가 있었는데, 줄곧 주식 시황만 내보내고 있었다. 새벽 3시경, 한숨 눈을 붙이자는 암묵적인 합의가 이루어진 것 같았다. 새벽까지 정체된 차량 행렬은 움직이지 않았다. 씸까 청년들은 각자 고무 침대를 꺼내서 자동차 옆에 펼쳐놓고 바람을 불어넣었다. 엔지니어는 뿌조 404 앞좌석 등받이를 젖혀 침대로 만들어놓고 두 수녀에게 권했다. 수녀들은 사양했다. 눈을 붙이기 전, 엔지니어는 운전대에 조용히 엎드려 있는 도핀 아가씨 생각이 났다. 자기는 아무래도 좋으니 동이

틀 때까지 자리를 바꾸자고 했다. 도핀 아가씨는 괜찮다면서 아무 데서나 잘 잔다고 덧붙였다. 잠시 타우누스 남자애가 우는 소리가 들렸다. 자고 있던 뒷좌석이 너무 더운 탓이었다. 수녀들은 아직도 기도하고 있었다. 엔지니어는 좌석 침대에 누웠으나 깊은 잠을 이루지 못했다. 땀이 나고 불안해서 잠이 깼다. 처음에는 자기가 지금 어디에 있는지 감을 잡을 수 없었다. 자리에서 일어났을 때, 바깥에서 흐릿한 형체가 움직이고 있었다. 자동차 사이로 빠져나가는 그림자였다. 도로변으로 나가는 사람들이었다. 그럴 만도 하다고 여겼다. 조금 뒤 엔지니어 역시 소리 없이 자동차에서 나와 도로변으로 향했다. 나무도 관목도 없었다. 별도 보이지 않는 캄캄한 들이었다. 차량이 부동의 강물을 이루고 있는 아스팔트 가장자리의 흰 선을 경계로 구축된 추상적인 성벽 같았다. 하마터면 아리안 농부와 부딪힐 뻔했다. 농부는 알아듣지 못할 말을 중얼거렸다. 달아오른 아스팔트에서 올라오는 가솔린 냄새와 농부의 몸에서 나는 시큼한 냄새가 뒤섞였다. 엔지니어는 서둘러 자기 차로 되돌아왔다. 도핀 아가씨는 운전대에 엎드려 자고 있었다. 흘러내린 머리칼이 눈을 덮고 있었다. 엔지니어는 차로 들어가기 전, 어둠속에서 아가씨의 얼굴을 흐뭇하게 훑어보고 있었다. 곱게 숨을 쉬는 입술의 윤곽도 어림해봤다. DKW 외판원 역시 맞은편에서 조용히 담배를 태우면서 잠자는 도핀 아가씨를 쳐다보고 있었다.

오전에는 조금밖에 전진하지 못했다. 그러나 오후가 되면 정체가 풀리리라는 희망이 보였다. 9시에 낯선 사람이 다가와서 도로 구덩이를 메웠으니 곧 정상 소통되리라고 반가운 소식을 전한 것이다. 씸까 청년들은 라디오를 켰다. 그중 한명은 자동차 지붕 위로 올라가 고함을 지르고 노래를 불렀다. 엔지니어는 그 소식이 엇

저녁 소식만큼이나 의심스럽다고 생각했다. 낯선 사람은 사람들이 기뻐하는 틈을 노려 먹을 것을 부탁했다. 아리안 농부 부부가 오렌지 하나를 건넸다. 조금 후 또다른 낯선 사람이 나타나 동일한 수법을 썼는데, 이번에는 아무도 먹을 것을 주지 않았다. 기온이 올라가기 시작하고, 사람들은 자동차 안에서 정체가 풀리기만 기다리고 있었다. 정오에 뿌조 203 여자애가 또 울음을 터뜨렸다. 도핀 아가씨가 여자애와 놀아주었고, 곧 뿌조 203 부부와 친해졌다. 뿌조 203 부부는 운이 없었다. 오른쪽에 있는 까라벨 남자는 과묵했고, 주변 일에 전혀 관심을 보이지 않았다. 반면, 왼쪽에 있는 플로리드 남자는 쉴 새 없이 투덜댔다. 그 남자는 교통 체증이 자기를 무시하고 욕보이는 일이라고 여겼다. 여자애가 목이 말라 다시 칭얼거리자 엔지니어는 아리안 농부 부부에게 부탁해봐야겠다는 생각이 들었다. 그 차에는 틀림없이 먹을 것이 많았다. 아리안 농부 부부는 기대 이상으로 마음씨가 고운 사람들이었다. 그런 상황에서는 서로 도와야 한다면서 누군가 이 그룹 (농부 부인은 손으로 원을 그렸다. 주변 차량 열두대가 원 안에 들어왔다) 대표로 나선다면 빠리에 도착할 때까지 큰 어려움은 없을 것이라고 생각하고 있었다. 엔지니어는 자청해서 대표로 나서고 싶지 않았기에 타우누스 남자들을 불러 아리안 농부 부부와 상의했다. 조금 뒤, 그룹 사람들은 잇달아 이야기를 나누었다. 폴크스바겐의 젊은 군인은 대번에 동의했다. 뿌조 203 부부는 얼마 남지 않은 음식을 내놓았다. (도핀 아가씨는 석류 음료를 여자애에게 먹였고, 아이는 웃으면서 놀았다.) 타우누스 남자 중 한사람이 찾아갔을 때, 씸까 청년들은 조롱하듯이 동의했다. 창백한 까라벨 남자는 슬쩍 어깨를 들썩이고, 사람들이 괜찮다면 자기는 아무래도 상관없다고 이야기했다. ID 노부부와 보리외 중년 부인은 드러내놓고 좋아했다. 그러면 좀더 안전할 것이라고 여기는 눈치였다. 플로리드 남자와 DKW 외판원은 별다른 의견을 내놓지 않았다. 데소토 미국인은 놀란 눈으로 쳐다보고, 하느님의 뜻이 어쩌고저쩌고하며 얼버무렸다. 엔지니어는 어렵지 않게 타우누스 남자 가운데 한명을 대표로 추천했다. 한눈에 봐도 신뢰가 가는 사람이었다. 당분간 음식 걱정은 안해도 됐다. 그러나 물은 구해야 했다. 대장(씸까 청년들은 대표로 선발된 타우누스 운전자를 장난삼아 그렇게 불렀다)은 엔지니어, 씸까 청년 가운데 한명, 군인을 불러서 그룹 인근의 고속도로를 돌아다니며 음식과 마실 것을 바꿔오라고 부탁했다. 통솔력 있는 타우누스의 계산으로 넉넉잡아 하루 반은 견딜 수 있는 생필품을 확보해야 했다. 음식은 수녀들의 2HP와 농부 부부의 아리안에 있는 것으로 충분하므로 선발대가 물을 구해오면 문제는 해결될 것이다. 그러나 오로지 군인만이 수통에 물을 채워왔다. 그 대신 음식 이인분을 내주어야 했다. 엔지니어는 물을 바꿔오지 못했다. 그러나 물을 구하러 돌아다니면서 다른 곳에서도 유사한 문제를 해결하기 위해 그룹을 결성하고 있다는 사실을 알게 되었다. 알파로메오 운전자가 그런 일이라면 뒤쪽 다섯번째 차량의 대표에게 가보라고 말했기 때문이다. 한참 후에 씸까 청년이 돌아왔다. 이들도 물을 구하지 못했다. 그러나 타우누스 계산으로, 어린애 두명, ID 할머니와 그밖의 여자들이 마실 물은 충분히 확보했다. 엔지니어는 주변을 둘러본 이야기를 도핀 아가씨에게 들려주었다. (오후 1시였고, 햇빛 때문에 사람들은 자동차 안에 틀어박혀 있었다.) 아가씨는 손짓으로 말을 끊고 씸까를 가리켰다. 엔지니어는 단걸음에 달려가서 씸까 청년의 팔을 붙잡았다. 차량 좌석에 늘어지게 앉아서 윗옷 밑에 숨겨온 물을 벌컥벌컥 마시고 있었던 것이다. 씸까 청년이 화를 내며 뿌리치려고 하자 엔지니어가 팔을 꽉 붙잡았다. 옆좌석에 있던 청년이 차에서 내려 엔지니어에게 덤벼들었다. 엔지니어는 두걸음이나 물러나서 한심하다는 듯이 쳐다보고 있었다. 벌써 군인이 달려오고 있었고, 수녀들이 소리를 질러 타우누스와 동료도 차에서 나왔다. 타우누스는 전후 사정을 듣고, 물 마신 씸까 청년의 양쪽 뺨을 올려붙였다. 씸까 청년은 소리를 지르고, 울먹이며 항변했다. 다른 청년은 투덜거렸지만 감히 대들지는 못했다. 엔지니어는 물통을 빼앗아 타우누스에게 건네주었다. 경적 소리가 요란했다. 각자 자기 차로 돌아갔는데, 겨우 오 미터쯤 전진했으니 허탕을 친 것이나 마찬가지였다.

씨에스따 시간에 (태양은 전날보다 더 강렬했다) 수녀 한사람이 수녀모를 벗었다. 동료 수녀가 관자놀이에 오 드 꼴로뉴를 발라주었다. 여자들은 차츰 선한 사마리아인처럼 눈에 띄는 대로 일을 도와주었다. 앞뒤 차를 오가며 아이들을 돌봐준 덕분에 남자들의 짐이 가벼워졌다. 불평하는 사람은 없었다. 그러나 싫더라도 상냥하게 굴어야 했으므로 좋은 게 좋은 것이라고 체념하고 항상 똑같은 농담을 주고받았다. 엔지니어와 도핀 아가씨는 몸이 끈적끈적하고 구질구질해서 도무지 견딜 수가 없었다. 겨드랑이에서 암내가 났다. 그런데도 심심해서 찾아오는 농부 부부가 냄새에 개의치 않아서 고마웠다. 해가 질 무렵 엔지니어는 우연히 백미러에서 까라벨 남자를 보았다. 뚱뚱한 플로리드 남자와 마찬가지로 모든 활동에서 거리를 두고 있던 까라벨 남자는 여느 때와 마찬가지로 얼굴이 창백하고 긴장한 모습이 역력했다. 엔지니어의 눈에 까라벨 남자가 전보다 더 수척하게 보여서 어디가 아픈 것이 아닌지 의심했다.

나중에 군인 부부와 이야기하러 갔을 때, 좀더 가까이서 볼 기회가 있었다. 까라벨 남자는 아픈 게 아니었다. 굳이 말하자면, 외톨이였다. 후에 군인은 아내가 말 없는 그 남자를 무서워한다고 귀띔해줬다. 지금까지 단 한번도 운전대에서 손을 뗀 적이 없고, 잘 때도 깨어 있는 것 같았기 때문이다. 추측이 무성했다. 무료함을 달래기 위해 사람들은 소문을 만들어냈다. 타우누스 남자애와 뿌조 203 여자애는 이제 친해져서 싸우다가도 금방 화해했다. 아이들 부모는 서로 왕래했다. 도핀 아가씨는 시시때때로 ID 할머니와 보리외 중년 부인을 찾아가 건강 상태를 살폈다. 해가 질 때 갑자기 세찬 바람이 불었고, 태양은 서쪽에서 피어나는 구름 사이로 숨어버렸다. 날이 선선해질 거라고 모두들 기뻐했다. 빗방울이 떨어질 무렵, 기이하게도 백 미터나 전진했다. 저 멀리서 번개가 번쩍거렸고, 더위는 여전히 기승을 부렸다. 대기 중에 전하가 너무 많았다. 엔지니어가 내심 경탄할 정도로 본능적인 타우누스는 밤이 이슥해질 때까지 그룹에 간섭하지 않았다. 더위와 피로가 불러올 여파를 두려워했는지도 모른다. 8시에 여자들이 음식을 나눠주었다. 농부 부부의 아리안이 종합 창고이고, 수녀들의 2HP는 보조 창고였다. 타우누스는 몸소 인근 네댓 그룹의 대장과 이야기하러 갔고 군인과 뿌조 203 남자의 도움을 받아 상당히 많은 양의 음식을 가져왔다. 씸까 청년들은 고무 침대를 ID 할머니와 보리외 중년 부인에게 양보했고, 도핀 아가씨는 체크무늬 담요 두장을 내놓았다. 엔지니어는 우스갯소리로 누구나 이용할 수 있는 침대칸이라고 부르는 자기 차 뿌조 404를 도핀 아가씨에게 권했다. 뜻밖에도 도핀 아가씨는 순순히 받아들였다. 그날 저녁 도핀 아가씨는 수녀 한사람과 함께 뿌조 404의 좌석 침대를 사용했다. 다른 수녀는 뿌조 203에서 여자애와 엄마와 함께 잤다. 남편은 담요를 두르고 아스팔트 위에서 밤을 보냈다. 엔지니어는 잠이 오지 않아서 타우누스 남자들과 함께 주사위놀이를 했다. 어느 순간 아리안 농부가 합세하여 정치 이야기를 하면서 술잔을 기울였다. 그날 아침 아리안 농부가 타우누스에게 건네준 술이었다. 밤은 그럭저럭 지낼 만했다. 날도 선선하고 구름 사이로 별도 보였다.

새벽녘에 잠이 쏟아졌다. 사물의 윤곽을 드러내는 여명이 밝아오자 잠이라는 대피소가 필요했던 것이다. 타우누스가 뒷좌석 남자애 옆에서 자는 동안 타우누스 친구와 엔지니어는 앞좌석에서 잠깐 눈을 붙였다. 엔지니어는 비몽사몽간에 아득한 비명을 들었고, 막연한 불빛을 보았다. 다른 그룹의 대장이 찾아와서 삼십대쯤 전방에 있는 르노 에스빠페스 승합차에서 불이 났다고 이야기했다. 조금 타다가 말했는데, 남몰래 채소를 조리하다가 사고를 낸 것이다. 타우누스는 밤새 무슨 일은 없는지 이 차 저 차를 살펴보고 다니면서 그 사건을 농담처럼 이야기했다. 타우누스가 하고 싶은 말이 뭔지 모르는 사람은 없었다. 그날 아침 일찍부터 차량 행렬이 움직이기 시작했다. 모두들 뛰어다니며 부산하게 잠자리와 담요를 챙겼다. 그러나 사방에서 그런 일이 벌어졌기 때문에 조급하게 구는 사람도 없었고 빵빵거리는 사람도 없었다. 정오에 오십 미터 남짓 전진했다. 길 오른편으로 어렴풋하게 숲이 보였다. 앞쪽에 있는 사람들은 시원한 그늘을 찾아 갓길로 나갔을 것이며, 근처에 시냇물이나 수도꼭지가 있을지도 모른다고 부러워했다. 도핀 아가씨는 눈을 감고 샤워하는 상상을 했다. 물줄기는 목덜미에서 등줄기를 지나 종아리를 타고 흘러내렸다. 엔지니어는 곁눈으로 도핀 아가씨의 뺨에서 흘러내리는 두줄기 눈물을 보았다.

타우누스는 앞으로 가서 ID를 살펴보고, 몸이 편찮은 할머니를 돌봐줄 젊은 여자를 찾았다. 뒤쪽 세번째 그룹의 대장이 일행 중에 의사가 있다고 이야기했다. 군인은 의사를 데려오려고 뛰어갔다. 엔지니어는 지난 잘못을 용서받기 위해 애쓰는 씸까 청년들을 가상하게 여기고, 이제는 기회를 줘도 되겠다고 생각했다. 씸까 청년들은 뿌조 404 창문을 텐트로 덮었다. 이제 침대칸은 구급차로 변신해서 ID 할머니는 바깥보다는 어두운 곳에서 쉴 수 있었다. 할아버지는 옆에 누워서 할머니 손을 잡아주었다. ID 노부부만 의사와 함께 있었다. 나중에는 수녀들이 ID 할머니를 돌보았는데, 상태가 호전되었다. 엔지니어는 오후 내내 다른 차를 찾아가고, 햇볕이 강하게 내리쬘 때는 타우누스에서 쉬기도 했다. ID 노부부가 자고 있는 뿌조 404로 달려간 적은 세번뿐이었다. 차량 행렬이 움직였기 때문이다. 밤이 되었는데도 숲이 있는 곳까지는 가지 못했다.

새벽 2시경에는 기온이 내려갔다. 담요가 있는 사람들은 몸을 감쌀 수 있어서 좋아했다. 새벽까지 차량 행렬이 움직이지 않았기 때문에 (앞만 쳐다봐도 밤새 차량 행렬이 움직이지 않았다는 것을 알 수 있었다) 엔지니어와 타우누스는 앉아서 담배를 태우며 아리안 농부, 군인과 이야기를 나눴다. 타우누스의 계산은 현실과 차이가 있었다. 그 점은 솔직하게 인정했다. 오전에는 먹고 마실 것을 더 구해야 했다. 군인은 이웃 그룹의 대장을 찾아갔다. 그들 역시 잠을 이루지 못하고, 여자들이 깰까봐 낮은 목소리로 그 문제를 의논하고 있었다. 대장들은 팔십대나 백대쯤 떨어진 곳의 그룹 대장들과 이야기했다. 그리고 어느 곳이나 상황은 유사하다고 확신했다. 농부는 그 지역을 잘 알고 있었다. 그룹마다 두세명의 남자를 차출하자고 제안했다. 새벽에 나서면 인근 농장에서 식품을 구매할 수 있다는 것이다. 타우누스는 식품조달 팀원의 차량을 대신 운전할 사람들을 지명했다. 훌륭한 생각이었다. 돈을 모으는 것도 어렵지 않았다. 아리안 농부, 군인, 타우누스의 친구 이렇게 세사람이 가기로 결정하고, 가방, 그물 가방, 물병을 있는 대로 챙겼다. 다른 그룹의 대장도 마찬가지로 식품조달팀을 꾸리려고 되돌아갔다. 해가 뜰 무렵 여자들에게 상황을 설명하고, 차량 행렬이 앞으로 움직일 때 해야 할 일을 숙지하도록 했다. 도핀 아가씨는 ID 할머니가 이제 좋아져서 자기 차로 돌아가고 싶어한다고 엔지니어에게 전했다. 8시에 도착한 의사는 ID 노부부가 자기 차로 돌아가도 별문제가 없다고 진단했다. 아무튼 타우누스는 뿌조 404가 구급차처럼 상시 대기해야 한다고 결정했다. 씸까 청년들은 재미 삼아 적십자기를 만들어 뿌조 404 안테나에 달았다. 얼마 전부터 사람들은 가능하면 차에서 나오려고 하지 않았다. 기온이 계속 내려갔다. 정오에는 소나기가 쏟아지고, 멀리 번개가 보였다. 아리안 농부 아내는 서둘러 플라스틱 병에 깔때기를 꽂고 빗물을 받았다. 누구보다도 기뻐한 사람은 씸까 청년들이었다. 이런 광경을 보고 있던 엔지니어는 (운전대 밑에 책을 펼쳐놓았지만 글자가 눈에 들어오지 않았다) 식품조달팀이 왜 이렇게 늦어지는지 의아하게 생각하고 있었다. 나중에 타우누스가 은밀히 자기 차로 불렀다. 차 안으로 들어가자 타우누스는 실패했다고 털어놓았다. 타우누스의 친구가 자세한 이야기를 해주었다. 농장에는 사람이 살지 않거나, 살고 있더라도 아무것도 팔지 않으려고 했다. 개별판매 금지 규정을 들먹이는 경우도 있었고, 이런 상황을 틈타 규정을 위반하지나 않는지 조사차 나온 사람들이라고 의심하는 경우도 있었다. 그럼에도 불구하고 약간의 물과 소량의 식품을 구할 수 있었다. 군인이 자세한 이야기는 하지 않은 채 웃고만 있는 것으로 보아 아마도 훔쳐 온 것 같았다. 물론 머지않아 교통 체증이 풀릴 테지만 남아 있는 음식은 두명의 어린이와 ID 할머니가 먹기에는 적합하지 않았다. 4시 반경에 ID 할머니를 보러 다시 찾아온 의사는 피곤하고 짜증 난다는 몸짓을 하며, 자기 그룹을 포함하여 인근 그룹 모두 마찬가지 형편이라고 타우누스에게 이야기했다. 라디오는 고속도로 정체 해소를 위한 비상작전에 돌입했다는 소식을 전했다. 그러나 해질 무렵 잠깐 나타난 헬리콥터를 제외하면 별다른 조치는 없었다. 아무튼 더위는 갈수록 수그러들었다. 사람들은 밤이 오기를 기다리는 것 같았다. 담요를 덮고 잠이라도 자면, 그만큼 기다리는 시간이 줄어들기 때문이다. 엔지니어는 자기 차에서 도핀 아가씨와 DKW 외판원이 나누는 이야기를 듣고 있었다. DKW 외판원이 재미있는 이야기를 해주자 도핀 아가씨는 마지못해 웃었다. 보리외 중년 부인이 차에서 나온 적이 거의 없었다는 데 생각이 미치자 엔지니어는 깜짝 놀라 뭐 필요한 것이 없는지 물어보려고 찾아갔다. 그러나 보리외 중년 부인은 최근 소식만 알고자 했고, 수녀들과 이야기를 시작했다. 해질 무렵, 이루 말할 수 없는 지겨움이 엄습했다. 혼란스럽고 또 거짓으로 판명이 날 소식보다는 잠이 오기를 고대했다. 타우누스의 친구가 은밀히 엔지니어와 군인과 뿌조 203 남자를 찾아다녔다. 타우누스는 플로리드 남자가 얼마 전에 차를 버리고 도망갔다고 알려주었다. 씸까 청년 가운데 한사람이 차가 비어 있는 것을 보았다는 것이다. 조금 뒤, 소일거리 삼아 차 주인을 찾아보기로 했다. 그러나 뚱뚱한 플로리드 남자를 잘 아는 사람은 아무도 없었다. 첫날에는 그토록 투덜댔지만 그후로는 까라벨 남자처럼 입을 다물었던 것이다. 아침 5시, 플로리드가 (씸까 청년들은 재미 삼아 그렇게 불렀다) 손가방을 들고 도망갔다는 것은 의심할 여지가 없었다. 차 안에 남은 가방에는 셔츠와 속옷만 가득했다. 타우누스는 씀까 청년 가운데 한명에게 버리고 간 차를 맡으라고 지시했다. 차량 행렬이 움직일 때 같이 움직이라는 것이다. 플로리드가 차량을 버리고 슬그머니 도망가서 모두들 은근히 부아가 났다. 그리고 들판을 건너 도망간들 얼마나 가겠느냐고 생각했다. 이 밖에도 중대한 결정을 내려야 하는 밤인 것 같았다. 자기 차 좌석에 누워 있던 엔지니어의 귀에 신음 소리가 들렸다. 진원지는 군인 부부일 것이라고 짐작하고 말았다. 상황도 그렇고, 또 한밤중이므로 이해할 수 있는 일이었다. 그러나 좀더 생각해본 엔지니어는 뒷유리를 가려놓은 텐트를 걷었다. 흐릿한 별빛 아래로 일 미터 반쯤 떨어진 까라벨 앞유리가 보였다. 앞유리에 붙은 남자 얼굴이 경련을 일으키고 있었다. 수녀들이 깨지 않도록 조용히 왼쪽 문으로 나온 엔지니어는 까라벨로 다가갔다. 이어 타우누스를 찾아갔고, 군인은 의사를 데리러 달려갔다. 까라벨 남자는 극약을 먹고 자살했다. 연필로 수첩에 몇줄 적어놓은 것으로 보아 틀림없었다. 이베뜨라는 여자에게 쓴 편지였다. 비에르종에서 까라벨 남자를 버리고 떠난 여자였다. 다행히도 사람들은 차 안에서 자는 습관이 들었고, (이제 밤에는 너무 추워서 바깥에서 지내는 사람도 없었다) 자동차 사이로 돌아다니거나 공기를 쐬려고 고속도로변으로 나가도 신경 쓰는 사람이 거의 없었다. 타우누스는 비상 지휘부를 소집했다. 의사는 타우누스의 제안에 동의했다. 시신을 고속도로변에 방치하면 뒤에 오는 사람들이 놀라고 안쓰러워할 것이므로 가능하면 멀리 운반해서 들판 한가운데 두자는 것이었다. 그래서 전날밤 먹을 것을 구하러 간 다른 그룹 청년을 위협하고 구타한 지역 주민들을 흠칫 놀라게 만들자는 것이었다. 시신을 넣고 여행용 트렁크를 밀봉하려면 아리안 농부와 DKW 외판원이 갖고 다니는 물건이 필요했다. 작업을 시작했을 때, 도핀 아가씨가 다가와 엔지니어의 팔을 잡고 벌벌 떨었다. 엔지니어는 낮은 소리로 방금 일어난 일을 설명하고, 조금 진정이 되자 차로 돌려보냈다. 타우누스와 일행은 시신을 여행용 트렁크에 넣었다. DKW 외판원이 본드와 스카치테이프로 작업하는 동안 군인은 랜턴을 비춰주었다. 뿌조 203 부인이 운전할 줄 알았기 때문에 타우누스는 남편에게 까라벨을 맡겼다. 이리하여 오전에 뿌조 203 여자애는 아버지에게 다른 차가 생겼다는 것을 알게 되었다. 그리고 두 차를 오가며 시간 가는 줄 모르고 놀았다. 장난감도 몇개 까라벨에 두었다.

　처음으로 하루 종일 날씨가 쌀쌀했다. 아무도 외투를 벗고 싶은 생각이 없었다. 도핀 아가씨와 수녀들은 그룹에서 가용할 수 있는 외투를 조사했다. 자동차 안이나 여행용 트렁크에서 우연히 발견한 스웨터, 담요, 비옷, 가벼운 외투가 있었다. 다시 물이 부족했다. 타우누스는 엔지니어를 포함하여 세사람을 파견했다. 지역 주민과 접촉할 사람들이었다. 왜 그런지 영문을 모르겠으나 외부의 반감은 막무가내였다. 고속도로 경계만 벗어나도 돌멩이가 비 오듯이 쏟아졌다. 한밤중에는 누군가 던진 낫이 DKW 지붕에 부딪혀 도핀 옆에 떨어졌다. 하얗게 질린 DKW 외판원은 차에서 내릴 엄두를 내지 못했다. 댓바람에 달려온 데소토 미국인이 (타우누스 그룹에 합류하지는 않았으나 잘 웃고 성격이 좋아 인심을 얻었다) 낫을 빙빙 휘둘러 들판으로 힘껏 던지고는 큰 소리로 욕을 했다. 이런 일에도 불구하고 타우누스는 적대감을 고조시키는 것은 바람직하지 않다고 생각했다. 물을 구하러 또 나가야 할지도 모르기 때문이다.

그날이나 그즈음에는 차량 행렬이 얼마나 전진했는지 아무도 계산하지 않았다. 도핀 아가씨는 팔십 미터에서 이백 미터 정도라고 생각했고, 엔지니어는 그에 못 미친다고 여겼지만 DKW 외판원의 노련한 구애로부터 잠시라도 떼어놓고 싶어서 도핀 아가씨와 복잡한 계산을 하면서 즐거워했다. 그날 오후, 플로리드를 맡은 씸까 청년이 타우누스에게 달려와서 포드 머큐리에서 괜찮은 가격에 물을 판다고 알려주었다. 타우누스는 그 물을 사지 않았다. 그러나 밤이 되자 수녀 중 한사람이 엔지니어에게 물을 부탁했다. ID 할머니에게 주려는 것이었다. 수녀 두사람과 도핀 아가씨가 교대로 돌보고 있는 ID 할머니는 할아버지의 손을 꼭 붙잡고 불평 한마디 없이 견뎌내고 있었다. 남은 물은 반 리터뿐이었다. 여자들은 ID 할머니와 보리외 중년 부인 몫으로 지정해두었다. 그날 저녁 타우누스는 물 이 리터를 자비로 구입했다. 포드 머큐리는 다음 날 물을 더 구해주겠다고 약속했다. 가격은 두배였다.

이제 함께 모여서 의논하기가 어려웠다. 날이 너무 추워서 급한 일이 아니라면 아무도 차량 밖으로 나오려고 하지 않았다. 배터리도 바닥을 보여서 하루 종일 히터를 켜놓을 수도 없었다. 타우누스는 환자가 발생할 때를 대비하여 편의시설이 잘 갖춰진 차량 두대를 구급용으로 지정했다. 담요를 두른 채 (씸까 청년들은 자동차 실내의 천을 뜯어 조끼와 모자를 짰고, 다른 사람들도 똑같이 따라했다) 모두들 열이 빠져나갈까봐 되도록이면 자동차 문을 열지 않으려고 노력했다. 그렇게 추운 어느날 밤, 엔지니어는 도핀 아가씨가 숨죽여 우는 소리를 들었다. 엔지니어는 소리가 나지 않도록 조심스럽게 문을 열고 어둠을 더듬어 눈물에 젖은 뺨을 쓰다듬었다.

도핀 아가씨는 조용히 뿌조 404로 들어왔다. 엔지니어는 좌석 침대에 도핀 아가씨를 눕혔다. 하나뿐인 담요로 감싸고, 그 위에 외투까지 덮어주었다. 텐트로 창문을 가려놓아서 바깥보다 구급용 차량 안이 훨씬 어두웠다. 언젠가 엔지니어는 앞좌석 양쪽 썬바이저를 모두 내리고 셔츠와 스웨터를 걸어놓았다. 자동차는 외부로부터 완전히 차단되었다. 동이 틀 무렵, 도핀 아가씨는 어젯밤 울기 전에 오른쪽 저 멀리서 어떤 도시의 불빛을 본 것 같다고 엔지니어의 귀에 대고 속삭였다.

어쩌면 도시였는지도 모른다. 그러나 아침 안개 때문에 이십 미터 앞도 보이지 않았다. 묘하게도 그날 차량 행렬은 아주 많이 전진했다. 이삼백 미터쯤. 때맞춰 라디오에서도 새 소식이 들려왔다. (타우누스를 제외하고는 듣는 사람이 거의 없었다. 타우누스는 상황 파악이 자기 의무라고 생각했다.) 아나운서는 고속도로 정체 해소를 위한 비상조치를 강조했고, 경찰과 고속도로 순찰대의 힘든 작업도 언급했다. 갑자기 수녀 가운데 한사람이 헛소리를 했다. 옆에 있던 수녀가 겁에 질려 쳐다보는 동안 도핀 아가씨는 남은 오드 꼴로뉴로 관자놀이를 적셔주었다. 수녀는 아마겟돈, 아홉째 날, 핏빛 사슴을 들먹였다. 한참 후에 의사가 왔다. 정오부터 내리기 시작한 눈이 차츰 자동차를 뒤덮어 간신히 길을 뚫고 찾아왔다. 의사는 진정제 주사가 없어 유감이라며 수녀를 히터가 잘 나오는 자동차로 옮기라고 조언했다. 타우누스는 자기 차로 데려갔다. 남자애는 뿌조 203 여자애가 있는 까라벨로 보냈다. 두 아이는 장난감 차를 가지고 놀면서 무척이나 즐거워했다. 그 아이들만 유일하게 굶지 않았기 때문이다. 그날 내내 그리고 그 이후에도 계속해서 눈이 내렸다. 차량 행렬이 몇 미터 전진할 때면 급조한 장비로 자동차 사이에 쌓인 눈 더미를 치워야만 했다.

음식과 물을 어떻게 구하는지 알았더라도 아무도 놀라지 않았을 것이다. 타우누스가 할 수 있는 일이라고는 공동으로 걷은 자금을 관리하고, 되도록 유리한 조건으로 물품을 구입하는 일뿐이었다. 포드 머큐리와 포르쉐가 매일밤 찾아와서 식품을 밀거래했다. 타우누스와 엔지니어는 사람들의 건강 상태에 따라 식품을 분배하는 일을 맡았다. 믿을 수 없지만 ID 할머니는 아직도 살아 있었다. 혼수상태에 빠진 할머니를 여자들이 극진하게 간호하고 있었다. 보리외 중년 부인은 며칠 전에 구역질을 하고 현기증을 느꼈는데 날이 추워지자 건강을 회복하였고, 허약하고 조금 실성한 동료 수녀를 간호하는 수녀를 그 어떤 여자보다 더 열심히 도와주었다. 군인 부인과 뿌조 203 부인이 남자애와 여자애를 돌보았다. DKW 외판원은 도핀 아가씨를 엔지니어에게 빼앗겨서 마음 둘 곳이 필요했던지 아이들에게 이야기를 들려주며 시간을 보냈다. 밤이 되면 그룹 사람들은 은밀하고 사적인 생활을 시작하였다. 자동차 문이 슬그머니 열리고 추위로 웅크린 그림자가 드나들었다. 다른 사람을 쳐다보는 사람은 아무도 없었다. 어둠만큼 깜깜한 장님 눈이었다. 더러운 담요, 길게 자란 손톱, 옷도 갈아입지 못해 꼬질꼬질한 냄새를 풍기면서도 여기저기서 행복한 일은 계속되고 있었다. 도핀 아가씨가 잘못 본 것은 아니었다. 저 멀리 도시가 반짝이고 있었고, 조금씩 그 도시로 다가가고 있었다. 오후에 씸까 청년이 차 위로 올라갔다. 녹색 포대와 차량 시트 조각으로 몸을 감싸고 꼼꼼하게 망을 보았다. 소득 없이 지평선만 쳐다보기가 지겨워 주변의 차량을 수도 없이 살펴보았다. 뿌조 404에 타고 있는 도핀 아가씨, 목덜미를 애무하는 손, 키스의 끝을 부러운 눈으로 지켜보고 있었다. 썸까 청년은 엔지니어와 친한 사이였기 때문에 장난을 치려고 차량 행렬이 움직인다고 소리쳤다. 그러자 도핀 아가씨는 뿌조 404에서 나와 자기 차로 들어갔다. 그러나 조금 후에는 다시 온기를 찾아 뿌조 404로 되돌아갔다. 썸까 청년은 다른 그룹의 아가씨를 자기 차로 데려올 마음이 없지 않았으나 너무 춥고 배가 고파서 그럴 엄두가 나지 않았다. 게다가 농축우유 캔 사건으로 선두 그룹은 노골적인 적의를 드러내고 있었다. 포드 머큐리나 포르쉐와의 공식적인 거래 이외에는 다른 그룹과 관계가 가능하지 않았다. 그때 썸까 청년은 낙심해서 한숨을 쉬고, 다시 망을 보다가 눈이 내리고 추위가 몰려오자 덜덜 떨면서 자기 차로 들어갔다.

그러나 추위가 물러가기 시작했다. 비바람이 치던 시기에는 기운도 없었고, 식품 조달도 어려웠다. 그후에는 선선하고 햇볕이 좋은 날이 찾아왔다. 이제는 차에서 나와 서로 방문도 하고, 이웃 그룹과의 관계도 재개되었다. 대장들은 상황에 대해 의논했다. 마침내 선두 그룹과 화해하였다. 문득 포드 머큐리가 나타나지 않자 한동안 말들이 많았지만 무슨 일 때문인지는 아무도 알 수 없었다. 그러나 포르쉐는 계속 드나들었고, 암시장을 장악했다. 물이나 식품이 동난 적은 없었다. 그렇지만 그룹의 자금은 줄어들고 있었다. 타우누스와 엔지니어는 포르쉐와 거래할 돈이 바닥을 드러내는 날이 오면 어떻게 할지 걱정했다. 주먹다짐이라도 해서 붙잡은 다음 창고를 대라고 윽박지르자는 이야기도 오갔다. 그러나 그즈음 차량 행렬은 꽤나 멀리 전진했고, 대장들은 조급한 결정으로 모든 것을 잃어버리느니 차라리 기다리는 편을 택했다. 둘만의 오붓한 재미에 푹 빠져 있던 엔지니어는 도핀 아가씨로부터 수줍은 소식을 듣고 기겁했다. 그러나 나중에는 별도리가 없다고 생각했다. 그녀가 아이를 낳겠다는 생각은 밤에 식품을 나눠주는 일이나 남몰래 고속도로변까지 나가는 일만큼 자연스러웠다. ID 할머니가 죽었는데도 아무도 놀라지 않았다. 다시 한밤중에 일을 치르고, 단념할 줄 모르는 할아버지를 따라다니며 위로해야 했다. 전방의 두 그룹 사이에 싸움이 벌어졌다. 타우누스가 중재자로 나서 잠정적으로 화해하게 되었다. 모든 일은 시도 때도 없이 아무 때나 발생했다. 가장 중요한 일은 아무도 예상하지 못할 때 시작되었고, 그 일을 맨 처음 안 사람은 의외의 인물이었다. 씸까 지붕에 올라간 청년은 즐겁게 망을 보면서 지평선이 변했다는 인상을 받았다. (이미 해가 지고 있었다. 불그스름한 태양은 희미한 빛을 내면서 지평선 아래로 미끄러지고 있었다.) 불분명하지만 무슨 일이 오백 미터 전방에서, 사백 미터 전방에서, 이백오십 미터 전방에서 일어나고 있었다. 청년은 엔지니어에게 소리쳤다. 엔지니어가 도핀 아가씨에게 뭐라고 이야기하자 급히 자기 차로 돌아갔다. 이미 타우누스, 군인, 아리안 농부는 승용차를 향해 달려가고 있었다. 씸까 청년은 차 위에서 앞을 가리키며 쉼 없이 반복했다. 마치 자기가 보고 있는 것이 진실이라고 확신한 것 같았다. 그때 술렁거리는 소리가 들렸다. 꾸역꾸역 움직이던 이민 행렬이 깊은 혼수상태에서 깨어나 용을 쓰는 듯했다. 타우누스는 큰 소리로 각자 자기 차로 돌아가라고 지시했다. 보리외, ID, 피아뜨 600, 데소토가 동시에 시동을 걸었다. 2HP, 타우누스, 씸까, 아리안이 움직이기 시작했다. 큰 공이라도 세운 것처럼 으쓱해진 씸까 청년은 뿌조 404를 돌아보고, 손을 흔들었다. 뿌조 404, 도핀, 수녀들이 타고 있는 2HP, DKW도 출발했다. 그러나 얼마나 이렇게 달리느냐가 문제였다. 습관적으로 이런 생각을 하던 뿌조 404는 도핀과 나란히 달리면서 힘내라고 웃어

보였다. 그 뒤로 폴크스바겐, 까라벨, 뿌조 203, 플로리드가 천천히 따라왔다. 처음에는 1단으로, 다음에는 2단으로, 끝없이 2단이었다. 그러나 이전처럼 그렇게 많이 클러치를 밟지는 않았다. 액셀러레이터를 꾹 밟은 채로 3단으로 변속할 때를 기다리고 있었다. 뿌조 404는 왼손을 내밀어 도핀의 손을 잡으려고 했다. 겨우 손끝이 닿았다. 도핀의 얼굴에서 혹시나 하는 기대가 담긴 미소를 보고 뿌조 404는 생각했다. 빠리에 도착할 텐데, 그러면 샤워를 하고, 두 사람이 함께 자기 집이든 그녀 집이든 가서 샤워하고, 밥 먹고, 원 없이 샤워하고, 밥 먹고, 마시고, 그런 다음 가구가 있고, 가구가 딸린 침실이 있고, 침실에 딸린 욕실에 가서 비누 거품을 묻혀 면도다운 면도를 하고, 화장실, 식사, 화장실, 침대 시트. 빠리는 화장실 하나와 침대 시트 두장이었고, 가슴과 종아리를 타고 내려가는 온수였고, 손톱깎이였고, 백포도주였다. 백포도주를 마시고 나서 키스하고, 라벤더 향과 오 드 꼴로뉴 냄새를 맡고, 환한 대낮에 깨끗한 침대 시트 속에서 진정으로 서로를 탐색하고, 다시 욕실에서 장난치며 샤워하고, 사랑하고, 샤워하고, 마시고, 이발소에 가고, 욕실에 들어가고, 침대 시트 위로 쓰다듬어보고, 침대 시트 속에서 서로 애무하고, 비누 거품과 라벤더와 칫솔질 중간에도 사랑을 하고, 해야 할 일과 자식과 일상적인 문제와 장래를 걱정하겠지, 이렇게 멈추지 않고 달린다면, 대열이 유지된다면, 비록 3단을 넣지 못하고 이렇게 2단으로 가고 있지만, 그래도 계속 달린다면. 범퍼가 씸까에 닿자 뿌조 404는 운전석 깊숙이 등을 기댔다. 속도가 올라간다고 느꼈다. 액셀러레이터를 밟아도 씸까에 부딪힐 염려가 없다고 느꼈고, 씸까가 액셀러레이터를 밟는다고 하더라도 보리외를 추돌할 위험은 없다고 느꼈으며, 뒤에 까라벨이 따라오고 있다고 느꼈

다. 모두들 액셀러레이터를 밟고 또 밟는다고 느꼈다. 이제 3단을
넣어도 엔진에 무리가 없을 것이라고 느꼈다. 어느새 기어는 3단에
들어가 있었고, 주행이 부드러워 더욱 가속했다. 애틋한 감정에 북
받친 뿌조 404는 왼쪽을 쳐다보며 도핀을 찾았다. 그러나 그렇게
속력을 내면 나란히 달리기가 당연히 어려웠다. 도핀이 일 미터쯤
앞서고 있었다. 뿌조 404는 도핀의 목덜미를 보았다. 도핀이 뿌조
404를 보려고 고개를 돌렸을 때, 옆모습이 잠깐 눈에 들어왔다. 뿌
조 404가 아직도 뒤처진 것을 보고 놀란 표정을 지었다. 안심하라
는 미소를 띤 뿌조 404는 갑자기 가속을 했다. 그러나 곧바로 브레
이크를 밟아야 했다. 씸까를 들이박을 뻔했기 때문이다. 뿌조 404
는 지체 없이 경적을 울렸다. 씸까는 백미러를 쳐다보고, 바짝 붙어
있는 보리외를 왼손으로 가리키면서 어쩔 수 없다는 몸짓을 해 보
였다. 도핀은 삼 미터 전방에 있었다. 씸까 옆이었다. 뿌조 404 왼
편에 붙은 뿌조 203에서 여자애가 인형을 손에 쥐고 흔들었다. 오
른편에서 빨간 차가 나타나자 뿌조 404는 혼란스러웠다. 수녀들의
2HP나 군인의 폴크스바겐 대신에 낯선 쉐브롤레가 보였다. 곧 쉐
브롤레가 앞으로 나가고, 그 뒤를 란치아와 르노 8이 따라왔다. 나
란히 달리고 있던 왼편의 ID도 조금씩 앞서기 시작했다. 그때까지
도 도핀을 가린 채 달려가는 뿌조 203이 전방에 보였다. 그러나 뿌
조 403이 나타나자 그마저도 시야에서 사라졌다. 이제 그룹은 해체
되었다. 더이상 존재하지 않았다. 타우누스는 아마도 이십 미터 전
방에 있고, 그 뒤를 도핀이 따라가고 있을 것이다. 왼쪽 두번째 차
로는 뒤처졌다. 외판원의 DKW 대신에 오래된 검정색 웨건의 후
미를 볼 수 있었다. 씨트로엥 아니면 뿌조였다. 모든 차가 3단을 넣
고 달렸다. 자기 차로의 리듬에 따라서 앞서가는 차도 있었고, 뒤처

지는 차도 있었다. 고속도로 양쪽에서는 나무들이 도망가고 있었다. 눈 더미와 땅거미 사이로 집들도 도망갔다. 곧이어 모두들 빨간 미등을 켰다. 앞차가 켜자 차례차례 미등을 넣었고, 갑자기 밤이 닥쳐왔다. 때때로 경적이 울렸다. 속도계 바늘은 갈수록 올라갔다. 어떤 차로는 시속 70킬로미터로 달렸고, 어떤 차로는 시속 75킬로미터, 60킬로미터로 달리는 차로도 있었다. 뿌조 404는 앞서거니 뒤서거니 달리다보면 도핀을 따라잡으리라는 희망을 아직도 품고 있었다. 그러나 시간이 흐를수록 쓸데없는 일이라고 생각했다. 그룹은 완전히 해체되었다. 이제는 일상적인 만남도, 몇가지 의식도, 타우누스 차에서 모인 비상 지휘부도, 조용한 새벽 도핀의 애무도, 장난감 자동차를 갖고 노는 아이들의 웃음소리도, 묵주를 돌리는 수녀의 모습도 되돌이킬 수 없는 일이 되었다. 씸까에 정지등이 들어왔을 때, 뿌조 404는 속도를 줄이면서 터무니없는 희망에 사로잡혔다. 핸드브레이크를 올리자마자 차 문을 열고 앞으로 뛰어갔다. 씸까와 보리외를 제외한 다른 차는 생소했다. (훨씬 뒤에 까라벨이 있었지만 관심이 없었다.) 안면이 전혀 없는 낯선 얼굴들이 놀라고 의아한 표정으로 뿌조 404를 쳐다봤다. 경적이 울렸다. 뿌조 404는 차로 돌아가야 했다. 씸까 청년이 호의적인 몸짓을 했다. 마치 그 심정을 이해한다는 듯이. 그리고 힘내라는 뜻으로 빨리 방향을 가리켰다. 차량 행렬은 다시 움직이기 시작했다. 처음 몇분간은 천천히, 다음에는 고속도로가 텅 빈 것처럼. 뿌조 404 왼쪽으로 타우누스가 달리고 있었다. 그 순간 뿌조 404는 그룹이 다시 형성되었다고 생각했다. 모두가 제자리를 잡은 것 같았고, 아무런 변화도 없이 계속 갈 수 있는 것처럼 보였다. 그러나 그 타우누스는 초록색이었다. 짙은 안경을 낀 여자가 운전대를 잡고 전방을 주시하고 있었다. 이제는 포기하고 주변 자동차의 속도에 맞춰 기계적으로 달리는 수밖에 없었다. 아무 생각 없이. 입고 다니던 가죽 점퍼는 군인이 몰고 있는 폴크스바겐에 있을 것이다. 처음 며칠 동안 읽은 소설책은 타우누스가 가져갔다. 바닥을 드러낸 라벤더병은 수녀들이 탄 2HP에 있었다. 그리고 뿌조 404는 그곳에서 오른손으로 가끔 곰 인형을 만지고 있었다. 도핀이 마스코트라고 선물한 것이었다. 뿌조 404는 터무니없게도 9시 30분에 음식을 배분하고, 환자를 찾아가보고, 타우누스, 아리안 농부와 함께 상황을 점검하고, 밤이 되면 도핀이 슬그머니 차로 찾아들고, 별이나 구름이나 인생도 찾아들리라는 생각에 사로잡혀 있었다. 그래, 그랬는데, 그 모든 게 영원히 끝났다고 할 수는 없었다. 마지막 순간까지도 물이 부족했는데, 아마 군인은 물을 구했을 것이다. 아무튼 포르쉐에게 물을 부탁해야 했다. 항상 부르는 대로 값을 치렀다. 자동차 안테나에서 적십자 깃발이 미친 듯이 펄럭거렸고, 점점 커지는 불빛들을 향해 시속 80킬로미터로 달리고 있었다. 왜 그렇게 서두르는지도 모르면서, 왜 밤중에 낯선 차들과 함께 달리는지도 모르면서, 너 나 할 것 없이 전방만 주시하면서 그저 앞으로만 달리고 있었다.

정오의 섬
La isla a mediodía

그때 마리니는 처음으로 그 섬을 보았다. 상체를 공손하게 숙이고 기내 좌측 열 여자 승객에게 점심식사를 놓아주려고 플라스틱 식판을 꺼내고 있을 때였다. 잡지나 위스키를 들고 기내를 돌아다닐 때부터 여자 승객은 몇번씩이나 마리니를 쳐다보았다. 마리니는 식판을 꺼내면서 이 전형적인 미국 여자의 집요한 시선에 어떻게 응대해야 좋을지 생각하고 있었다. 바로 그 순간 푸른 타원형 창 너머로 섬의 해안선과 황금빛 모래사장과 곶으로 이어지는 비탈길이 눈에 들어왔다. 마리니는 뒤뚱거리는 맥주잔을 바로 놓으면서 여자 승객을 보고 웃었다. "그리스 섬입니다." 마리니가 말했다. "아, 그리스." 여자 승객은 애써 관심 있는 척 대답했다. 호출벨이 짧게 울렸다. 마리니는 자리를 뜨면서도 직업적인 미소를 잊지 않았다. 시리아인 신혼부부가 토마토 주스를 청했다. 그러나 여객기 뒤편의 주방에 들어가서도 잠시 아래를 내려다보았다. 작고 고

독한 섬이었다. 짙푸른 에게 해 한가운데서 눈부신 백색 테두리를 두르고 솟아나는 섬. 저 아래에서 바다는 암초와 해변에 부딪혀 거품이 되고 있으리라. 북쪽과 서쪽으로 뻗은 적막한 해변을 제외하고 하나같이 바다로 침몰하는 산으로 이루어진 섬이었다. 바위투성이의 적막한 섬. 북쪽 해변 근처의 회색 반점은 집이거나 초라한 마을일 것이다. 마리니는 주스 캔을 열었다. 그리고 다시 고개를 들었을 때, 이미 그 섬은 창에서 사라지고 끝없이 푸른 수평선만이, 바다만이 남아 있었다. 무심코 손목시계를 보았다. 12시 정각이었다.

마리니는 로마-테헤란 노선을 배정받으면 기분이 좋았다. 이 노선의 승객은 북쪽 노선 승객보다 표정이 밝았고, 또 동양이나 이딸리아로 가는 여자 승객들은 항상 행복하게 보였기 때문이다. 나흘 후, 숟가락을 바닥에 떨어뜨리고 망연하게 후식 접시를 가리키는 어린아이의 시중을 들고 있을 때, 그 섬의 한 자락이 다시 눈에 들어왔다. 그리고 팔분이라는 시간 차이가 있었지만 후미 창문으로 내려다보니 더 의심할 여지가 없었다. 독특한 형태의 섬이었다. 마치 거북이 발만 가까스로 물 위로 내놓고 있는 형상이었다. 마리니는 누군가 호출할 때까지 섬을 보고 있었다. 이번에는 회색 반점이 마을이라는 확신이 섰으며, 해안 근처의 조그만 경작지도 구별할 수가 있었다. 베이루트에 기착했을 때, 여승무원의 지도를 보고 그 섬이 호로스일지도 모른다고 생각했다. 프랑스인 통신사는 무심한 사람인데도 마리니의 호기심에 깜짝 놀랐다. "그곳 섬들은 모두 비슷비슷합니다. 벌써 두해째 이 노선을 다니고 있어도 별 관심이 없었는데, 다음에 한번 가리켜주세요." 그 섬은 호로스 섬이 아니라 시로스 섬이었다. 관광 코스에도 빠진 섬이었다. "오년도 못 갈걸요. 그곳에 갈 생각이 있으면 서둘러요. 언제 사람들이 몰려갈지 모르니까. 칭기즈 쿡 여행사가 눈독을 들이고 있어요." 로마에서 한잔할 때 여승무원이 말했다. 그러나 마리니는 가까운 곳에 창문이 있으면 목을 빼고 그 섬을 내려다보면서 생각만 하고 있었다. 그것은 아무런 의미도 없었다. 주 3회 정오에 시로스 섬 위를 비행하는 것은, 주 3회 정오에 시로스 섬 위를 비행하는 꿈을 꾸는 것과 마찬가지로 비현실적이었다. 이 모두는 부질없이 반복되는 광경이 만들어낸 허상이었다. 아마도 예외가 있다면 그 광경을 자꾸만 보고 싶은 욕망이었을 것이고, 정오가 되기 전에 시계를 보는 행동이었을 것이고, 눈부신 백색으로 일렁이는 검푸른 바다 속으로 순식간에 내리꽂히는 만남이었을 것이고, 저 마을이었을 것이다. 그리고 저 마을 어부들은 고개를 들고 이 비현실의 궤적을 좇고 있었을 것이다.

두달 후쯤, 회사는 좋은 조건을 제시하며 뉴욕 노선 근무를 제안했다. 그러나 마리니는 시로스 섬에 대한 이 무해하고 지겨운 집착을 끝내려고 작정하고 있었다. 호주머니 속에는 동양의 지리학자가 쓴 책이 들어 있었다. 통상적인 여행 안내서보다 훨씬 상세하게 시로스 섬을 다룬 책이었다. 마리니는 뉴욕 노선을 거절했는데, 이런 말을 하는 자신의 목소리가 아득하게 들렸다. 놀란 기색이 역력한 사장과 여비서를 피해 구내식당으로 갔다. 까를라가 기다리고 있었다. 까를라 역시 이해할 수 없다는 표정이었다. 그러나 마리니는 아랑곳하지 않고 시로스 섬 이야기를 꺼냈다. 섬 남쪽에는 사람이 살지 않고, 서쪽에는 리디아인인가 미케네인인가가 세운 유적지가 있으며, 골드만 교수는 상형문자가 새겨진 바위 두개를 발견했는데, 옛날에 어부들은 이 바위에 배를 매어두었다는 둥 그 섬

이야기만 늘어놓았다. 까를라는 머리가 아프다며 이내 자리를 떴다. 문어잡이가 몇 안되는 섬주민의 생업이고, 닷새마다 배가 들어와 생필품을 내려놓고 생선을 실어간다. 여행사에서 들은 이야기로는, 리노스에서 배를 빌려야 한다. 문어잡이 배를 얻어 타는 방법도 있을 텐데, 리노스에는 여행사 지점이 없으므로 현지에 가서 알아보라고 했다. 아무튼 그 섬에서 며칠 지내겠다는 생각은 6월 휴가 계획에 지나지 않았다. 그후 몇주일은 화이트를 대신하여 뛰니지 노선에 탑승했다. 이어 항공사 파업이 시작되자 까를라는 빨레르모에 사는 언니 집으로 돌아갔다. 마리니는 나보나 광장 근처의 호텔에 묵었다. 인근 고서점에 들러 그리스 관련 책자가 있나 둘러보고, 가끔 회화책도 넘겨보았다. '칼리메라'라는 단어가 마음에 들어서 술집에 갔을 때는 빨간 머리 아가씨에게 이 말을 건넸다. 그 아가씨와 하룻밤 자면서 오도스에 할아버지가 살고, 까닭 없는 목 통증에 시달린다는 이야기를 들었다. 로마에서는 비가 내리기 시작했고, 베이루트에서는 언제나 따니아가 기다리고 있었다. 그밖에도 여러가지 이야기가 있지만 모두 친척들 이야기 아니면 통증 이야기였다. 어느날, 마리니는 다시 정오의 섬을 지나는 테헤란 노선에 탑승했다. 창문 옆에 오랫동안 붙어 있었기 때문에 함께 탑승한 루시아는 손님 시중도 바쁜데 한눈만 팔고 있다고 투덜거렸다. 그날 저녁 마리니는 루시아와 함께 피루즈 호텔에서 식사를 했다. 이제 오전에 한눈을 팔아도 눈감아줄 것이다. 루시아는 머리를 미국인처럼 잘라보라고 했다. 마리니는 잠시 시로스 섬 이야기를 했으나 루시아의 관심사는 힐튼 호텔의 보드까 라임이라는 것

1 그리스어 아침인사.

232

을 금방 알아차렸다. 시간은 이렇게 흘러갔다. 수없이 기내식을 나르고, 기내식을 건넬 때마다 탑승객에게 미소를 짓는 동안 시간은 흘러갔다. 로마로 돌아오는 항공편은 아침 8시에 시로스 섬을 통과했다. 좌현 창문으로 햇살이 쏟아졌기 때문에 황금빛 거북 모양의 섬은 잘 보이지 않았다. 마리니는 정오에 그 섬을 지나는 항공편을 기다렸다. 루시아가 (이어서 펠리사가) 야릇한 표정으로 일하는 동안 마음 놓고 창문을 내다볼 수 있기 때문이다. 한번은 그 섬을 촬영했으나 사진이 너무 흐릿했다. 이제 대충 그 섬을 파악하고 있었으며, 책에서 이상한 부분은 밑줄을 그어놓았다. 펠리사는 조종사들이 마리니를 가리켜 섬에 미친 사람이라고 숙덕거린다고 귀띔해주었다. 마리니는 아무렇지도 않았다. 까를라는 아이를 낳지 않겠다는 편지를 보내왔다. 마리니는 두달 치 월급을 송금하면서 수중에 남은 돈으로는 휴가비가 모자라겠다고 생각했다. 까를라는 그 돈을 받고, 어쩌면 뜨레비소 출신의 치과 의사와 결혼할지도 모른다는 소식을 자기 친구를 통해서 전해왔다. 이런 일은 정오에는, 월요일, 목요일, 토요일 (한달에 두번은 일요일) 정오에는 전혀 중요하지 않았다.

시간이 흐르면서 자신을 조금이라도 이해하는 사람은 펠리사뿐이라는 것을 알았다. 정오에는 펠리사가 탑승객을 돌보고, 마리니는 비행기 후미에서 창을 내다본다는 묵계가 이루어졌다. 그 섬은 몇분밖에 볼 수가 없었다. 그러나 대기는 항상 맑았고, 바다는 잔혹할 정도로 상세하게 섬의 윤곽을 드러내고 있었기 때문에 섬 북단의 푸른 곶, 잿빛 촌락, 백사장에 널어놓은 그물 등, 섬 구석구석이 이전의 모습과 비교되었다. 백사장에 그물이 보이지 않을 때는 섬이 빈약해진 것 같고 뭔지 모르지만 서운한 느낌이었다. 그 섬을 사진에 담아 호텔에서 다시 보려고도 생각했지만 휴가가 한달밖에 남지 않았기 때문에 카메라 살 돈을 절약하기로 했다. 시간은 좀처럼 흐르지 않았다. 베이루트에서는 종종 따니아를 만났고, 테헤란에서는 종종 펠리사를 만났으며, 로마에서는 거의 언제나 동생을 만났다. 그러나 모두가 조금은 흐릿하고 지나치게 호의적이어서 석연치 않은 그 무엇이 근무시간 전후의 시간을 대체하고 있는 듯했다. 비행기에서도 모든 게 흐릿하고 쉬워서 얼빠진 사람처럼 지내다가 때가 되면 후미로 가서 창밖을 내다보았는데, 마치 차가운 수족관 유리창을 통해 군청색 물결 속에서 천천히 움직이는 황금색 거북을 들여다보는 느낌이었다.

그날은 백사장에 널어놓은 그물이 유난히 또렷하게 보였다. 마리니는 섬 좌측 끝의 검은 점이 비행기를 쳐다보고 있는 어부라고 확신할 정도였다. 칼리메라, 터무니없는 말이 떠올랐다. 이제 더이상 기다린다는 것은 무의미했다. 마리오 메롤리스가 부족한 여행 경비를 빌려준다고 약속했으므로 넉넉하게 잡아도 사흘 후면 시로스 섬에 있을 터였다. 마리니는 창문에 입술을 붙인 채 흐뭇하게 웃었다. 곧 저 섬의 푸른 곳에 올라갈 것이며, 북쪽 해안에서는 알몸으로 수영하고, 사람들과 손짓 발짓으로 의사소통을 하면서 문어 낚시를 즐길 것이다. 일단 결심하고 나니 어려운 일은 없었다. 밤 열차, 첫 배, 다시 낡고 지저분한 배, 리노스 선착장, 문어잡이 배 선장과의 기나긴 줄다리기 흥정, 갑판에서 바라본 밤하늘의 별, 아니스 향과 양고기, 여명에 드러나는 수많은 섬. 마리니는 먼동이 틀 무렵 하선했다. 선장이 클라이오스 노인을 소개했는데, 족장族長이 틀림없었다. 클라이오스는 마리니의 왼손을 잡고 눈을 쳐다보며 천천히 말했다. 두 사내아이가 다가왔다. 클라이오스의 자식들이었다. 선장의 영어는 금세 바닥났다. 다섯가구, 주민 스무명, 문어, 낚시, 이딸리아 여행객은 숙박료를 지불할 것이라고 말했다. 클라이오스가 드라크마²를 입에 올리자 사내아이들이 웃었다. 이제 아이들과 친해진 마리니도 따라 웃었다. 바다 위로 태양이 떠오르고 있었다. 바다는 하늘에서 본 것만큼 짙푸른 색깔은 아니었다. 초라하지만 깨끗한 방, 물 주전자, 쎌비어 향기와 무두질한 가죽 냄새가 풍겨왔다.

클라이오스와 아이들은 마리니 혼자 남겨두고 뱃짐을 부리려고 나갔다. 마리니는 서둘러 여행 복장을 벗고, 수영복과 쎈들 차림으로 섬 구경에 나섰다. 아직 사람들은 보이지 않았다. 태양은 갈수록 강렬해지고 있었다. 소금기 머금은 바닷바람이 덤불을 스치자 시큼한 냄새가 풍겼다. 10시쯤 되어 북쪽 곶에 오르니 해변이 한눈에 들어왔다. 예전 같으면 해변에서 수영했을 텐데, 이제는 혼자 있고 싶었다. 섬이 너무나 친밀하게 마리니를 파고들었고 또 반기고 있었으므로 다른 일을 생각하거나 선택할 여지가 없었다. 햇살과 바람이 따갑게 느껴졌을 때, 마리니는 벌거벗고 바다로 뛰어들었다. 물은 차가웠다. 차가운 물이 좋았다. 마리니는 음험한 물살에 떠밀려 동굴 입구까지 갔다가 다시 바다로 밀려났다. 드러누운 자세로 둥둥 떠다니며 화해라는 이름으로 (미래에는 다른 이름으로 부르겠지만) 이 모두를 단번에 받아들였다. 섬을 떠나지 않을 것이며, 어떤 방식으로든 영원히 그 섬에 머물 것이 틀림없었다. 동생과 펠리사 얼굴을 상상해보았다. 고독한 바위에서 낚시나 하면서 살겠다고 하면 어떤 표정을 지을까? 그러나 해변을 향해 수영하려고 몸

---

2 그리스의 화폐단위.

을 뒤집었을 때, 동생과 펠리사 생각은 까맣게 잊어버렸다.

햇볕에 금세 물기가 말랐다. 근처 마을로 내려가고 있을 때, 여자들은 놀란 눈으로 마리니를 쳐다보다가 집 안으로 숨어버렸다. 마리니는 허공에 대고 인사를 하고, 그물을 널어놓은 해변으로 내려갔다. 클라이오스의 아들, 이오나스가 해변에서 기다리고 있었다. 마리니는 바다를 가리키면서 들어가자고 했다. 이오나스는 모직 바지와 빨간색 셔츠를 보여주며 망설였다. 이윽고 집으로 뛰어가더니 조금 뒤 거의 알몸으로 돌아왔다. 11시의 태양 아래 반짝이는 바다. 그들은 함께 미지근한 바닷물로 뛰어들었다.

해변에서 몸을 말리는 동안 이오나스는 사물의 이름을 가르쳐주었다. 마리니는 칼리메라라고 말했고, 이오나스는 배를 잡고 웃었다. 마리니는 그리스어를 배우고, 이오나스에게 이딸리아어를 가르쳐주었다. 문어잡이 배는 수평선 너머로 사라지고 있었다. 마리니 생각에 이제 섬 주민은 클라이오스와 두 아들 그리고 자기뿐인 것 같았다. 섬에서 며칠을 더 지낼 것이고, 방세를 지불할 것이며, 낚시를 배울 것이다. 그리고 섬사람들과 안면을 익히고 난 뒤, 어느날 오후쯤에 그 섬에서 살고 싶다고 이야기할 것이다. 마리니는 일어서서 이오나스와 악수를 하고, 천천히 곶으로 올라갔다. 경사가 급한 비탈길을 오르면서 두어차례 뒤를 돌아보았다. 해변에 널어놓은 그물이 보였다. 클라이오스, 이오나스와 함께 열심히 이야기를 나누는 여자들 모습도 보였다. 여자들은 곁눈으로 그를 쳐다보면서 웃고 있었다. 푸른 반점처럼 보였던 곳에 도달했을 때, 마리니는 백리향과 쌜비어와 뜨거운 태양열과 바닷바람이 한데 어우러진 세계에 들어섰다. 손목시계를 보았다. 그리고 서둘러 시계를 풀어 수영복 호주머니에 넣었다. 새 사람으로 거듭나기 위해 헌 사람을 죽이는 일은 쉽지 않을 것이다. 하지만 이 높은 곳에서는, 강렬한 태양이 내리비치는 이 공간에서는 그런 일이 가능해 보였다. 마리니는 시로스 섬에 있었다. 언제 그곳에 갈 수 있을까 하고 숱하게 생각하던 바로 그곳에 있었다. 달아오른 돌밭에 누웠다. 등이 배기고 화끈거려도 똑바로 하늘을 쳐다보고 누워 있었다. 멀리서 엔진 소리가 들려왔다.

마리니는 눈을 감았다. 비행기를 보지 않겠다고 다짐했다. 비행기를 타고 그 섬 위를 날아간다는 것은 생각만 해도 끔찍한 일이었다. 하지만 눈을 감고 있어도 쟁반을 든 펠리사 모습이, 그 순간에 배식하고 있을 펠리사 모습이 떠올랐다. 그리고 자기를 대신하여 조르조나 다른 노선에서 불려온 승무원이 웃음을 띠고 포도주나 커피를 내려놓는 모습이 눈에 선했다. 상념을 떨쳐버리지 못한 마리니는 눈을 뜨고 일어났다. 그 순간 비행기 오른쪽 날개가 보였다. 비행기는 바로 머리 위에서 까닭 없이 기울어지더니 이상한 엔진 소리를 내며 바다를 향해 수직으로 추락했다. 마리니는 있는 힘을 다해 비탈길을 뛰어내려갔다. 바위에 부딪히고, 가시에 팔을 할퀴었다. 추락 지점은 섬에 가려 보이지 않았으나 마리니는 해변에 당도하기 전에 방향을 바꾸었다. 지름길로 보이는 언덕을 넘으니 작은 해변이 나타났다. 백 미터 전방에서 비행기 꼬리가 가라앉고 있었다. 사방은 쥐 죽은 듯이 조용했다. 마리니는 주저하지 않고 물속으로 뛰어들었다. 비행기 동체가 떠오르기를 기다렸다. 그러나 잔잔한 물결밖에 보이지 않았다. 이상하게도 조그만 골판지 상자 하나가 추락 지점 부근을 떠다니고 있었다. 거의 막판에, 더이상 수영할 필요가 없다고 생각한 바로 그 순간에 손 하나가 잠깐 물 위로 올라왔다. 마리니는 물속으로 들어가 남자의 머리채를 움켜쥐었다. 남자는 마리니를 붙잡으려고 안간힘을 썼다. 마리니는 남자가 허우적거리도록 잠시 내버려두었다가 천천히 해변으로 끌고 왔다. 그리고 하얀 옷을 입은 남자의 양팔을 끌어당겨 백사장으로 옮겨놓았다. 거품을 가득 물고 있는 얼굴에는 죽음의 그림자가 드리워져 있었고, 목에 난 커다란 상처에서는 피가 흐르고 있었다. 인공호흡을 하면 상처만 더욱 벌어질 것 같았고, 징그러운 상처는 마리니를 부르는 것 같았으며, 몇시간 동안 그 섬에서 맛본 행복을 앗아갔다. 그는 피를 흘리며 무어라 외치고 있었으나 무슨 말인지 알 수 없었다. 먼저 클라이오스의 두 아들이 달려왔고, 이어 여자들이 쫓아왔다. 클라이오스가 도착했을 때, 아이들은 백사장에 누운 시체를 둘러싸고 있었다. 그런 몸으로 어떻게 해변까지 수영할 수 있었으며, 그렇게 피를 흘리면서 어떻게 여기까지 기어왔는지 이해할 수가 없었다. "눈을 감겨줘요." 여자들 중에 누군가가 울면서 말했다. 클라이오스는 생존자가 있을지도 모른다는 생각에 바다를 쳐다보았다. 그러나 항상 그렇듯이 그 섬에는 주민들뿐이었다. 바다와 그들 사이에 새로운 것이라곤 눈 뜬 시체뿐이었다.

불 중의 불
Todos los fuegos el fuego

훗날 자신의 석상도 이런 모습이리라는 야릇한 생각에 잠겨 총독은 관중의 갈채가 끝날 때까지 손을 든 채 돌처럼 굳은 자세로 서 있다. 관중은 폭염 속에서 두시간 동안 써커스를 보았으나 지친 기색이 없다. 약속된 번외 경기가 펼쳐질 시간이다. 총독은 손을 내리고 아내 이레네를 쳐다본다. 이레네는 의례적인 미소를 짓는다. 무슨 일이 벌어질지 전혀 모르면서도 마치 다 알고 있다는 표정이다. 종잡을 수 없는 남편의 변덕에 이골이 난 지금은 예기치 않은 일을 당해도 그러려니 한다. (이같이 무덤덤한 아내의 성격을 총독은 무척이나 싫어한다.) 굳이 고개를 돌려 경기장을 보지 않더라도 이미 던져진 운명의 주사위가 어떤 것인지 이레네는 짐작하고 있다. 그 또한 잔인하고 따분한 일이리라. 포도 농장 농장주 리카스와 부인 우라니아가 어떤 사람의 이름을 선창하자 관중이 따라 외친다. "당신을 위해 아껴둔 번외 경기라오. 저런 유형의 검투사를 당신이 좋아한다고 하던데." 총독의 말이다. 이레네는 미소로 방어막을 치고 고개를 까닥거려 고맙다고 인사한다. "검투 시합을 지겹게 여기면서도 이렇게 왕림하셨으니 당신을 기쁘게 해줘야 마땅하겠지요." 총독이 이렇게 덧붙이자 리카스가 큰 소리로 외친다. "총독은 세상의 소금이십니다. 이런 누추한 지방 경기장에도 군신軍神의 그림자를 드리워주시니 말입니다." "아직 반밖에 보지 않은 거라오." 이렇게 대답한 총독은 포도주잔에 입술을 적시고 이레네에게 건네준다. 이레네는 단숨에 죽 마신다. 옅은 포도 향과 더불어 진한 피 냄새와 분뇨 냄새가 나는 것 같다. 모두가 숨을 죽이고 경기장 가운데로 걸어가는 마르코를 주시하고 있다. 경기장의 낡은 차일을 뚫고 비스듬히 들어온 햇살에 단검이 번쩍거린다. 왼손에서는 청동 방패가 덜렁거린다. "설마 스미르나¹ 경기의 승자와 싸우게 할 것은 아니시죠?" 흥분한 리카스가 총독에게 묻는다. "그거 좋은 생각이오." 총독이 입을 뗀다. "이 지방 사람들이 이 경기로써 나를 기억하고, 내 안사람도 한번쯤은 지겨움에서 벗어나게 하고 싶으니까요." 우라니아와 리카스는 이레네의 대답을 기다리며 박수를 친다. 그러나 이네레는 말없이 술잔을 노예에게 건네줄 뿐, 두번째 검투사의 입장을 환영하는 함성에도 아랑곳하지 않는다. 마르코도 적수에게 보내는 갈채에 무관심한 것 같다. 가만히 서서 그저 칼끝으로 황금색 무릎받이를 툭툭 건드리고 있다.

"여보세요." 롤랑 르누아르는 수화기를 들면서 습관적으로 담배를 집는다. 혼선이 생겨 치직거리는 소음이 들리더니 누군가 숫자를 불러주는 소리가 들린다. 갑자기 수화기에서 귓구멍으로 쏟아

---

1 터키 이즈미르의 옛 명칭.

지는 어둠보다 더 어두운 침묵이 흐른다. "여보세요." 롤랑은 이렇게 말하면서 재떨이에 담배를 기대놓고 가운 주머니를 뒤적거려 성냥을 찾는다. "저예요." 잔의 목소리가 들린다. 피곤한 롤랑은 게 슴츠레한 눈으로 편하게 눕는다. "저예요." 한번 더 반복해도 롤랑이 대답하지 않자 잔이 덧붙인다. "쏘니아가 방금 전에 나갔어요."

마르코의 의무는 장엄한 귀빈석을 올려다보며 만수무강을 비는 것이다. 그렇게 해야만 하며, 그러면 총독 부인과 총독을 볼 수 있고, 또 최근 몇 시합에서 그랬듯이, 어쩌면 총독 부인이 그에게 미소를 보내리라는 것도 알고 있다. 마르코는 생각할 필요도 없고, 또 생각할지도 모르지만 경기장이 음험하다는 것쯤은 본능적으로 알아챈다. 이전 시합으로 거무튀튀해진 곳을 쓸고 지나간 갈퀴와 야자수 잎이 거대한 갈색 눈을 그려놓은 것이다. 전날밤 마르코는 물고기 꿈을 꿨다. 꿈에서 무너진 기둥 사이로 나 있는 한적한 길을 보았다. 검투사 무장을 갖춰주던 사람은 총독이 그에게 금화를 주지 않을 것이라고 중얼거렸다. 마르코는 그 이유를 물어보기가 귀찮았다. 다른 사람은 면전에서 악의적인 웃음을 터뜨리고 밖으로 나갔다. 마실리아²에서 그가 죽인 검투사의 동생이라고 나중에 어떤 사람이 귀띔해주었으나 그는 이미 통로로, 함성 가득한 경기장으로 떠밀려 들어가고 있었다. 견디기 힘든 더위다. 투구도 무겁다. 투구에서 반사된 햇빛이 경기장 차일과 관람석에 되비치고 있다. 다시 무너진 기둥이 떠오른다. 명확한 의미도 없는 꿈, 이해하려는 찰나에 망각의 구렁텅이로 빠져버린 꿈. 검투사 무장을 갖춰주던 사람은 총독이 금화를 주지 않을 것이라고 말했다. 어쩌면 오늘

----

2 프랑스 마르세유의 로마 시대 명칭.

오후 총독 부인은 미소를 보내지 않을 것이다. 이제 환호성도 그와 무관하다. 다른 사람을 환호하고 있기 때문이다. 방금 전에 그가 받은 환호성보다 못하지만 놀라 자지러지는 비명이 섞여 있다. 마르코는 고개를 들고 귀빈석을 쳐다본다. 이레네는 고개를 돌려 우라니아와 이야기하는 중이고, 총독은 귀찮다는 듯이 신호를 보낸다. 마르코는 온몸이 경직되면서 저도 모르게 칼자루를 힘껏 움켜쥔다. 반대편 통로로 눈을 돌렸으나 어쩐 일인지 상대방 모습은 보이지 않고, 맹수가 나오는 어두컴컴한 통로에서 쇠창살을 들어올리는 소리가 들린다. 누비아 출신 흑인 그물 검투사의 거대한 그림자가 이끼 낀 석벽에 어른거린다. 이제 생각이고 자시고 할 것도 없이 총독이 금화를 주지 않으리라는 것은 명확하다. 마르코는 물고기와 무너진 기둥의 의미를 추측해본다. 그와 동시에 그물 검투사와 그 사이에 벌어질 일은 조금도 중요하게 여기지 않는다. 그것은 직업이고 숙명이다. 그러나 마르코의 몸은 겁을 먹은 것처럼 아직도 경직되어 있다. 왜 그물 검투사가 맹수의 통로로 나오는지 몸이 의아하게 여기는 것이다. 마르코 역시 관중의 갈채 속에서 그 점을 의아하게 여기고 있다. 리카스도 궁금해서 총독에게 물어보지만 총독은 미소만 지을 뿐, 번외 경기에 대해서는 입을 다문다. 리카스는 삐죽 웃으며 마르코에게 돈을 걸어야겠다고 생각한다. 이어지는 총독과 리카스의 대화를 듣기 전인데도 이레네는 이미 다음 일을 알고 있다. 총독은 그물 검투사에게 걸 것이며, 그뒤에는 그녀를 상냥하게 쳐다보고 차가운 포도주를 따라주라고 명할 것이다. 그러면 그녀는 포도주를 마시고, 그물 검투사의 체격과 잔인성에 대해 우라니아와 이야기하리라. (이처럼 동작 하나하나를 예측할 수 있다. 비록 그런 동작을 하는 사람 자신은 전혀 모르며, 또 그물 검투사의 상체에 감탄하는 우라니아의 입술 모양이라든가 포도주잔은 빠트릴 수도 있겠지만.) 그러면 써커스를 수없이 많이 본 리카스는 이 미터나 되는 키 때문에 그물 검투사의 투구가 맹수 우리의 쇠창살 끝에 긁혔다고 두사람에게 일러줄 것이고, 왼팔에 그물을 정연하게 겹쳐놓은 솜씨를 칭찬할 것이다. 항상 그렇듯이, 오래전 결혼 첫날밤부터 그랬듯이 이레네는 겉으로 아무렇지도 않은 듯 웃고 즐거워하지만 속으로는 한없이 깊은 곳으로 움츠러든다. 그 자유롭고 황폐한 내면에서 이레네는 관중이 열광하는 번외 경기에 총독이 숨겨놓은 죽음의 징후를 느끼고 있다. 그 징후는 오로지 그녀만이 감지하고 있다. 어쩌면 마르코도 감지할지 모른다. 그러나 저렇게 엄숙하고 과묵하고 기계적인 마르코라면 감지하지 못할 것이다. 그리고 어느날 오후 써커스에서 이레네가 욕망한 마르코의 몸은 (총독은 짐작하고 있었다. 점술가를 부를 필요도 없이 처음부터 짐작하고 있었다) 목이 대번에 잘려나간 트라키아 검투사의 시신을 밟고 상상에 빠져 쓸데없이 이레네를 두번이나 쳐다본 댓가를 치를 것이다.

롤랑의 전화번호를 돌리기 전, 잔의 손은 패션 잡지를 넘기고, 신경안정제병을 만지고, 소파에 웅크리고 앉은 고양이의 등을 쓰다듬었다. 롤랑의 목소리가 들리자 잔은 약간 졸린 목소리로 "여보세요"라고 말한다. 문득 잔은 롤랑에게 이야기한다는 게 우습다는 생각이 든다. 짐짓 입을 다물고 담배나 피우는 아이러니하고 유일한 구경꾼에게는 전화로 우는소리나 해대는 여자밖에 더 되겠는가. "저예요." 잔이 말한다. 그러나 그 말은 상대방보다는 자신에게 하는 말이 되었다. 상대방은 치직거리는 소리가 무대 배경처럼 춤을 추는 곳에서 침묵하고 있다. 잔은 전화번호를 돌리기 전에 무심하게 고양이를 쓰다듬던 손을 바라보고 있다. (그런데 전화기에서 숫자 불러주는 소리를 못 들었을까? 말도 없이 고분고분하게 받아 적는 저편의 누군가에게 숫자를 불러주는 아득한 목소리가 없었을까?) 그리고 신경안정제병을 들었다가 놓은 손은 자기 손이 아니며, "저예요"라고 방금 전 한계선상에서 반복한 목소리도 자기 목소리가 아니라고 여긴다. 자존심 같아서는 입을 다문 채 조용히 수화기를 내려놓고 깨끗하게 혼자이고 싶다. "쏘니아가 방금 전에 나갔어요." 잔이 이렇게 말함으로써 한계선은 무너지고, 말도 안되는 일이 시작된다. 안락한 소규모의 지옥이 시작된다.

"아. 그래." 롤랑은 성냥을 그으면서 말한다. 성냥 긋는 소리가 잔에게 또렷이 들린다. 담배 연기를 빨아들이는 롤랑의 얼굴이 눈에 선하다. 조금 후에는 실눈을 뜨고 연기를 내뿜겠지. 반짝거리는 그물이 그물 검투사의 팔에서 강물처럼 쏟아지자 마르코는 때맞춰 그물을 피한다. 다른 때 같으면 (총독은 이미 알고 있다. 그리고 고개를 돌려 이레네만 볼 수 있게 웃는다) 마르코는 그물 검투사의 취약점이 드러나는 그 순간을 놓치지 않고 방패로 삼지창의 공격을 차단하면서 상대의 가슴을 향해 번개처럼 돌진했으리라. 그러나 마르코는 도약할 듯이 자세를 낮춘 채 거리를 두고 있고, 그물 검투사는 재빨리 그물을 거둬들여 재차 공격할 기회를 노린다. '졌다.' 이렇게 생각하는 이레네는, 우라니아가 내민 쟁반에서 사탕을 집는 총독을 쳐다보지도 않는다. '예전 같지 않네.' 이렇게 생각하는 루카스는 내기를 잘못 걸었다고 내심 후회한다. 마르코는 조금 웅크린 자세로, 주위를 도는 그물 검투사를 따라 움직인다. 모두가 예감하는 것을 마르코만 아직 모르고 있다. 제때 기량을 발휘하지 못해 약간 당황한 마르코는 몸을 웅크린 채로 여전히 기회를 노리고 있다. 시간이 더 흘러야, 승리한 뒤에 술집에서 시간을 보낸 다음에나 총독이 금화를 주지 않으려는 이유를 이해할 수 있을지 모른다. 마르코는 무뚝뚝한 표정으로 적당한 기회를 노리고 있다. 어쩌면 막판에 그물 검투사의 주검을 밟고 총독 부인의 미소를 다시 볼 수 있을지도 모른다. 그러나 지금 그런 생각을 하는 사람은 마르코가 아니다. 그런 생각을 하는 사람은, 마르코가 목이 잘린 그물 검투사의 가슴을 밟으리라고는 믿지 않는다.

"어서 이야기해." 롤랑이 말한다. "나더러 오후 내내 누군지도 모르는 저 사람이 불러주는 숫자를 듣고 있으라는 것은 아니겠지. 저 소리 안 들려?" "들려요." 잔이 말한다. "감이 아주 멀지만 들려요. 삼백오십사, 이백사십이." 한동안 아득하고 단조로운 그 목소리밖에 들리지 않는다. "아무튼 전화를 실용적으로 이용하고 있네." 롤랑이 말한다. 보나 마나 투정부터 쏟아내겠지. 그러나 잔은 몇초 동안 침묵하다가 되풀이한다. "쏘니아가 방금 전에 나갔어요." 그리고 조금 망설이다가 덧붙인다. "지금쯤 당신 집에 도착했을 거예요." 이 말에 롤랑은 깜짝 놀란다. 쏘니아가 집에 올 리가 없다. "거짓말하지 마요." 잔이 말한다. 손에서 빠져나간 고양이가 잔을 노려본다. "거짓말이 아니야." 롤랑이 말한다. "내 말은 오고 안 오고의 문제가 아니라 시간이야. 쏘니아는 이런 시간에 찾아오거나 전화하면 내가 귀찮아한다는 것을 알아." 팔백오. 아득한 목소리가 들린다. 사백십육. 삼십이. 잔은 눈을 감고 기다린다. 낯선 사람의 목소리가 잠시 쉬는 틈에 한가지 아직 못다 한 이야기를 하려는 것이다. 롤랑이 전화를 끊어도 아득한 저 목소리는 여전히 남아 있을 것이다. 잔은 수화기를 귀에 댄 채로 소파에서 점점 미끄러져서 마주 보고 엎드린 고양이를 쓰다듬고, 약병을 건드려보고, 저 목소리도 지쳐서 더이상 숫자를 불러주지 않을 때까지 듣고 있을 것이다. 이제 남은 것이라고는 수화기밖에 없는데, 이마저도 손으로 들고 있기 힘들 만큼 무거워지기 시작하여 죽은 사물이 되면 쳐다보지도 않고 손에서 놓아버릴 것이다. 일백사십오, 이렇게 말하는 목소리가 들린다. 그리고 훨씬 더 아득한 곳에서 (연필로 그린 아주 작은 그림처럼 느껴진다) 따닥 소리가 들리는 중간에 아마도 수줍음 타는 여자일 것 같은 사람이 묻는다. "북부 역?"

두번째로 던진 그물을 간신히 피하지만 거리를 잘못 계산한 마르코는 뒤로 성큼 물러나다가 젖은 땅에서 미끄러진다. 마르코가 칼을 휘둘러 그물을 못 던지게 하고, 방패를 든 왼팔을 뻗어 요란한 소리와 함께 삼지창의 공격을 막아내자 관중은 손에 땀을 쥔다. 총독은 흥분한 리카스의 말을 무시하고, 미동도 하지 않는 이레네에게 고개를 돌린다. "지금 아니면 영원히 기회가 없소." 총독이 말한다. "영원히 없겠죠." 이레네가 대답한다. 리카스는 같은 말을 되풀이한다. "예전 같지 않아. 호되게 당하겠는데. 그물 검투사가 또 기회를 주지는 않을 것 같아. 척 보면 알지." 거리를 두고 가만히 서 있는 마르코는 실수를 깨달은 것 같다. 방패를 높이 들고, 그물 검투사가 거둬들인 그물과 이 미터 전방에서 정신 사납게 움직이는 삼지창을 뚫어지게 쳐다본다. "맞는 말이오. 예전만 못하오." 총독이 말한다. "이레네, 당신은 저 검투사에게 걸었지요?" 곧 덤비려고 자세를 낮춘 마르코는 관중이 그를 포기했다는 것을 피부로, 가슴으로 느끼고 있다. 한순간이라도 마음이 평온하다면 그를 무기력하게 만드는 매듭을, 눈에 보이지 않는 사슬을 끊을 수 있으리라. 아주 오래전에 시작되었으나 어디서부터 시작되었는지는 알 수 없는 그 사슬은 어느 때는 총독의 요청이고, 뭉텅이 돈을 준다는 약속이었다. 또 그 사슬은 물고기 꿈이기도 한데, 이제 아무것도 할 수 없는 시간이 되어서야, 찢어진 차일을 뚫고 들어온 햇살을 모두 포획하려는 듯이 눈앞에서 춤을 추는 그물을 보면서 물고기 꿈을 현실로 느끼고 있다. 모든 게 사슬이고 함정이다. 그물 검투사가 처음으로 한걸음 뒤로 물러난다. 마르코가 허리를 펴고 위협적인 힘을 발휘하자 관중은 갈채를 보낸다. 마르코는 유일한 길을 선택한다. 그것은 혼란과 땀과 피 냄새, 즉 면전의 죽음을 분쇄하는 것이다. 누군가는 웃음이라는 가면 뒤에서 마르코를 위해 그 생각을 한다. 그 누군가가 바로 죽어가는 트라키아 검투사를 밟고 있는 마르코를 욕망했다. '독이다.' 이레네는 속으로 생각한다. '언젠가 내가 저 독을 찾아낼 거다. 하지만 지금은 그가 건네준 포도주잔을 받자. 독보다 더 독한 잔이라는 것을 내 알지만 때를 기다리자.' 쉬는 시간이 길어지는 것 같다. 그에 따라서 숫자를 읊는 아득한 목소리가 간헐적으로 들리는, 음침하고 캄캄한 회랑도 길어진다. 사람들이 진짜로 하고 싶은 이야기는 말 너머의 어떤 순간에 있다고, 잔은 항상 그렇게 믿고 있다. 어쩌면 저 숫자가 더 많은 이야기를 하는 것이다. 주의 깊게 숫자를 듣고 있는 사람에게는 그 어떤 연설보다 더 많은 이야기를 한다. 마찬가지로 잔에게는 쏘니아의 향수와 떠나기 전에 어깨를 만지고 지나간 손이 쏘니아의 말보다 훨씬 많은 이야기를 해주었다. 그러나 쏘니아가 저 숫자처럼 암호화된 메시지에 만족하지 않고 모든 철자를 동원하여 잘근잘근 그 이야기를 하고 싶어하는 것은 당연했다. "네게는 무척 힘든 일인 줄 알고 있어." 쏘니아는 되풀이했다. "하지만 아닌 척 감추기 싫어서 진실을 이야기한 거야." 오백사십육, 육백육십이, 이백팔십구. "쏘니아가 당신 집으로 가든 말든 상관없어요. 이제 아무것도 중요하지 않아요." 잔이 말한다. 숫자를 불러주는 소리 대신에 긴 침묵이 감돈다.
"내 말 듣고 있어요?" 잔이 묻는다. "그래." 롤랑은 재떨이에 꽁초
를 비벼 끄고, 느긋하게 꼬냑잔을 찾으면서 말한다. "내가 이해할
수 없는 것은……" 잔이 말한다. "이봐." 롤랑이 말한다. "이런 경우
를 이해하는 사람은 아무도 없고, 또 이해한다고 득이 될 것도 없
어. 쏘니아는 성격이 급해서 탈이야. 네게 그런 말을 할 사람은 쏘
니아가 아니야. 이 빌어먹을 놈의 숫자는 끝날 줄을 모르네." 조직
화된 개미의 세계를 생각나게 만드는 작은 목소리는 더욱 가깝고
더욱 두꺼운 침묵 밑에서 작은 소리로 숫자를 불러주고 있다. "그
런데 당신이, 아무튼 당신이……" 잔은 두서없이 말한다.

　롤랑은 꼬냑을 한모금 마신다. 피상적인 대화를 싫어하는 롤랑
은 항상 단어를 신중하게 선택한다. 잔은 문장마다 강조를 달리하
며 두세번 되풀이하리라. 그래서 잔이 반복해서 말하는 동안 롤랑
은 두서없는 말을 정리할 수 있는 간단명료한 대답을 준비한다. 한
차례 속임수와 측면 공격을 시도한 다음 마르코는 크게 숨을 쉬면
서 몸을 편다. 이번에는 그물 검투사가 공격 순서를 바꾸리라는 느
낌이 든다. 그물을 던지기 전에 삼지창부터 겨눌 것이다. "주의해
서 보시오." 리카스가 자기 부인에게 설명한다. "압타율리아[3]에서
싸우는 것을 본 적이 있는데, 항상 상대방을 당황하게 만듭니다."
마르코는 그물의 사정권에 들어가는 위험을 무릅쓰고 앞으로 돌
진했다. 그물 검투사의 손에서 반짝이는 강물이 번개처럼 쏟아졌
다. 변변한 방어수단이 없는 마르코는 방패만 높이 쳐들었을 뿐이
다. 가까스로 그물망은 피했으나 아래쪽을 노리고 들어온 삼지창

3 현재 프랑스의 압뜨.

에 찔려 허벅지에서 피가 튀고, 너무나 짧은 마르코의 칼은 삼지창 자루에 부딪혀 쓸데없이 소리만 요란하다. "내가 뭐라고 그랬습니까." 리카스가 소리친다. 총독은 찢어진 허벅지와 황금색 무릎받이 속으로 흘러들어가는 피를 유심히 쳐다보며 이레네가 저 허벅지를 애무하기 좋아했고, 그가 아프게 하려고 끌어안을 때처럼 신음 소리를 내면서 마르코의 체온과 힘을 갈망했으리라고 조금은 씁쓸하게 생각한다. 그날밤에 그 이야기를 들려주고, 이레네의 표정에서 완벽한 가면의 약점을 찾는 것도 재미있으리라. 이레네는 끝까지 무관심한 척하리라. 지금 결투의 끝이 임박하자 갑자기 흥분한 관중이 고래고래 소리를 지르는데도 고상한 척하고 있듯이. "운명의 여신이 그를 버렸나보오." 총독이 이레네에게 이야기한다. "이런 지방 경기장까지 데려온 내가 잘못이지 싶소. 저 검투사가 반쪽은 로마에 두고 온 것이 분명하오." "나머지 반쪽은 여기에 남겠지요. 내가 건 돈과 함께 말입니다." 리카스가 웃는다. "제발 좀 그러지 마." 롤랑이 말한다. "오늘 저녁에 만날 건데 전화로 이런 이야기를 계속해야 하나 싶다. 다시 말하지만, 쏘니아가 성급했어. 네가 충격 안 받게 하고 싶었어." 그 개미가 숫자를 불러주지 않자 잔의 말소리가 다르게 들린다. 목소리에 눈물이 묻어 있지 않아서 롤랑은 놀란다. 비난이 쏟아질 것을 예상하고 대꾸할 말을 준비하고 있었기 때문이다. "충격 안 받게 하고 싶었다고?" 잔이 말한다. "거짓말. 나를 또 속이네요." 롤랑은 한숨을 쉬고, 말을 삼킨다. 하품이 나올 때까지 지겨운 대화가 이어질 수도 있기 때문이다. "미안해. 그런데 계속 이런 식이면 전화 끊을 거야." 처음으로 목소리가 부드러워진다. "내일 보는 게 좋겠다. 어쨌거나 우리는 고상한 사람들이니까." 아주 멀리서 그 개미가 숫자를 불러준다. 팔백팔십팔. "오지 마세요." 잔이 말한다. 숫자와 함께 들려오는 말이 재미있다. 팔백 오지 팔십 마 팔 세요. "다시는 오지 마세요." 멜로드라마, 자살할지도 모른다는 위협, 마리 조제[4]의 일을 비롯하여 모든 여자들이 비극으로 여기는 일의 지겨움. "바보같이 굴지 마." 롤랑이 충고한다. "내일이면 조금 이해가 될 거야. 우리 두사람을 위해서도 바람직한 일이고." 잔은 침묵하고, 개미는 끝이 딱 떨어지는 숫자를 불러준다. 백, 사백, 천. "아무튼, 내일 봐." 이렇게 말하는 롤랑은 쏘니아의 평상복을 보고 놀란다. 방금 전에 문을 열고 들어온 쏘니아는 심란한 표정으로 서 있다. "그새 당신에게 전화했네." 쏘니아는 이렇게 말하면서 핸드백과 잡지를 내려놓는다. "내일 봐, 잔." 롤랑은 다시 한번 말한다. 침묵은 활의 시위처럼 늘어나고, 마침내 멀리서 들려오는 숫자가 침묵을 끊는다. 구백사. "이놈의 숫자 좀 그만 불러!" 롤랑은 목청껏 소리를 지른다. 수화기에서 귀를 떼기도 전에 저쪽에서 찰깍 소리가 들려온다. 활이 무해한 화살을 쏜 것이다. 마비된 마르코는 곧 덮쳐올 그물을 피할 수 없다는 것을 알면서도 팔을 앞으로 뻗어 턱없이 짧은 칼로 그물 검투사를 겨냥한다. 그물 검투사는 한두차례 그물을 던질 듯하다가 다시 거둬들인다. 적당한 기회를 노리며 그물을 돌리는 품은, 마치 적을 끝장낸다는 것에 자극된 군중의 아우성을 연장하려는 것 같다. 그리고 찌를 때 최대한 힘을 실으려고 삼지창을 수평으로 쥐고 몸을 옆으로 숙인다. 높이 쳐든 방패로 그물을 막으려던 마르코는 검은 물체에 부딪힌 탑처럼 허물어진다. 칼이 들어가는 곳에서 비명 소리가 들려온다. 경기장 모래가 마르코의 입으로 들어오고, 눈으로 들어온다. 그물은

---

4 이딸리아 왕가의 마지막 왕비.

숨이 끊어지는 물고기를 쓸데없이 덮친다.

고양이는 쓰다듬는 손길에 무관심하기 때문에 잔의 손이 조금 떨리다가 차가워지기 시작하는 것을 느끼지 못한다. 미끄러져내리던 손가락이 갑자기 경직되면서 살갗을 건드릴 때, 까칠하게 반응한다. 곧 발랑 드러누워 발을 버둥거리며 귀염을 떠는데도 항상 웃어주던 잔은 이제 웃지 않는다. 고양이 곁에 있는 손은 여전히 움직임이 없다. 겨우 손가락 하나가 고양이의 온기를 더듬는 듯 까닥거리다가 이내 힘없이 떨어져 고양이의 따뜻한 옆구리와 그곳까지 굴러온 약병 사이에서 멈춘다. 복부 한가운데로 칼끝이 들어가자 그물 검투사는 뒤로 물러나며 비명을 지른다. 고통이 증오의 불길처럼 타오르는 마지막 순간에 그물 검투사는 온 힘을 끌어모아 삼지창으로 경기장에 쓰러진 마르코의 등을 찌르고 그 위에 풀썩 쓰러진다. 경련을 일으키는 그물 검투사의 몸뚱이가 옆으로 굴러떨어진다. 마르코는 반짝이는 거대한 곤충처럼 경기장에 박힌 채 서서히 팔을 움직인다.

"저렇게 훌륭한 두 검투사가 서로를 죽이는 경우는 흔치 않다오." 총독은 이레네를 돌아보며 말한다. "오늘 진기한 구경을 했으니, 우리 축하합시다. 오늘 저녁 따분한 결혼생활을 하는 내 동생에게 보낼 위로의 편지를 쓰겠소."

이레네는 움직이는 마르코의 팔을 보고 있다. 마치 등에 박힌 삼지창을 뽑으려는 듯이 아주 느리게 움직이고 있다. 그리고 벌거벗은 총독이 자루까지 들어간 삼지창에 찔린 채 경기장에 엎어져 있는 모습을 상상한다. 하지만 마지막까지 품위를 지키려는 마르코처럼 저렇게 팔을 움직이지는 않으리라. 토끼처럼 사지를 버둥거리며 비명을 지르고, 분노한 관중에게 용서를 구하리라. 이레네는 총독이 내민 손을 잡고도 다시 주저앉는다. 팔은 더이상 움직이지 않는다. 이제 할 수 있는 일은 미소 짓는 것뿐이다. 지성으로 피신하는 것뿐이다. 고양이는 잔이 움직이지 않자 불만이다. 여전히 다리를 들고 누워서 쓰다듬어주기를 기다린다. 조금 후에는 옆구리에 닿은 손가락이 귀찮다는 듯이 사납게 운다. 옆으로 돌아누워 손가락에서 멀어지자 벌써 잊어버린 듯 하품한다.

"이런 시간에 불쑥 찾아와서 미안해요." 쏘니아가 말한다. "문 앞에 세워진 당신 자동차를 보고 도저히 그냥 지나칠 수 없었어요. 잔이 전화했죠?" 롤랑은 담배를 찾는다. "당신 나쁜 짓을 했어. 그런 일은 남자나 하는 줄 알았는데. 어쨌거나 잔과 이년도 넘게 지냈어. 좋은 여자야." "즐겼겠죠." 쏘니아는 꼬냑을 마시면서 말한다. "그렇게 순수한 여자를 나는 한번도 용서한 적이 없어요. 그보다 더 화나는 일은 없어요. 그런데 처음에는 내가 농담하는 줄 알고 웃더라고요." 롤랑은 전화기를 쳐다보고, 그 개미를 생각한다. 쏘니아가 곁에 앉아 머리를 쓰다듬어주면서 마치 삽화라도 찾는 듯이 문학 잡지를 뒤적거리고 있다. 잔이 다시 전화할 텐데, 아마도 불편할 것이다. "나쁜 짓을 했어." 롤랑은 다시 이렇게 말하면서 쏘니아를 끌어당긴다. "이 시간에 찾아온 게?" 쏘니아는 웃으면서, 더듬더듬 지퍼 손잡이를 찾는 롤랑의 손에 몸을 맡긴다. 보라색 베일이 총독의 마지막 인사를 기다리는 관중에게 등을 돌리는 이레네의 어깨를 덮는다. 박수 소리에 사람들이 웅성거리는 소리가 뒤섞인다. 앞다투어 출구로 달려가 아래층으로 내려가는 내부 통로를 찾는 소리다. 이레네는 노예들이 시체를 끌고 간다는 것을 알고 있으므로 뒤돌아보지 않는다. 총독이 리카스의 초대를 수락하여 호숫가 저택에서 만찬이 열린다는 생각에 즐겁다. 그곳에서 밤공기를 쏘이면 평민들의 냄새, 경기 막판에 내지르던 고함 소리, 땅을 애무하듯이 느릿느릿 움직이던 팔을 잊는 데도 도움이 될 것이다. 잊는 것은 어렵지 않다. 비록 심기가 불편한 총독이 자질구레한 과거사를 들먹이며 괴롭힌다고 할지라도. 언젠가 이레네는 총독 또한 과거를 영원히 잊게 만드는 방법, 다시 말해서 총독이 그냥 죽었다고 사람들이 믿게 만드는 방법을 찾을 것이다. "우리 집 요리사의 솜씨를 보시게 될 것입니다." 리카스의 부인은 이렇게 말하고 있다. "남편의 입맛을 돌아오게 했고, 또 밤에……" 리카스는 웃음을 머금고 친구들에게 안부 인사를 건네면서 총독이 어서 마지막 인사를 하고 일행의 선두에 서서 통로로 나가기를 기다린다. 그런데 총독은 두구의 시신을 갈고리에 걸어 끌고 가는 경기장을 흐뭇하다는 듯이 계속 쳐다보고 있다. "너무 행복해요." 쏘니아는 졸음에 겨운 롤랑의 가슴에 뺨을 대고 말한다. "그런 말 하지 마." 롤랑이 중얼거린다. "빈말이라고 생각하는 사람도 있으니까." "내 말을 못 믿어요?" 쏘니아가 웃는다. "믿어. 그런데 지금은 그런 말 하지 마. 담배나 피우자." 롤랑은 담배를 찾으려고 키 낮은 탁자를 더듬는다. 곁에 있는 쏘니아에게 한대 물려주고, 두사람이 동시에 불을 붙인다. 졸음에 겨운 두사람은 서로 쳐다보지도 않는다. 롤랑은 성냥불을 흔들어 재떨이가 있는 탁자에 놓는다. 쏘니아가 먼저 잠이 들고, 롤랑은 조심스럽게 쏘니아 입에서 담배를 빼내서 그의 담배와 함께 탁자에 놓아둔다. 그리고 꿈도 없는 깊은 잠에 빠져 쏘니아로부터 미끄러진다. 불꽃도 없이 재떨이 옆에서 서서히 타들어가던 거즈 손수건이 꼬냑잔과 옷이 널려 있는 양탄자 위로 떨어진다. 평민들 가운데 일부가 소리를 지르며 아래쪽 계단으로 몰려든다. 총독은 다시 인사를 하고, 경비대에게 길을 열라는 신호를 보낸다. 제일 먼저 사태를 파악한 리카스는 총독에게 저쪽에서 불타고 있는 낡은 차일을 가리킨다. 출구를 찾아 허둥대는 관중 위로 불똥이 비 오듯이 쏟아진다. 총독은 질서를 외치며, 언제나 요지부동으로 등을 돌리고 있는 이레네를 떠민다. "서둘러요, 아래 통로가 막히기 전에!" 이렇게 외치며 리카스는 부인 앞에서 서두른다. 기름 끓는 냄새를 처음 맡은 사람은 이레네다. 지하 창고에서도 불이 난 것이다. 뒤쪽에서도 꽉 막혀버린 비좁은 통로를 빠져나가려고 발버둥 치는 사람들 위로 불붙은 차일이 떨어진다. 출구를 찾아 경기장으로 뛰어드는 사람들도 있다. 그러나 기름 연기에 가려 형체도 보이지도 않고, 한쪽 끝이 불타고 있는 차일 조각이 황제 전용 통로로 이어지는 좁은 길로 날아와 미처 피할 새도 없이 총독을 덮친다. 이레네는 총독의 비명을 듣고 돌아서서 타들어가는 천을 두 손가락으로 잡아당긴다. "나갈 수가 없어요. 저 아래 통로에 사람들이 짐승처럼 우글거려요." 이레네가 말한다. 그때 쏘니아가 비명을 지른다. 잠결에 그녀를 감싼 뜨거운 포옹에서 벗어나려고 한다. 첫번째 비명은 롤랑의 비명과 뒤섞인다. 검은 연기를 들이마신 롤랑은 일어나려고 발버둥 치지만 소용이 없다. 아직도 비명을 지른다. 갈수록 비명 소리는 약해진다. 구경꾼이 몰려든 거리로 소방차가 전속력으로 달려온다. "십층이야." 소방대장이 말한다. "어렵겠는데. 북풍이 불고 있어. 서둘러."

추적자
El perseguidor

찰리 파커[1]를 추모하며

너는 죽기까지 충성을 다하여라.

―요한묵시록 2:10

오, 나에게 가면을 만들어다오.

―딜런 토머스

데데가 오후에 전화를 걸어와 조니가 아프다고 했다. 나는 즉시 호텔을 찾아갔다. 얼마 전부터 조니와 데데는 라그랑주 거리의 어느 호텔 오층에서 살고 있다. 방문만 보고도 조니가 어지간히 궁색하다는 것을 알 수 있다. 창문은 어두컴컴한 안뜰을 향해 나 있어, 오후 1시에도 불을 켜야만 신문을 읽거나 얼굴을 알아볼 수 있다. 날이 춥지 않은데도 조니는 담요를 두르고 누르스름한 스펀지가 사방으로 삐져나와 너덜너덜해진 의자에 앉아 있다. 데데는 늙어 보인다. 그리고 전혀 어울리지 않는 빨간색 옷을 입고 있는데, 그 옷은 일할 때, 무대조명을 받을 때 입는 의상으로 호텔 방에서는 흡사 응고된 핏덩이처럼 흉물스럽게 보인다.

"브루노 저 친구는 입 냄새처럼 충직하단 말이야." 조니는 인사

----

1 미국의 알토색소폰 연주자이자 비밥 재즈의 창시자이며, 즉흥연주의 대가.

랍시고 이렇게 말하고 무릎에 턱을 고인다. 데데가 의자를 가져오고, 나는 골루아즈 한갑을 꺼내놓는다. 호주머니에는 럼주 한병이 들어 있으나 때가 되기 전에는 내놓지 않을 심산이다. 가장 눈에 거슬리는 것은 파리똥이 앉은 전깃줄에 매달린 알전구다. 한두번 쳐다본 후에 손바닥으로 전등을 가리면서 불을 끄고 창문에서 들어오는 빛만으로 어떻게 해볼 수는 없겠느냐고 데데에게 묻는다. 조니는 내 말과 몸짓이 재미있다는 듯이 유심히 쳐다본다. 마치 한곳을 가만히 응시하고 있는 고양이 같지만, 말이 그렇다는 것이지 실제로는 판이하게 달라 보이고 또 다른 것이다. 마침내 데데가 일어나서 전등을 끈다. 방 안은 희뿌옇게 변하지만 얼굴은 더 잘 보인다. 조니가 담요 밑으로 길고 깡마른 손을 꺼낸다. 그의 살갗에서 미지근한 온기가 느껴진다. 그때 데데가 네스까페를 타오겠단다. 네스까페 한통은 남아 있다고 생각하니 마음이 가볍다. 네스까페가 있다면 극심한 궁핍에 쪼들리는 것은 아니기 때문이다. 그런 사람은 얼마간 더 버틸 수 있다.

"오랜만이야. 우리 만난 지 한달쯤 됐지." 나는 이렇게 말을 건넨다.

"저런, 시간 계산밖에 할 줄 모르네." 조니의 대답이 까칠하다. "하루, 이틀, 사흘, 스무하루. 자네는 모든 것에 숫자를 붙이거든. 데데도 마찬가지야. 왜 저 사람이 화가 났는지 알아? 내가 쌕소폰을 잃어버렸기 때문이야. 하긴 화를 낼 만도 하지."

"어쩌다가 잃어버렸어?" 이렇게 말하면서도 조니에게 해서는 안되는 질문이라는 생각이 든다.

"지하철에서. 안전한 곳에 둔다고 좌석 밑에 뒀어. 발밑에 있으니까 마음 푹 놓고 타고 왔지."

"그런데 호텔 계단을 올라올 때서야 그 생각이 난 거죠. 그래서 내가 정신없이 뛰어나가서 지하철 직원에게 알리고, 경찰서에 가서 신고도 했어요." 데데의 말이다. 약간 걸걸한 목소리다.

그다음 말이 없는 것으로 보아 헛수고였나보다. 그러나 조니는 웃음을 터트린다. 늘 그렇듯이 헛헛한 웃음이다.

"재수 옴 붙은 놈이 지금 그 쌕소폰을 불어보려고 애를 쓰고 있을 거야. 그렇게 형편없는 악기는 생전 처음이었어. 전에 로드리게스가 만진 악기 같은데, 겉만 멀쩡하지 속은 엉망이야. 악기 자체야 나쁘지 않지. 하지만 로드리게스가 손만 대면 스트라디바리우스라도 망가져버리거든."

"그래, 다른 것을 구했어?"

"그거야 우리가 어떻게 알아봐야죠. 로리 프렌드에게 쌕소폰이 있는 것 같은데, 난처한 일은 조니의 계약이……"

"계약이……" 조니가 데데의 말을 따라 한다. "계약이고 뭐고 연주를 해야만 하는데, 다 글렀지, 뭐. 쌕소폰도 없고 살 돈도 없어. 단원들 형편도 나와 마찬가지고."

쌕소폰이 없어서 연주를 못할 거라는 조니의 말은 사실이 아니다. 우리 셋 다 그 정도는 알고 있다. 아무튼 이제 아무도 조니에게 악기를 빌려주려고 하지 않는다. 빌려주기만 하면 곧바로 잃어버리거나 망가뜨려버린다. 보르도에서는 루이스 롤링의 쌕소폰을 분실했고, 영국 순회공연 계약을 체결했을 때는 데데가 사준 쌕소폰을 내동댕이치고 짓밟아서 세동강 내버렸다. 지금까지 잃어버리고 저당 잡히고 부숴버린 쌕소폰이 몇개나 되는지 모른다. 조니는 그런 악기로 연주하지만, 내가 보기에는 어느 신神이 칠현금이나 플루트 대신 알토색소폰을 잡고 연주하는 것 같다.

"조니, 언제부터 시작하는데?"

"잘 모르겠어. 오늘부턴가? 데데, 맞아?"

"아니에요. 모레부터예요."

"나만 빼놓고 세상 사람들은 다 날짜를 알고 있단 말이야." 귀 있는 데까지 담요를 끌어당기며 조니가 투덜거린다. "틀림없이 오늘 저녁인 줄 알았는데. 그래서 오후에 연습을 못 나갔다고 생각했지."

"오늘이나 내일이나 마찬가지죠. 쌕소폰이 없는데." 데데의 말이다.

"어떻게 마찬가지라는 거야? 마찬가지가 아니야. 모레는 내일 다음 날이고, 내일은 오늘이 한참 지나야 하고, 오늘만 해도 시간이 얼마나 많이 남아 있는데. 그런 시간에 우리는 브루노와 이야기를 나누고. 아무튼, 시간이고 뭐고 잊어버리고 따끈한 것이나 마시면 좋겠다."

"물이 끓겠어요. 잠깐만 기다리세요."

"그렇게 끓이는 것 말고." 그제야 나는 럼주를 꺼낸다. 전깃불을 켠 것처럼 표정들이 밝아진다. 조니는 좋아서 함박만 하게 벌어진 입을 다물 줄 모르고, 데데까지도 어찌나 반갑고 기쁜지 미소를 짓는다. 네스까페와 럼주는 참 잘 어울린다. 담배 한대에 술을 두모금쯤 마시고 나니, 기분이 무척이나 좋아진다. 그때쯤이다. 조니가 점점 자기 생각에 빠져들어, 내가 그를 알게 된 때부터 집착해온 시간이라는 문제를 넌지시 내비치고 있다는 사실을 알아차린 것은. 나는 시간과 관계된 것에 그렇게까지 관심을 쏟는 사람을 본 적이 없다. 그것은 광기다. 조니의 수많은 광기 가운데 가장 몹쓸 광기다. 하지만 일단 이야기를 꺼내고 맛깔스럽게 설명하기 시작하면 아무도 막을 수가 없다. 조니가 음반을 취입하기 전에 씬시내티에서 열렸던 시연회가 기억난다. 49년인가 50년인가, 아무튼 빠리로 건너오기 훨씬 전의 일이다. 당시 조니는 한창때였다. 내가 그 시연회에 간 이유는 오로지 조니와 마일스 데이비스의 연주를 듣고 싶었기 때문이다. 모두들 연주하고자 하는 의욕이 넘쳤고, 자신만만했다. 옷도 잘 입고 다녔으며 (내가 이 사실을 기억하는 것은 아마도 저렇게 더럽고 볼썽사나운 옷차림을 한 조니와 비교되어서 그럴 것이다) 조금도 욕심부리지 않고 신명나게 연주했다. 녹음기사는 흡족한 개코원숭이처럼 음향실 창 너머로 만족스럽다는 신호를 보냈다. 그러나 바로 그 순간에, 조니가 흥에 취한 것 같던 바로 그 순간에 갑자기 연주를 멈추고 옆 사람을 주먹으로 툭 치면서 이렇게 말했다. "이 곡은 내가 내일 연주하고 있는 곡이야." 단원들은 연주를 중단했다. 단지 두세명만이 제동이 늦은 열차처럼 몇소절 더 연주했을 뿐이다. 조니는 이마를 치면서 같은 말을 반복했다. "이 곡은 내가 이미 내일 연주한 곡이야. 마일스, 무서워. 이 곡은 이미 내일 연주했어." 아무도 그런 생각에서 벗어나게 할 수 없었다. 그후, 모든 게 엉망이 되었다. 조니는 내키지 않는 연주를 했고, 자리를 뜨고 싶어했다. (화가 머리끝까지 치밀어오른 녹음기사는 또 환각제를 처먹으러 가는 거라고 말했다.) 사색이 된 얼굴로 비틀거리며 밖으로 나가는 조니를 보면서 나는 앞으로도 종종 그런 일이 반복되리라고 예상했다.

"베르나르 의사 선생님을 불러야겠어요. 열이 있는데, 아무 약도 먹지 않았어요." 럼주를 홀짝거리는 조니를 곁눈질하며 데데가 말한다.

"그 의사는 구제 불능의 바보야." 술잔을 핥는 조니의 말이다.

"나에게 아스피린 몇알을 주고 나서 자기는 재즈를 무척 좋아한다고 떠들어댈 거야. 뭐, 레이 노블 음악 같은. 브루노, 무슨 말인지 알지? 쌕소폰이 있으면 그놈의 의사가 들어올 때 확 불어젖혀 오층 계단을 엉덩방아로 내려가게 만들겠어."

"아스피린을 먹어서 나쁠 것은 없지." 나는 데데를 흘깃 쳐다보며 거든다. "이따 나갈 때 전화 걸어줄까? 그러면 데데가 내려가지 않아도 되는데. 그런데 그 계약 말이야, 모레부터 시작한다면 어떻게 할 수도 있을 것 같은데⋯⋯ 내가 로리 프렌드에게 쌕소폰을 빌려볼게. 정 안되면⋯⋯ 아무튼 악기 좀 잘 챙겨서 다녀."

"오늘은 그런 이야기 그만하지." 조니는 럼주병을 보면서 말을 잇는다. "다음에, 쌕소폰이 생기면 그럴게. 아무튼 지금은 그런 이야기를 할 이유가 없어. 브루노, 갈수록 시간이 무언지 더 잘 알게 되는데⋯⋯ 음악이 이 문제를 이해하는 데 얼마간 도움이 된다고 생각해. 사실 나는 아무것도 이해하지 못하기 때문에 이해하는 데 도움이 된다고 말하기도 어렵지만 말이야. 아무튼 내가 할 수 있는 이야기는, 뭔가가 있다는 거야. 꿈이라고나 할까. 자네가 꿈을 꾸고 있는데, 모든 게 다 망가져버릴 것 같은 느낌이 들어서 지레 겁을 먹었지. 하지만 그와 동시에 아무것도 확실하지가 않아. 어쩌면 모든 게 팬케이크처럼 돌고 돌아서 갑자기 자네는 예쁜 여자와 같이 자고 있고, 모든 게 성스러울 정도로 완벽한 거야."

데데는 방 한구석에서 컵과 커피잔을 씻고 있다. 이제 보니 방 안에 수도꼭지조차 없다. 분홍색 꽃이 담긴 세면기와 박제된 동물을 연상시키는 세면기용 물주전자가 눈에 띈다. 조니는 담요로 입을 반쯤 가리고 이야기를 계속하는데, 럼주와 열 때문에 검고 반질반질한 얼굴에서 땀방울이 송골송골 돋아나고 있다. 조니 역시 무릎에 턱을 괸 박제처럼 보인다.

"브루노, 이 문제를 다룬 책을 몇권 읽어봤어. 그런 책은 아주 드
물고, 사실 굉장히 어려워서…… 나는 음악이 도움이 된다고 생각
해. 이해하는 데 도움이 되지는 않아. 사실 나는 아무것도 이해 못
하거든." 조니는 주먹으로 자기 머리를 두드린다. 빈 바가지 소리
가 난다.

"브루노, 이 속에는 아무것도 없어. 소위 무無라는 거야. 이 머리
는 아무것도 생각하지 못하고 이해하지도 못해. 솔직하게 말해서,
내게는 필요없는 물건이지. 그래서 그 밑에 달린 눈으로 이해하기
시작했어. 눈이 밑에 달려 있으면 달려 있을수록 그만큼 더 잘 이
해하게 돼. 물론 그런 걸 이해라고 할 수 없다는 것쯤은 나도 알아."

"또 열이 오르겠어요." 방 안쪽에 있던 데데가 잔소리를 한다.

"조용히 좀 해. 브루노, 그건 사실이야. 나는 무엇을 생각해본 적
이 없어. 전에 생각한 것을 문득 의식할 뿐이야. 신기한 일은 아니
야, 그렇지? 자기가 생각한 것을 의식하게 됐다고 신기하게 여길
사람이 있겠어? 자네나 혹은 다른 사람이 생각한 거나 다를 바 없
으니까 말이야. 나는 내가 아니야. 단지 내가 생각한 것에서 쓸 만
한 것을 끄집어낼 뿐이지. 그것도 항상 때늦게 말이야. 이게 내가
견딜 수 없는 일이야. 그래, 어려워, 아주 어려운 거야…… 벌써 바
닥났어?"

병 밑바닥에 남은 술을 조니에게 따라준다. 바로 그 순간에 데
데가 다시 전등을 켠다. 방 안이 어두워서 아무것도 보이지 않았던
것이다. 조니는 땀을 흘리면서도 담요로 몸을 두르고 있다. 가끔 몸
을 부르르 떠는데, 그때마다 의자가 삐걱거린다.

"이런 사실을 아주 어릴 때부터, 쌕소폰을 배우기 시작했을 때부

터 알았어. 우리 집은 항상 난장판이었지. 빚이니 저당 같은 말밖에 하지 않았으니까. 브루노, 저당이 뭔지 알아? 틀림없이 무서운 일일 거야. 아버지가 저당 이야기를 꺼낼 때마다 어머니는 머리칼을 쥐어뜯었고, 결국에는 서로 치고받고 싸웠으니까. 내가 열세살 때…… 참, 전에 얘기했지."

전에 그 이야기를 들었으니 어쩌라는 것인가. 내가 쓴 조니 전기에서 그런 이야기까지 숨기지 않고 낱낱이 밝혔어야 한다는 말인가.

"그래서 우리 집에서는 바람 잘 날이 없었어. 밥도 안 먹고 그저 싸움질이야. 설상가상으로 종교까지. 그래, 그건 자네가 알 턱이 없지. 선생님이 쌕소폰을 구해주었는데, 그 악기를 봤더라면 배꼽 잡고 웃었을 거야. 아무튼, 그때 깨달았어. 음악은 나를 시간에서 벗어나게 한다는 사실을 말이야. 말로 표현하자면 그렇다는 거지. 이제 와서 생각해보면, 음악이 나를 시간 속으로 밀어넣은 거야. 하지만 이런 시간은…… 그래, 우리하고는 아무런 상관도 없지."

조금 전부터 환각에 빠진 조니가 살아온 인생 전부를 이야기하고 있다는 것을 알았기 때문에 들어주고는 있지만 귀담아듣지는 않았다. 그보다는 어떻게 빠리에서 마약을 구했을까, 그런 생각을 하고 있었다. 데데에게 물어봐야겠다. 그녀가 협조했겠지만, 그런 이야기는 쏙 빼고 말이다. 조니는 이런 상황을 얼마 견디지 못할 것이다. 마약과 가난은 결코 양립할 수가 없는 법이다. 아무튼 나는 조니가 허실하고 있는 음악, 남보다 훨씬 앞서가는 조니의 음악이 담겨 있을 수십 장의 음반을 생각한다. 문득 "이 곡은 내가 내일 연주하고 있는 곡이다"라는 말의 의미가 확연해진다. 조니는 항상 내일 연주를 하고 있으나 다른 사람들은 뒤처져, 조니가 첫 소절을 연주함으로써 힘들이지 않고 뛰어넘어버린 그 오늘에서 연주하고 있기 때문이다.

나는 재즈 비평가이며, 과민하다 싶을 정도로 나 자신의 한계를 잘 아는 사람이다. 내 사고는 저 불쌍한 조니가 밑도 끝도 없는 말과 한숨과 느닷없는 분노와 흐느낌으로 뛰어넘고자 하는 것보다 한 차원 아래다. 내가 천재로 여겨도 조니는 털끝만큼의 관심도 보이지 않으며, 자기 음악이 동료들 음악보다 훨씬 뛰어나다고 해서 으스대지도 않는다. 그가 선두에 서서 쌕소폰을 연주하면, 나는 마지막에 가서 뒷북이나 쳐주며 살 수밖에 없다는 씁쓸한 생각이 든다. 그가 입이라면 나는 귀다. 그가 입이고 내가 뭣이라는 표현보다는 낫기에 하는 말이지만…… 그래, 비평은 그가 씹는 쾌락을 느끼며 맛있게 먹은 것의 서글픈 종장이다. 그러한 조니의 입이 다시 움직이고 있었다. 커다란 혀를 내밀어 입술에 묻은 침을 게걸스럽게 핥고, 손으로 허공에다 뭔가를 그리고 있다.

"브루노, 언젠가 자네가 이 얘기를 쓰면…… 나를 위해서가 아니라…… 내겐 아무래도 상관없는 일이야. 아무튼 멋진 얘기가 될 거야. 틀림없어. 참, 어릴 적에 쌕소폰을 불기 시작했을 때 시간이 바뀌었다는 얘기를 하던 중이었지. 한번은 짐에게 그런 얘기를 했더니 세상 사람들은 다 마찬가지라고 하면서 한가지 일에 빠지면…… 사람이 한가지 일에 몰두하면 그렇게 된대. 하지만 그건 아니야. 내가 연주를 할 때, 몰두하는 건 아니니까. 단지 장소가 바뀔 뿐이지. 이를테면, 승강기를 타고 있는 것과 같아. 자네가 승강기 안에서 사람들과 얘기하는 동안에는 전혀 이상스럽지 않지. 하지만 그사이에 승강기는 일층을 지나 십층, 이십일층으로 올라가고 마침내 도시가 저 아래 있게 돼. 자네는 승강기를 타면서 꺼낸 말을 마치면서 내리지만, 첫마디와 마지막 말 사이에는 오십이층이 있는 거야. 내가 연주를 시작할 때는 승강기에 들어가는 거야. 하지만 그 승강기는, 말하자면 시간의 승강기야. 내가 저당이니 종교니 하는 것을 잊고 있다고는 생각하지 마. 다만 그런 순간에 저당이나 종교는 몸에 걸치지 않은 옷과 같은 거야. 나는 그 옷이 옷장에 있다는 것을 알지만 그런 순간에 그 옷이 존재한다는 사실에 대해 자네가 입을 다무는 것과 마찬가지야. 내가 그 옷을 입었을 때에야 그 옷이 존재하듯이, 저당이나 종교도 내가 연주를 끝내자마자 어머니가 헝클어진 머리로 들어와서는 빌어먹을 놈의 악기 소리 때문에 귀청이 찢어지겠다고 짜증을 낼 때에야 존재한 거야."

데데가 또 네스까페를 내온다. 하지만 조니는 우울하게 빈 술잔만 바라보고 있다.

"시간의 이런 면은 복잡해서 여러모로 골똘히 생각해봤어. 그리고 시간이란 가득 채워진 주머니 같은 게 아니라는 사실을 조금씩 깨달은 거지. 내 말은, 주머니의 내용물을 바꾼다 하더라도 그 주머니에는 일정량밖에 들어가지 않는다는 얘기야. 브루노, 내 가방 보이지? 저기에 옷 두벌하고 신발 두켤레가 들어가거든. 이제 자네가 가방을 비우고 옷 두벌과 신발 두켤레를 넣으려고 하는데, 이제 보니 옷 한벌하고 신발 한켤레밖에 들어가지 않는 거야. 이건 좋은 예가 아닌데…… 적절한 예는, 자네가 그 가방 속에 옷가게를 통째로, 다시 말해서 수백벌의 옷을 집어넣을 수 있다는 사실을 깨달을 때야. 내가 연주하면서 때때로 시간 속에 음악을 끼워넣었듯이 말이야. 이런 게 음악이라고 지하철을 타고 가면서 생각했어."

"지하철을 타고 가면서?"

"음, 그래. 그거 물건이더라고." 조니는 의뭉스럽게 이야기를 꺼낸다. "지하철은 위대한 발명품이야. 자네가 지하철을 타보면 가방 속에 모든 게 들어간다는 사실을 깨달을 거야. 어쩌면 지하철에서 쌕소폰을 잃어버린 것이 아닐지도 모르겠어. 어쩌면……"

조니는 웃음을 터뜨리고, 기침을 한다. 데데가 걱정스럽게 쳐다본다. 하지만 조니는 못마땅한 표정이다. 웃음과 기침이 뒤범벅이 되어 침팬지처럼 담요 밑에서 몸을 흔드는 조니의 눈에서 눈물이 흘러내린다. 눈물을 먹으면서도 조니는 언제나처럼 웃고 있다. 그리고 조금 뒤 말을 잇는다.

"그래, 혼동하면 안되지. 쌕소폰을 잃어버린 거야. 하지만 지하철 덕분에 가방의 속임수를 깨닫게 되었어. 탄력성 있는 사물이라는 생각은 아주 이상하지만 나는 도처에서 그걸 느껴. 모든 게 탄력적이야. 겉으로는 단단하게 보이는 사물도 탄력성이 있고……"

조니는 깊은 생각에 잠긴다.

"……시간이 지연되는 탄력성." 놀랍게도 조니는 이렇게 덧붙인다. 나는 감탄스럽다는 표정을 짓는다. 조니, 훌륭해. 자기는 생각할 수 없는 사람이라고 말하더니만. 놀라워. 이제 나는 정말로 조니가 하는 말에 흥미를 느끼기 시작한다. 조니는 이 사실을 알고 한결 의뭉스럽게 나를 쳐다본다.

"내가 모레 연주할 쌕소폰을 구할 수 있겠어?"

"그럼. 하지만 간수나 좀 잘하고 다녀."

"그래, 그럴게."

"한달 계약이에요. 보름은 레미의 나이트클럽에서 일하고, 콘서트 두번 하고, 음반을 몇장 취입할 겁니다. 잘할 수 있을 거예요."

데데가 이렇게 설명하자 조니가 야단스럽게 흉내를 낸다.

"한달 계약이에요. 레미의 나이트클럽에서 일하고, 콘서트 두번

하고, 음반을 몇장 취입할 겁니다. 베-바타-밥, 밥, 밥, 치르르. 입이 심심하다는 얘기야. 심심해서 한모금 빨고 싶다는 소리고."

나는 골루아즈 한갑을 꺼낸다. 마약 생각이 나서 그런다는 것을 모르는 바는 아니지만. 이제 밤이다. 복도에서 사람들이 오가는 발소리가 들린다. 아랍어로 이야기하는 소리도 들리고, 노랫소리도 들린다. 데데가 밖으로 나간다. 아마 저녁거리를 사러 가는 모양이다. 조니가 내 무릎에 손을 얹고 말한다.

"보다시피 착한 여자야. 하지만 나를 지겨워해. 나도 이제 사랑하지 않으니 더 고생시킬 수도 없는 일이고. 가끔은 나를 흥분시켜. 이렇게 사랑하려고……" 그러면서 손가락으로 흉내를 낸다. "하지만 헤어져야지. 아무래도 뉴욕으로 돌아가야겠어. 무슨 수를 써서라도 뉴욕으로 돌아갈 거야."

"뭐하려고? 거기서 힘들게 살았잖아. 일거리가 아니라 자네 생활 말이야. 친구도 여기가 더 많고."

"맞아. 자네도 있고, 후작 부인도 있고, 클럽 단원들도…… 브루노, 자네는 후작 부인하고 잔 적이 한번도 없어?"

"응, 한번도 없어."

"그러면 뭐…… 참, 지하철 이야기를 하고 있었지. 어쩌다가 얘기가 딴 데로 흘렀지? 아무튼 지하철은 위대한 발명품이야. 언젠가 지하철에서 무언가를 느꼈는데, 그뒤에 잊어버렸어…… 그런데 이삼일 후에 그런 일이 다시 생겨서 알았지. 설명은 쉽지만, 사실 진정한 설명이 아니기 때문에 쉬운 거야. 진정한 설명이란, 간단히 얘기할 수 있는 게 아니야. 자네도 지하철을 타고 어떤 생각이 떠오를 때까지 기다려야 봐야 해. 그런 일은 나에게만 생긴 일이지만…… 뭐, 그렇다는 얘기야. 그런데 정말로 후작 부인하고 잔 적이 없어? 후작 부인에게 침실 구석에 있는 황금색 의자 위로 올라가라고 했어야지. 스탠드 옆에 있는 등받이 없는 의자로 말이야. 그리고…… 제기랄, 벌써 돌아왔네."

꾸러미를 들고 들어온 데데가 조니를 쳐다본다.

"당신, 열이 더 올랐네요. 의사 선생님에게 전화했어요. 10시에 올 거예요. 안정을 취하라고 했어요."

"알았어. 하지만 그보다 먼저 브루노에게 지하철에서 일어난 일을 얘기해주고. 그후 어느날, 내게 무슨 생각이 떠올랐는지 알아차린 거야. 나는 어머니를 생각하고, 랜과 아이들을 생각했지. 물론 그 순간에는 내가 살던 동네를 걷고 있는 것 같았어. 그리고 친구들 얼굴도 보았지. 그건 생각하는 게 아냐. 이미 여러번 얘기했지만 나는 생각 같은 건 하지 않아. 마치 길모퉁이에 서서 내 생각이 지나가는 것을 보는 거나 다름없어. 하지만 보는 것은 생각하는 게 아니야. 무슨 말인지 알겠지? 짐 얘기로는 사람들은 모두 그렇대. 그리고 일반적으로 사람은 자기 마음대로 생각하는 게 아니라고 하던데, 그렇더라도 내가 쌩미셸 역에서 지하철을 타자마자 랜과 아이들을 생각하고 그 동네를 보았다는 게 문제야. 자리에 앉자마자 그 생각을 한 거야. 하지만 동시에 내가 지하철을 타고 있다는 사실도 알고 있었고, 일분쯤 지난 후에는 오데옹 역에 도착하고 사람들이 타고 내린다는 것도 의식하고 있었어. 그때에도 나는 랜을 생각하고 있었고, 시장에 다녀오는 어머니도 보고 있었지. 이렇게 식구들을 보면서 오랜만에 오붓하게 함께 있었어. 추억이란 항상 구질구질한 법인데, 그때는 아이들을 생각하고 보는 것이 즐거웠어. 내가 본 것을 죄다 이야기하면 짧은 순간에 그렇게 많은 것을 어떻게 봤느냐고 자네는 의심할 거야. 예를 들어 한가지만 이야기하자면, 랜은 초록색 옷을 입고 있었는데, 그 옷은 내가 햄프[2]와 같이 연주하던 클럽 33에 갈 때 입었던 거야. 랜의 벨트며 리본이며 허리 장식이며 옷깃을 보았는데, 동시에 본 것이 아니라 실제로는 랜의 주변을 돌면서 차림새를 찬찬히 뜯어보고 있었어. 그리고 랜의 얼굴을 보고, 아이들의 얼굴을 보고, 다음에는 옆방에 살던 마이크가 콜로라도 지방의 야생마 얘기를 내게 들려주고 있었는데, 농장에서 일을 해서 그런지 말 조련사처럼 가슴을 쫙 펴고 얘기하고 있었고……"

"조니!" 저쪽에서 데데가 말을 끊는다.

"내가 생각하고 보고 있던 것의 일부만을 얘기한 거야. 이 얘기를 하는 데 얼마나 걸렸지?"

"글쎄, 이분쯤 걸렸지."

"이분쯤 걸렸지." 조니는 내 말을 따라 한다. "이분 동안에 단지 일부만을 얘기했을 뿐이야. 만일 아이들이 하던 짓을 죄다 얘기하고, 햄프가「그만하세요, 엄마」를 어떻게 연주하고 있었으며, 내가 음표 하나하나를 어떻게 듣고 있었고…… 음표 하나하나를 말이야. 햄프의 연주는 지겹지 않거든. 또 어머니가 잔소리를 늘어놓으면서, 양배추 얘기 같았는데, 아버지와 나에게 미안하다고 하면서 양배추에 대해서 뭐라고 얘기하는 것을 들었거든…… 아무튼 이런 걸 자세하게 얘기했더라면 이분도 더 걸렸을 거야. 그렇지 않아?"

"사실 전부를 보고 들었다면 십오분은 족히 걸렸을 거야." 나는 웃으면서 이렇게 대답한다.

"그래, 십오분은 족히 걸렸을 거야. 그렇다면 말이지, 문득 열차

2 미국의 재즈 음악가 라이어널 햄프턴.

가 정차한 것을 느꼈고, 어머니와 랜의 생각에서 빠져나왔고, 오데
옹 역에서 일분 삼십초 거리에 있는 쌩제르맹데프레 역에 도착한
것을 알았는데, 어떻게 이런 일이 가능한지 설명할 수 있겠어?"

이제까지 조니 이야기에 별 관심을 두지 않았다. 그런데 이제 나
를 쳐다보는 시선에서 서늘한 한기를 느낀다.

"자네 시간에 따르면, 저 여자 시간에 따르면 일분 삼십초 정도
돼." 조니는 쓸쓸하게 이야기한다. "그리고 지하철의 시간이나 내
시계의 시간으로도 그래. 그렇다면, 어떻게 내가 십오분 동안 생각
할 수 있지? 어떻게 일분 삼십초 동안에 십오분 동안 생각할 수 있
느냐고? 맹세하지만, 그날 마리화나는 입에 대지도 않았어. 근처
에도 안 갔다고." 조니는 변명을 늘어놓는 어린애 같다. "그뒤에 또
그런 일이 생기고, 이제는 도처에서 그런 일이 일어나고 있어." 그
리고 영리하게 덧붙인다. "하지만 지하철에서만 깨달았어. 왜냐하
면 지하철을 타고 여행하는 것은 시계 속에 들어앉아 있는 거나 마
찬가지기 때문이야. 지하철역은 분分이고, 그 시간은 자네 같은 사
람들의 시간, 현재의 시간이야. 하지만 나는 다른 종류의 시간도 있
다고 알고 있거든. 그래서 생각에 생각을 거듭해보는데……"

조니는 손으로 얼굴을 가린다. 떨고 있다. 나는 진즉부터 그 집
에서 나오고 싶었다. 그러나 친구에게 유난히 민감한 조니를 서운
하지 않게 하려면 어떻게 해야 할지 모르겠다. 이런 이야기를 계속
하는 것은 조니에게 해롭다. 적어도 데데에게는 이런 이야기를 하
지 않을 것이다.

"브루노, 만약 내가 그런 순간에서만, 내가 연주를 하고 시간이
바뀌는 그런 순간에서만 살 수 있다면…… 자네는 일분 삼십초 동
안에 일어날 수 있는 일을 알고 있으니까…… 그렇다면 사람들은,

나뿐만 아니라 자네와 저 여자를 포함해서 모든 사람이 수백년을 살 수 있을 거야. 우리가 그 방법을 찾게 되면 시계에 쫓기면서, 시간과 미래에 대한 강박관념에 쫓기면서 살고 있는 지금보다 천배나 오래 살 거야."

나는 막연히 조니의 말이 옳다고 여기며 짐짓 미소를 띠우지만 언제나처럼 길거리로 나가 일상에 파묻히면 조니의 논리나 그 논리에 대한 나의 생각은 모조리 망각할 것이다. 그렇지만 그 순간에는 조니의 이야기가 반쯤 미친 사람의 이야기만은 아니라고, 현실 감을 상실하고 그 대신 희망이라는 일종의 현실에 대한 패러디만 남은 사람의 이야기만은 아니라고 확신한다. 물론 그 순간에 조니가 하는 이야기는 (조니는 오년 전부터 나에게 이런 이야기를 했고, 만나는 사람마다 유사한 이야기를 들려줬다) 나중에 다시 생각해보려고 듣는 것은 아니다. 길거리로 나설 때, 과거의 일이 될 때, 그리고 그런 말을 되풀이하는 사람이 조니가 아닐 때, 이 모든 이야기는 마리화나의 환각이나 진부한 속임수가 되어버리고, 처음에는 놀랍다가도 이내 짜증스러워진다. (왜냐하면 다른 사람도 그와 유사한 이야기를 하고, 그때마다 비슷한 예를 들기 때문이다.) 아무리 좋게 생각하더라도 조니가 나를 놀리고 있다는 생각이 든다. 하지만 이런 생각은 언제나 며칠 지나서 떠올랐을 뿐, 조니가 이야기하는 순간에는 그렇지 않았다. 왜냐하면 어디엔가 그가 나눠주고 싶어하는 그 무엇이 있다는 느낌, 자신을 밝히기 위해서 찾는 빛이 있다는 느낌이 들기 때문이다. 혹은 부숴버려야만 하는 그 무엇이 있다는 느낌, 쐐기를 박아 통나무를 쪼개듯이 처음부터 끝까지 시원하게 갈라놓고 싶은 그 무엇이 있다는 느낌이 들기 때문이다. 그러나 이제 조니는 쐐기를 박을 만한 힘이 없으며, 나로서는 상상할 수도 없는 그 무슨 쐐기를 박으려면 어떤 망치가 필요한지 감도 잡히지 않는 일이다.

마침내 나는 방을 나선다. 하지만 방문을 나서기 전, 일어나야 할 일이 (그런 일이든지, 아니면 그와 유사한 일이든지) 일어나고야 만다. 조니에게 등을 돌리고 데데에게 작별 인사를 할 때, 데데의 눈빛을 보고 무슨 일이 벌어지고 있다고 직감하고 얼른 뒤를 돌아본다. (왜냐하면 나는 조니를, 내 동생 같은 이 천사를, 내 천사 같은 이 동생을 조금 무서워하기 때문이다.) 조니가 몸에 두르고 있던 담요를 벗어던지고 무릎을 쪼그린 채 의자에 앉아 있다. 실오라기 하나 걸치지 않고 낡은 의자에 앉아 벌벌 떨면서도 웃고 있다.

"날이 더워. 브루노, 갈비뼈 사이에 있는 이 흉터 좀 봐. 근사하지."

"몸 좀 가려요." 데데는 이렇게 나무라고, 민망해서 어쩔 줄 모른다. 조니와 나는 서로를 잘 안다. 벌거벗은 사내는 그저 벌거벗은 사내일 뿐이다. 그야 어찌 되었든 데데는 부끄러워한다. 나도 조니의 행동에서 충격을 받았다는 인상을 주지 않으려면 어떻게 처신해야 할지 모르겠다. 이런 사정을 아는 조니는 두 다리를 치켜들고 음탕한 자세로 한껏 웃는다. 성기는 의자 가장자리에 늘어져 있고, 꼭 동물원 원숭이 같다. 허벅지에는 듬성듬성한 반점이 나 있는데, 정말 징그럽다. 그때 데데가 담요를 집어들고 조니를 꽁꽁 싸맨다. 그러는 동안에도 조니는 웃고만 있는데, 무척이나 행복한 것 같다. 나는 나중에 다시 들르겠다고 대충 인사를 끝낸다. 데데는 문밖까지 따라 나와서 조니가 듣지 못하게 방문을 닫고 이렇게 말한다.

"벨기에 순회공연을 다녀온 뒤부터 저래요. 거기서는 가는 곳마다 훌륭한 연주를 해서 안심했는데."

"그런데 어디서 마약을 구했는지 모르겠습니다." 나는 데데의 두 눈을 똑바로 쳐다보고 말한다.

"나도 모르겠어요. 그 사람은 내내 포도주하고 꼬냑을 마셔요. 그리고 마리화나를 피우기는 하지만, 옛날보다는 적게……"

옛날이란 볼티모어와 뉴욕에 살 때를 말하는 것이고, 뉴욕의 벨뷔 정신병원에서 삼개월, 캘리포니아 카마리요 주립 정신병원에 장기간 입원했을 때를 이르는 말이다.

"정말로 벨기에서 연주를 잘했어요?"

"예. 내가 보기에는 아주 잘했어요. 청중은 열광했죠. 오케스트라 단원들도 몇번이나 그 이야기를 했어요. 그런데 항상 그렇듯이 조니가 느닷없이 이상한 짓을 벌였어요. 청중 앞이 아니라서 천만다행이었어요. 그때 생각 같아서는…… 보다시피, 요즈음 상태가 최악이네요."

"뉴욕에 살 때보다 더 나쁜가요? 그 시절은 아직 조니를 만나기 전일 텐데."

데데가 그것도 모를 바보는 아니다. 하지만 자기가 모르던 때의 남편 이야기를 해서 좋아할 여자는 없다. 비록 과거사는 말에 지나지 않고, 지금은 그를 보살펴야만 한다고 하더라도. 아무튼 데데에게 그 이야기를 어떻게 꺼내야 할지 모르겠고, 또 데데를 철석같이 믿지도 않지만, 그래도 어쩔 수가 없다.

"돈이 없는 것 같군요."

"모레부터 일하기로 계약했어요."

"조니가 음반을 취입하거나 공연할 수 있을 것 같아요?"

"그럼요." 데데는 조금 놀란 투로 이렇게 대답한다. "의사 선생님이 감기만 완쾌시켜준다면 어느 때보다 훌륭한 연주를 할 수 있을 거예요. 문제는 쌕소폰이죠."

"그 문제는 내가 알아보죠. 데데, 이것 받아요. 조니에게는 절대 얘기하지 마세요."

"브루노……"

나는 손을 내젓고 계단을 내려선다. 하고 싶은 말을 참아야 하고, 데데의 쓸데없는 감사 인사도 듣고 싶지 않다. 서너 계단을 내려서자 못다 한 말을 꺼내기가 쉬워진다.

"세상이 두쪽 나더라도 첫 공연 전에는 못 피우게 해요. 술은 조금 마셔도 괜찮아요. 하지만 다른 곳에 쓸 돈을 줘서는 안됩니다."

데데는 대답도 하지 않고 돈을 접고 또 접어서 손안에 감추고 있다. 적어도 데데는 피우지 않을 것이다. 만약 그 일에 협조했다면 두려움이나 사랑 때문이었을 것이다. 내가 시카고에서 봤듯이, 조니가 무릎을 꿇고 울면서 애원한다면…… 하지만 마약은 다른 사람에게도 그렇지만 조니에게는 위험천만이다. 아무튼 당장 먹고 치료받을 만한 돈은 될 것이다. 한길로 나서고 보니 가랑비가 뿌리고 있다. 나는 외투 깃을 세우고 가슴이 찢어져라 숨을 들이켠다. 빠리에서는 청결한 냄새, 따뜻한 빵 냄새가 나는 것 같다. 그때에서야 비로소 조니의 방에서, 땀을 흘리면서 담요를 두르고 있던 조니의 몸에서 어떤 냄새가 났는지 깨닫는다. 텁텁한 입도 헹구고 꼬냑도 한잔 마실 겸 해서 까페로 들어간다. 어쩌면 끈덕지게 생각나는 조니의 목소리와 이야기, 그리고 내가 못 보는 것, 내심 보고 싶지 않은 것을 볼 수 있는 조니의 안목을 잊고 싶은지도 모르겠다. 그래서 모레 일을 생각하기 시작한다. 그 일은 안정제 같고, 바 카운터 앞쪽으로 쭉 뻗은 교량 같다.

그 무엇도 확실하지 않을 때, 가장 좋은 방법은 이런저런 할 일을 만드는 것이다. 이삼일 후, 후작 부인이 조니 카터에게 마리화나를 대주었는지 알아볼 필요가 있다는 생각이 들어 몽빠르나스의 스튜디오를 찾았다. 후작 부인은 정말로 후작 부인답게 살고 있다. 얼마 전, 마리화나와 그 비슷한 이런저런 이유로 이혼했는데도 후작은 여전히 뭉칫돈을 보내주고 있다. 후작 부인과 조니는 뉴욕에서부터 알고 지낸 사이다. 누군가가 조니의 연주를 좋아하는 네댓사람의 모임을 주선했고, 조니가 처음으로 마음껏 기량을 발휘해서 모두를 깜짝 놀라게 했기 때문에 하룻밤 사이에 유명해진 그 해부터 친교를 맺었을 것이다. 이 자리는 재즈 비평을 할 곳은 아니다. 관심 있는 분들은 전후의 새로운 재즈 스타일과 조니를 다룬 내 책을 읽어보기 바란다. 그래도 한마디만 덧붙이자면, 48년은 (50년까지도 그렇다) 재즈 음악의 폭발기, 차갑고 조용한 폭발기, 모든 것이 제자리에 있는 폭발기였다. 아우성을 지르는 사람도, 쓰레기 더미도 없었다. 그러나 딱딱하게 굳어버린 관습은 수천개로 조각나버렸고, 관습의 옹호자들(오케스트라와 대중매체에서 활동하던 사람들)까지도 이제는 감흥을 주지 못하는 예전 음악을 고수할 것이냐 하는 문제로 고민했다. 왜냐하면 조니가 알토색소폰을 불고 지나간 이후, 그 이전 음악가들의 연주는, 자신들이 정점에 도달했다고 생각한 음악가들의 연주는 더이상 귀에 와닿지 않았기 때문이다. 그들은 역사적 의미라는 위장된 체념을 받아들이지 않으면 안되었다. 다시 말해서, 그들은 누구 할 것 없이 아연실색했으며, 구시대의 음악가로 전락했다. 조니가 재즈 역사의 한 페이지를 넘김으로써 끝장난 것이다.

사냥개처럼 음악계 소식에 귀를 쫑긋 세우고 있는 후작 부인은 조니와 친구들을 항상 높이 평가한다. 내 짐작이지만, 후작 부인은 클럽 33 시절에, 바꿔말해서 대부분의 비평가들이 조니의 재즈를 낡은 기준으로 판단하여 갓 취입한 음반을 혹평하던 때에, 조니와 친구들에게 적지 않은 돈을 후원했다. 아마 그 시절부터 후작 부인은 가끔 조니와 잠자리를 같이하면서 마리화나도 함께 피웠을 것이다. 쎄션 녹음을 시작하기 전이나 연주회 막간에 두사람이 붙어 있는 모습을 나도 여러차례 목격했다. 조니의 부인 랜과 자식들이 무대 앞좌석이나 집에서 기다리고 있는데도 불구하고 조니는 후작 부인과 같이 있을 때 무척 행복하게 보였다. 하지만 조니에게는 무엇을 기다린다는 관념도 없고, 또 누군가가 그를 기다린다는 생각도 하지 않는다. 랜을 떼어버린 방식도 조니의 사람됨을 여실히 보여준다. 조니가 로마에서 랜에게 보내온 우편엽서를 본 적이 있다. 넉달 동안 종적을 감춘 뒤의 일이었다. (조니는 두명의 연주자와 함께 비행기를 탔으나 랜은 아무것도 모르고 있었다.) 엽서에서 로물로와 레모를 소개했는데, 이들은 항상 조니에게 감사했다. (그들 음반 중에는 「조니에게 감사」라는 타이틀곡이 있다.) 그리고 "무수한 사랑 속에서 홀로 걸어간다"라고 썼는데, 그 구절은 조니가 항상 읽던 딜런 토머스의 시였다. 미국에 있던 조니의 매니저들은 인세에서 일부를 떼어서 랜에게 주었다. 조니를 해방시켜준 댓가로 별로 나쁘지 않다는 사실을 랜도 이내 깨달았다. 후작 부인도 랜에게 돈을 보내주었다. 그러나 랜은 그 돈을 누가 보냈는지 몰랐다고 한다. 이 일은 하나도 이상하지 않다. 후작 부인은 앞뒤 분간 못하고 마냥 좋은 사람이고, 또 친구들이 무더기로 몰려들자 세상을 자기 스튜디오에서 빚은 또르띠야 정도로 여기고 있기 때문이다. 그녀는 여러가지 속을 넣어 만든, 영원히 줄지 않는 또르띠야를 갖고 있다가 여러조각으로 쪼개서 필요한 사람들에게 나눠준다.

후작 부인 띠까를 만났다. 마르셀 가보띠와 아트 부카야도 같이 있었다. 그들은 전날 오후에 있었던 조니의 음반 취입 이야기를 나누고 있던 참에 나를 보자 수호천사라도 만난 것처럼 반긴다. 조니가 그처럼 훌륭한 네댓곡의 즉흥연주를 할 수 있도록 마술적인 쌕소폰을 공급한 사람이 나라는 것을 알기 때문에 후작 부인은 넌더리가 나도록 키스를 퍼붓고, 나머지 두사람은 콘트라베이스나 쌕소폰을 다루듯이 토닥거린다. 나는 도리 없이 의자 뒤로 몸을 피한다. 후작 부인은 이내 조니는 지저분한 녀석이며, 그녀와 싸웠기 때문에 (이유는 설명하지 않았다) 그 녀석은 예의를 갖추어 용서를 빌어야만 쌕소폰을 살 수표를 얻을 수 있다는 사실을 잘 알고 있을 거라고 말한다. 당연하지만 조니는 빠리에 돌아온 후에도 용서를 구하지 않았고, (그 싸움은 두달 전 런던에서 있었던 것 같다) 따라서 지하철에서 그 빌어먹을 쌕소폰을 잃어버렸다 등등의 사실을 알 턱이 없다. 후작 부인이 이야기를 꺼내자 누군가 디지[3] 스타일의 연주는 예측할 수 없는 박자로 계속되는 일련의 변주곡이기 때문에 말로 표현할 수 없는 것이 아니겠느냐고 평하고, 후작 부인은 자기 허벅지를 철썩 때리면서 입을 함박만 하게 벌리고 가려워서 죽겠다는 듯이 웃음을 터뜨린다. 이 틈을 이용해 아트 부카야는 어제 있었던 쎄션을 자세하게 설명해준다. 나는 아내가 폐렴에 걸려 참석할 수 없었다.

"띠까가 증인이야." 아트는 우스워서 몸을 뒤틀고 있는 후작 부

---

3 디지 길레스피. 찰리 파커와 함께 비밥 재즈를 창안하였다.

인을 보면서 이렇게 말을 꺼낸다. "브루노, 음반을 듣기 전에는 어떤 것인지 상상할 수도 없을걸. 어제 하느님이 어디엔가 계셨다면 그곳은 바로 그 옛 같은 녹음실이었다는 내 말을 믿을 거야. 이왕 말이 나왔으니 하는 말이지만 가관이었어. 이봐 마르셀, 「버드나무」라는 곡 기억하지?"

"그럼 기억하고말고. 내가 기억하느냐고 물어보는 사람이 바보지. 머리부터 발끝까지 「버드나무」로 문신한 사람이 바로 나거든." 마르셀이 대답한다.

띠까가 하이볼을 내온다. 우리는 기분 좋게 이야기를 나누면서도 어제 쎄션은 입에 올리지 않는다. 어떤 음악가라도 그런 일은 이야기할 성질이 아니라는 것을 알기 때문이다. 하지만 그들이 별로 언급하지 않는다는 사실 때문에 나는 뭔가 희망이 있다고 생각하고, 어쩌면 내 쌕소폰이 조니에게 행운을 안겨줄 것이라는 생각도 한다. 그렇지만 내 희망에 찬물을 끼얹는 사건이 없지는 않았다. 예컨대, 조니가 녹음을 하는 중간중간 신발을 벗었다든가, 맨발로 스튜디오를 돌아다녔다든가 하는 사건 말이다. 그 대신 조니는 후작 부인과 화해했다. 그리고 오늘 저녁 공연 전에 스튜디오로 와서 한잔하겠다고 약속했다.

"요즘 조니가 데리고 있는 여자를 만나봤어요?" 띠까는 이것이 궁금했다. 나는 되도록이면 간결하게 생김새를 이야기하는데, 마르셀은 후작 부인이 즐겁도록 여러가지 암시와 뉘앙스를 주면서 데데에 대한 설명을 마무리 짓는다. 마약 이야기는 털끝만큼도 내비치지 않는다. 그러나 스튜디오의 공기에서 마약 냄새가 나는 것 같다. 게다가 띠까의 웃음은, 내가 때때로 조니나 아트에게서 보았듯이, 마약 상습자 특유의 웃음이다. 조니가 후작 부인하고 다퉜다면 어떻게 마약을 구할 수 있었을까 생각해본다. 데데에 대한 신뢰는 여지없이 땅으로 떨어진다. 데데를 믿었는데, 이제 보니 모두 한 통속이다.

그들을 그렇게 가깝게 만들어주고 그토록 쉽게 공범자로 만들어주는 그런 동질성이 조금은 부럽기도 하다. 청교도적인 나의 세계에서 보면 (굳이 밝힐 필요는 없으나 나를 아는 사람은 도덕적 문란을 내가 얼마나 혐오하는지 익히 알고 있다) 그들은 병든 천사처럼 보인다. 그들은 무책임하기 때문에 화를 돋우기도 하지만 후작 부인의 관대함이나 조니의 음반 등속으로 그런 걱정에 보답하는 사람들이다. 나는 입이 가벼운 사람은 아니다. 그렇지만 이 이야기만은 꼭 해야겠다. 나는 그들을 부러워한다. 그리고 조니를, 저편에 있는 조니를 부러워한다. 비록 그 저편이 정확하게 무엇을 의미하는지는 아무도 모른다고 할지라도. 조니의 고통만 빼고 모든 것을 부러워한다, 이런 내 마음을 이해 못할 사람은 없다. 하지만 조니는 고통 속에서도 내게는 없는 그 무엇을 갖고 있는 게 틀림없다. 나는 조니를 부러워하면서도 동시에 재능을 함부로 낭비함으로써, 또 바보처럼 생명을 단축하는 무분별한 짓을 누적함으로써 파멸되어가는 모습에 분노하기도 한다. 만약 조니가 아무것도 포기하지 않으면서 마약도 끊지 않으면서, 삶의 방향을 잡았더라면, 오년 전부터 무작정 날고 있는 그 비행기를 잘 조종했더라면 아마도 최악의 상태로 완전한 광기로 죽음으로 끝났을 테지만, 그래도 사후事後에 들려준 쓸쓸한 독백에서, 중도에서 멈춰버린 매혹적인 체험을 총정리하면서 찾고자 하는 것의 본질에는 도달했을 것이다. 이런 이야기는 나의 비겁에서 우러난 것일 뿐, 내심으로는 조니가 단번에 끝장나기를, 수천만조각으로 폭발해 일주일 동안 천문학자의 얼을 빼놓는 초신성처럼 끝장나기를 바라고 있다. 그리고 자고 나면 세상은 달라지는 법이다.

조니는 내가 무슨 생각을 하는지 눈치챈 것 같다. 그러기에 스튜디오로 들어오면서 나에게 반갑게 인사하고, 후작 부인에게 키스한 다음 그녀를 한바퀴 빙글 돌리고, 또 그녀랑 아트랑 희희낙락거리며 복잡한 의성어 의식을 치른 다음에 내 옆자리에 앉는다.

"브루노, 그 고철은 불가사의한 물건이야. 내가 어제 그 속에서 꺼낸 것을 이 사람들이 이야기해주면 좋겠는데 말이야. 띠까는 전구만 한 눈물을 흘리던데, 양장점에 빚이 있어서 그런 것은 아닐 테고…… 그렇지, 띠까?"

나는 어제 쎄션에 대해서 좀더 알고 싶다. 그러나 의기양양한 조니는 이내 마르셀과 오늘 저녁 일정을 이야기하고, 두사람이 극장에 입고 나갈 회색 반짝이 의상이 잘 어울린다고 말한다. 실제로 조니의 상태는 아주 양호하다. 며칠 동안 그렇게 많이 피운 것 같지는 않다. 신명난 연주를 할 정도만 피운 것 같다. 이런 생각을 하는데, 조니가 내 어깨에 손을 얹고 고개를 옆으로 기울이며 말한다.

"데데가 그러는데, 그날 내가 자네에게 몹쓸 짓을 했대."

"저런, 기억조차 못하네."

"또렷하게 기억하지. 사실은 겁에 질려 있었어. 지금처럼 행동했더라면 틀림없이 자네 마음에 들었겠지. 다른 사람들에게는 그런 짓 안해. 믿어줘. 내가 자네를 얼마나 소중하게 여기고 있는가를 단적으로 보여준 일이야. 할 얘기가 산더미 같은데, 어디 적당한 곳으로 가야지. 여기는……" 조니는 경멸하듯이 아랫입술을 내민다. 그리고 웃으면서 어깨를 으쓱하는데, 마치 소파에 앉아서 춤을 추는 것 같다. "브루노, 데데가 그러는데, 정말 내가 처신을 잘못했대."

"감기에 걸렸던데, 이제 괜찮아?"

"감기가 아니야. 의사가 왔는데, 오자마자 자기는 재즈를 너무 좋아한다고 해서 하루저녁 날 잡아서 그 집으로 가기로 했어. 음반을 들으려고. 참, 데데에게 돈을 줬다면서."

"수입이 생길 때까지 쓰라고 줬어. 오늘 저녁 일은 어때?"

"의욕이 넘쳐. 쌕소폰만 있으면 지금 당장이라도 불겠는데. 데데가 자기 손으로 극장에 가져가겠다고 고집을 부려서…… 기가 막힌 쌕소폰이야. 어제 연주할 때는 사랑을 하는 기분이었지. 연주가 끝났을 때 띠까 얼굴을 봐야 했는데. 띠까, 질투하고 있었지?"

모두들 큰 소리로 웃는다. 조니는 기분이 좋아서 스튜디오 안을 껑충껑충 뛰어다닌다. 그리고 아트와 박자를 맞추느라 눈썹을 씰룩거리면서 음악 없이 춤을 춘다. 조니나 아트 같은 사람에게 성화를 부리는 것은 불가능하다. 그것은 머리를 헝클어뜨리는 바람에게 화를 내는 것이나 마찬가지다. 나와 띠까와 마르셀은 목소리를 낮춰 저녁 공연에 대해 의견을 교환한다. 마르셀은 조니가 처음으로 빠리에 왔던 1951년의 대성공을 재연할 것이라고 믿어 의심치 않으며, 어제 이후로 모든 일이 잘 풀릴 것이라고 확신하고 있다. 나도 마르셀처럼 편안하게 생각하면 얼마나 좋겠는가. 그러나 특석에 앉아 연주회를 듣는 것 말고는 뾰족한 수가 없다. 한가지, 조니가 볼티모어 공연 때처럼 마약에 취하지 않아서 안심이다. 띠까에게 이런 이야기를 하자, 그녀는 물에 빠진 사람처럼 내 손을 꼭 잡는다. 조니와 아트는 피아노 앞으로 간다. 아트가 새로운 테마를 쳐 보이자 조니는 고개를 까닥이며 콧노래로 따라 부른다. 회색 옷을 입은 두사람은 정말 멋지다. 요즘 들어 조니의 몸이 많이 불어나기는 했어도.

띠까와 볼티모어 공연 이야기도 나눈다. 조니가 처음으로 갑작스럽게 큰 위기를 맞은 때였다. 이야기하는 동안 띠까의 눈을 쳐다본다. 내 말을 이해하고 있는지 확인하고 싶기 때문이다. 이번에는 그녀도 조니의 요구에 굴복하지 않을 것 같다. 조니가 꼬냑을 폭음하거나 마리화나를 단 한개비만 피워도 공연은 실패하고, 모든 것은 나락으로 떨어질 것이다. 빠리는 지방 도시의 카지노가 아니다. 조니를 주시하는 사람이 한둘이 아니다. 이런 생각을 하다보면 별도리 없이 입맛이 씁쓸해진다. 그것은 노여움이다. 조니와 조니가 저지르는 일에 대한 노여움이 아니라 나와 주변 사람들, 예컨대 마르셀이나 후작 부인에 대한 노여움이다. 우리는 본질적으로 이기적인 집단이다. 조니를 보호한다는 미명 아래 우리가 하는 짓이란 조니를 우리의 이상으로 치켜세우고, 조니가 제공할 새로운 즐거움에 대비하며, 우리가 사람들 사이에 세워놓은 동상을 반짝반짝하게 광내고, 어떤 희생을 감수하더라도 그 동상을 수호하는 것이다. 조니의 실패는 내 책에도 악영향을 미칠 것이다. (조만간 영어와 이딸리아어 번역본이 출간된다.) 이런 사정도 내가 조니를 보호하려는 이유 가운데 하나다. 아트와 마르셀은 빵을 벌려면 조니가 필요하다. 후작 부인은 조니의 재능 외에도 잘은 모르겠지만 뭔가 바라는 게 있을 것이다. 이런 것들은 또다른 조니하고는 아무런 상관도 없다. 조니가 담요를 벗어던지고 구더기처럼 알몸을 드러냈을 때, 바로 이런 이야기를 하고 싶은 게 아니었을까, 문득 그런 생각이 든다. 쌕소폰 없는 조니, 돈도 옷도 없는 조니, 그의 빈약한 지성으로는 파악할 수 없으나 음악 속에서 천천히 떠돌며 살갗을 쓰다듬는 그 무엇에 사로잡힌 조니, 우리로서는 결코 이해할 수 없는 예측 불허의 도약으로 나타날 그 무엇에 사로잡힌 조니를 보여주려고 했는지도 모른다.

이런 생각이 들면 정말 입맛이 씁쓸해진다. 그리고 조니와 같은 인물 옆에서 초라해진 자신을 발견하는 순간에는 이 세상의 그 어떤 성실성도 위로가 되지 못한다. 이제 조니는 소파로 와서 꼬냑을 마시고 흥겨운 기분으로 나를 쳐다보고 있다. 우리 모두가 쌀 쁠레엘 공연장으로 떠날 시간이다. 음악이 적어도 오늘밤만은 구원의 손길이 되기를 바란다. 음악이 그 보잘것없는 임무를 철저하게 완수하여 거울 앞에 선 우리를 근사한 병풍으로 에워싸서 두시간 동안만이라도 지도에서 지워버리기를 바란다.

당연하지만, 오늘밤 연주회 실황은 내일쯤 글로 옮겨 『재즈 핫』에 기고할 것이다. 그러나 연주회 막간을 이용하여 무릎 위에서 속기로 휘갈기는 이 메모에서는 비평가로서 이야기하고 싶은 마음은 추호도 없다. 다시 말해서, 연주회를 이러쿵저러쿵 재단하고 싶지 않다. 나 자신이 잘 알고 있듯이, 나에게 조니는 단순한 재즈 음악가가 아니다. 그의 음악적 천재성은 껍데기와 같다. 세상 사람들이 알아주고 찬탄하는 재능이지만 사실 그 속에는 다른 것이 감춰져 있다. 이 다른 것이 내게는 무엇보다도 중요한데, 그 이유는 조니에게 정말로 중요한 것이기 때문이다.

내가 조니의 음악에 빠져 있는 동안에는 이런 이야기를 하기가 쉽다. 그러나 감흥이 식을 때는…… 나도 조니처럼 해보면 어떨까? 조니처럼 벽에다 머리를 박아보면 어떨까? 나는 지금 나 자신을 묘사하려는 언어를 현실 앞에 치밀하게 배치하고 있다. 어리석은 궤변에 지나지 않는 의심과 숙고로 방어막을 치고 있다. 기도할 때 왜 본능적으로 무릎을 꿇는지 이해할 것 같다. 자세의 변화는 음성의 변화, 발화의 변화, 발화 내용의 변화를 상징한다. 이런 변화의 조짐이 내게 임박했을 때, 방금 전까지 무덤덤하게 보이던 사물은 깊은 의미로 충만하게 되며, 극도로 단순해지는 동시에 심오해진다. 어제 조니가 녹음실에서 맨발로 돌아다녔다고 하던데, 마르셀도 아트도 조니가 미쳐서 그런 게 아니라는 사실을 파악하지 못했다. 그 순간 조니는 맨발로 땅바닥을 밟을 필요가 있었다. 음악을 통해서 확인한 땅에 자신을 묶어둘 필요가 있었다. 이건 도피가 아니다. 왜냐하면 나 또한 조니에게서 그런 것을 느끼기 때문이다. 조니는 도망친 게 아니다. 대부분의 마약 상습자처럼 도망치기 위해서 마약을 하는 게 아니며, 음악이라는 해자垓字 뒤에 숨으려고 색소폰을 부는 게 아니다. 그렇다고 중압감으로부터 보호받으려고 (보호라면 조니는 질색이다) 몇주일씩 정신병원에 입원하는 것도 아니다. 조니에게서 가장 진정한 것인 음악 스타일까지도, 여러가지 터무니없는 이름이 붙은 음악 스타일까지도, 조니의 예술은 대체물도 아니요, 완결물도 아니라는 증거이다. 조니는 핫[4]이라는 재즈 언어, 지금으로부터 약 십년 전에 유행하던 재즈 언어를 포기했다. 왜냐하면 과도하게 관능적인 이 언어가 조니에게는 수동적으로 보였기 때문이다. 조니의 경우, 욕망이 쾌락보다 앞서며, 욕망이 쾌락을 방해한다. 왜냐하면 욕망은 전통 재즈에서 손쉽게 도달한 관능적인 쾌락을 초장부터 부정하면서 조니를 앞으로 나아가도록, 무언가를 찾아나서도록 재촉하기 때문이다. 따라서 내 생각이지만, 조니는 블루스를 그다지 좋아하지 않는다. 블루스의 마조히즘과 향수는…… 이런 이야기는 내 책에서 이미 이야기한 바 있다.

---

4 핫 재즈. 비밥 직전의 재즈 스타일로 1935년에서 1945년까지 유행하였다.

조니가 즉각적인 만족을 거부함으로써 어떻게 하나의 언어를 만들어냈는가를 논하고, 현재 조니와 다른 음악가들은 이 언어의 가능성을 한계까지 밀어붙이고 있다고 평가했다. 이 재즈는 손쉬운 에로티즘을 배격한다. 바꿔말해서, 바그너적인 경향을 배격하고 초연한 영역에 자리 잡고 있다. 이 영역에서 음악은 절대 자유를 누린다. 마치 회화가 재현에서 벗어남으로써 자유를 획득한 것과도 같다. 오르가슴이나 향수를 자극하지 않는 음악의 대가인 조니는, 형이상학적이라고 부르고 싶은 음악의 대가인 조니는 자신을 탐구하기 위해서, 그에게서 날마다 도망치는 현실을 깨물기 위해서 음악에 의지하는 것 같다. 바로 이것이 조니의 음악 스타일이 지니고 있는 고도의 역설, 즉 도발적인 힘이다. 조니는 만족할 수 없기 때문에 자신을 채찍질하고자 끊임없이 창작한다. 창작의 즐거움은 끝맺음에 있다기보다는 반복적인 탐구에 있다. 인간성을 상실하지 않으면서도 인간적인 것을 따돌리는 재능의 발휘에 있다. 오늘 저녁처럼 연달아 음악을 창조하는 일에 몰두할 때 조니는 도망가는 게 아니다. 만나러 가는 것이 도망가는 것일 수는 없다. 비록 우리가 매번 약속 장소에서 바람맞는다고 할지라도 말이다. 조니는 뒤처진 것을 무시하거나 거만하게 경멸한다. 예를 들어, 후작 부인은 조니가 가난을 무서워한다고 여기는데, 조니가 진정으로 두려워하는 게 무언지 모르고 하는 말이다. 조니가 두려워하는 것은 갈비를 뜯고 싶은데 식탁에 갈비가 없다든지, 잠이 오는데 침대가 없다든지, 백 달러 지폐 몇장쯤은 당연히 지니고 있어야 하는데 지갑이 비었다든지, 그런 일이다. 조니는 우리처럼 추상적인 세계에서 움직이지 않는다. 그래서 오늘 저녁에 듣고 있는 이 감탄할 만한 조니의 음악에서 추상적인 요소는 전혀 찾아볼 수 없다. 하지만 조니만이 자신이 연주하면서 수확한 것을 정리할 수 있는데, 조니는 벌써 다른 일, 새로운 추측, 새로운 의문에 빠져 있을 것이다. 조니의 정복은 꿈과 같아서, 깨어났을 때는 잊어버린다. 박수 갈채로 조니가 정신을 차릴 때는, 일분 삼십초 동안에 십오분을 살면서 그렇게 먼 곳을 돌아다닌 조니가 정신을 차릴 때는 자신이 정복한 것조차도 잊어버린다.

그것은 폭풍우 한가운데서 피뢰침을 붙잡고 살면서도 아무 일도 일어나지 않으리라고 믿은 것이나 마찬가지였다. 네댓새 후, 라땅 지구에 있는 까페 뒤뽕에서 아트 부카야를 만났다. 아직도 눈이 벌겋게 충혈되어 있었다. 아트는 나쁜 소식을 전했다. 처음에 나는 모종의 만족감을 느꼈는데, 이는 악의라고 부를 수밖에 없다. 왜냐하면 나부터가 조니의 잠잠한 생활이 오래가지 못하리라고 확신했기 때문이다. 하지만 나중에는 그 결과를 생각하고는 속이 뒤집어지기 시작했다. 아트가 사건을 이야기하는 동안 나는 꼬냑을 연거푸 두잔이나 마셨다. 요약하면, 그날 오후 들로네는 조니를 주축으로 아트, 마르셀 가보리, 빠리 출신 단원 두명으로 구성된 오중주단의 데뷔 녹음을 준비했다. 오후 3시에 일을 시작하기로 했다. 그들은 하루 종일 그리고 밤까지도 연습을 하고 몇곡을 취입했다. 그런데 무슨 일이 벌어졌는가? 5시가 다 되어서야 조니가 나타난 것이다. 들로네는 속이 부글부글 끓고 있었다. 뒤늦게 온 조니는 의자에 퍼질러 앉아 몸이 좋지 않다면서 단원들 하루를 망치고 싶지 않아 나왔을 뿐, 연주하고 싶은 생각은 전혀 없다고 말했다.

"마르셀과 나는 조니에게 잠시 쉬는 게 어떻겠느냐고 달랬는데, 도대체 무슨 소리인지 모르겠지만 유골 항아리 얘기밖에 안했어.

어느 들판에서 발견했다나. 삼십분 동안 유골 항아리 얘기뿐이야. 그리고 공원에서 주워온 나뭇잎을 호주머니에서 무더기로 꺼냈어. 결국 스튜디오 바닥은 식물원 같아졌고, 단원들은 낙엽을 줍느라 개처럼 돌아다녔지. 당연히 아무 녹음도 못하고. 녹음기사는 작업실에 앉아 세시간 동안 담배만 피워댔는데, 빠리에서는 엄청난 시간이야. 마침내 마르셀이 연습이나 하자고 간신히 조니를 설득했어. 두사람이 연주를 시작하고 우리는 반주를 조금 했지. 아무것도 하지 않고 있어서 지루함을 달래볼까 하고. 조금 뒤에 보니까 조니의 오른팔이 경련 비슷하게 떨리더라고. 조니가 연주를 시작했을 때는 거짓말이 아니라 쳐다보기가 무서웠어. 얼굴은 잿빛이고 때때로 오한이 든 것처럼 몸을 떨었으니까. 조니가 바닥에 쓰러지는 순간은 보지 못했어. 어느 순간 조니가 고함을 지르고 우리들 하나하나를 천천히 바라보더니, 「아모루스」부터 시작하려고 하는데 지금 뭣들 하느냐고 그러는 거야. 「온 더 앨러모」 테마 말이야. 아무튼 들로네는 녹음기사에게 신호를 보내고, 우리는 서둘러 준비를 했지. 조니는 흔들리는 보트 위에 서 있는 것처럼 다리를 벌리고 서서 연주를 시작했는데, 정말 그런 연주는 지금까지 들어본 적이 없었어. 한 삼분 동안 연주했나? 갑자기 천상의 하모니를 깨트리는 빽 소리가 날 때까지 말이야. 모두들 한창 연주하고 있는데, 조니 혼자 구석으로 가버렸어. 더없이 좋은 음악을 끝낼 수 있었는데, 아쉬워. 하지만 황당한 일은 그다음에 벌어졌어. 우리가 연주를 끝냈을 때 조니가 꺼낸 첫마디는 연주가 형편없었기 때문에 그 녹음은 아무짝에도 쓸모가 없다는 거야. 당연하지만 우리는 조니의 말에 동의하지 않았고. 몇군데 실수가 있긴 해도 조니의 독주는 자네가 매일 듣는 음악보다 천배, 만배 훌륭한 거야. 아주 색다른데, 어떻게 설명을 해야 할지 모르겠어. 아무튼 들어보면 들로네나 기사가 녹음을 지우지 않은 이유를 짐작할 수 있을 거야. 하지만 조니는 미친 사람처럼 고집을 부리면서 녹음을 지웠다는 증거를 보여주지 않으면 녹음실 유리창을 부수겠다고 협박했다니까. 녹음기사가 아무것이나 집어서 보여주니까 그때서야 수그러들더라고. 그러자 이번에는 「스트렙토마이신」을 녹음하자고 제안했어. 그 연주는 아주 좋으면서도 동시에 형편없었지. 다시 말해서 흠잡을 데 없이 무난한 음반이지만 조니가 「아모루스」에서 보여준 불가사의한 요소는 없었다는 얘기야.”

아트는 한숨을 내쉬며 맥주를 마저 마신다. 그리고 우울하게 나를 쳐다본다. 나는 그뒤 조니가 무슨 일을 저질렀는지 묻는다. 조니는 나뭇잎과 유골 항아리가 가득한 들판 이야기로 사람들을 신물나게 만든 후에 연주를 하지 않겠다는 말을 남기고 비틀거리며 스튜디오를 나갔다. 조니가 쌕소폰을 분실하거나 박살낼 것 같아 마르셀이 악기를 빼앗았다. 그리고 마르셀과 프랑스 단원이 호텔로 데려갔다.

지금 당장 조니를 만나보는 수밖에 없다. 생각은 이렇게 하면서도 내일로 미뤘다. 이튿날 아침 『피가로』지 사회면에 조니가 나왔다. 한밤중에 호텔 방에 불을 지르고 알몸으로 복도를 뛰어다녔단다. 데데는 물론 조니도 무사하다. 지금 조니는 정신병원에 입원해 있다. 나는 회복기에 있는 아내가 심심할까봐 그 기사를 보여주고, 즉시 병원을 찾는다. 여러가지 기자 신분증을 내밀어보지만 소용이 없다. 내가 알아낸 사실은 조니가 정신착란 증세를 보이고 있다는 것, 열사람을 미치게 하고도 남을 만한 양의 마리화나가 몸속에 들어 있다는 것이다. 데데는 조니를 설득하지도 못했고, 말리지도 못했다. 조니의 여자는 하나같이 모두 공범자가 되고 말았다. 장담하지만, 그 마약은 후작 부인이 준 것이다.

아무튼 지금 시급한 문제는 곧장 들로네 집으로 가서 되도록이면 빨리 「아모루스」를 듣는 것이다. 「아모루스」가 조니의 유언장이 될지도 모를 일이다. 이럴 경우 나의 직업적인 의무는⋯⋯

하지만 아니었다. 아직은 아니었다. 닷새 후에 데데에게 전화가 왔다. 조니가 많이 좋아졌고, 나를 만나고 싶어한다고 전했다. 데데를 타박하고 싶지는 않다. 첫째는 그래봐야 시간낭비고, 둘째는 목소리가 축 처져 있었기 때문이다. 나는 곧장 가겠다고 약속하고, 조니가 호전되면 지방도시 순회공연도 가능하지 않겠느냐고 이야기했다. 데데가 울음을 터뜨렸을 때, 전화를 끊었다.

조니는 침대에 앉아 있다. 같은 병실을 쓰는 나머지 두 환자는 다행히도 자고 있다. 내가 입을 열기도 전에 조니는 다짜고짜 솥뚜껑만 한 손으로 내 머리를 붙잡고 이마에, 볼에 여러차례 입을 맞춘다. 말로는 식사도 많이 주고 식욕도 왕성하다고 하는데, 몰라보게 야위었다. 조니는 단원들이 욕이나 하지 않는지, 이번 사건으로 누구에게 폐나 끼치지 않았는지, 그런 일을 무척이나 궁금하게 여긴다. 그러나 굳이 대답할 필요가 없는 일이다. 왜냐하면 연주회 일정이 취소되었고, 따라서 아트와 마르셀을 비롯하여 여러사람에게 손해를 끼쳤다는 것은 누구보다도 조니가 더 잘 알기 때문이다. 그러나 나에게 그런 것을 묻는 조니는 그동안 좋은 일이라도 생기고, 그래서 일이 제대로 풀려간다고 믿고 싶은 듯하다. 그렇다고 조니가 나를 속인 것은 아니다. 그런 조니의 태도 근저에는 당당한 무관심이 자리 잡고 있기 때문이다. 모든 일이 엉망이 되어도 조니는 털끝만큼도 신경 쓰지 않는다. 나는 조니를 너무 잘 알기 때문에 그런 마음을 모를 리가 없다.

"조니, 무슨 말을 듣고 싶은 거야? 성공적인 공연이 되었을 텐데, 자네는 망쳐놓는 재주 하나는 그만이야."

"맞는 말이야. 부정하지는 않겠어. 모두 유골 항아리 탓이야." 조니는 피곤하다는 듯이 말한다.

나는 아트의 말이 떠올라서 조니를 쳐다본다.

"유골 항아리가 가득한 들판이었지. 광활한 들판에 묻혀 있어 보이지는 않았지만. 그곳을 걷고 있는데 가끔 발부리에 무언가가 채였어. 자네는 내가 꿈을 꾸었다고 생각하겠지. 그래도 들어봐. 가끔 유골 항아리가 발부리에 채여서 들판에 유골 항아리가 널려 있다는 걸 깨달은 거야. 수천, 수만개야. 항아리마다 망자의 유골 재가 들어 있었지. 지금 기억나는데, 엎드려서 손으로 땅을 팠어. 유골 항아리가 나올 때까지. 그래, 그런 기억이 나. 그리고 이렇게 생각했지. '이 항아리는 비어 있을 거야. 내 몫이니까.' 그러나 그렇지 않았어. 회색 가루로 가득 차 있었어. 그때……그때 「아모루스」를 녹음하기 시작한 것 같아."

조니가 눈치 못 채게 곁눈질로 체온 기록부를 살펴본다. 매우 정상이라고 말할 사람은 아무도 없다. 젊은 의사가 문을 열고 병실을 들여다본다. 내게 목례하고, 조니에게는 건장한 운동선수처럼 힘내라는 몸짓을 한다. 조니는 대꾸하지 않는다. 의사가 병실에 들르지도 않고 떠나자 조니는 주먹을 불끈 쥐더니 내게 말을 건넨다.

"저놈들은 죽었다가 깨어나도 이해 못할 거야. 필통을 든 원숭이나 마찬가지고, 연습곡을 치면서도 쇼빵을 연주한다고 생각하는 캔자스시티 음악학교 계집애들하고 다를 바가 없어. 브루노, 카마리요 병원에 있을 때 환자 세명하고 한방을 썼는데, 아침마다 병실에 들르는 인턴이 있었어. 희멀겋고 곱상한 게 꼭 클리넥스나 탬팩스 귀신처럼 생긴 놈이야. 정말이야. 그 멍청한 놈이 내 옆에 앉아서 힘내라고 하는 거야. 그때는 죽고 싶은 심정뿐이어서 랜이고 뭐고 아무 생각도 안했거든. 황당한 일은 그 자식이 화를 냈다는 거야. 내가 자기 말을 귀담아듣지 않는다고. 그 자식은 내가 하얀 얼굴이며 곱게 빗은 머리며 잘 다듬어진 손톱을 넋을 놓고 바라보면 루르드 샘[5]을 찾아왔다가 목발을 버리고 뛰어가는 사람처럼 호전되리라고 기대했나봐. 브루노, 그 자식도 그랬지만 카마리요 병원 의사 놈들은 자신만만했어. 뭐가 자신만만했느냐고? 나야 모르지. 아무튼 자신만만했어. 의사면허증이 있으니까 자기들이 뭐라도 된다고 생각한 것 같아. 아니, 그건 아니야. 몇몇은 겸손했고 자기 판단이 틀릴 수도 있다고 인정했으니까. 하지만 겸손한 사람도 확신이 있었지. 그래서 내 속이 뒤집어진 거야. 확신하고 있다는 것이 말이야. 무엇을 확신했을까? 나처럼 마약이나 하고 남에게 폐나 끼치며 사는 보잘것없는 사람도 모든 것이 젤리와 같고, 주변의 모든 것이 흔들리고 있다는 것을 확연하게 의식하고 있는데, 조금만 주목하고 조금만 느끼고 조금만 침묵하면 수많은 구멍을 발견할 수 있는데, 문에도 침대에도 구멍이 나 있고, 손도 신문도 시간도 공기도 그러한데. 모든 것에 구멍이 가득하고, 모든 것이 스펀지 같으며, 모든 게 스스로를 걸러내는 여과기 같은데…… 하지만 그 놈들은 미국식 과학자들이었어. 무슨 말인지 알지? 의사 가운 때문에 구멍을 못 본 거야. 그래서 아무것도 보지 못하고 다른 사람이

5 프랑스 남서부의 샘. 이 샘물을 마시면 병이 완쾌된다는 속설이 있다.

본 것만을 인정하면서도 자기가 보고 있다고 착각한 거야. 그러니 당연히 구멍을 못 보고, 자기 자신, 낡고 낡은 처방전, 주사, 엿 같은 정신분석, 마리화나 끊기, 금주, 이런 것들만 주야장천 믿는 거야. 참, 내가 퇴원하던 날 기차를 탔는데 창문으로 풍경이 어떻게 뒤로 물러나고 조각나는지 봤어. 자네도 멀어지는 풍경이 부서지고 있다고 느낀 적이 있는지 잘 모르겠지만……"

우리는 골루아즈를 피운다. 의사는 조니에게 꼬냑 조금하고 담배 열개비는 괜찮다고 허락했다. 그러나 담배를 피우는 것은 조니가 아니라 조니의 몸뚱이 같다. 조니 자신은 다른 곳에 있다. 구멍에서 나오기를 거부하고 있다. 나는 요즘 조니가 무엇을 보고 무엇을 느꼈을까 생각한다. 조니를 흥분시키고 싶지 않지만, 자청해서 이야기를 한다면…… 우리는 말없이 담배를 피운다. 가끔씩 조니는 손을 뻗어 내 얼굴을 만져본다. 마치 내 존재를 확인하려는 것 같다. 그리고 애틋한 눈길로 자기 손목시계를 만지작거리다가 갑자기 말을 꺼낸다.

"배운 사람들은 자신을 믿고 있어. 한 뭉텅이의 책을 독파했다고 그런 모양인데, 나는 그게 우스워. 심성이야 착한 사람들이지. 하지만 자기들이 연구하고 하는 일이 아주 어렵고 심오하다고 확신하는 사람들이야. 써커스단 사람도 그렇고, 우리 중에도 그런 사람이 있어. 사람들은 어떤 일이 굉장히 어렵다고 여기기 때문에 공중그네 곡예사나 나에게 박수를 보내는 거야. 나는 그들이 무슨 생각을 하고 있는지 잘 알지. 연주를 잘하려면 뼛골 빠지는 노력이 필요하고, 공중그네 곡예사는 훌쩍 뛰어서 그네를 잡을 때마다 손목이 망가져. 하지만 정말 어려운 일은 그런 게 아니라 사람들이 매순간 할 수 있다고 생각하는 일이야. 예컨대, 개나 고양이를 쳐다보거나 이해하는 것. 이런 게 어려운 일이야. 정말 어려운 일이야. 어제저녁에 거울을 보고 싶었는데, 얼마나 어렵던지 포기하고 침대에 누워버렸어. 자네가 자네를 보고 있다고 상상해봐. 아마 한 삼십분은 등골이 오싹할걸. 사실 거울 속의 그 사람은 내가 아니야. 첫눈에 봐도 내가 아닌 게 분명했어. 슬쩍 쳐다봤는데도 내가 아니라는 것을 알겠더라고. 그걸 내가 느꼈는데, 어떤 것을 느낄 때는…… 팜비치에 있는 것과 같아. 첫 파도를 타고 있는데 두번째 파도가 덮치고, 그다음에 다른 파도가…… 자네가 느끼자마자 다른 느낌이 다가와. 단어가 다가온다고…… 아니야, 단어가 아니라 단어 속에 있는 무엇, 일종의 아교나 점액 같은 거야. 점액이 다가와서 자네를 뒤덮었는데도 자네는 거울 속의 사내가 자기라고 확신해. 이해 못할 바는 아닌데, 그래도 어떻게 그걸 모를 수가 있지? 물론 내가 틀림없지. 털도 있고, 흉터도 있고. 문제는 사람들이 인정하는 것이 다름 아니라 바로 점액이라는 사실을 모른다는 거야. 그렇기 때문에 거울을 보는 일이나 칼로 빵을 자르는 일을 쉽게 여기지. 그런데 칼로 빵을 잘라봤어?"

"그거야 날마다 하는 일이지." 나는 조니의 이야기에 흥미를 느끼기 시작한다.

"이제 보니 아주 태평이네. 나는 그럴 수 없어. 어느날 저녁에 칼을 얼마나 멀리 내던졌던지 옆 테이블에 앉은 일본인 눈알을 빼놓을 뻔했지. 로스앤젤레스에서 그랬는데, 어처구니없는 소동이 벌어지고…… 내가 설명을 했더니, 그 자리에서 체포했어. 사람들에게 간단히 설명할 수 있는 일 같았는데 말이야. 그래서 크리스티 박사를 알게 되었는데, 대단한 사람이야. 나는 의사들에게……"

조니는 한 손으로 허공 여기저기를 만져본다. 자기가 만진 곳을 표시해두는 듯하다. 그러면서도 웃고 있다. 내 느낌에 조니는 혼자다. 완전히 혼자다. 나는 옆에 있는 빈 공간이다. 만약 그 순간에 조니가 나에게 손을 뻗었다면 그 손은, 마치 버터나 담배 연기를 가르듯이, 내 몸을 통과했을 것이다. 어쩌면 그 때문에 종종 조니는 조심스럽게 내 얼굴을 만져보는지도 모른다.

"저기, 탁자 위에 빵이 있다고 생각해봐." 조니는 허공을 바라보며 말한다. "빵은 고체야. 부정할 수 없지. 색깔도 예쁘고 냄새도 좋아. 그 빵은 내가 아닌 무엇, 다른 무엇, 내 외부에 있는 무엇이야. 그런데 내가 빵을 만지면, 손을 뻗어 빵을 쥐면 그때는 무언가가 변해, 그렇지 않아? 빵은 내 외부에 있지만 손가락으로 만지면 느껴져. 세계라는 것이 느껴져. 그런데 내가 빵을 만지고 느낄 수 있다면, 빵이 다른 것이라고는 말할 수 없지. 자네는 그렇게 얘기할 수 있어?"

"이봐, 수천년 전부터 수염을 기른 사람들이 그 문제를 풀어보려고 머리를 싸맸어."

"날마다 먹는 빵이야." 조니는 중얼거리며 얼굴을 가린다. "내가 그 빵을 만지고 두조각으로 잘라 입에 넣지만, 아무 일도 일어나지 않아. 나도 그걸 안다고. 그런데 그게 무서워. 아무 일도 없다는 게 무섭지 않아? 자네는 빵을 자르고, 칼날을 빵에 넣고도 모든 게 이전과 마찬가지라고 여기는데, 나는 그 점을 이해할 수가 없다고."

조니의 얼굴을 보고, 흥분한 기색을 보니 심란해진다. 조니에게서 재즈, 추억, 계획에 대한 이야기를 끌어내기가, 조니를 현실로 끌어내기가 갈수록 어렵다. ('현실로', 이 말을 적는 순간 구역질이 난다. 조니의 말이 옳다. 현실이 이런 것일 수 없다. 내가 재즈 비평가라는 것이 현실일 수 없다. 이런 게 현실은 아니라고 우리를 놀리는 사람이 있기 때문이다. 그렇더라도 이렇게 조니만 따라다닐 수도 없다. 그러면 우리는 너나없이 미쳐버리고 말 것이다.)

조니는 이제 잠이 들었다. 적어도 눈을 감고 잠든 척하고 있다. 다시 한번 조니가 무엇을 하고 있는지, 조니가 어떤 사람인지 도무지 모르겠다. 자고 있는지, 잠든 체하고 있는지, 잠을 잔다고 생각하고 있는지 모르겠다. 그 어떤 사람보다 조니가 멀게만 느껴진다. 조니보다 더 천박하고, 평범하고, 비참한 환경에서 사는 사람은 없다. 조니는 어느 모로 보나 쉽게 다가갈 수 있는 사람이다. 겉보기에는 그렇다. 남과 다른 점은 하나도 없다. 겉보기에는 그렇다. 예술적 재능은 타고났지만 의지가 없고 병들고 악습에 젖은 한심한 인간이 되고자 하는 사람은 누구나 조니 같은 사람이 될 수 있다. 겉보기에는 그렇다. 천재들, 삐까소나 아인슈타인 같은 사람들, 누구든지 금방 작성할 수 있는 성스러운 명단(간디, 채플린, 스트라빈스키)을 존경하며 살아온 나는, 모든 사람이 인정하듯이, 이들 천재는 구름 속으로 다니는 사람이며, 그들이 하는 일을 이상하게 여길 필요가 없다고 생각한다. 그들이 특출한 사람이라는 데는 이론이 없다. 반면에, 조니의 남다른 점은 설명이 없으니 알 수가 없고, 알 수가 없으니 더욱 조바심이 난다. 조니는 천재가 아니다. 무엇을 발견한 것도 아니다. 그저 수많은 흑인과 백인처럼 재즈를 창작할 뿐이다. 조니의 음악은 다른 사람들 음악보다 훌륭하지만, 이는 결국 대중의 취향, 유행, 시대에 얼마간 의존한다는 사실을 알아야 한다. 예를 들어, 평론가 빠나시에는 솔직하게 말해서 조니의 음악이 조잡하다고 평했다. 우리는 솔직하게 말해서 빠나시에의 평이 조잡하다고 여기지만, 그렇다고 하더라도 이 문제는 논쟁의 여지가 있다. 이 모든 것으로 보건대, 조니에게 남다른 점은 없다. 하지만 이런 생각을 하자마자 정말로 조니에게는 남다른 점이 없는지 되물어보게 된다. (무엇보다도 조니 자신이 그걸 모른다.) 이런 이야기를 하면 아마 조니는 무척이나 웃을 것이다. 나는 조니가 생각하고 있는 것을 잘 알며, 조니가 이런 일로 먹고산다는 사실 또한 잘 안다. 방금 조니가 이런 일로 먹고산다고 말했는데, 왜냐하면 조니는…… 하지만 그 이야기는 하지 않으련다. 내가 말하고 싶은 것은 다름이 아니라 조니와 우리 사이의 거리는 도무지 설명할 수 없다는 것이다. 설명 가능한 차이에 기초하고 있지 않다는 것이다. 이로 인해서 발생하는 결과에 댓가를 지불할 사람은 다른 사람이 아니라 조니 자신이고, 그것은 조니뿐만 아니라 우리에게도 악영향을 미친다. 그렇다면 조니는 우리 가운데 있는 천사와 같은 사람이라고 이야기하고 싶어질 것이다. 하지만 기본적인 양심이 있는 사람이라면 차마 그 말을 내뱉지 못하고 에둘러서 부드럽게 표현할 것이다. 즉, 조니는 천사들 가운데 있는 인간이며, 비현실 가운데 있는 (그 비현실은 우리이다) 현실이다. 어쩌면 바로 이 때문에 조니는 내 얼굴을 만져보며, 나는 건강하고, 집도 있고, 아내도 있고, 명성도 있음에도 불구하고 너무나 불행하고 너무나 투명하고 너무나 보잘것없는 사람이라는 느낌을 받는다. 무엇보다도 특히, 내 명성에도 불구하고 말이다.

그렇지만 항상 그렇듯이 나는 병원을 나와 거리에 발을 딛자마자, 일상의 시간과 할 일을 인식하자마자 언제 그랬느냐는 듯이 까마득하게 잊어버린다. 불쌍한 조니, 현실에서 너무 벗어나 있다. (그럼, 그렇고말고. 이렇게 생각하는 것이 훨씬 마음 편하다. 두시간 동안의 문병을 마치고 이제 까페에 앉아 있다. 지금까지 쓴 글은 나 자신더러 조금 품위를 지키라는 판결문 같다.)

　다행히도 화재 건은 잘 마무리되었다. 짐작한 대로 후작 부인이 힘을 써서 별문제 없이 잘 넘어갔다. 데데와 아트 부카야가 신문사로 찾아왔다. 우리 셋은 이미 유명해진 (아직은 비밀이지만)「아모루스」를 들으려고 빅스로 출발했다. 택시 안에서 데데는 내키지 않는 투로 후작 부인이 어떻게 화재 사건의 소용돌이에서 조니를 구했는지 이야기해준다. 적어도 라그랑주 거리의 호텔에 투숙한 알제리인의 떠드는 소리와 타버린 매트리스 꼴은 보지 않게 되었단다. 벌금은? 이미 물었단다. 다른 호텔은? 띠까가 구해주었단다. 그리고 조니는 굉장히 넓고 아주 호화로운 침대에서 몸조리하며 우유를 항아리째 마시고,『빠리 마치』와『뉴요커』를 읽는단다. 가끔은 저 유명한 (그리고 너덜너덜해진) 딜런 토머스의 문고판 시집도 들춰보면서. 조니는 이 시집 도처에 연필로 자기 생각을 적어놓았다.

　우리는 길모퉁이 까페에 앉아서 이런 소식을 안주 삼아 꼬냑을 한잔씩 한 다음,「아모루스」와「스트렙토마이신」을 들으려고 감상실에 자리를 잡는다. 아트는 불을 꺼달라고 부탁하고 바닥에 눕는다. 감상을 잘하기 위해서다. 조니가 벌써 감상실로 들어온다. 우리의 귓전을 스치고 지나가는 음악 속에 조니가 있다. 비록 이 순간 조니는 호텔 침대에 누워 있지만. 그리고 십오분 동안 음악으로 우리를 쓸어버린다. 「아모루스」를 출시하겠다는 제안에 화를 낸 이유를 알 만하다. 누구라도 실수를 지적할 수가 있다. 악절 끝부분에서 또렷하게 감지할 수 있는 바람 새는 소리와 무엇보다도 느닷없이 끝나는 종지부가 그렇다. 이 짧고 막연한 마지막 음^音은 내가 보기에 터지는 심장 같고, 빵을 자르는 칼 같다. (그는 며칠 전에 빵 이야기를 했다.) 그 반면, 우리가 보기에는 감당할 수 없을 만큼 아름다운 것이 조니에게서 새어나왔다. 그것은 절망적인 손짓과 물음과 전방위적인 탈주로 점철된 그 즉흥연주에서 출구를 찾으려는 열망이다. 조니는 「아모루스」가 가장 위대한 재즈곡으로 남으리라는 것을 이해할 수 없으며, (왜냐하면 조니에게 실패는 우리에게는 하나의 길, 적어도 그 길을 가리키는 표지판이기 때문이다) 조니 안에 있는 예술가는 이 곡을 들을 때마다 분노의 화신이 될 것이다. 이 곡은 자기 욕망의 흉내에 불과하기 때문이다. 또 그가 싸우고 있는 동안, 다시 말해서 그가 추적하는 것 앞에서, 추적하면 할수록 달아나는 것 앞에서 오로지 혼자 비틀거리고 침을 흘리며 연주하는 동안 말하고자 한 것의 흉내에 지나지 않기 때문이다. 역시 「아모루스」를 듣기 잘했다. 이 곡에 모든 것이 집약되어 있다고는 하나 내가 깨달은 바로 조니는 희생자가 아니며, 쫓기고 있지도 않다. 모든 사람들이 조니를 희생자라고, 쫓기는 자라고 믿고 있으며, 나 또한 전기에서 그렇게 설명한 바 있으나 (영어판이 막 출판되었다. 확신하는데, 코카콜라처럼 팔릴 것이다) 이제는 그렇지 않다는 것을 알게 되었다. 조니는 추적당하고 있는 것이 아니라 추적하고 있으며, 곡절 많은 인생도 사냥꾼의 고난이지 쫓기는 동물의 고난이 아니다. 조니가 추적하는 것이 무엇인지는 아무도 모른다. 하지만 추적하고 있다. 저기 「아모루스」에서, 마리화나에서, 엉뚱하기 그지없는 이야기에서, 재발하는 악습에서, 딜런 토머스의 문고판 시집에서 추적하고 있다. 또 조니를 조니답게 만들고, 위대하게 만들고, 또 엉뚱한 사람으로 만들고, 팔도 다리도 없는 사냥꾼으로 만들고, 잠자는 호랑이 뒤편으로 내달리는 산토끼로 만드는 구제 불능의 악마 같은 모습에서도 추적하고 있다. 그리고 이 말은 꼭 해야겠다. 나는 「아모루스」를 듣고 난 후, 손도 발도 없는 무형의 검은 물체를, 손으로 내 얼굴을 더듬고 다정하게 웃으면서 쳐다보는 저 미치광이 침팬지를 토하고 싶었다. 그러면 조니로부터 해방될 것 같다. 나를 포함하여 모든 사람을 치받으며 역류하는 조니로부터 자유로울 것 같다.

아트와 데데는 「아모루스」의 형식미밖에 보지 못하고 있다. (내 생각으로는, 그것밖에 보지 않으려고 한다.) 게다가 데데는 「스트렙토마이신」을 더 좋아한다. 조니는 이 곡을 물 흐르듯이 연주했다. 대중은 완벽하다고 여길지 모르겠다. 그러나 내 생각에 조니는 방관하고 있었다. 음악이 흐르게 놔두고 자신은 저편으로 물러나 있었다. 길거리로 나와서 데데에게 무슨 계획이 있느냐고 물어본다. 조니가 호텔에서 나오면 (경찰이 외출을 막고 있다) 그 즉시 새 음반 회사에서 그가 좋아하는 곡을 취입할 예정인데, 보수도 괜찮을 것이라고 대답한다. 아트는 조니에게 기막힌 아이디어가 많다면서 자기와 마르셀 가보띠는 조니와 함께 새로운 작업을 하겠다고 강조한다. 그러나 최근 몇주일 동안 아트의 마음은 이미 떠나 있었다. 내가 알기로는 가능한 한 빠른 시일 내에 뉴욕으로 돌아가려고 에이전트와 교섭 중이다. 십분 이해하고도 남는 일이다. 불쌍한 젊은이 같으니.

"띠까가 처세를 잘해요." 데데가 샐쭉하게 말한다. "물론, 식은 죽 먹기겠죠. 막판에 나타나서 지갑을 열기만 하면 안되는 일이 없으니까. 그런데 나는……"

아트와 나는 서로 쳐다본다. 데데에게 무슨 말을 하겠는가. 여자들은 조니 같은 사람들 주변을 어슬렁거리며 살아간다. 이상할 것

도 없다. 여자가 아니라도 조니의 매력을 느낄 수 있으니까. 여기서
힘든 일은 훌륭한 위성처럼, 훌륭한 비평가처럼 거리를 유지하면
서 조니의 주변을 도는 것이다. 아트는 볼티모어 시절에 없었으니
모르겠지만 나는 조니를 알고 지내던 그 시절이 떠오른다. 그때 조
니는 랜과 아이들과 함께 살았다. 랜을 보기가 안쓰러웠다. 그러나
한동안 조니를 사귀고 나면, 다시 말해서 그의 음악세계, 낮에 대한
공포, 있지도 않은 일에 대한 기상천외한 설명, 뜬금없는 애정 표현
을 접하고 나면, 그때는 왜 랜이 그런 표정을 짓는지, 조니하고 살
면서 다른 표정을 짓는다는 것이 얼마나 어려운 일인지 이해하게
된다. 띠까는 예외다. 요란한 삶, 난잡한 생활을 통해서 조니로부터
벗어난다. 게다가 기관단총보다 더 효과적인 돈줄을 쥐고 있다. 후
작 부인 때문에 골치가 아프거나 서운한 감정이 들 때 아트 부카야
가 한 말에 따르면 그렇다.
　"가능하면 빠른 시일 내에 오세요. 그 사람이 선생님하고 얘기하
고 싶어해요." 데데의 부탁이다.
　화재 사건에 대해서 데데에게 (화재의 원인으로 따지면 공범자
가 틀림없으니까) 설교를 하고 싶었지만, 조니에게 쓸모 있는 시민
이 되라는 말이나 다를 바 없으므로 입을 다물고 말았다. 요즘 모
든 일이 잘 풀리고 있다. 이상하게 (불안하게) 조니 쪽도 별일이 없
어서 더없이 마음이 편하다. 이런 반응이 우정이라고 생각할 만큼
나 자신이 그렇게 순수하지는 않다. 그보다는 잠깐 동안의 유예 같
은 것이고, 안도의 한숨 같은 것이다. 아무튼 보나 마나 뻔한 일인
데 굳이 데데에게 이것저것 물어볼 필요는 없다. 화가 나는 일은,
나만이 이것을 느끼고, 나만이 항상 이것 때문에 고통받는다는 사
실이다. 아트 부카야도 띠까도 데데도 조니가 고통받거나 감방에

들어가거나 자살을 기도하거나 매트리스에 불을 지르거나 호텔 복도를 알몸으로 뛰어다닐 때마다 그들 때문에 댓가를 지불하고, 그들 때문에 죽어간다는 것을 모른다는 사실에 울화가 치민다. 이런 것도 모르는 조니는, 연단에서 위대한 연설을 하는 사람들이나 인간의 악행을 고발하기 위해서 책을 쓰는 사람들이나 세상의 죄악을 씻는다는 자세로 피아노를 치는 사람들과는 다르다. 조니는 이런 것도 모르는 보잘것없는 쌕소폰 연주자다. 시시하고 하찮은 쌕소폰 연주자 중에서도 가장 미미한 존재다.

이런 식으로 계속 나간다면 조니보다는 나 자신에 대해서 더 많이 쓰게 되고 말 것인데, 그래서 좋을 일은 하나도 없다. 나 자신이 복음 선교사처럼 보이기 시작한다. 그러나 나에게는 어떠한 은혜도 내리지 않는 선교사다. 귀가하면서 나 자신에 대한 신뢰를 회복하기에 적당할 만큼의 회의적인 태도로 생각해본다. 나는 조니의 전기에서 지나가는 말로 조심스럽게 병리학적 측면을 언급했다. 조니가 유골 항아리로 가득한 벌판을 돌아다닌 일이나 그림을 보고 있는데 갑자기 그림이 살아움직이더라는 이야기를 상술할 필요는 없어 보였다. 이런 일은 결국 마리화나 때문에 생긴 환영에 지나지 않고, 약물 중독증을 치료하면 사라질 것이다. 그러나 조니는 이런 환영을 내게 담보물로 내놓았다. 다시 말해서, 호주머니에 넣어두고 잊어버렸다가 다시 발견한 손수건처럼 그 환영을 보여준 것이다. 오로지 나만이 그런 환영을 견뎌내고, 그런 환영을 보듬고 살아가며, 그런 환영을 무서워한다. 아무도 그 사실을 모른다. 조니조차도 모른다. 누가 조니에게 이런 이야기를 털어놓겠는가? 정말로 위대한 사람, 인류의 스승이라면 이런 고백을 하고, 조언의 댓가로 무릎을 조아리겠지만. 도대체 이 세상은 왜 내게 이렇게 무거운 짐을 지우는가? 도대체 나는 어떤 종류의 복음 선교사인가? 조니에게서 위대한 점이라고는 눈곱만큼도 찾아볼 수가 없다. 내가 조니를 알고 난 이래, 조니를 존경한 이래, 익히 아는 사실이다. 처음에는 위대한 점이 없다는 사실에 당황했지만 얼마 전부터는 놀랍지도 않다. 아마도 처음으로 그런 경지에 도달한 사람에게는, 특히나 재즈 음악가에게는 위대하다는 말을 사용하고 싶지 않기 때문이리라. 한때는 조니에게 위대한 점이 있다고 믿었다. 그런데 이유를 알 수 없지만, (정말로 이유를 모르겠다) 조니는 날이면 날마다 그것이 거짓이라고 폭로한다. (또는 우리가 거짓이라고 폭로하고 다닌다. 사실 이는 같은 것이 아니다. 왜냐하면 정직하게 말해서 조니에게는 또다른 조니의 환영 같은 것이 있고, 이 또다른 조니는 위대한 점이 많기 때문이다. 조니의 환영에 이런 특성이 결여되어 있는 것처럼 보임에도 불구하고 조니는 부정적으로 이런 특성을 환기하고 또 포함하고 있다.)

내가 이런 말을 하는 이유는, 자살 기도에서 마리화나에 이르기까지 조니가 삶을 바꾸기 위해 행한 일은, 조니처럼 위대한 점이 전혀 없는 사람들이나 할 수 있는 일이기 때문이다. 바로 이 점 때문에 지금도 나는 조니를 존경한다. 왜냐하면 조니는 사실 글을 배우고자 하는 침팬지이며, 벽에 얼굴을 박고도 납득이 안되는지 다시 얼굴을 냅다 박아버리는 한심한 사람이기 때문이다.

아, 그런데 그런 침팬지가 어느날 드디어 글을 읽는다면, 통째로 박살나고 산산조각 난다면, 나부터 먼저 걸음아 날 살려라 하고 도망칠 것이다. 아무런 위대함도 없는 사람이 이런 식으로 벽에 부딪히는 것은 끔찍한 일이다. 조니는 자기 뼈를 부러뜨림으로써 우리 모두를 고발하고, 음악의 첫 소절로 우리를 갈가리 찢어놓는다.

(순교자나 영웅이라면 누구나 인정하고 고개를 끄덕이겠지만 그
사람이 조니라니!)

　연쇄적인 사건. 이것을 어떻게 표현해야 좋을지 모르겠는데, 아
무튼 한 인간의 삶에서 느닷없이 일어나는 공포스럽거나 어처구
니없는 사건의 연쇄를 일컫는 말이다. 이미 알려진 법칙 이외의 법
칙이, 우리가 모르는 다른 법칙이 우리 삶을 지배하기 때문에 전화
한통이 걸려오더니 이내 오베르뉴에 사는 누나가 찾아온다든지,
우유가 불 위로 쏟아진다든지 아니면 발코니에서 자동차에 치인
아이를 보게 된다. 또는 축구팀이나 사령탑의 입장에서 보면 주전
명단에서 빠진 후보선수에게 언제나 행운이 돌아가는 것과 같다.
오늘 아침 일만 해도 그렇다. 조니 카터를 더 잘 알게 되었다는 만
족감이 채 가시기도 전에 신문사로 급한 전화가 걸려왔다. 띠까였
다. 방금 전에 시카고에서 비Bee가 죽었다는 소식이다. 비는 조니와
랜 사이에서 태어난 둘째 딸이다. 당연하지만 조니는 미친 사람 같
았다. 내가 친구들에게 도와달라고 부탁하는 게 좋았을 텐데.
　다시 호텔을 찾아간다. 나와 조니의 관계를 고려해서 찾아온 사
람들이 많다. 띠까는 차를 마시고 있고, 데데는 물수건을 준비하고
있고, 아트와 들로네와 뻬뻬 라미레스는 낮은 목소리로 레스터 영
의 근황을 이야기하고 있다. 조니는 이마에 수건을 얹고 침대에 조
용히 누워 있다. 지극히 평온한 얼굴이다. 초연한 사람 같다. 그 즉
시 나는 애도의 표정을 지운다. 그저 조니의 손을 꼭 잡아주고 담
배를 한대 태우면서 잠자코 기다린다.
　"브루노, 여기가 아파." 조금 후 조니는 흔히들 심장이 있다고 생
각하는 곳을 가리키면서 말한다. "브루노. 그애는 손바닥에 놓인

하얀 조약돌 같은 아이였어. 그런데 나는 푸르스름한 말[6]에 불과했어. 그러니 내 눈에서 눈물 마를 날이 없을 거야."

조니는 엄숙하게, 시를 읊듯이 이런 말을 한다. 띠까가 아트를 쳐다본다. 두 사람은 조니가 젖은 수건으로 얼굴을 뒤덮고 있는 기회를 틈타 눈짓을 주고받는다. 주관적인 생각인지 모르겠으나 조니의 싸구려 문장이 혐오스럽다. 하지만 조니가 한 말은 어느 책에서 읽은 것 같다는 느낌은 차치하고라도 가면이 한 말처럼, 공허한 말처럼, 쓸데없는 말처럼 들린다. 데데가 수건을 바꾸는 틈에 조니의 얼굴을 볼 수 있다. 피부는 잿빛이고, 입은 일그러지고, 눈은 꼭 감고 있다. 항상 그렇듯이 조니는 우리의 예상에 어긋나는 일을 자행한다. 그리고 조니의 해괴한 짓에 익숙하지 않은 뻬뻬 라미레스는 아직도 놀란 기색을 떨쳐버리지 못하고 있다. 추태라고 여기는 듯하다. 왜냐하면 방금 전까지 조니는 침대에 앉아서 욕을 해댔기 때문이다. 한 단어 한 단어 천천히 곱씹어서 팽이를 던지듯이 내뱉었다. 「아모루스」를 녹음한 사람들부터 욕을 해댔다. 누구라고 지목하지는 않았지만 우리 모두가 표본상자 속의 곤충이라도 되는 듯이 입에 올릴 수도 없는 상스러운 단어로 콕콕 찔러댔다. 이런 식으로 이분 동안 「아모루스」와 관련된 사람 모두를 욕했다. 아트와 들로네로부터 시작해서 나를 거쳐 (비록 나는⋯⋯) 데데와 전능하신 하느님까지 들먹거리고 말끝마다 개새끼로 끝을 맺었다. 이것이 조니의 본모습이다. 이 욕설과 하얀 조약돌이 시카고에서 폐렴으로 죽은 딸 비에 대한 조사다.

---

6 요한묵시록 6:8. "푸르스름한 말 한필이 있고 그 위에 탄 사람은 죽음이라는 이름을 가진 사람이었습니다."

산더미 같은 일을 처리하고 신문에 기고하고 여기저기를 방문하다보면 두주일이 그냥 지나가리라. (이런 일은 타인의 결정과 뉴스거리에 빌붙어 살 수밖에 없는 비평가의 생활을 한눈에 보여준다.) 이런 일상적인 이야기를 주고받으면서 어느날 저녁 나는 띠까, 베이비 레녹스와 함께 까페 드 플로르[7]에 앉아 있으리라. 우리는 신이 나서 「난데없이」를 흥얼거리고, 우리 셋 모두 훌륭하다고 여긴 빌리 테일러의 피아노 독주를 평하고, 무엇보다도 베이비 레녹스 이야기를 하리라. 베이비가 입은 쌩제르맹의 의상이 얼마나 잘 어울리는지 보지 않은 사람은 모르리라. 조니가 나타날 때 베이비는 스무살 처녀의 설렘으로 쳐다보리라. 조니는 베이비를 본체만체 지나쳐 다른 탁자에 혼자 앉으리라. 만신창이로 취해 있거나 아니면 자고 있으리라. 띠까는 내 무릎 위에 손을 없으리라.

"조니를 보세요. 또 피웠어요. 어제저녁 아니면 오늘 오후에. 도대체 그 여자는……"

나는 내키지 않지만, 다른 일과 마찬가지로 그 일도 데데 탓이라고, 데데는 조니하고 수십차례 마리화나를 피웠다는 이야기부터 시작해서 못 견디게 생각이 나면 언제든지 다시 피울 것이라고 대답하리라. 조니에게 다가가 곁에 있지 못할 때는 항상 그렇듯이 나는 그 자리에서 나가 혼자 있고 싶은 마음이 굴뚝같으리라. 조니는 손가락으로 탁자에 낙서를 하고 있다가 무엇을 마실 거냐고 묻는 종업원을 멀거니 쳐다보리라. 조금 뒤 조니는 공중에 화살 같은 것을 그린 다음 두 손으로 떠받치리라. 엄청나게 무겁다는 듯이. 다른 탁자에 앉아 있는 사람들은 까페 드 플로르 손님답게 점잔을 떨고

---

7 실존주의자들이 자주 드나들던 라땡 지구의 까페.

있지만 속으로는 재미있어하리라. 그때 띠까는 "염병할" 하고는 조니의 탁자로 가서 종업원에게 주문을 한 다음 조니의 귀에 대고 뭐라고 이야기하리라. 베이비가 들뜬 표정으로 나를 채근하리라는 것은 말할 필요도 없으리라. 그렇지만 나는 심드렁하게 오늘 저녁은 조니를 편안하게 내버려두라고, 착한 아가씨는 일찍 잠자리에 드는 법이라고, 그리고 가능하면 이 재즈 비평가와 함께하는 것이 어떻겠느냐고 말하리라. 베이비는 상냥하게 미소 짓고 내 머리를 만지리라. 우리는 눈과 입술에 녹색 화장을 하고 은회색 망또로 얼굴을 가린 채 지나가는 아가씨를 보면서 잠자코 있으리라. 베이비는 괜찮아 보인다고 말하고, 나는 베이비에게 런던과 스톡홀름 공연에서 극찬을 받은 블루스를 낮은 목소리로 불러달라고 청하리라. 다시 우리는 「난데없이」를 흥얼거리리라. 그 노래는 오늘 저녁 강아지처럼, 눈까지 녹색으로 화장한 아가씨처럼 우리를 따라다니리라.

조니가 새로 구성한 오중주단의 단원 두사람이 그곳에 들르리라. 나는 이 기회를 이용해 그날 저녁 공연이 어땠느냐고 물어보리라. 이리하여 조니가 연주를 얼마 못했지만, 그 연주만으로도 존 루이스와 같은 음악가의 악상 전부와 맞먹는다는 것을 알게 되리라. 이 존 루이스에게 악상이라는 게 있다면 말이다. 왜냐하면 단원 중 한사람이 이야기한 것처럼 루이스의 수중에 있는 것은 구멍을 덮어버리는 음표뿐이기 때문인데, 이런 것을 악상이라고 할 수는 없다. 그동안 나는 조니가, 무엇보다도 조니를 믿고 있는 청중이 어디까지 견딜 수 있을까 하고 곰곰이 생각해보리라. 단원들은 내가 권하는 맥주를 사양하리라. 다시 베이비와 나, 이렇게 둘만 남으리라. 드디어 나는 베이비(정말 걸맞은 예명이다)가 묻는 말에 대답하고, 왜 조니가 병들고 쇠약해졌는지, 왜 오중주단 단원들이 가면 갈수록 조니에게 선물을 내는지, 그리고 쌘프란시스코, 볼티모어, 뉴욕에서 수차례 발생한 일이 왜 또 터지려고 하는지 설명해주리라.

라땡 지구에서 연주하는 음악가들이 들어오리라. 그들 중에서 몇몇은 조니에게 가서 인사하리라. 하지만 조니는 지독히도 멍청한 얼굴로, 순수하고 촉촉이 젖은 눈으로, 침을 질질 흘리면서 멍하니 쳐다보리라. 띠까와 베이비가 하는 수작을 관찰하는 것은 재미있으리라. 띠까는 남자를 다루는 솜씨가 여간이 아니기 때문에, 간략한 설명과 미소로 라땡 지구 음악가들을 조니에게서 떼어놓으리라. 베이비는 내 귀에 대고 조니를 존경한다고 하면서 요양원에 입원시켜 약물 중독을 치료하는 것이 좋겠다고 이야기하리라. 이런 이야기를 하는 이유는 베이비가 질투하고 있기 때문에, 다시 말해서 오늘 저녁 조니하고 자고 싶기 때문이리라. 하지만 조니 모양새를 보아하니 불가능한 일이고, 그래서 나는 너무 기쁘리라. 베이비를 알게 된 후로 항상 그렇듯이, 그녀의 허벅지를 애무하고 싶다는 생각이 들고, 그래서 내친김에 좀더 조용한 곳으로 가서 한잔하는 것이 어떻겠느냐고 슬쩍 떠보리라. (베이비는 싫다고 하리라. 내심으로는 나도 그러리라. 왜냐하면 저쪽 탁자에 있는 조니와 띠까가 우리 발목을 잡고 있기 때문이리라.) 그런데 문득 아무런 예고도 없이 자리에서 천천히 일어나는 조니가 보이리라. 눈이 마주치자 금세 알아보고 우리 탁자로 와서, (다시 말해, 내 쪽으로 와서, 베이비는 안중에도 없기 때문이다) 마치 접시에 담긴 감자튀김을 집으려는 사람처럼 아주 자연스럽게 허리를 조금 숙이리라. 그리고 내 앞에 무릎을 꿇으리라. 아주 자연스럽게 무릎을 꿇고 내 눈을 쳐다보리라. 나는 울고 있는 조니를 보리라. 말할 필요도 없이 죽은 딸

비 때문에 울고 있다는 것을 알리라.

조니를 일으켜세우고 싶고, 추태를 막고 싶다는 내 반응은 너무나 자연스러운 것이다. 그렇지만 결국 추태는 내가 부린 꼴이 되었다. 이렇게 얌전히 있는 사람을, 그냥 편한 자세로 앉아 있는 사람을 억지로 일으켜세우는 것보다 더 볼썽사나운 일은 없기 때문이다. 게다가 까페 드 플로르에 온 손님은 작은 일에는 놀라지 않는데도 나를 곱지 않은 시선으로 보고 있다. 손님들 대부분은 무릎을 꿇고 있는 이 흑인이 조니 카터라는 사실을 모른다. 그들 눈에 비친 나는 교회당 제단에 올라가 십자가를 떼어내려고 그리스도를 못살게 구는 사람이다. 누구보다도 먼저 나를 책망한 사람은 조니다. 그는 소리 없이 울면서 고개를 들고 나를 빤히 쳐다보고만 있다. 이런 조니의 행동과 까페 손님들의 노골적인 힐난 앞에서 나는 다시 자리에 앉는 수밖에 없고, 그래서 조니보다 더 우스운 꼴이 되고 말았다. 조니가 무릎을 꿇고 앉아 있는 그 자리만 아니라면 어느 곳이라도 이보다는 나을 것 같다.

이 일만 제외하면 나머지는 괜찮았다. 그러나 그사이에 몇 세기가 흘렀는지 모른다. 모두들 멍하니 바라만 보고 있고, 조니는 눈물을 줄줄 흘리면서 내 눈을 뚫어지게 쳐다보고 있다. 그동안 나는 조니에게 담배를 권하고, 내 담배에도 불을 붙인다. 그리고 베이비에게 이해한다는 몸짓을 해 보인다. 내가 보기에 베이비는 자리를 뜨거나 아니면 울음을 터트리려는 것 같다. 언제나처럼 그 소동을 잠재운 사람은 띠까다. 침착하게 우리 탁자로 건너온 띠까는 조니 옆에 의자를 끌어다 놓고 어깨에 가만히 손을 얹는다. 마침내 조니는 조금 일어나 의자에 앉고, 나는 난처한 상황을 모면한다. 무릎을 몇 쎈티만 들어올려 엉덩이와 땅바닥 사이에 안락하고 푹신한 의자를 끼워넣기만 하면 되는 일이었다. (나는 기도를 하고 성호를 그으려고 했다. 사실 이 두가지는 한꺼번에 하게 된다.) 사람들은 이제 울고 있는 조니를 쳐다보는 데 진력을 내고, 우리도 자신이 개 같다는 느낌이 지겹다. 문득 화가들이 의자를 정감 있게 그린 이유가 납득이 간다. 갑자기 까페 드 플로르의 의자가 찬탄의 대상처럼, 꽃처럼, 향기처럼, 질서의 완벽한 도구처럼, 빠리 사람들의 품위처럼 느껴진다.

조니는 손수건을 꺼내더니 미안하다고 선선히 사과한다. 띠까가 더블 샷 커피를 가져와서 조니더러 마시라고 한다. 감복한 베이비는 단번에 조니에 대한 어리석은 기대를 접고 「마미의 블루스」를 흥얼거리는데, 일부러 그런다는 인상을 주지는 않는다. 조니는 베이비를 쳐다보고 웃는다. 순전히 내 생각이지만, 띠까도 나와 마찬가지로 조니의 눈동자에서 점차 비의 그림자가 사라지고 있고, 조니가 다음번 발작까지 잠시나마 우리 곁으로 돌아오기로 작정한 것 같다고 여긴다. 언제나 그랬듯이, 내 자신이 개 같다는 순간이 지나자마자 조니에 대한 우월감으로 아량을 보일 수가 있으며, 사생활은 건드리지 않고 여러가지 이야기를 조금은 할 수 있다. (조니가 의자에서 내려가 다시 그런 끔찍한 짓을 한다면……) 다행히도 띠까와 베이비는 천사처럼 처신한다. 까페 드 플로르의 손님들은 한시간 동안 얼굴이 바뀌었으며, 따라서 새벽 1시의 손님은 그 자리에서 그런 일이 있었으리라고는 짐작조차 못한다. 따지고 보면 사실 별일도 아니지만. 베이비가 먼저 자리를 뜬다. (베이비는 노력파다. 내일 아침 9시면 오후에 있을 음반 취입을 위해 프레드 캘렌더하고 연습하고 있을 것이다.) 그리고 띠까는 꼬냑을 세잔째 마시고 우리에게 자기 집으로 가자고 권유한다. 조니는 싫다면서

312

나하고 이야기를 더 나누고 싶다고 대답한다. 띠까는 조니의 상태가 괜찮다는 것을 알고 자리에서 일어난다. 후작 부인답게 잊지 않고 계산도 해준다. 조니와 나는 샤르트뢰즈 한잔을 시켜 나눠 마신다. 허물없는 친구 사이니까 흉잡힐 일은 아니다. 우리는 쌩제르맹을 걷는다. 조니가 걷고 싶다고 우기고, 나는 이런 상황에서 친구를 버려둘 사람이 아니기 때문이다.

라베이 거리를 지나 퓌르스땅베르그 광장 쪽으로 내려가는데 조니는 위험스럽게도 인형극장을 떠올린다. 아마도 여덟살 때 의붓아버지가 선물한 모양이다. 나는 그 추억 때문에 비 이야기를 다시 꺼내면 어쩌나 싶어 자꼬브 거리로 데려가려고 한다. 하지만 조니는 하룻밤도 지나지 않아 그 일을 까마득하게 잊어버렸는지 조용하게 걸어간다. 꾸물거리지도 않는다. (다른 때는 길을 가다 머뭇거렸다. 술에 취해서가 아니라 잘 떠오르지 않는 어떤 생각 때문이었다.) 밤인데도 날씨는 따뜻하고 길거리는 적막해서 우리 두사람은 기분이 좋다. 골루아즈를 피우면서 걷다보니 어느덧 쎈 강 쪽으로 가고 있다. 께드꽁띠 거리에 늘어선 어느 벼룩책방 앞에서 어떤 기억 때문에, 어떤 학생의 휘파람 소리 때문에 우리는 비발디의 테마를 입에 올리고 감상에 젖어 신나게 부르기 시작한다. 조니는 쌕소폰만 있으면 저녁 내내 비발디를 연주하겠다고 말하지만, 내가 보기에는 허풍이다.

"바흐하고 찰스 아이브스도 조금 연주하고." 조니가 거들먹거리며 말한다. "왜 프랑스 사람들은 찰스 아이브스에게 관심이 없는지 모르겠어. 자네, 그 노래를 들어본 적이 있어? 표범 어쩌고 하는 노래. 어떤 노래인지 알 거야. '한마리 표범……'[8]"

그리고 조니는 가느다란 목소리로 표범이라는 단어를 길게 뽑는다. 두말할 필요도 없이 아이브스 노래와는 전혀 딴판이다. 조니는 노래가 괜찮다 싶으면 되는대로 부른다. 마침내 우리는 지르꾀르 거리가 보이는 쎈 강 난간에 앉아 다시 담배를 태운다. 밤은 장려하고, 조금 뒤 어느 까페에서 맥주 한잔을 걸치리라는 생각만으로도 즐겁다. 조니가 내 책 이야기를 처음으로 입 밖에 꺼내도 크게 신경 쓰지 않는다. 왜냐하면 조니는 이내 찰스 아이브스의 이야기로 되돌아가, 여러차례 자기 음반에서 찰스 아이브스의 테마를 인용했는데도 아무도 그 사실을 모른다는 게 재미있다고 말하기 때문이다. (내 생각으로는 당사자인 아이브스조차 모를 것이다.) 하지만 나는 그 순간 책 이야기가 떠올라서 그 이야기로 화제를 돌린다.

"응. 조금 읽어보았어. 띠까 스튜디오에서 사람들이 자네 책 이야기를 했지만 제목조차 모르겠더라고. 어제 아트가 영어판을 가져와서 들춰봤지. 잘 쓴 책이야."

나는 이런 경우에 합당한 태도를 취한다. 제자처럼 겸손한 자세로 약간의 흥미를 보이면서. 마치 조니의 견해가 내 책에 담긴 진리를 나에게 (저자인 나에게 말이다) 밝혀주기라도 하는 것처럼.

"자네 책은 거울을 보는 것 같아. 그 전까지만 해도 어떤 사람에 대해 쓴 글은 그 사람을 보는 것과 다를 바 없다고 믿고 있었어. 거울을 보는 것이 아니라 말이야. 작가란 존경스러운 사람들이야. 얘기하는 것을 도대체 믿을 수가 없거든. 비밥의 어원을 다룬 부분은……"

"뭐, 자네가 볼티모어에서 얘기해준 것을 문자 그대로 옮겼을 뿐

---

8 찰스 아이브스의 「우리」 첫 소절 가사.

이야." 이렇게 괜스레 나 자신을 방어한다.

"그래, 그건 됐어. 하지만 거울을 보고 있는 것 같아." 조니는 자기 생각을 굽히지 않는다.

"뭐가 부족한데? 거울은 충실해."

"몇가지가 빠졌어. 자네가 나보다 아는 게 훨씬 많지만 내가 보기에는 몇가지가 빠진 것 같아."

"자네가 깜박 잊고 내게 얘기하지 않은 사항이겠지."

내 대답에 날이 섰다. 이 야생 원숭이 족속은…… (들로네하고 이야기한 모양인데, 조심성 없는 조니의 발언은 한 비평가의 성실한 노력을 망치는 것으로, 섭섭하지 않을 수 없으며…… 조니가 이야기를 하고 있다. "예컨대, 랜의 빨간 옷에서는 퀴퀴한 냄새가 났다." 오늘밤에 들은 새로운 사실은 다음 판에 포함시켜야겠다. 괜찮을 것이다. "이것이 그 음반에서 유일하게 가치가 있다." 그래, 주의 깊게 듣고 빨리 일을 처리하자. 왜냐하면 이러한 조니의 반박이 옳든 그르든 다른 사람이 알면 바람직하지 못한 결과를 초래할 수도 있으니까. "그리고 중간 크기의 유골 항아리, 가장 큰 유골 항아리. 그 속에 가득 담긴 골분은 푸르스름한 색깔, 내 여동생이 가지고 있던 콤팩트 화장품과 유사한 색깔." 조니가 말하고 있다. 제정신으로 하는 이야기가 아닐지라도 내 책의 핵심을, 사람들이 그렇게도 칭찬을 아끼지 않은 내 음악 미학을 반박하고 나선다면 최악의 사태가 될 것이고…… "게다가 쿨 재즈[9]에 대해서는 가당치도 않은 얘기를 써놨더구먼." 조니가 말하고 있다. 주목!)

"어떻게 내가 쓴 게 아니라는 거야? 뭐, 수정해도 좋겠지만 육개

---

9 비밥 재즈에 이어 1950년대 초에 나타난 재즈 스타일.

월 전에 자네는……"

"육개월 전이라." 조니는 이렇게 말하면서 난간에서 내려와 팔꿈치를 괴고 양손으로 머리를 감싼다. "육개월 전.[10] 아, 그래. 만약 단원들이 있다면 지금 당장 연주할 수 있는 곡명이야…… 말이 나왔으니 하는 얘기지만, 자네가 쌕소폰과 섹스에 대해서 쓴 논의는 아주 기발해. 아주 재미난 말장난이야. 육개월 전. 씩스, 쌕소, 섹스.[11] 정말 주옥같아, 브루노, 이 나쁜 자식아."

조니의 정신연령으로는 이 순수한 언어유희에 내포된 심오한 사고체계를 이해 못하리라고 말하고 싶지는 않다. (전에 뉴욕에서 레너드 페더에게 설명했는데, 아주 정확하다고 여기는 것 같았다.) 그리고 재즈의 유사 에로티즘 성향은 「빨래판 블루스」 시절부터 전개되었다 등등의 설명도 하고 싶지 않다. 항상 그랬지만, 비평가라는 존재가 내가 (남몰래 지금 쓰고 있는 이 글에서) 인식하고 있는 것보다 훨씬 더 필요한 존재라는 생각이 들어서 기쁘다. 왜냐하면 창작자는, 음악을 발명한 사람으로부터 시작해서 역대 음악가를 포함하여 조니에 이르기까지, 모든 창작자는 자기 작품으로부터 변증법적으로 결론을 도출해낼 능력이 없고, 또 악보나 즉흥연주곡으로부터 작품의 근본 원리와 탁월성을 주장할 능력도 없기 때문이다. 나 자신이 일개 비평가에 지나지 않는다는 참담한 기분이 들 때는 이 점을 상기해야겠다. "그 스타의 이름은 압생뜨[12]다." 조니가 말하고 있다. 갑자기 다른 사람 말처럼 들린다. 분명 조니

....
10 영어. "Six months ago."
11 영어. "Six months ago, six, sax, sex."
12 68도의 독주. 예술가들이 애음했으나 환각작용이 있다고 간주되어 20세기 초에 판매금지되었다.

가 말하고 있는데…… 이걸 어떻게 설명하지? 조니가 조니로부터 벗어나서 조니 옆에 있는데, 이걸 어떻게 기술하지? 궁금해진 나는 난간에서 내려가 조니를 가까이 들여다본다. 분명 그 스타의 이름은 압생뜨일 뿐, 다른 게 아니다.

"그 스타의 이름은 압생뜨다." 조니는 자기의 두 손에 대고 말한다. "그리고 그의 육신은 대도시 광장에 버려질 것이다. 육개월 전에."

나를 보고 있는 사람도 없고, 이 일을 아는 사람도 없지만 나는 별을 향해 어깨를 들썩인다. (그 스타의 이름은 압생뜨다.) 늘 하는 이야기로, "이 곡은 내가 내일 연주하고 있다." 그 스타의 이름은 압생뜨고, 그의 육신은 육개월 전에 버려질 것이다. 대도시 광장에. 특출하지만 너무 멀리 있는 스타. 내 눈에 핏발이 선다. 왜냐하면 조니는 더이상 책 이야기를 하지 않으려고 하고, 현재 이개 국어로 (곧 삼개 국어가 된다. 에스빠냐어판 이야기가 오가는데, 부에노스아이레스에서는 탱고만 연주하는 게 아닌가보다) 수많은 팬들이 읽고 있는 그 책을 조니가 어떻게 생각하는지 알 수 없기 때문이다.

"비싼 옷이었어. 그 옷이 얼마나 랜에게 잘 어울렸는지 자네는 모를 거야. 가진 게 있으면 위스키 한잔 앞에 놓고 설명하고 싶은데…… 데데는 달랑 삼백 프랑만 준단 말이야."

조니는 쎈 강을 바라보면서 익살맞게 웃는다. 마치 술이나 마리화나를 구할 줄 모르는 사람 같다. 그리고 내게 설명하기 시작한다. 데데는 무척이나 좋은 여자이며, (책이 좋다는 이야기는 없다) 인정에 끌려 그런 일을 하지만 브루노라는 친구가 (그 사람이 책을 한권 썼는데도 아무런 언급이 없다) 옆에 있어서 다행이다. 그리고 아랍 구역에 있는 까페로 가면 좋겠는데, 그곳에서는 이른바 압생뜨 스타라는 낌새가 보이면 간섭하지 않는다. (이것은 내 생각이고, 지금 우리는 쨍세베랭 쪽으로 걸어가고 있다. 새벽 2시다. 종종 아내가 일어나서 커피잔을 앞에 놓고 바가지를 긁으려고 벼르고 있을 시간이다.) 조니하고 같이 있으면 일이 이 지경이 된다. 우리는 맛없는 싸구려 꼬냑을 마신다. 한잔 더 마시자 기분이 좋다. 하지만 책 이야기는 없다. 그저 백조 모양의 콤팩트, 별, 그밖의 잡스러운 이야기뿐이다. 두서없는 문장, 두서없는 시선, 두서없는 웃음, 술잔 (조니의 술잔) 가장자리에 붙은 침방울이 전부다. 그래, 조니가 죽었으면 하고 바라던 순간이 있었다. 나처럼 생각하는 사람이 많을 줄 안다. 하지만 조니가 오늘밤 내게 이야기하고 싶지 않은 것을 가슴에 묻고 죽게 할 수는 없다. 물론 내게 중요한 것은 평화이고, 교수직이고, 반박의 여지가 없는 명제로 얻은 권위이며, 성대한 장례식이라고 할지라도 조니는 죽어서도 계속 사냥하고, 계속 말썽을 부릴 텐데. (이런 걸 어떻게 글로 옮겨야 할지 모르겠다.)

가끔 조니는 북을 치듯이 탁자를 한참 두들기고, 나를 쳐다보고 이해할 수 없다는 표정을 짓고 다시 탁자를 두들긴다. 우리는 아랍 기타 연주가와 함께 이 까페에 온 적이 있기 때문에 까페 주인 벤 아이파와 안면이 있다. 얼마 전부터 주인은 가게 문을 닫고 싶은 눈치다. 고추 냄새와 기름 냄새로 찌든 지저분한 까페에 남은 손님은 우리뿐이다. 나 또한 잠이 쏟아지지만 화가 나서 견디고 있다. 소리 없는 분노다. 그러나 조니에 대한 분노라기보다는 차라리 오후 내내 사랑한 다음에 욕실로 들어가 물과 비누로 구질구질해진 것을 깨끗하게 씻어내고 싶은 기분과 흡사하다. 조니는 탁자 위에서 줄기차게 박자를 두들기고 종종 콧노래도 부른다. 나를 별로 쳐다보지도 않는다. 조니가 책에 대해 논평할 생각을 안하다니 아주 잘된 일이다. 상황에 따라 좌우되는 사람이 조니인지라 내일이면 여자를 사귀든지 소동을 벌이든지 아니면 여행을 떠날 것이다. 일을 신중하게 처리하는 방법은 조니에게서 영어판을 슬쩍 빼내오는 것이다. 그러기 위해서는 데데하고 거래를 해야 한다. 이런 조바심은 터무니없는 것으로 분노나 다를 바 없다. 사실 조니가 내 책을 읽으리라고는 생각조차 안했다. 그 책이 조니라는 한 인간의 진실보다는 (거짓을 말한 것도 아니다) 조니의 음악에 국한된 논의라는 것은 나 자신이 더 잘 안다. 신중을 기하고 싶었기에, 그리고 인정 때문에 나는 조니의 치유 불가능한 정신분열증이며 마약에 얽힌 너절한 뒷이야기며 지저분한 여자관계는 적나라하게 밝히지 않았다. 그 대신 핵심적인 면만 언급하기로 작정하고 조니가 진정으로 이야기하는 것, 비할 데 없이 뛰어난 조니의 예술에 중점을 두었다. 그 이상 뭘 바란다는 말인가? 그런데 바로 그 지점에서 조니는 나를 노리고 있다. 언제나처럼 숨어서, 우리 모두가 상처를 입고 마는 어처구니없는 도약을 하려고 몸을 잔뜩 움츠리고 기다리고 있다. 어쩌면 조니는 내가 수립한 음악 미학의 근본 원리, 즉 도처에서 수많은 찬사를 받은 현대 재즈에 대한 위대한 이론의 미학적 기초를 거짓이라고 폭로하기 위해 이 지점에서 나를 기다리고 있는지도 모른다.

솔직하게 말해서, 조니의 인생이 나와 무슨 상관이겠는가? 내가 염려하는 바는, 조니가 내 능력으로는 쫓아갈 수 없는 (다시 말해서, 쫓아가고 싶지 않은) 도약을 감행함으로써 내 책의 결론이 허위라고 폭로하리라는 것이다. 내 주장이 거짓이며, 조니의 음악은 내 주장과 완전히 다르다는 것을 밝힐 수 있는 바로 그 지점에서 추락하리라는 것이다.

"이봐, 조니, 방금 내 책에서 몇가지 사실이 빠졌다고 말했지."

(이제부터 귀담아듣자.)

"몇가지가 빠졌다고? 아, 맞아. 몇가지가 빠졌다고 했지. 랜의 빨간 옷만이 아니야. 다른 것도…… 정말로 그것이 유골 항아리였을까? 어제저녁 다시 그 항아리를 보았어. 광활한 벌판에서. 하지만 이번에는 그렇게 깊이 묻혀 있지 않았어. 몇몇 항아리에는 명문銘文과 그림이 있었는데, 영화에 나오듯이 투구를 쓴 거인들이었어. 손에는 거대한 방망이를 들고 있고. 항아리 사이를 돌아다니다가 온몸이 오싹했지. 다른 사람은 아무도 없고 나 혼자만 항아리 사이로 찾아다니고 있었으니까. 자책하지는 마. 자네가 망각하고 이런 이야기를 쓰지 않았지만 중요한 것은 아니니까. 하지만 말이야." 조니는 손가락을 꼿꼿하게 치켜든다. "자네가 망각한 것은 나야."

"계속해."

"내 얘기, 나에 대한 얘기야. 나도 잘 모르는 것을 쓰지 않았다고 해서 자네 잘못은 아니야. 그 책에서 진정한 내 전기는 음반에 담겨 있다고 했을 때, 나는 자네가 정말로 그렇게 믿는다고 생각했어. 게다가 아주 그럴듯한 말이고. 하지만 그건 아니야. 나 자신도 어떻게 연주를 해야 진정으로 나 자신을 드러내는 것인지 모르는 판국인데, 자네가 그걸 어떻게 알겠어. 까페 안이 더운데 밖으로 나가지."

나는 조니를 뒤따라 거리로 나선다. 얼마 가지 않아 흰 고양이가 골목길에서 튀어나와 길을 막는다. 조니는 한동안 고양이를 쓰다듬는다. 조니, 이제 그만하자. 나는 쌩미셸 광장에서 택시를 잡을 생각이다. 조니가 호텔로 가든지, 아니면 내가 타고 집으로 가든지 그러겠지. 아무튼 조니의 이야기는 그렇게 섬뜩하지 않다. 잠시나마 나는 조니가 그 책에 대해 반론을 펴지 않을까 두려웠다. 본격적으로 자기 의견을 털어놓기 전에 나를 시험하고 있는 게 아닌가 싶기도 했다. 조니는 지금 흰 고양이를 쓰다듬고 있다. 결론적으로 조니의 이야기는 그 누구도 다른 사람에 대해서는 알 수 없다는 것인데, 새로운 사실은 아니다. 모든 전기가 다 그렇다는 것은 두말할 필요도 없다. 앞으로도 그럴 것이다. 자, 자, 조니, 집으로 가자. 이제 늦었어.

"그것뿐만이 아니야." 조니는 갑자기 똑 부러지게 말한다. 내 생각을 꿰뚫어보고 있는 것 같다. "하느님이 있더구먼. 그 책에 말이야. 자네는 도무지 엉터리야."

"어서 가. 집으로 가자고. 늦었어."

"자네가 있었어. 그리고 내 친구 브루노 같은 사람이 하느님이라고 부르는 것이 있었고. 아침마다 짜는 치약, 그런 걸 사람들은 하느님이라고 부르지. 쓰레기통, 그런 걸 사람들은 하느님이라고 불러. 파멸에 대한 공포, 그런 걸 사람들은 하느님이라고 부른다고. 이런 허섭스레기와 나를 뒤섞어놓다니, 자네도 어지간히 뻔뻔해. 내 어린 시절과 가족 얘기도 썼더라고. 나도 잘 모르는데 조상으로부터 물려받은 유산이 어떻고…… 한 무더기의 썩은 달걀이야. 자네는 썩은 달걀을 품고 있으면서도 하느님이 좋은지 꼬꼬댁거리고 있는데 말이야, 나는 자네의 하느님을 원치 않아. 그리고 내 하느님이었던 적도 없어."

"내 얘기는 단지 흑인음악이……"

"나는 자네의 하느님을 원치 않아." 조니는 되풀이 말한다. "왜 내가 하느님을 영접한다고 썼나? 하느님이 있는지도 없는지도 모르는데. 나는 음악을 연주하고, 내 하느님을 만들어. 자네의 발명품은 필요없으니까 마할리아 잭슨이나 교황에게 넘겨줘. 당장 책에서 그 부분을 삭제해."

"자네가 그토록 원한다면, 2판에서." 무슨 말이든 해야 하기에 이렇게 대답한다.

"나는 이 고양이나 마찬가지로 혼자야. 그런데 고양이는 혼자라는 사실을 모르지만 나는 알고 있기 때문에 훨씬 더 외로워. 천형이지. 타고난 것을 어쩌겠어. 브루노, 재즈가 음악에 불과한 것이 아니듯이 나 또한 조니 카터에 불과한 것이 아니야."

"내 말이 바로 그 말이었어. 종종 자네 연주는 마치……"

"마치 똥구멍으로 와락 쏟아내는 것 같다는 말이지?" 조니가 말한다. 오늘 저녁 처음으로 격분한 것 같다. "아무 말도 할 수 없는 것인데, 자네는 서슴없이 더러운 언어로 번역하고 있어. 내가 연주할 때, 자네는 천사를 보겠지. 하지만 그게 내 탓이야? 어떤 사람들은 주둥아리를 벌리고 내가 완벽한 경지에 도달했다고 나불거리겠지. 하지만 그게 내 탓이냐고? 이것이 최악의 실수야. 그리고 자네가 책에서 까맣게 잊어먹고 얘기하지 않은 것이고. 이봐, 사실 나는 아무런 가치도 없어. 내 연주, 사람들이 내게 보내는 갈채는 한푼어치 가치도 없어. 아니, 반푼어치 가치도 없어."

정말 밤늦은 시각에 희귀한 겸손이다. 조니라는 이 사람은……

"자네에게 어떻게 설명할 수 있을까?" 조니는 내 어깨를 잡고 이리저리 흔들면서 소리친다. ("조용히 좀 해!" 어느 집 창문에서 고함 소리가 들린다.) "그 문제는 음악 이상도 아니고 음악 이하도 아니야. 전혀 다른 문제야…… 예컨대, 비가 죽었다는 것과 살아 있다는 것의 차이야. 내가 연주하는 것은 죽은 비나 다름이 없어. 알겠어? 반면에 내가 원하는 것은, 내가 바라는 것은…… 그 때문에 종종 쌕소폰을 짓뭉갰는데, 사람들은 내 술버릇이 나쁘다고 비난했어. 하기는 내가 그런 행동을 보일 때는 사실 항상 취해 있었고, 쌕소폰은 무척 비싼 물건이니까."

"이쪽으로 가. 호텔까지 택시로 데려다줄게."

"브루노, 자네는 참 마음도 넓은 사람이야." 조니는 나를 조롱한다. "내 친구 브루노라는 사람은 다른 사람이 한 얘기를 모조리 수첩에다 적는데 정작 중요한 것은 모두 빼먹는단 말이야. 아트가 책을 전해주기 전까지만 해도 자네가 그처럼 엉터리라고는 생각조차 못했어. 처음에는 다른 사람, 로니나 마르셀 같은 사람 이야긴 줄 알았는데, 조금 읽어보니 여기도 조니, 저기도 조니야. 내 얘기를 하고 있더란 말이지. 하지만 이 사람이 나인가? 하고 의문이 생겼어. 자네 멋대로 볼티모어 일이 어떻고, 버드랜드가 어떻고, 내 음악 스타일이 어떻고……" 그리고 냉정하게 덧붙인다. "이보게, 자네가 대중을 상대로 그 책을 썼다는 것을 모르는 바는 아니야. 그것은 괜찮아. 그리고 내 연주 방식이라든가 재즈에 대한 감각을 얘기한 부분은 내가 봐도 나무랄 데가 없어. 그런데 왜 쓸데없는 책얘기를 계속하고 있지? 쎈 강변의 한조각 쓰레기, 선창에 떠다니는 저 지푸라기, 그것이 자네 책이야. 나도 저 지푸라기고, 자네는 저기 뒤뚱거리며 떠내려가는 술병이고. 브루노, 나는 아무것도 발견하지 못하고 죽을 거야. 아무것도……"

나는 조니의 상체를 붙들어 선창 난간에 기대 세운다. 조니는 언제나 그렇듯이 정신이 오락가락해져 밑도 끝도 없는 말을 중얼거리고 침을 뱉는다.

"만나지도 못하고, 발견하지도 못하고……" 조니는 몇번이고 같은 말을 되풀이한다.

"자네가 발견하고 싶은 것이 무언데? 불가능한 것을 바라면 안 되지. 이미 발견한 것으로도 충분히……"

"자네에게는 충분하겠지. 이미 알고 있어." 조니는 쓸쓸하게 대꾸한다. "아트에게도, 데데에게도, 랜에게도…… 하지만 그건 모를 거야…… 그래, 가끔은 문이 열리려고 했는데…… 저기 지푸라기 두개 보여? 서로 만나서 춤을 추고 있는데…… 멋지지 않아? 문이 열리려고 했는데…… 시간이…… 이미 얘기한 것 같은데, 시간이…… 브루노, 내가 일생 동안 음악에서 찾고 있는 것은 바로 언젠가는 그 문이 열릴 것이라는 거지. 일종의 무無이고, 균열이고…… 뉴욕 시절이 생각나는데, 어느날 저녁…… 빨간 옷, 그래, 빨간색, 랜에게 잘 어울렸어. 아무튼 어느날 저녁 나는 마일스하고 할하고 같이 있었는데…… 우리는 한시간 동안, 그런 것 같아, 쏠로 같은 것을 연주했는데 정말 행복했어…… 마일스 곡이 어찌나 아름다운지 하마터면 나는 의자에서 떨어질 뻔했어. 그때 나는 나 자신으로부터 도망치고 있었어. 눈을 감고 날고 있었지. 맹세하지만 나는 날고 있었고…… 나 자신을 듣고 있었어. 마치 멀리 떨어진 장소에 있으면서도 내 안에 있듯이, 나 자신 옆에 있듯이, 누군가처럼 옆에 서서…… 정확하게 말해서 누군가는 아니지만…… 저 술병 좀 봐. 어떻게 저렇게 까닥거리는지 믿기지 않아…… 누군가는 아니었어. 비교를 하자면…… 안온한 만남, 마치 꿈속에서처럼 말이지. 한번 생각해봐. 모든 일이 잘 풀려서 랜과 여자들이 화덕에 칠면조를 넣어두고 자네를 기다리고 있는데, 자동차 안에서는 빨간 불빛이 전혀 보이지 않아. 모든 게 당구공 색깔처럼 온화하게 보이거든. 내 곁에 있던 것은 나 자신과 동일한 것이지만 아무런 자리도 차지하지 않고, 뉴욕에 있지도 않고, 무엇보다도 시간 속에 있지 않고, 미래도 아니고…… 미래일 것 같지도 않고…… 잠시 동안이지만 영원에 지나지 않는…… 나는 그것이 거짓말인지 아니면 내가 음악 속에 빠져들었기 때문에 그런 일이 일어난 것인지를 몰랐어. 방금 연주를 끝마쳤고, 어쨌거나 가끔은 할이 질릴 때까지 피아노를 치게 해야 했으니까. 바로 그 순간에 나 자신을 향해 곤두박질쳤고……"

조니는 조용히 울고 있다. 더러운 손으로 눈시울을 닦는다. 나는 이제 어떻게 해야 좋을지 모르겠다. 너무 늦은 시각이다. 강물에서는 습기가 올라오고, 우리 두사람은 추위를 느끼고 있다.

조니가 중얼거린다. "나는 물 없이 수영하려고 했던 것 같아. 랜의 빨간 옷을 가지고 싶었던 것 같아, 하지만 랜 없이. 그리고 비는 죽었어. 자네가 옳아. 자네 책은 훌륭해."

"조니, 어서 가. 자네가 결점을 들춰낸다고 해서 불쾌하지는 않아."

"그게 아니야. 자네 책은 훌륭해. 왜냐하면…… 왜냐하면 유골 항아리는 없거든. 그 책은 싸치모[13] 연주와 비슷해. 아주 깔끔하고 아주 순수하고. 싸치모 연주는 생일이나 경사스러운 날의 분위기를 띠고 있지 않아? 우리는…… 물 없이 수영하고 싶었다고 내가 얘기했지. 내가 보기에는…… 하지만 바보가 돼야만…… 언젠가 다른 것을 만날 것 같았거든. 나는 만족하지 않았어. 그리고 좋은 일이란, 랜의 빨간 옷이라든가 비까지도 포함해서 쥐덫 비슷하다고 생각했어. 달리 어떻게 설명해야 할지 모르겠는데…… 덫, 인간

---
13 루이 암스트롱의 별명.

을 순응하게 만드는 덫, 뭐든지 좋다고 말하게 만드는 그런 덫이야. 랜과 재즈, 그래, 재즈까지도 잡지에 실린 광고 같아. 아름답고 그래서 내가 자네처럼 순응하면서 살게 만드는 거야. 자네는 빠리에 부인도 있고, 직장도 있지…… 내가 가진 것은 쌕소폰, 자네가 책에서 얘기했듯이 내 섹스…… 부족한 것이 한두가지가 아닌데, 사실 그것들은 모두 덫이야…… 왜냐하면 다른 것이 없을 리가 없거든. 그리고 우리가 문의 다른 쪽에 이렇게 가까이 있을 리가 없거든."

"중요한 것은 뭐든지 최선을 다하는 거야." 이렇게 말하는 나 자신이 구제 불능의 바보 같다.

"그리고 매년 『다운 비트』에서 최다 득표를 얻는 것도 중요한 일이지. 물론 중요하지. 중요하고말고." 조니는 동의한다.

조니를 광장 쪽으로 조금씩 데려가고 있다. 다행히도 길모퉁이에 택시가 보인다.

"어쨌거나 자네의 하느님은 사양해." 조니가 중얼거린다. "내게 그따위를 가지고 오지 마. 용서하지 않을 거야. 하느님이 문의 다른 쪽에 진짜로 있다고 하더라도 그러든 말든 나는 전혀 관심이 없어. 그런 식으로 다른 쪽으로 가는 것은 정말 쓸데없는 짓이야. 왜냐하면 그가 문을 열어주기 때문이지. 발로 차서 문짝에 구멍을 낼 것, 바로 그거야. 주먹으로 쳐서 문짝을 부술 것, 문 앞에서 엉덩이를 까고 똥을 쌀 것, 문에다 대고 하루 종일 오줌을 갈길 것. 그때 뉴욕에서 나는 내 음악으로 문을 열었어. 문 앞에 서 있기까지 했는데, 그때 그 빌어먹을 자식이 면전에서 문을 닫아버렸어. 왜냐하면 나는 그에게 기도한 적이 없거든. 앞으로도 기도하지 않을 거거든. 그리고 알고 싶지도 않아, 제복을 입은 그따위 수위가 뭐라고, 팁을 받고 문을 열어주는 그따위 도어맨이 뭐라고……"

한심한 사람. 그리고 나중에 이런 말을 책에 쓰지 않았다고 불평하겠지. 새벽 3시다. 하느님 맙소사.

띠까는 뉴욕으로 돌아갔다. 조니도 뉴욕으로 돌아갔다. (혼자서. 데데는 지금 유망한 트롬본 연주자 루이 뻬롱의 집에서 안정된 생활을 누리고 있다.) 베이비 레녹스도 뉴욕으로 돌아갔다. 빠리의 재즈 씨즌이 시들해져 친구들이 그립다. 내가 쓴 조니 전기는 도처에서 잘 팔리고 있다. 당연한 일이라고 여기지만, 할리우드에서 영화로 제작할 가능성이 있다고 쌔미 프레첼이 이야기했는데, 프랑과 달러의 환율을 계산해보면 언제라도 구미가 당기는 일이다. 아내는 나와 베이비 레녹스의 관계 때문에 한동안 화가 나 있었다. 다른 사람들 눈에는 전혀 심각한 사이가 아니었는데도 말이다. 아무튼 베이비는 사생활이 극히 문란한 여자이고, 따라서 생각이 있는 여자라면 베이비 같은 성격에 결혼생활은 불가능하다는 것을 대번에 알아차렸을 것이다. 게다가 베이비는 조니와 함께 이미 뉴욕으로 돌아갔다. 조니와 같은 배를 타고 싶었던 것이다. 조니에게 푹 빠져 있어서 아마 마리화나도 함께 피웠을 것이다. 한심한 아가씨. 내 책 2판이 인쇄에 들어가고 독일어판 이야기가 오가던 바로 그때 「아모루스」가 빠리에서 출시되었다. 나는 2판의 개정 문제를 놓고 한동안 심각하게 고민했다. 직장 일을 하고도 짬이 나면 성실한 자세로 조니의 인간됨을 다른 각도에서 조망할 필요는 없지 않나 생각해봤다. 이 문제를 놓고 들로네와 오데르하고 여러차례 의논했다. 사실 두사람은 나에게 무슨 조언을 해야 할지 몰랐다. 왜냐하면 내 책은 대단히 훌륭하고, 또 사람들이 좋아한다는 것을 알고 있었기 때문이다. 두사람은 내가 문학적인 채색을 하지 않을까 염려하는 것 같았다. 다시 말해서, 조니의 음악, 최소한 우리 모두가 이해하고 있는 조니의 음악과 관계가 없거나 관계가 희박한 사항으로 책을 망치지 말라고 경고와 같았다. 이처럼 권위있는 사람들의 의견은 2판에서도 손대지 말고 그대로 두라는 것이었다. (내 소신도 그랬다. 이 마당에 소신을 꺾는 것은 바보짓이다.) 미국에서 발행되는 음악 전문 잡지들을 면밀하게 읽어보고는 마음이 놓였다. (르뽀 기사 네 꼭지. 모두 자살을 다시 시도한 조니를 다룬 기사였다. 이번에는 옥도정기를 사용했는데, 위세척을 하고 석주 동안 병원에 입원했다. 그후 아무 일도 없었던 것처럼 볼티모어에서 공연했다.) 이런 유감스러운 일이 재발한 것이 가슴 아팠지만, 조니는 내 책에 위협이 될 만한 발언은 한마디도 하지 않았다. 예를 들어, 시카고에서 발행되는 『스톰핑 어라운드』에 실린 테디 로저스와의 대담 기사를 보자. "브루노가 당신에 대해 쓴 책이 빠리에서 발간되었는데 읽어보셨습니까?" "예. 아주 좋은 책입니다." "그 책에 대해서 하실 얘기는 없는지요?" "없습니다. 아주 좋은 책이라는 말밖에는. 브루노는 훌륭한 사람입니다." 조니가 술에 취하거나 마약을 했을 때 뭐라고 떠들고 다녔는지 알 수 없으나 적어도 내 책이 거짓이라고 폭로했다는 소문은 들리지 않았다. 나는 2판을 손보지 않기로 결정했다. 조니가 본질적으로 어떤 사람인가를 그대로 보여주기로 했다. 바꿔말해서, 조니는 평범한 지성을 가진 보잘것없는 사람이다. 수많은 음악가, 체스 선수, 시인과 마찬가지로 조니는 자기 작품의 차원에 대한 최소한의 의식도 없이 (자신이 강하다는 것을 아는 권투 선수의 자부심 같은 것이다) 훌륭한 작품을 창조할 수 있는 재능을 타고난 사람이다. 그밖의 여러가지를 고려하더라도 이런 조니의 초상을 고수하는 편이 나았다. 재즈를 무척이나 사랑하지만 음악적 혹은 심리적 분석을 할 줄 모르는 대중과 마찰을 빚을 일은 하나도 없었다. 대중은 순간적이고 짜릿한 만족밖에 모르며, 박자에 맞춰 손뼉이나 치면서도 축복받은 사람처럼 평온하다. 음악은 살갗을 지나 피와 호흡이 되면 충분하다고 여길 뿐, 그 어떤 심오한 논리도 끌어낼 줄 모르는 사람들이다.

처음에는 전보가 왔다. (들로네에게, 나에게. 그날 오후에는 벌써 엉터리없는 논평과 함께 신문에 실렸다.) 그로부터 이십일 후, 베이비 레녹스의 편지를 받았다. 베이비는 나를 잊은 게 아니었다. "벨뷔 병원에서는 조니를 엄청 잘 대해줬어요. 퇴원할 때는 내가 마중을 나갔고, 마이크 루솔로의 아파트에서 함께 지냈죠. 마이크는 노르웨이 순회공연을 떠나고 없었거든요. 조니는 건강했어요. 청중 앞에서는 연주하지 않으려고 했지만 클럽 28 단원들하고의 음반 취입 건은 수락했답니다. 선생님에게만 할 수 있는 이야기지만 사실 조니는 너무 허약했어요. (빠리에서 우리 관계도 있고 해서 베이비가 무슨 이야기를 하려는지 감이 잡혔다.) 그리고 밤에는 한숨을 쉬며 투덜거리는 모습이 보기 무서웠어요. 그래도 위안이 있다면 (베이비는 경쾌하게 덧붙였다) 조니가 기분 좋게, 자기가 죽는 줄도 모르고 죽었다는 거예요. 텔레비전을 보고 있다가 갑자기 바닥으로 쓰러졌어요. 순간적인 죽음이었다고들 해요." 이 말로 미루어 보건대 베이비는 그 자리에 없었다. 나중에 들은 바로는 당시 조니는 띠까 집에서 살고 있었다. 띠까와 닷새를 함께 지냈는데, 걱정도 많았고 기력도 없었다. 조니는 재즈를 그만두고 멕시꼬로 가서 살든지 아니면 시골로 가서 일을 하겠다고 말했다. (살다 보면 누구나 한번쯤은 시골로 내려갈 생각을 하는데, 지겹도록 듣는 이야기다.) 띠까가 조니를 돌봤다. 정성을 다해 조니가 편안하게 지내도록 했고, 미래를 생각하도록 했다. (이것은 후에 띠까가 들려준 이야기다. 마치 그녀나 조니가 미래에 대해 아무런 생각도 없이 살았기라도 하듯이.) 조니는 텔레비전을 보면서 무척이나 웃었는데, 중간에 기침을 하더니 갑자기 푹 고꾸라졌고…… 나는 조니의 죽음이 순간적이었다고는 확신할 수 없다. 띠까는 경찰에게 그렇게 진술했지만 말이다. (띠까는 자기 아파트에서 조니가 죽었다는 사실이 야기할 엄청난 스캔들을 피하려고 그랬을 것이다. 마리화나가 집 안에 있고, 또 전에도 몇번 스캔들이 터졌다는 점을 고려하면 이해가 된다. 검시 결과는 전혀 납득이 가지 않는다. 의사가 조니의 간과 폐에서 발견한 것이 무엇이었는지는 상상이 가고도 남는 일이다.) 사랑스러운 베이비는 이렇게 덧붙였다. "조니의 죽음으로 내가 얼마나 상심했는지 선생님은 알고 싶지 않을 거예요. 비록 선생님에게 다른 얘기를 하고 있지만. 정리가 되는 대로 선생님이 알고 싶어하는 것을 편지로 쓰든지 아니면 얘기해드리겠어요. (로저스가 내 빠리 공연과 베를린 공연 계약을 추진하고 있거든요.) 선생님은 조니의 가장 친한 친구였어요." 이어 편지지 한 장에 걸쳐 띠까 욕을 했는데, 베이비의 말을 믿는다면 띠까는 조니를 죽게 한 원흉일 뿐만 아니라 진주만 공격과 흑사병의 원흉이기도 했다. 이 철없는 아가씨는 다음과 같이 끝을 맺었다. "참 잊기 전에 말씀드리겠는데, 벨뷰 병원에서 지내던 어느날 조니는 여러차례 선생님 소식을 물어봤어요. 그래서 든 생각인데, 선생님이 뉴욕에 있는데 자기를 보러 오지 않는다고 여긴 것 같아요. 또 항상 유골 항아리가 가득한 벌판 얘기를 했어요. 나중에는 선생님에게 전화를 걸어 상스러운 말까지 하게 됐지요. 선생님은 정신이 나가서 그랬다는 것을 알고 계시리라 믿어요. 띠까가 밥 캐리에게 들려준 얘기에 따르면, 조니의 마지막 말은 이런 것이었다고 해요. '오, 나에게 가면을 만들어다오.' 하지만 이미 짐작하고 계시듯이 그 순간에……" 내가 짐작하고 있었다니 말도 안되는 소리다. 그리고 편지 말미에 다음과 같이 덧붙였다. "조니는 몸이 많이 불어서 걸을 때는 숨이 찼어요." 이런 상세한 이야기는 베이비처럼 섬세한 사람에게서나 기대할 수 있는 것이다.

이 모든 일이 내 책 2판을 인쇄하고 있을 때 일어났다. 다행히도 급하게 쓴 부음 기사와 유명한 재즈 음악가들이 운집한 장례식 사진을 삽입할 만한 시간적 여유가 있었다. 이렇게 해서 조니의 전기는, 말하자면, 완벽해졌다. 이런 표현이 적절하다고 할 수는 없다. 그러나 내 관심은 어디까지나 미학적 차원이므로, 틀린 이야기도 아니다. 지금 또 번역 이야기가 오간다. 스웨덴어인가 노르웨이어라고 알고 있다. 아내는 이 소식을 듣고 무척이나 기뻐한다.

훌리오 꼬르따사르의 환상문학

1. 생애와 작품

이질 세계

훌리오 꼬르따사르(Julio Cortázar, 1914~84)는 1914년 벨기에의 수도 브뤼셀에서 태어났다. 제1차 세계대전이 발발하여 독일군이 브뤼셀에 진군하던 8월 26일이었다. 부모는 아르헨띠나 사람인데, 때마침 아버지가 상사 주재원이자 외교관 신분으로 이 도시에서 근무하고 있었기 때문에 유럽에서 태어나게 되었다. 꼬르따사르는 어느 편지에서 자신의 별자리는 처녀좌라 신체적으로는 허약하지만 지적이라고 했다. 또 행성으로 따지면 수성이고, 색깔은 회색에 해당하나 실제로는 초록색을 좋아한다고[1] 말했다(이런 취향 때문인지 작품에 초록색이 자주 등장한다). 텔레비전 인터뷰에서는 전쟁의 소용돌이 속에서 태어났기 때문에 이 세상 누구 못지않은 평화주의자라는 부연 설명도 잊지 않았다.[2] 아무튼 벨기에에서 유년 시절을 보낸 꼬르따사르가 처음 배운 언어는 프랑스어였고, 이 때문에 에스빠냐어 자음 'r'을 평생 프랑스어 투로 발음하게 되었다.[3]

1918년 꼬르따사르 일가는 아르헨띠나로 돌아와 부에노스아이레스 근교의 반피엘드에 정착했다. 그로부터 두해가 지난 어느날 아버지는 어머니와 꼬르따사르, 그리고 한살 밑의 여동생을 버리고 영영 집을 나가버렸다. 193쎈티미터의 장신에다 대단한 애연가인 꼬르따사르는 내성적이고 고독하고 곁을 잘 주지 않는 성격인지라 동료들에게도 사생활을 이야기하는 경우는 거의 없었다. 만년의 인터뷰에서 질문을 받고 마지못해 아버지 이야기를 꺼내기는 했는데, 기억에 남는 일이 별로 없는지 자기 인생에서 "사라진 존재"라고 표현했다. 심리비평가들은 꼬르따사르의 작품에 아버지 역할을 하는 인물이 존재하지 않은 까닭은 바로 가족을 버린 아버지에 대한 분노의 표현이라고 이야기한다. 내 의견으로는, 아버지의 부재가 남긴 심리적, 정신적 공백의 자연스러운 발로이지 가출한 아버지에 대한 의식적인 반감의 표출로는 보이지 않는다.

1926년에는 부에노스아이레스의 마리아노 아꼬스따 사범학교에 입학했다. 친구들과 놀기보다는 혼자 책 읽기를 더 좋아했던 것 같고, 그가 접한 여러 작가 중에서 『80일간의 세계일주』를 쓴 쥘 베

1 Julio Cortázar, "Carta a Graciela, 3 de junio de 1967", en Graciela Maturo, *Julio Cortázar y el hombre nuevo*, 2da edición, Buenos Aires: Stockcero, 2004, p. 209.

2 "Entrevista completa a Julio Cortazar – Programa 'A Fondo'", 1977. http://www.youtube.com/watch?v=_FDRIPMKHQg

3 Julio Cortázar, ibid.

른을 가장 흠모했다. 이는 나중에 꼬르따사르가 수필집 제목을 『하루에 돌아본 80 나라』(*La vuelta al día en ochenta mundos*)라고 쥘 베른의 소설 제목을 뒤집은 것이 분명한 이름을 붙인 데서도 확인할 수 있다. 그러나 무엇보다도 주목해야 할 것은, 꼬르따사르는 이들 환상적인 성격의 작품 독서를 통해서 세상이란 학교에서 가르쳐주는 것처럼 동질적이고 단일한 세계(universe)가 아니라 다양하고 이질적인 세계(multiverse), 비유적으로 말해서 스펀지처럼 구멍이 송송 뚫린 세계라는 사실을 깨달았다는 데 있다. 이는 꼬르따사르 환상문학의 출발점이지만 코훌리개들의 세계에서는 틀림없이 이상한 이야기를 하는 아이로 여겨졌을 것이다.

부지런히 공부한 덕분에 1932년에는 초등교사 자격증을 획득하고, 1935년에는 마리아노 아꼬스따 사범학교를 졸업함으로써 중등교사 자격증을 획득했다. 1937년부터 아르헨띠나의 지방 도시 산까를로스볼리바르와 치빌꼬이에서 중등학교 교사로 근무했는데, 당시는 어수룩한 시절이라서 국어, 지리, 도덕, 역사 등 무엇이나 가르쳤다고 한다. 이 시기 꼬르따사르는 대학 진학을 진지하게 고려했으나 가정 형편상 포기했다.[4] 1944년부터는 멘도사 주(州)에 있는 신생 꾸요 대학교에서 랭보, 말라르메 등 프랑스 문학을 강의했다. 화창한 젊은 시절을 지방 도시에 틀어박혀 지낸 꼬르따사르는 책 읽기와 시작 활동에 전념했다. 그 결과, 1938년에는 훌리오 데니스(Julio Denis)라는 필명으로 말라르메풍의 쏘네뜨집 『현존』(*Presencia*)을 출판할 수 있었다.

4 Luis Harss, *Los nuestros*, Buenos Aires: Sudamericana, 1966, p. 262.

뻬론주의

꼬르따사르 일생에서 전기가 된 사건 가운데 하나는 후안 도밍고 뻬론의 등장이다. 이 군인 출신 정치가에 대한 현재의 평가가 어떠하든 간에 당시 보르헤스를 포함해서 대부분의 아르헨띠나 문인과 지식인은 뻬론의 정치 행태를 '자유의 적'으로 규정하고 반뻬론 진영에 가담했다. 이 무렵 레오뽈도 마레찰이라는 작가가 『아담 부에노스아이레스』라는 걸출한 소설을 펴냈지만 평론가들은 작가가 친뻬론파라는 이유로 이 소설에 대한 언급조차 꺼렸다는 일화가 당시 아르헨띠나 지식인들의 반뻬론 분위기를 대변한다. 보르헤스처럼 가만 앉아서 상상의 책에 대한 상상을 좋아하는 사람이나 꼬르따사르처럼 알반 베르크의 바이올린 협주곡에 심취한 사람에게는 북 치고 장구 치고 가끔씩은 뻬론 만세, 에비따 만세도 부르면서 온 동네를 시끄럽게 떠들고 다니는 무리들이 곱게 보였을 리 만무했다.[5]

꼬르따사르의 경우, 대통령 선거 기간인 1944년에서 1945년까지 반뻬론 운동에 적극적으로 가담했기 때문에 뻬론이 대통령에 취임한 해인 1946년에는 교수직을 사임하고 부에노스아이레스로 돌아와 출판사에서 일하는 한편, 단편 「점거당한 집」을 보르헤스가 주관하던 잡지 『부에노스아이레스 연감』에 발표했다. 1947년에는 프랑스어 공인 번역사 자격증을 획득하고, 1949년에는 미노타우루스의 신화를 뒤집어 해석한 희곡 『제왕(諸王)』(Los reyes)을 펴냈다. 그

---

5 Ernesto González Bermejo, *Conversaciones con Cortázar*, Editorial Hermes: Naucalpan(México), 1979, p. 119.

리고 서른여덟살이 되던 1951년에 환상문학 단편집『동물 우화집』
(Bestiario)을 상재한 직후, 프랑스 정부 장학금을 받고 빠리로 건너
갔다. 일종의 자진 망명인 셈이다.

　꼬르따사르는 일찍부터 시를 창작했다. 그러나 단편은 서른살
무렵에 처음으로 손을 댄 장르이다. 이런 단편 창작이나 단편집 출
판 연도를 기준으로 삼으면 늦깎이 작가에 속한다. 물론 내적으로
는 부단한 연찬의 세월을 보냈다. 이때까지 세편의 소설과 상당한
양의 단편을 창작했으나 출판하지 못했다. (이 시기에 집필한 원고
는 모두 사후에 출판되었다.) 스스로 판단해도 괜찮은 작품이었지
만 더욱 완벽한 작품을 쓰기 위해 출판을 미룬 탓도 있고, 소설『시
험』(El examen)처럼 속어를 많이 사용했다는 이유로 출판사로부터
퇴짜를 맞은 탓도 있다.[6] 예나 지금이나 서양이나 동양이나 신진 작
가가 작품을 발표할 지면을 얻기는 무척이나 어려운가보다.

　이 기간에 꼬르따사르는 평론가로서 활발한 활동을 펼쳤다.
1947년부터 1948년까지 월간지『까발가따』에 신간 서적에 대한 서
평을 쓰고, 소설에 대해 나름의 관점을 정리한「터널 이론」의 일부
를 멕시꼬에서 발행되는 인문학지『꾸아데르노스 아메리까노스』
에 발표하기도 했다. 1940년대 아르헨띠나의 문단에서는 초현실주
의와 실존주의가 강세였다. 꼬르따사르 또한 이 두 문예사조에 깊
은 관심을 보였다. 초현실주의는 환상문학에 영향을 주었으며, 실
존주의는 장편소설『복권 당첨자들』(Los premios, 1960)을 강렬하게 채
색하게 되었다.

---

6 Luis Harss, op.cit., p. 264.

『팔방놀이』(*Rayuela*)

빠리에 정착한 꼬르따사르는 1952년부터 1년에 6개월을 유네스코 소속 번역사로 일하면서 생계를 꾸려갔다. 이듬해에는 아르헨띠나 출신의 번역사 아우로라 베르나르데스와 결혼하고, 2년에 걸쳐 에드거 앨런 포우의 단편집을 번역했다. 1956년에는 두번째 단편집 『놀이의 끝』(*Final del juego*)을, 1958년에는 단편집 『비밀 병기』(*Las armas secretas*)를 출판했다. 이런 단편집에 실린 작품은 중편 「추적자」를 제외하고 모두 환상문학에 속한다. 꼬르따사르 작품의 강점은 무엇보다도 포우에게서 배워 발전시킨 정교하고 완벽한 구성이다. 그래서 수많은 작가 지망생은 꼬르따사르에게 원고를 보내 한수 가르침을 받고자 했다. 2010년 노벨문학상을 수상한 뻬루 출신의 작가 마리오 바르가스 요사도 첫 소설의 원고를 보내 조언을 구했다고 한다.[7]

빠리로 대변되는 서구문화에 접했을 때, 꼬르따사르는 대다수 아르헨띠나 출신의 지식인과 마찬가지로 상당한 문화충격을 받았다.

> 유럽에 도착했다는 것은 다름이 아니라 내 모든 가치체계, 보는 법, 듣는 법을 재고할 필요가 있다는 의미였다. 처음 몇년 동안 유럽 생활은 충격과 갈등과 고생의 연속이었다. 부에노스아이레스처럼 융통성이 있고 편안한 분위기는 아니었다.[8]

---

7 Mario Vargas Llosa, "La trompeta de Deyá", *El País*, 28 de jul de 1991.
8 Ernesto González Bermejo, op.cit., p. 14.

평소 환상문학을 통해 우리 삶이 논리와 법칙에만 지배되는 것이 아니라 우연성과 예외성을 포함하고 있다고 생각해온 꼬르따사르였기에 그의 눈에 비친 빠리는 부에노스아이레스에서 책과 소문과 상상으로 그려본 세계와는 전혀 달랐다. 논리, 질서, 전통으로 점철된 서구인의 일상생활과 사고에는 사람과 사람, 사람과 사물, 사람과 우주의 진정한 접촉을 가능하게 만드는 여백이 들어설 자리가 없었다. 헬레니즘과 헤브라이즘을 씨줄과 날줄 삼아 촘촘하게 짠 면포로, 모든 우연성과 가능성을 덮어버린 문화였다. 꼬르따사르에게 서구는 더이상 문화적, 정신적 중심이 아니었다. 『팔방놀이』(1963)에서 이야기하듯이, "빠리는 은유"였고, 미로였고, 자신의 관점으로 해석해야만 하는 텍스트였다.

장편소설 『팔방놀이』는 이러한 꼬르따사르의 정신적 편력을 보여주는 작품이다. 이 가운데 팔방놀이로 옮긴 'rayuela'는 우리나라에서 주로 여자아이들이 하는 놀이로 '팔방'이라고 부르기도 한다. 참고 가능한 국어사전을 모두 뒤적거렸지만 이 어휘가 등록된 사전은 없었다. 지역에 따라서 사방치기, 팔방치기 등으로도 부르는데, '팔방놀이'라는 역어를 선택한 이유는 이 작품에서 '놀이'가 무엇보다도 중요한 핵심이기 때문이다.

팔방놀이에 대한 꼬르따사르의 이야기를 들어보자.

팔방놀이는 발끝으로 조그마한 돌멩이를 밀어내는 놀이다. 구성요소는 길바닥, 돌멩이, 분필로—색분필이라면 더 좋다—그린 예쁜 그림이다. 위쪽에는 '하늘'이 있고 아래쪽에는 '땅'이 있는데, 돌멩이를 '하늘' 방까지 밀어넣기란 참 어렵다. 언제나 가늠을 잘 못해 돌멩

이는 금 밖으로 나가버리기 일쑤이다.[9]

『팔방놀이』에서 꼬르따사르는 '중심'을 추구하는 우리들 사고
는 한계가 있다고 끊임없이 비판하며, 동일하고 유사한 것뿐만 아
니라 모순적이고 이질적인 것까지도 한꺼번에 포용할 수 있는 새
로운 비전, 이른바 만화경 같은 세계상을 꿈꾼다. 이런 맥락에서
『팔방놀이』는 꼬르따사르의 말처럼 "환상문학의 철학"이다.

그러나 이 말은 『팔방놀이』의 주제만 강조한 견해이기도 하다.
실제로 이 작품의 혁신적인 면은, 총 155개의 독립적인 장(章)을
독자가 임의로 조합하여 소설을 만들어낼 수 있다는 독특한 구성
을 통해서 소설에 대한 일반적인 통념을 과감하게 깨뜨린 데 있다.
『팔방놀이』는 제목이 암시하듯이 놀이이다. 소설 만들기 놀이이고
소설 읽기 놀이이다. 그리고 소설 읽기가 소설 담론을 구성하는 것
이자 담론의 이미지로 문학적 세계를 만들어내는 행위라면, 이 작
품은 담론 만들기 놀이이자 세계 만들기 놀이이다. 이처럼 『팔방
놀이』는 소설의 구성이라는 측면에서는 매우 독특한 작품임에는
틀림없으며, 당대의 많은 중남미 작가에게 소설을 이렇게도 쓸 수
있다는 안목을 틔워준 작품이다. 그러나 문학적 향취는 그다지 강
렬하지 않기 때문에 문학사적으로 의미있는 고전이라고 평가해야
겠다.

---

9 Julio Cortázar, *Rayuela*, Sudamericana, Buenos Aires, 1963, 251.

문학혁명

『팔방놀이』를 탈고한 직후, 꾸바를 방문한 꼬르따사르는 꾸바 혁명을 전폭적으로 지지하였다. 본인의 말에 따르면, 꾸바 혁명을 통해서 비로소 중남미 현실을 자각하게 되었다고 한다.[10] 이와 더불어 뻬론의 역사적 의미도 정확하게 파악하고 평가했다.

당시에는 몰랐고 또 무시했으나 대중은 뻬론과 함께 아르헨띠나 역사상 처음으로 대규모 지각변동을 일으켰다. 새로운 역사가 시작된 것이다. 오늘날은 아주 명확한 사실인데, 당시의 우리들은 그 점을 파악하지 못했다.[11]

그렇지만 꼬르따사르는 뻬론처럼 열렬한 민족주의자도 아니었으며, 까스뜨로처럼 공산주의자는 더더욱 아니었다. 1960년대에 눈부신 작품 활동을 전개한 대다수 작가는 꾸바 혁명에서 중남미 사회의 고질적인 병폐와 구조적인 모순을 극복할 수 있는 가능성을 보았다. 게다가 까스뜨로의 초기 문화정책 또한 표현의 자유를 허용했기 때문에 꼬르따사르를 포함하여 가브리엘 가르시아 마르께스, 기예르모 까브레라 인판테, 마리오 바르가스 요사, 까를로스 푸엔떼스 등은 자신의 이념에 상관없이 꾸바 혁명을 공개적으로 지지하고 성원했다.

꼬르따사르는 현실참여를 하면서도 개인적인 활동과 작품을 엄격히 구별하였다. 개인으로서는 정치적 행사에 열심히 참여하여

10 Ernesto González Bermejo, op.cit., p. 120.

11 Ernesto González Bermejo, op.cit., p. 119.

불의를 고발하는 데 앞장섰던 데 반해 작품은 여전히 사회고발과 거리가 멀어도 한참 멀었다. 그러자 꾸바의 로베르또 페르난데스 레따마르, 꼴롬비아의 오스까르 꼬야소스, 아르헨띠나의 다비드 비냐스와 같은 비평가들은 사회고발적이고 참여적인 문학을 창작하라고 요구했는데, 꼬르따사르를 포함하여 그 어떤 작가도 창작의 자유, 표현의 자유만은 끝까지 양보하지 않았다. 그 이유는 다음 말에서 찾을 수 있다.

창작자는 창작 행위를 통해서 새로운 요소를 도입하거나 낡은 요소를 문제 삼아야 하며, 문학적 영향력을 통해서 기존의 것과 단절을 추구해야 한다. 이 말은 문학이 세상을 구원하는 메시아가 되어야 한다는 뜻은 아니다. 낭만주의자들은 시인을 최고의 입법자라고 생각하고, 시인이 세상을 변화시킬 수 있다고 믿었다. 나는 절대 그렇게 생각하지 않는다. 그렇지만 "삶을 바꿔야 한다"(il faut changer la vie)는 랭보의 말은 아직도 옳다고 생각한다.[12]

문학으로 현실을 변혁하지는 못한다고 하더라도 현실을 증언할 수는 있을 것이다. 그렇지만 꼬르따사르는 현실 증언의 수단으로서 문학 창작보다는 낙후된 중남미 사회의 일부로서 문학을 혁신하는 일이 자신의 임무라고 생각했다. 체 게바라의 말처럼 혁명문학이 아니라 문학혁명이 더 절실하다고 본 것이다.

아무튼 꼬르따사르는 1962년에는 유머로 가득한 『끄로노삐오스와 파마스 이야기』(Historias de cronopios y de famas), 단편 10편을 추가한

---

12 Ernesto González Bermejo, op.cit., p. 130.

『놀이의 끝』 증보판(1964), 단편집 『불 중의 불』(*Todos los fuegos el fuego*, 1966), 수필집 『하루에 돌아본 80 나라』(1967), 소설 『62. 모형 조립』(*62. Modelo para armar*, 1968), 수필집 『마지막 라운드』(*Último Round*, 1969)를 출판하는 등 활발한 작품 활동을 전개한다. 1966년에는 안또니오니 감독이 단편 「악마의 침」을 「확대」(Blow-up)라는 제목으로 영화화했다. 이 영화에 대해 꼬르따사르는 안또니오니 감독이 작품을 이해하지도 못하고 환상이 뭔지 제대로 파악하지도 못한 채 영화를 만들었다고 불만을 토로했다. 이는 어디까지나 작가의 시각에서 본 평가일 뿐, 영화로서 「확대」는 고유한 가치를 담보하고 있다.

소설 『62. 모형 조립』은 『팔방놀이』 62장에서 이야기한 중세의 피구라(figura) 구조에서 무시간적인 존재인 하느님을 삭제했을 때의 세계상을 그린 작품이다. 꼬르따사르는 피구라 대신 분신을 등장시키며, 피구라의 완성 대신에 분신의 이합집산을 통해 현란한 세계상을 구축하려고 시도한다. 그러나 이 소설은 작가 자신이 창작하면서 겪은 어려움 못지않게 독자에게도 인내심과 이해력의 한계를 시험하는 작품이기도 하다.

만년의 사회 활동

1970년 칠레의 아옌데 대통령 취임식에 참석하면서부터 자의 반 타의 반 꼬르따사르의 사회 활동이 현저히 늘어났다. 이로써 작품 활동에 전념할 수 있는 시간은 대폭 줄어들었으나 꼬르따사르는 작품을 통해서건 아니면 정치적 강연을 통해서건 고통받고 억

압받는 중남미인들, 나아가서는 이 세상 사람들에게 희망과 용기를 줄 수 있다면 더이상 바랄 것이 없다는 지극히 휴머니스트적인 전망을 보여주기도 했다.

이 시기에 출판된 작품집으로는 수필집 『천문대에 관한 산문』(*Prosa del Observatorio*, 1972), 빠리에서 활동하는 중남미 게릴라 단체의 속내를 에로틱하고 자유분방하게 다루어서 정치적 동료들로부터 거센 반발과 비난을 불러일으켰던 정치 소설 『마누엘의 책』(*Libro de Manuel*, 1973), 단편집 『팔면체』(*Octaedro*, 1974), 단편집 『저기 가는 저 사람』(*Alguien anda por ahí*, 1977), 단편집 『루까스라는 사람』(*Un tal Lucas*, 1979), 단편집 『우리는 글렌다를 무척이나 사랑했기에』(*Queremos tanto a Glenda*, 1980), 단편집 『뜻밖에도』(*Deshoras*, 1983), 캐나다 출생의 신문기자이자 두번째 아내였던 캐럴 던롭과 공저한 여행기 『우주도로의 자동차 여행사들』(*Los autonautas del cosmopista*, 1983), 수필집 『장하고 또 장하구나, 니까라과』(*Nicaragua tan violentamente dulce*, 1984) 등을 펴냈다.

그동안에 『마누엘의 책』으로 메디치상을 수상했고(1974), 상금은 아옌데 대통령의 인민연합에 기부했다. 같은 해, 중남미인에 대한 범죄를 조사하기 위해 설립된 러셀 법정에 참여했다. 이 법정 보고서를 많은 사람들이 부담 없이 접할 수 있도록 만화 형식으로 편찬, 『다국적 흡혈귀에 저항하는 유령』(*Fantomas contra de los vampiros multinacionales*, 1975)이라는 제목으로 멕시꼬의 『엑셀시오르』 신문사에서 펴냈다.

1981년 프랑스 프랑수아 미떼랑 정부는 꼬르따사르에게 프랑스 시민권을 수여했다. 그리고 1983년 아내 던롭의 갑작스러운 죽음을 무척이나 안타까워했다. 1984년 『우주도로의 자동차 여행사들』

과 『장하고 또 장하구나, 니카라과』의 저작권을 니까라과 산디니스따 정부에게 양도한 후, 2월 12일 빠리의 쌩라자르 병원에서 백혈병과 심장마비로 생을 마쳤다. 그날 아침, 어느 신문기자가 꼬르따사르와 친하게 지내던 마리오 바르가스 요사에게 전화를 걸어 대뜸 '꼬르따사르가 죽었는데 할 말이 없느냐'고 인정머리 없게 질문하는 바람에 바르가스 요사의 가슴을 아프게 했다고 한다.[13]

유택은 보들레르, 싸르트르 같은 프랑스 문인들이 묻힌 몽빠르나스 묘지에 마련되었다.

2. 꼬르따사르의 환상문학

개성 있는 작가는 작품을 통해 고유한 독자층을 형성한다. 에드거 앨런 포우는 탐정소설을 즐기는 독자층을 만들어냈고, 호르헤 루이스 보르헤스는 허구(fiction)라는 장르에 경탄하는 독자층을 창출했다. 이와 마찬가지로 훌리오 꼬르따사르도 그만의 독특한 환상문학 독자층을 형성했다. 그런데 아직은 우리에게 익숙하지 않은 세계이므로 독자의 이해를 돕기 위해 그 얼개를 소개한다.

13 Mario Vargas Llosa, op.cit.

서술 간극과 모호성

꼬르따사르는 독자의 참여를 요구하는 작가이다. 말이 좋아서 독자의 참여이지 사실은 매우 불친절한 작가이다. 독자가 알고 싶은 부수 정보는 물론이고 반드시 알아야 하는 필수 정보도 명확하게 제시하지 않는다. 관련 문장을 읽고 '그런 모양이다' '그런가보다' 하고 유추하기를 바란다. 부수 정보의 예로, 단편 「시내버스」를 보자. 주동인물 끌라라는 아무래도 입주 간호사 같은데, 작품 어디에서도 '간호사'라는 단어는 눈에 띄지 않는다. 독자는 끌라라에 대한 단편적인 정보를 취합하여 '간호사인 모양이다'라고 짐작할 따름이다. 압권은 「빠리의 아가씨에게 보내는 편지」의 화자로, 성별을 구별할 수 있는 어떤 정보도 작품에 드러나 있지 않다. 남성이라고 여겨도 되고, 여성이라도 여겨도 된다.[14]

사건의 전개에서도 필수 정보의 언저리만 슬쩍슬쩍 건드리고 지나가는 경우가 비일비재하다. 꼬르따사르 작품의 사건은 현실적인 사건과 비현실적인 사건으로 나눌 수 있는데, 비현실적인 사건은 상세한 기술이 불가능하므로 예외로 인정한다고 하더라도 합리적이고 심리적으로 충분히 설명할 수 있는 현실적인 사건의 기술조차 불명료하다. 예를 들어, 단편 「불 중의 불」에서 검투사 마르코가 패자의 시신을 밟고 총독 부인 이레네를 쓸데없이 두번 쳐다본다는 서술이 등장한다. 왜 두번 쳐다봤을까? 총독은 무슨 근거로

---

14 어떤 비평가는 성을 드러내는 형용사 2개의 어미에 근거하여 「빠리의 아가씨에게 보내는 편지」의 주인공이 남자라고 주장한다. 그러나 이것은 에스빠냐어의 한계로 인해 어쩔 수 없이 남성을 사용한 것을 보아야 한다. 꼬르따사르는 작품 전반에 걸쳐 성별을 구별하지 않으려고 의도적으로 노력하였다.

부인이 부정을 저질렀다고 단정할까? 설명이 없다. 또 롤랑, 잔, 쏘니아의 관계에서 구체적으로 쏘니아가 잔에게 이야기한 진실이 무엇일까? 역시나 꼬르따사르는 아무런 구체적인 정보도 제공하지 않는다. 독자가 작품의 문맥을 통해서 어림짐작하기를 바란다.

현실적인 사건에서 비현실적인 사건으로 이행하는 과정에 대한 서술은 훨씬 미묘하고 암시적이다. 특히 작품 전반에 걸쳐 이러한 이행을 서술하는 단편의 경우가 그러한데, 이 자리에서 상세한 설명은 불가능하므로 의문문 형식으로 요점만 적시하기로 한다. 「시내버스」에서 끌라라와 청년은 어느 순간부터 꽃다발을 들어야만 하는 존재로 변모했을까? 「어머니의 편지」에서 쌩라자르 역에 도착한 두사람은 니꼬와 빅또르가 아닐까? 「남부고속도로」 결말에서 뿌조 404의 엔지니어가 달려가는 도시가 과연 빠리일까? 「정오의 섬」에서 외부인이 섬에 온 적이 없다면 마리니는 언제 어떻게 이 섬에 오게 되었을까? 꼬르따사르는 이 모든 의문에 대하여 불완전하고 단편적인 정보를 산발적으로 제공할 뿐이므로 독자는 이런 정보에 상상력을 덧붙여 가능한 대답을 창안해내야 한다. 그리고 그 어느 대답도 가능한 추정 가운데 하나일 뿐, 유일한 정답은 아니다.

이러한 꼬르따사르 글쓰기의 특징을 시각적으로 나타내면 '그림 1'처럼 수많은 직선으로 이루어진 원으로 표현할 수 있다. 작품에서 명시적으로 제공하는 정보는 직선이며, 이러한 직선으로 의미하거나 형상하고자 하는 바는 원이다. 그러나 불완전한 원이다. 열린 원이라서 불완전하다는 의미는 아니다. 꼼꼼히 살펴보면 원주 곳곳에 빈틈이 아주 많기 때문이다. 이 빈틈을 가리켜 서술 공백 또는 서술 간극이라고 불러도 좋다.

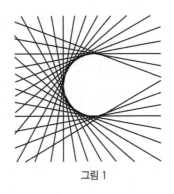

그림 1

　눈이 밝은 독자는 저게 무슨 원이냐고, 직선의 모음에 불과하다고 말할지도 모른다. 옳은 말이다. 엄밀하게 따져 원은 아니다. 그래도 '원과 유사하다' '원처럼 보인다' 정도로 추정하는 동시에 '원은 아니다' '원이 아니라 직선의 모음이다'라는 가능성도 내치지 않기를 바란다. 이러한 상태가 바로 모호성인데, 꼬르따사르는 이러한 불안정 상태를 적극적으로 받아들이고 나아가서는 즐겨보라고 독자에게 권한다. 구체적인 정보와 확실한 의미로 구성된 육지 텍스트는 진력이 날 때도 되었으니 이제는 불완전한 정보와 불확실한 의미로 구성된 바다 텍스트를 경험해보라고 권한다. 항상 일렁이는 바다 위의 선상 생활도 익숙해지면 흔들림 없는 육지 생활만큼 편안하며, 재미는 몇배가 된다는 것이다.

현실과 비현실의 혼융

　흔히 환상을 현실의 반대라고 생각하는 경향이 있다. 그렇지만 현실(real)의 반대는 환상이 아니라 비현실(unreal)이라고 해야 정확

하다. 여기서 '현실'의 개념에 대해 철학적으로 깊이 파고들 필요
는 없다. 현실에 대한 심리학적 접근이나 인류학적 사고도 잠시 중
지하면 좋다. 꼬르따사르를 포함하여 문학작품에서 말하는 현실은
일상 삶을 가리킨다. 다시 말해서, 현대를 살아가는 우리가 일상적
으로 자연스럽고 당연하게 받아들이는 현실, 그 이상도 이하도 아
니다.

아무튼 꼬르따사르 작품에서 환상은, 이야기가 전개될수록 점점
약해지는 현실(또는 현실적인 요소)과 점점 강해지는 비현실(또는 비현
실적인 요소)의 간섭 상태에서 발생한다. 현실의 데크레셴도와 비현
실의 크레셴도가 동시에 전개되는 상태라고 바꿔말할 수도 있다.
그림으로 나타내면 다음과 같다. 실선은 현실이며 점선은 비현실
이다.

'그림 2'처럼 작품 초반에는 현실적인 요소가 지배한다(또는 그
렇게 보인다). 문맥상 약간 어설프거나 고개를 갸우뚱할 수밖에 없
는 표현이 등장하지만 현실이라는 맥락에서 얼마든지 자연스러운
해석이 가능하거나 최소한 문학적 표현으로 수용할 수 있으므로
아주 이상하게 보이지는 않는다. 작품 「맞물린 공원」에서 "주변 현

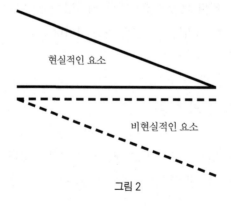

현실적인 요소

비현실적인 요소

그림 2

실이 산산조각 나는 야릇한 희열"이라든가(69면)「아홀로뜰」에서 "내가 아홀로뜰이다"이라든가(89면)「정오의 섬」에서 "검푸른 바다 속으로 순식간에 내리꽂히는 만남이었을 것이고"라는(231면) 구절이 여기에 해당한다.

그런데 작품을 읽어갈수록 현실이나 작품의 맥락에서는 도무지 이해할 수 없는 어휘나 문장이 언뜻언뜻 드러나기 시작한다. 이를테면「드러누운 밤」에서 "오른손에 반짝이는 물건을 들고 있었다"라는(101면) 문장이다. 여기서 반짝이는 물건은 아마도 칼일 것이다. 그런데 칼에도 종류가 있다. 현대의 우리는 칼이라고 하면 철로 된 제품을 떠올리지만, 철기시대에 진입하지 못한 아스떼까에서는 돌칼을 사용했다. 쇠칼의 존재 자체를 몰랐다. 따라서 반짝이는 물건이라고 표현한 것이다. 또 하나의 예는「불 중의 불」중간쯤에 나오는 "안락한 소규모의 지옥"인데,(246면) 이 구절의 의미는 끝까지 지연된다. 다시 말해서, 작품을 다 읽고 나서 안락하기는커녕 여기저기서 비명이 들리는 아수라장과 소규모가 아니라 대규모로 전개되는 지옥이 무엇인지 비교할 때만 그 의미가 확연하게 드러난다. 이상의 예는 비현실적인 요소가 점점 이야기의 표면으로 올라오고 있기 때문에 발생하는 현상이다. 비현실의 코드가 현실의 코드를 비집고 들어오기 때문에, 단어나 문장이 자연스러운 표현과 어긋나기 시작하고, 그 의미를 대번에 파악하기가 어려워진다.

이렇게 틈입한 비현실적인 요소가 작품 말미에 이르면 지배적인 요소가 된다. 여기서 주의할 사항은 현실적인 요소가 완전히 배제되거나 소멸되지 않는다는 것이다(이 점에서 환상문학은 소위 판타지와 확연하게 구별된다). 따라서 꼬르따사르의 문학에서 환상이란 현실과 비현실이 혼용된 상태, 인식론적으로 모호한 상태라고 말하는 편이 정확하다. 이러한 꼬르따사르 환상문학을 가리켜 알라스라끼는 '신환상문학'이라고 명명한 바 있다.[15] 비현실적인 요소가 작품 전면에 드러나는 19세기의 유럽 환상문학과는 차이가 있다는 것이다. 그러나 신환상문학이라는 용어는 꼬르따사르 환상문학과 기존 환상문학의 차이점을 강조할 뿐, 꼬르따사르 작품만의 특성을 적극적으로 규정하지 못하는 용어인 탓에 그다지 널리 사용되지는 않는다.

폴 굿먼이라는 사람은 일찍이 소설이란, 가능성에서 시작하여 개연성으로 나아가고 필연성으로 마무리된다고 이야기했다.[16] 줄거리가 전개됨에 따라서 '그럴 수도 있겠다'에서 '그럴듯하다'로, 마지막에는 '그래야만 한다'고 독자가 설득당한다는 것이다. 꼬르따사르 작품은 이와 정반대로 전개된다고 말할 수 있다. 필연성-개연성-가능성의 순으로 진행된다. 이때 필연성이란 작품의 나머지 부분과 비교해서 상대적으로 그렇다는 것이며, 가능성이란 새로운 차원의 열림이다.

수직적 깊이에서 수평적 확장으로

환상문학을 통해서 꼬르따사르가 궁극적으로 전달하고자 하는 메시지가 무엇이냐고 묻는 독자가 많다. 가장 흔한 대답은 알레고

15 Jaime Alazraki, "Introducción: Hacia la última casilla de la rayuela", en Jaime Alazarki(ed.), *Julio Cortázar: La isla final*, Barcelona: Ultramar, 1989, p. 21.

16 Paul Goodman, *The structure of literature*, Chicago: University of Chicago Press, 1954, p. 14.

리이다. 특히 「점거당한 집」을 가리켜 아르헨띠나의 사회정치에 대한 우회적 비판을 담았다고 해석한다. 1945년 노동자들의 전폭적인 지지로 집권한 뻬론의 등장은 역사상 전무후무한 일이었기 때문에 당시의 아르헨띠나 엘리트로서는 자기 집을 느닷없이 점령해버린 작품 속의 소음처럼 정의하기도 어렵고 이해하기 어려운 현상이었다는 것이다. 사실 「점거당한 집」뿐만 아니라 같은 시기에 창작한 「빠리의 아가씨에게 보내는 편지」 「시내버스」는 모두 점거라는 공통된 주제가 있으며, 꼬르따사르가 당시의 상황을 무척이나 암울하고 답답하게 파악하고 있었던 것은 사실이므로 설득력이 없지는 않다.[17]

그런데 알레고리로 읽는 방법은 문제가 있다. 꼬르따사르의 모든 환상문학을 알레고리라는 관점에서 독해할 수도 없고, 또 그렇게 독해되지도 않기 때문이다. 따라서 일부 비평가들은 근대성 비판이라는 관점에서 접근한다. 현대에 들어와 우리 인간은 합리적으로 이해할 수 없는 영역을 부단히 현실에서 추방해왔으며, 모든 사안을 오로지 합리적인 관점에서 이해하려고 든다. 따라서 합리는 참이고, 선인 반면에 비합리는 거짓이고, 악이라는 사고방식에 침윤되어 있는데, 이러한 근대의 합리적 사고는 우리 삶을 두께가 없는 일차원으로 만들기 때문에 꼬르따사르는 환상문학을 통해서 합리성 너머를 추구한다는 견해이다. 이런 식의 접근에 대한 반론도 만만치 않다. 중남미는 예나 지금이나 합리성(근대성)보다는 과도한 비합리성(전근대성)으로 고통받고 있으므로 꼬르따사르 환상문학의 합리성 비판은 적어도 중남미의 맥락에서는 설득력이 전혀

---

17 꼬르따사르는 이 작품을 뻬론주의에 대한 알레고리보다는 악몽의 문학적 형상화로 읽는다고 말했다.

없다는 것이다.

　알레고리와 합리성 비판이 꼬르따사르 문학의 궁극적인 메시지는 아니라는 관점도 있다. 좀더 정확하게 말하면, 궁극적인 의미는 없으며, 의미보다는 문학적 재미, 결과보다는 과정을 중시하는 문학이라고 주장하는데, 그 주인공이 바로 꼬르따사르이다. "단편에 본질적인 의도 같은 것은 없다. 어떤 지식이나 메시지를 탐구하거나 전달하지도 않는다"는 것이다.[18] 실제로 우리가 문학작품을 읽는 주요한 이유는 독서 과정에서 생겨나는 갖가지 정서적 반응과 문학적 재미 때문이다. 주제란 우리가 경험한 반응과 재미를 남에게 요약적으로 전달하기 위한 포장지와 같은 것이다. 꼬르따사르의 환상문학은 인간과 사회에 대한 심오한 통찰력을 제공하지 않는다. 다만, 세계는 순수한 합리성으로 구성된 것이 아니라 본질적으로 비합리성을 껴안고 있다고 말함으로써 현대인의 협소한 상상력을 수평적으로 확장하려는 것이다. 이것이 꼬르따사르 환상문학의 메시지라면 메시지다.[19]

---

18 Julio Cortázar, *Ultimo Round*, tomo I. México: Siglo XXI, 1969, 75-78.
19 이상은 이 책에서 소개한 1950년대 전후의 환상문학에 국한된 이야기다. 그러나 「추적자」에서 시작하여 1960년대에 발표된 『복권 당첨자들』 『팔방놀이』 등에서는 인간과 세계에 대한 형이상학적 탐구가 중심 테마로 등장하며, 1970년대의 작품에서는 중남미의 사회정치 현실에 대한 고발과 비판이 두드러진다.

3. 작품 정보

「빠리의 아가씨에게 보내는 편지」

단편 「빠리의 아가씨에게 보내는 편지」에서 주동인물은 번역가답게 다양한 인물을 언급하고 있다. 순서대로 열거하면, 현대음악가 라벨, 프랑스 추상화가 오장팡, 미국의 재즈 음악가 베니 카터, 프랑스 소설가이자 극작가 지로두, 아르헨띠나 역사가 로뻬스, 에스빠냐 실존주의 철학자 우나무노, 아르헨띠나 초대 대통령 리바다비아, 프랑스 작가 지드, 러시아 출신의 프랑스 작가 트로야, 우루과이 화가 아우구스또 또레스이다. 인물 외에도 에스빠냐의 부활절 행사에서 어김없이 들려오는 가락인 사에따(saeta), 투우사가 입장할 때 트럼펫으로 화창하게 연주하는 빠소도블레(pasodoble), 중세철학 용어 유명론(唯名論)이 등장한다.

반면에 암시적으로 독자에게 슬쩍 운을 떼는 경우도 있는데, 바로 다음 구절이 그러하다. "그러나 처음에는 따뜻하고 부스스한 털이 양도할 수 없는 현존을 뒤덮고 있으며…… 처음 얼마간은 (…) 이두메 밤의 산물 같습니다."(25면)

이 구절에서 '양도할 수 없는 현존'은 프랑스 철학자 메를로뽕띠의 『지각의 현상학』에서 따온 말로, 세계는 우리의 반성적 사고 이전에 언제나 이미 거기에, 양도할 수 현존으로 존재한다는 것이다. 꼬르따사르 작품에서는 '부정할 수 없는 존재' 정도로 소박하게 이해하면 될 듯하다. 쉬운 말로도 얼마든지 표현이 가능한데도 굳이 어려운 철학 용어를 동원한 까닭은 등장인물의 성격, 바꿔말해서 아비투스를 드러내는 지표이기 때문이다. 주동인물은 수이빠차라는 도심 고급주택가에 거주하며, 서양과 아르헨띠나의 고급문화를 향유하는 부르주아 지식인 계층인 것이다.

다음 문장 '이두메 밤의 산물'은 스떼판 말라르메의 시 「시의 선물」(Don du poème)을 가리킨다. 이 시는 "내 너를 위해 이두메의 밤에서 아이를 데려왔노라"로 시작한다. 성서의 맥락에서 보면, 이두메는 흔히 에돔이라고 부르는 곳이며, 이두메의 밤에서 데려온 아이는 헤로디아(또는 헤로디아스)의 딸 살로메를 일컫는다. 살로메는 흔히 세례 요한을 참수시킨 팜 파딸(femme fatale)로 그려진다. 말라르메는 이러한 이미지를 떨쳐내기 위해서 시 「에로디아드」(Hérodiade)에서 살로메의 이름을 헤로디아드(프랑스어 발음으로는 에로디아드)로 바꾸고, 성서와는 전혀 다른 이미지를 부여한다. 자신이 추구하는 근대적 미의 표상으로 형상화한 것이다. 이에 대해서 최윤경은 이렇게 설명하고 있다.

이제, 새로운 시대에, 종교적·정치적·경제적 변화의 소용돌이에 접어든 인간은 자신을 위협하는 위기를 파악한다. 모든 의미의 선행성과 절대성이 무너지고, 그 안에서 갈피를 잡을 수 없는 인간들이 더 강력한 쉬메르(chimère)에 사로잡혀 떠도는 시대에 '미'는 더이상 신비로운 미소만으로 현실을 감출 수 없으며, 세계에 창궐하는 공포감을 드러낼 수밖에 없다. 온화하고, 따뜻하고, 전통적인 기준에 따라 아름다운 것만이 '미'로 추앙받는 시대는 지나갔다. 불편하고 혼란스럽지만, 그 어떤 조건의 지배도 받지 않으며, 그 자체로 순수한 미가 이제 새로이 창조되어야 한다. 밀로와 비너스와 모나리자의 뒤를 이을 이 새로운 미는 물론 에로디아드를 의미한다. "우주와의 상관관계를 발견한 인간"은 말라르메 자신을 일컬으며, "미에 관한 가장 고귀한 단어"란 앞서 말했듯이 '에로디아드'라는 이름에 다름 아니다. 미는 '기존'이 아니라 '미지'의 영역으로, 선정(選定)과 추대가 아니라 구도(求道)의 대상으로 넘겨진다. 그것은 탐험하고 파고들어가야 할 무엇, 생산해내고 다듬고 키워내야 할 무엇이다. 우주와의 상관관계를 구현할 수 있는 미는 그래서 도전의 대상이 되고, 탐색과 연구의 실험대에 오른다.[20]

    이러한 상호텍스트의 맥락에서 보면, 꼬르따사르가 말한 "이두메 밤의 산물"은 근대적 미를 구현한 시 또는 예술작품을 상징한다. 따라서 토끼가 이두메 밤의 산물 같다는 표현은 토끼가 작가의 창작물이며, 토끼를 토하는 과정은 예술작품 창작 과정에 대한 알레고리라는 견해가 있으며, 주인공이 번역가라는 사실에 착안하여 번역 과정에 대한 알레고리로 파악하기도 한다. 그렇지만 이 단편 전체가 창작이나 번역의 알레고리로 환원되지는 않는다.
    하나 더 지적하자면, 이 작품의 시간 흐름은 앞뒤가 맞지 않는다. 주동인물은 지난주 목요일에 이사했고, 그날부터 토끼를 토하기 시작했다. 그런데 작품 후반에서는 15일 전에 마지막 토끼를 토했다고 쓰고 있다. 이런 시간상의 착오가 꼬르따사르의 착오인지, 인쇄공의 착오인지, 아니면 주동인물의 착오인지는 알 수가 없다.

---

20 최윤경, 「말라르메의 「에로디아드」에 나타난 근대적 여성성」, 김인환 외, 『프랑스 문학과 여성』, 이화여자대학교 출판부 2003, p. 118.

「먼 곳의 여자」

단편「먼 곳의 여자」에서 불면증에 시달리는 주동인물이 언급하는 기도문은 18세기 이래 서양의 아이들이 잠자리에 들기 전에 읊조리는 것으로 전문은 아래와 같다.

저는 이제 자려고 합니다. 기도하노니 주께서 제 영혼을 보살펴주시옵소서. 만약 깨어나기 전에 죽는다면 기도하노니 주께서 제 영혼을 데려가주시옵소서.

이 작품에 등장하는 일부 언어유희는 번안을 시도했다. 그 이유 가운데 하나는 번역이 무의미하거나 불가능하기 때문이고, 다른 이유는 꼬르따사르가 예로 든 단어와 구절은 작품에서 특별한 의미가 있다기보다는 주동인물의 불면증과 유희 정신을 드러내므로 우리 문화의 맥락을 고려하여 번안해도 무방하다고 여겼다. 그 대목을(38면) 원문 그대로 옮기면 아래와 같다.

모음 다섯자가 있는 단어, 네자가 있는 단어, 모음 두자와 자음 한자인 단어(ala, ola), 자음 세자와 모음 한자인 단어(tras, gris). 다시 시를 외운다. "달이 월하향 치마를 대장간에 드리우니 어린아이는 쳐다보고 또 쳐다본다. 어린아이는 그런 달을 쳐다보고 있다." 자음 세자와 모음 세자가 교대로 나오는 단어. Cábala, laguna, animal, Ulises, ráfaga, reposo.
이렇게 시간을 보낸다. 네 글자 단어, 자음 세자와 모음 두자로 구성된 단어, 한참 후에는 회문까지. 쉬운 회문은, salta Lenin el Atlas;

amigo, no gima이고, 어렵고 아름다운 회문은, átate, demoniaco Caín o me delata; Anás usó tu auto Susana이다. 또 멋진 애너그램도 있다.

이상의 기도문, 언어유희, 시가 에스빠냐어를 사용하는 사람들이면 누구나 다 안다는 의미에서 관습적이라고 한다면, 아래 단락에 등장하는 고유명사는 꼬르따사르가 헝가리어 투로 만들어낸 것이다.

도브리나 스따나 부근, 전망이 좋은 스꼬르다, 허연 석순이 매달린 기마상, 경직된 경찰관, 김이 모락모락 나는 빵, 창문을 뒤흔드는 바람. 여행객 걸음으로 둘러보는 도브리나, 내 청색 셔츠 호주머니에 찔러둔 지도, (그런 추위에도 부르글로스 호텔에 외투를 두고 왔다) 발길이 멈춘 강변의 광장, 천둥 소리를 내며 얼음이 깨지는 강, 얼어붙은 바지선, 그곳 사람들이 스부나이아 뜨헤노라던가 뭔가 괴상망측한 이름으로 부르는 물총새.(43면)

이밖에도 로드, 에로드, 블라다스 광장, 시장교, 따데오 알란꼬, 블라지스라스 네로이 역시 상상의 지명이거나 이름이다. 어떤 비평가는 "도브리나 스따나 부근, 전망이 좋은 스꼬르다"(Dobrina Stana en la perspectiva Skorda)가 "다뉴브 강에 현존하는 악마"(Presencia satánica en Río Danubio)의 애너그램이라고 해석한다.[21] 흥미로운 견해이다. 그러나 애너그램으로는 무척이나 다양한 어휘를 조합할 수 있으므로 헝가리어 투의 신조어에 숨겨진 의미를 과도하게 탐색하

----

21 Vilma Arrieta Vargas, "Presencia Satanica en el rio Danubio: anagramas en "Lejana" de Julio Cortazar", *Letras 32*, 2000, p. 59.

는 것은 노력에 비해서 얻는 바가 많지 않다. 그보다는 뽈 베를렌의 시에 곡을 붙인 가브리엘 포레의 「월광」이 작품 분위기를 이해하는 데 훨씬 도움이 된다.

> 그대 영혼은 선택된 풍경
> 가면들과 베르가마스끄에 홀려만 간다.
> 류트를 연주하고 춤을 추는 그들은
> 기이한 변장 속에서 슬퍼하는구나.

> 사랑도 얻고 삶도 편안하건만
> 그 모두를 단조로 노래하니
> 그들은 행복하다고 생각하지 않는 듯하고,
> 그들의 노래 또한 달빛과 뒤섞여버린다.

> 슬프도록 아름답게 잔잔한 달빛과 더불어
> 새들은 나무에서 꿈을 꾸고
> 분수는 황홀경으로 흐느낀다.
> 대리석상으로 둘러싸여 높이 치솟은 분수.

「키클라데스 제도의 우상」

키클라데스 제도는 그리스 본토와 크레타 섬 사이에 위치한 약 220개의 섬을 가리킨다. 주요한 섬은 안드로스, 시로스, 파로스, 낙소스, 이로스, 산토리니 등이 있으며, 상당수의 섬에는 주민이 거의 살지 않는다.

이 제도에서는 후기 신석기에서 초기 청동기(3300~2000 BCE) 사이에 문명이 발달하였으며, 크노소스 궁전으로 유명한 크레타 섬의 미노아 문명과도 영향을 주고받았다. 유적지 발굴은 1880년대에 시작되었다. 1898년에서 1899년 사이에 그리스 고고학자 크리스토스 트소운타스의 주도로 시로스, 파로스 등의 섬에서 100여기의 분묘 발굴이 이루어졌고, '키클라데스 문명'이라는 이름을 얻었다.

키클라데스 제도에서 가장 많이 출토되고, 또 세상 사람들의 이목을 끈 유물은 10~30센티미터 정도의 크기의 작은 인물상(또는 우상)이었다. 꼬르따사르 단편의 주인공들이 도굴을 하듯이, 실제로 금세기 초에 도굴이 성행했다. 지금까지 파악된 약 1400기의 인물상 가운데 60퍼센트 정도는 어느 섬, 어느 곳에서 출토되었는지 알수 없다.

우상이라는 말은 이 유물이 종교 행사와 관련이 있다고 보았기 때문에 붙여진 명칭이며, 작은 인물상(figurine)이라는 말은 문자 그대로 크기가 작다는 뜻이다. 그러나 최근의 연구에 따르면, 종교와 관련이 없는 유물도 있고 크기가 매우 큰 유물도 출토되었으므로 우상이나 작은 인물상이라는 명칭은 부적합하다.

사실 이 유물이 대지의 여신이라든가 종교 의례용이라는 견해는 고고학자들 사이에서도 논란의 대상이다. 단지 확실한 것은 무덤 부장품이었다는 것뿐이다. 그러나 꼬르따사르는 문학적 상상력을 발휘하여 이 유물이 아게사(Haghesa)라는 여신이며, 사람을 희생으로 바쳐야 한다고 이야기한다. 작품에서 선뜻 이해하기 어려운 부분을 소개한다.

어쩌면 존재하지 않는 우상의 입이 연기 자욱한 동굴에서 사냥 이 야기를 하고, 궁지에 몰린 사슴 이야기를 하고, 나중에 말해야만 하는 이름을 이야기하고, 푸르스름한 기름얼룩을 이야기하고, 두 강의 합 류를 이야기하고, 폭의 어린 시절을 이야기하고, 서쪽 계단을 통해서 불길한 그림자가 드리운 제단으로 향하는 행렬을 이야기하는 것 같았 다. (…) 바위 끝에서는 군중이 고함을 지르고, 녹색 옷을 입은 사람들 의 대장이 가장 아름다운 수컷의 왼쪽 뿔을 도려내어 소금을 관리하 는 사람들의 대장에게 넘겨줌으로써 아게사와 맺은 계약을 갱신했다. (82면)

위의 인용문은 소모사가 모랑에게 들려준 이야기로, 선사시대의 분위기 및 우상 숭배와 인신공희의 상황을 독자에게 모호하게 환 기하려는 목적이 있을 뿐, 구체적인 자료에 근거한 서술은 아니다. 폭(Pohk)이라는 인물과 아게사라는 여신 또한 꼬르따사르의 창안 물이다. 그렇다고 정황적 근거마저 없다고는 할 수 없는데, 그 이유 는 뿔과 도끼 때문이다.

우리가 알고 있듯이, 에게 해에서 키클라데스 문명과 거의 동시 대에 융성한 크레타 섬의 미노스 문명은 반인반우의 미노타우루스 고향이자 서구적 미로의 시원지이다. 보르헤스는 『상상동물 이야 기』에서 이렇게 설명하고 있다.

들소 숭배와 쌍도끼 (이를 labrys라고 하는데, '미로'라는 단어는 여 기서 유래했다) 숭배는 헬레니즘 시대 이전에 신성한 투우 제전을 거 행했던 여러 종교의 전형적인 특징이다. 벽화를 보면, 들소 머리를 한 인간은 크레타인들이 믿던 악마이다. 그리스판 미노타우로스 이야기는 아주 오래된 신화를 후세 사람들이 개작한 것으로, 아마도 실제로는 그보다 훨씬 더 무서운 상상 세계의 흐릿한 그림자에 불과할 것이다.[22]

이러한 보르헤스의 기술을 염두에 두면, 꼬르따사르가 작품에서 직접 언급하고 있지 않지만 뿔은 들소의 뿔일 듯하다. 또 도끼는 우상의 머리 부분이 도끼날과 유사하기도 하지만 미로의 어원이 된 쌍도끼를 연상시킨다.[23]

쌍피리 조각상은 키클라데스 문명의 유명 출토품 가운데 하나이다. 이에 대한 꼬르따사르 기술 역시 문학적 상상력의 산물임은 두말할 필요가 없다.

우리가 아테네 박물관에서 본 쌍피리 조각상과 같은 쌍피리 소리. 왼쪽은 생명의 소리이고, 오른쪽은 불화의 소리다. 불화 또한 아게사에게는 생명인데, 희생의식을 올리면 피리 연주가는 오른쪽 피리를 불지 않는다. 그쪽에서는 새 생명이 흘린 피를 마시는 소리만 들릴 거

----

22 Jorge Luis Borges, *Manual de Zoología Fantástica*, México: Fondo de Cultura Económica, 1999, p. 101.

23 들소의 뿔이 쌍도끼로 변하는 과정은 명확하지 않다. 고대 유럽에서 들소는 재생의 여신과 관련된 이미지로 주로 등장하는데, 조금 후대에 이르면 들소를 희생하는 것은 새로운 생명의 잉태를 의미하므로 들소의 뿔 모양에 모래시계를 옆으로 누인 형태의 나비 무늬가 덧붙여진다. 나비는 변태를 통해서 새로운 생명을 얻기 때문에 이 또한 여신의 상징이다. 이 나비 무늬가 청동기에 이르면 쌍도끼(두개의 정삼각형 꼭짓점을 붙여놓은 모양의 양날 도끼) 모양의 기하학적 무늬로 변하고, 쌍도끼는 죽음과 재생의 여신을 상징하게 된다(Marija Gimbutas, *The language of the goddess*, San Francisco: HarperSanFrancisco, 1991, 265-274).

다. 피리 연주자들의 입에 피가 가득 차면 왼쪽 피리를 불어 피를 내보내고, 나는 조각상 얼굴에 피를 바를 거다, 이렇게. 그러면 피 아래서 눈도 나타나고 입도 나타난다.(83면)

끝으로, 이 작품에서 그러하듯이 흔히들 키클라데스 제도의 인물상을 순순한 대리석 조형물로 생각하는데, 현대의 조사 결과 원래는 매우 화려한 색깔을 덧입혔다는 사실이 확인되었다.

「드러누운 밤」

이 작품은 아스떼까에서 시행하던 인신공희에 대한 기본적인 이해가 필요하기 때문에 작품과 관련된 사항만을 간략하게 소개한다.

아스떼까는 태양신에게 바칠 포로를 잡아오기 위하여 전쟁을 일으켰는데, 이를 두고 '꽃전쟁'이라고 하였다. 이 전쟁은 아스떼까의 의례용 달력(260일 주기)에 따라서 특정한 시기에만 행하였으며, 무기는 돌칼과 박달나무 몽둥이가 전부였다.[24] 아스떼까인들은 포로로 잡은 사람을 수도의 대신전으로 데려와 좋은 음식과 옷을 입히고 마치 신처럼 극진하게 대접하였다. 그리고 때가 되면 신전 상단으로 데려가 돌칼로 심장을 도려내어 신에게 바치고, 사체는 피라미드 아래로 던져버렸다.

----

24 아스떼까인들은 금과 은을 정련하여 화려한 장신구를 만들었으며, 구리나 청동도 사용한 흔적이 있다. 그러나 일상용품을 비롯하여 도구나 무기는 모두 돌 아니면 나무로 만들었다.

아스떼까인이 이처럼 잔혹한 인신공희를 거행한 이유는 갖가지 견해와 추측을 야기했으며, 지금도 논란의 대상이 되고 있다. 현대의 독특한 해석과 견해는 마빈 해리스의 『식인과 제왕』, 르네 지라르의 『희생양』 등에서 읽을 수 있다. 물론 이 작품은 이러한 역사적 배경에 꼬르따사르의 상상력이 얼마간 덧붙여졌으므로 독서할 때 굳이 관련 문헌을 참조하지 않아도 될 것이다.

작품의 공간적 배경은 아스떼까의 수도 떼노치띠뜰란, 즉 현재의 멕시꼬시티이다. 에르난 꼬르떼스가 아스떼까 제국을 점령할 당시의 멕시꼬시티는 호수(화산 분화구에 생긴 칼데라호) 중앙에 위치한 섬이었으며, 아스떼까인은 이 섬에서 사방으로 통하는 도로를 내었다. 정복 이후 점차 이 호수를 메워 뭍으로 만들고 건물을 축조하여 현재의 멕시꼬시티의 모습을 갖추게 되었다.

「불 중의 불」

단편 「불 중의 불」에서 작품 배경 가운데 하나는 로마 제국의 지방 경기장이다. 꼬르따사르는 지방 행정기관(속주)의 최고 우두머리인 총독이 임석한 가운데 진행되는 검투사 시합에서 경기장을 묘사할 때 로마의 콜로세움을 염두에 둔 것으로 보인다.

콜로세움은 바닥의 경기장을 경계로 지하부와 지상부로 나뉜다. 지하에는 여러 방을 만들어 맹수 우리, 검투사 대기실, 창고 등의 용도로 사용했다. 이 방 위에 나무판자를 덮고 모래를 뿌려서 '모래사장'이라는 뜻의 아레나, 즉 경기장을 만들었다.

경기장 건물은 제일 하단에 황제를 비롯하여 귀빈들이 앉는 귀빈석이 있었고, 출입구도 별도로 마련하였다. 관람석은 신분의 역순으로 배치되었다. 즉, 신분이 높을수록 경기장에 가까운 아래층에 앉았다. 제일 위층은 신분이 낮은 평민, 노예, 이방인이 차지했고, 그 위의 열주는 여자들과 기타 천민 차지였다.

지금은 흔적만 남아 있으나 경기장 건물 최상층 외벽에는 240개의 말뚝을 꽂을 수 있었다. 이 말뚝의 용도는 거대한 차일의 버팀목이었다. 차일은 낙하산과 유사한 모양이다. 가운데 커다란 구멍이 뚫려 있었고, 가장자리에는 밧줄을 매달아놓았다. 이 차일을 경기장 안에 펼쳐놓고 가장자리의 밧줄을 240개의 말뚝을 통해 경기장 바깥으로 늘어뜨린 다음, 마치 돛을 올리듯이 밧줄을 동시에 잡아당기면 차일이 펼쳐졌다. 차일이 펼쳐진 콜로세움의 외양은 현대의 스타디움과 유사하다.

로마 시대의 검투사는 무장에 따라서 여러종류로 나뉜다. 검투사의 대명사처럼 통용되는 추격자 검투사는 투구, 방패, 칼로 무장하며, 일반적으로는 그물 검투사와 대결했다. 그물 검투사는 그물, 삼지창, 단검으로 무장했다. 트라키아 검투사는 작은 사각방패와 단검으로 무장하고 상대의 등을 공격했다. 꼬르따사르 작품의 주동인물 마르코는 무장으로 판단할 때 트라키아 검투사이다.

「추적자」

이 작품은 꼬르따사르의 유일한 중편소설이다. 제사에서 암시하고 있듯이, 미국의 재즈 음악가 찰리 파커(Charlie Parker, 1920~55)의 전기적 사실에서 영감을 얻었다. 꼬르따사르의 말을 들어보자.

아르헨띠나를 떠나 빠리에 온 때가 1951년이었는데, 그때까지만 해도 찰리 파커에 대해서는 아는 것이 별로 없었다. 그런데 어느날 프랑스 잡지 『재즈 핫』에서 부음 기사를 보고 고뇌하며 일평생을 보낸 인물이라는 사실을 알게 되었다. 마약과 같은 물질적인 문제 때문만은 아니었다. 내가 그의 음악을 통해서 느끼고 있었듯이, 찰리 파커는 온갖 장벽을 부수고자 열망했다. 마치 다른 것을 추구하거나 다른 쪽으로 나아가고자 했다. 그때 '이것이다. 이 사람이 내 작품의 등장인물이다'라고 생각했다.[25]

그러나 작품에 등장하는 인물, 재즈 작품, 장소, 상황, 사건 및 일화는 문학적으로 변형되거나 창안된 경우가 많으므로 반드시 사실과 일치하지 않는다. 이를테면, 찰리 파커가 좋아한 시인은 오마르 하이얌(Omar Khayyam)인데, 이 작품에서는 딜런 토머스(Dylan Thomas)로 바뀌었다.[26]

꼬르따사르가 수많은 재즈 음악가 중에서 찰리 파커를 선택한 이유는 재즈 역사상 가장 혁명적이고 독창적인 것으로 평가받는 즉흥연주가이기 때문이다. 즉흥성이란 순간적인 영감의 발휘이다. 따라서 사전이나 사후에 수없이 따지고 재고할 시간적 여유가 없기 때문에 논리적으로나 음악적으로 결코 완벽하지 않다. 오히

---

25 Ernesto González Bermejo, *Conversaciones con Cortázar*, Editorial Hermes: Naucalpan(México), 1979, p. 106.

26 작품에서 인용된 시구 "무수한 사랑 속에서 홀로 걸어간다"는 딜런 토머스의 시 「처녀의 결혼」(On The Marriage Of A Virgin) 첫 구절이다. 원시의 첫 단어는 'Walking'이 아니라 'Waking'인데, 꼬르따사르 작품의 문맥에서는 'Walking'이 더 자연스럽다.

려 여기저기 허점이 드러난다. 이러한 찰리 파커의 음악과 마찬가지로 우리 현실 또한 꼬르따사르에 따르면 허점투성이, 구멍투성이다.

조금만 주목하고 조금만 느끼고 조금만 침묵하면 수많은 구멍을 발견할 수 있는데, 문에도 침대도 구멍이 나 있었고, 손도 신문도 시간도 공기도 그러한데. 모든 것에 구멍이 가득하고, 모든 것이 스펀지 같으며, 모든 게 스스로를 걸러내는 여과기 같은데……(294면)

그럼에도 불구하고 미학적으로 완벽한 음악과 논리적으로 완벽한 사고는 이러한 구멍을 음표로 덮어버리든지 아니면 점액으로 메워버림으로써 세계의 참모습을 보지 못하게 만든다. 그도 아니면, 이 작품의 화자 브루노처럼 전기의 미학적 완벽성을 위해 논리적으로 파악하기 어려운 영역이나 서술 불가능한 영역을 배제해버린다.

우리의 현실이 '구멍 난 세계', 바꿔말해서 합리적 사고로 감당할 수 없는 영역을 포함하고 있는 세계라고 할 때, 혼란과 불안에 직면한 사람들이 선택하는 가장 손쉬운 피난처가 종교일 것이다. 모든 일을 신의 뜻으로 돌림으로써 풍랑이 뱃전을 위협하는데도 마음의 평화와 위안을 얻고자 한다. 꼬르따사르는 이러한 거짓 평화와 위안을 거부한다. 근본적인 해결이 아니기 때문이다.

논리도 거부하고 종교를 거부한다면 우리는 세상사를 어떻게 설명하고 이해할 수 있을까? 꼬르따사르는 프랑스의 극작가 알프레드 자리의 파타피직스(pataphysics)에 호소하고 있다. 자리에 따르면, "파타피직스는 형이상학에 덧씌운 과학이다. (…) 파타피직스는 일반적인 것을 연구하는 과학이 아니라 특수한 것을 연구하는 과학으로, 예외를 지배하는 법칙을 연구할 것이며, 이 우주를 보충해주는 우주를 설명할 것이다."[27] 샤툭은 자리의 파타피직스가 이성을 포기하지 않으면서 인간의 개념적인 능력의 한계를 극복하려는 시도라고 평가하는데,[28] 꼬르따사르는 작품에서 이렇게 풀어 쓴다.

연쇄적인 사건. 이것을 어떻게 표현해야 좋을지 모르겠는데, 아무튼 한 인간의 삶에서 느닷없이 일어나는, 공포스럽거나 어처구니없는 사건의 연쇄를 일컫는 말이다. 이미 알려진 법칙 이외의 법칙이, 우리가 모르는 다른 법칙이 우리 삶을 지배하기 때문에 전화 한통이 걸려오더니 이내 오베르뉴에 사는 누나가 찾아온다든지, 우유가 불 위로 쏟아진다든지 아니면 발코니에서 자동차에 치인 아이를 보게 된다.(306면)

우리도 매일같이 이처럼 무섭거나 황당한 사건을 경험하면서 살고 있다. 그러나 논리적으로는 이해할 방도가 없으므로 예외라든가 우연의 영역으로 돌려놓는다. 이는 비논리 영역을 논리의 영역으로 포위하여 일상적인 인식세계에서 추방하려는 시도이다.

반면에 꼬르따사르는 현실을 있는 그대로 보고자 한다. 논리적인 영역에서 얼마든지 비논리적인 영역이 분출할 수 있다는 점을 인정하자는 것이다. 이런 세계를 그린 문학을 우리는 환상문학이

27 Alfred Jarry, *Exploits and Opinions of Dr. Faustroll Pataphysician*, Boston: Exact Change, 1996, p. 21.
28 Roger Shattuck, *La época de los banquetes*, Madrid: Visor, 1991, p. 205.

라고 명명하는데, 꼬르따사르는 이 용어에 항상 불만이다. 이 아르헨띠나 작가가 보기에는 환상이 아니라 '구멍 난 현실'을 있는 그대로 묘파한 문학이기 때문이다.

작품에 자주 등장하는 유골 항아리는 1946년 꼬르따사르가 쓴 평론 「존 키츠 시의 그리스 유골 항아리」 및 1951년과 1952년 사이에 집필한 『존 키츠의 이미지』(*Imagen de John Keats*)와 관계가 있다. 꼬르따사르에 따르면, 존 키츠가 「그리스 유골 항아리에 부치는 송시」(On a Grecian Urn)에서 노래한 항아리는 영국박물관에 전시된 실제 유골 항아리가 아니라 이상적인 항아리, 상상력을 통해서 직관적으로 포착한 신화 세계를 드러내는 항아리로서, 키츠는 대상에 "가로놓여 있는 본질적인 가치를 시적으로 파악하고 있다"고 본다.[29] 키츠와 「추적자」의 주동인물 조니 카터 사이에 차이점이 있다면, 진리와 미의 관계일 것이다. 영국 낭만주의 시인 키츠는 미가 곧 진리라고 본 데 반하여 「추적자」의 주인공 조니 카터는 이러한 환원적 사고에 회의적이다. 조니에게 미(음악)는 항상 손에서 빠져나가는 진리를 추구하는 한 방편에 지나지 않는다.

재즈를 들으면서 이 작품을 읽는 재미도 있을 것이므로 작품에서 언급하고 있는 실제 재즈곡을 소개한다.

- 라이어널 햄프턴, 「그만하세요, 엄마」(Save it, pretty mama)
- 패츠 월러, 「버드나무」(Willow Tree)
- 찰리 파커·마일스 데이비스, 「난데없이」(Out of nowhere)
- 젤리 롤 모턴, 「마미의 블루스」(Mamie's blues)

---

29 Julio Cortázar, *Imagen de John Keats*, Madrid: Alfaguara, 1996, p. 287.

● 찰스 아이브스, 「우리」(The Cage)

    다만, 주인공 조니 카터는 허구적 인물이므로 작품에서 언급
한 「아모루스」와 「스트렙토마이신」이라는 곡은 존재하지 않는다.
이들 곡은 찰리 파커의 대표곡 「코코」(Ko-Ko)와 「바로 지금이다」
(Now's the Time)으로 대신하는 것도 하나의 방법이다.

4. 번역을 마치고

    이 책은 꼬르따사르의 단편집에서 환상문학의 특징을 잘 보여
줄 수 있는 작품 위주로 역자가 선한 것이다. 역자는 1990년대 말
부터 지금까지 여섯차례에 걸쳐 꼬르따사르 번역을 제안받았다.
그러나 하나같이 성사되지 못했다. 저작권이 장애물이었을 것으로
추측한다. 그럼에도 불구하고 꼬르따사르의 작품을 소개하고자 하
는 욕심에서 웹사이트 '라틴아메리카 문학 21'(www.latin21.com)에
단편을 번역하여 소개하였는데, 이번에 책으로 출판하면서 기존
번역을 수정하고, 새로운 작품을 대폭 추가하였다.
    작품 제목은 하나만 제외하고 모두 원제목 그대로 옮겼다. '맞물
린 공원'이라는 작품의 원래 제목은 '공원들의 연속'(Continuidad de
los parques)이나 말뜻이 선뜻 와닿지 않아 제목을 바꾸었다.
    역주는 본문의 이해에 필수적인 항목으로 최소화하였다. 독자의
궁금증을 즉석에서 풀어준다는 장점 못지않게 독서의 흐름을 방해

하는 단점도 있기 때문이다. 게다가 지금은 정보통신기기의 발달로 웬만한 항목은 언제 어디서나 인터넷 검색을 통해서 정보를 얻을 수 있으므로 단순한 인명, 지명, 작품, 용어 대한 주석은 가능하면 생략하였다. 그렇더라도 몇몇 작품은 배경지식이 필요하다고 판단하여 '작품 정보'에 대강을 밝혀두었으므로 해당 작품을 읽기 전에 일독을 권한다.

꼬르따사르 단편은 보르헤스 단편처럼 역자가 운신할 수 있는 폭이 매우 좁다. 재량을 발휘하여 맛깔스럽게 표현하고 싶은데도 다음 구절이 이를 용납하지 않는 경우가 많아서 원문을 충실하게 옮긴 경우가 많다. 다만, 도로명 표기는 축약하였다. 아르헨띠나의 도로명 표기는 '세종로와 종로' 식으로 두 도로명을 함께 사용한다. 이런 표기 방식은 적어도 우리나라 독자에게는 복잡하고 또 혼란을 야기할 수도 있으므로 번역에서는 선행하는 도로명만 옮겼다. 또 누가 봐도 분명한 인쇄상의 오류는 바로잡았다.

올해가 꼬르따사르 탄생 100주년이다. 이런 기념의 해에 단편집을 출간함으로써 그동안 외국문학 전공자로서 꼬르따사르를 정식으로 소개하지 못한 부담감을 일부나마 덜 수 있게 되어 개인적으로는 두번 기쁘다. 오역을 줄이려고 나름대로는 최선을 다하였으나 워낙 현묘한 세계를 다룬 작품이라서 뜻하지 않은 실수가 있을지도 모르겠다. 독자의 질정을 바란다.

끝으로, 여러가지 어려운 여건에서도 번역을 추진해준 창비사와 역자의 자문에 기꺼이 응해주신 서울대학교의 심재중 선생님과 힘든 교정 작업을 마무리해준 창비사의 권은경 씨에게 감사드린다.

박병규(서울대 라틴아메리카연구소 HK교수)

작가연보

1914년   8월 26일, 독일군이 벨기에를 점령하던 날 브뤼셀에서 출생. 부모
는 아르헨띠나인으로 업무상 벨기에에 거주하고 있었음.

1915년   1차대전의 발발로 가족이 에스빠냐 바르셀로나로 이주.

1918년   아르헨띠나로 귀국하여 부에노스아이레스의 반피엘드 지역 로드
리게스뻬냐 거리 585번지에 정착.

1920년   아버지가 어머니, 꼬르따사르, 여동생을 버리고 가출. 이후 1950년
대에 부음만 전해 들음.

1926년   부에노스아이레스의 마리아노 아꼬스따 사범학교 입학.

1931년   부에노스아이레스의 비야델빠르께 구(區)로 이사. 꼬르따사르 집
이 있던 거리는 현재 '꼬르따사르 거리'로 개명.

1932년	초등학교 교사 자격증 획득.
1935~37년	마리아노 아꼬스따 사범학교 졸업. 중등교사 자격증 획득.
1937~39년	아르헨띠나의 지방도시 산까를로스볼리바르에서 중등학교 교사로 재직.
1938년	훌리오 데니스(Julio Denis)라는 필명으로 쏘네뜨집 『현존』(*Presencia*) 발간
1939~44년	아르헨띠나 치빌꼬이에서 중등학교 교사로 재직.
1944년	꾸요 대학교에서 교수로 영문학과 프랑스 문학을 가르침.
1946년	반(反)뻬론 운동에 연루되어 교수직 사임. 부에노스아이레스로 이주. 보르헤스가 주관하던 잡지 『부에노스아이레스 연감』에 단편 「점거당한 집」(Casa tomada) 발표.
1949년	희곡 『제왕』(*Los reyes*) 출간.
1951년	프랑스 정부 장학금을 받고 빠리로 이주. 이후 평생 프랑스에 거주. 유네스코 소속 번역사로 생계를 꾸려감. 환상문학 단편집 『동물우화집』(*Bestiario*)을 부에노스아이레스에서 출간.
1954년	아르헨띠나 출신 번역사 아우로라 베르나르데스(Aurora Bernárdez)와 결혼.
1956년	단편집 『놀이의 끝』(*Final del juego*) 출간. 에드거 앨런 포우의 단편집 번역. 이딸리아로 건너가 1년간 체류.
1958년	단편집 『비밀 병기』(*Las armas secretas*) 출간.
1960년	단편집 『놀이의 끝』 증보판, 장편소설 『복권 당첨자들』(*Los premios*) 출간.
1962년	미니 단편집 『끄로노삐오스와 파마스 이야기』(*Historia de cronopios y famas*) 출간.
1963년	꾸바 문예기관 '아메리까스의 집'(Casa de las Américas)이 주최하

는 문학상 심사위원으로서 꾸바를 공식 방문함. 이후 우호적인 관계를 맺고 자주 방문하며 라틴아메리카 주요 작가들과 교류. 장편소설 『팔방놀이』(*Rayuela*) 출간.

1966년   단편집 『불 중의 불』(*Todos los fuegos el fuego*) 출간.

1967년   뻬루 소설가 마리오 바르가스 요사(Mario Vargas Llosa)와 함께 그리스 방문. 산문집 『하루에 돌아본 80 나라』(*La vuelta al día en ochenta mundos*) 출간.

1968년   아우로라 베르나데스와 이혼하고 리투아니아 출신의 우그네 까르벨리스(Ugné Karvelis)와 동거. 12월 초, 체코슬로바키아 작가연맹의 초청으로 까를로스 푸엔떼스(Carlos Fuentes), 가브리엘 가르시아 마르께스(Gabriel García Márquez)와 함께 프라하 방문. 산문집 『부에노스아이레스, 부에노스아이레스』(*Buenos Aires, Buenos Aires*), 장편소설 『62. 모형 조립』(*62, Modelo para armar*) 출간.

1969년   산문집 『마지막 라운드』(*Último round*) 출간.

1970년   칠레의 살바도르 아옌데 대통령 취임식 참석. 사회주의에 대한 지지를 표명함. 이 시기 중남미 각국에서 꾸데따 발생. 특히 1973년 칠레 삐노체뜨의 꾸데따, 1976년 조국 아르헨띠나의 꾸데따로 중남미 정치현실에 대해서 적극적인 의견을 표명하게 됨.

1971년   시집 『빠메오스 이 메오빠스』(*Pameos y meopas*) 출간.

1972년   산문집 『천문대에 관한 산문』(*Prosa del observatorio*) 출간.

1973년   장편소설 『마누엘의 책』(*Libro de Manuel*) 출간.

1974년   버트런드 러셀이 창립한 '러셀 법정'(Russell Tribunal)에 참여하여 칠레 꾸데따에 대해 조사함. 『마누엘의 책』으로 프랑스 메디치상 수상. 상금은 칠레의 반삐노체뜨 단체에 기부. 단편집 『팔면체』(*Octaedro*) 출간.

1975년	만화『다국적 흡혈귀에 저항하는 유령』(*Fantomas contra de los vampiros multinacionales*), 산문집『실바란디아』(*Silvalandia*) 출간.
1977년	미국 출신의 캐럴 던롭(Carol Dunlop)을 처음으로 만남. 던롭은 두 번째 부인이 됨. 단편집『저기 가는 저 사람』(*Alguien anda por ahí*) 출간.
1978년	산문집『영역』(*Territorios*) 출간.
1979년	빠나마와 니까라과 방문. 이후 니까라과 산디니스따 정부를 지지함. 단편집『루까스라는 사람』(*Un tal Lucas*) 출간.
1980년	미국 버클리 대학에서 두달간 머물며 문학 강의를 함. 강의 녹취록은『훌리오 꼬르따사르 문학 강의』(*Julio Cortázar. Clases de literatura*)로 2013년에 출간. 단편집『우리는 글렌다를 무척이나 사랑했기에』(*Queremos tanto a Glenda*), 산문집『로트렉 선생』(*Monsieur Lautrec*), 산문집『3에 대한 예찬』(*Un elogio del tres*) 출간.
1981년	산문집『옴부 나무의 뿌리』(*La raíz del ombú*) 출간.
1982년	11월, 캐럴 던롭 사망.
1983년	단편집『뜻밖에도』(*Deshoras*), 캐럴 던롭과 공저한 여행기『우주 도로의 자동차 여행사들』(*Los autonautas del cosmopista*) 출간.
1984년	2월 12일 빠리의 쌩라자르 병원에서 백혈병과 심장마비로 사망. 몽빠르나스 묘지에 캐럴 던롭과 나란히 안치됨. 산문집『장하고 또 장하구나, 니까라과』(*Nicaragua tan violentamente dulce*), 시집『석양 말고는』(*Salvo el crepúsculo*), 희곡집『뻬우아호로는 아무것도 보낼 수 없다』(*Nada a Pehuajó*), 기행문『알또 뻬루』(*Alto el Perú*),『아르헨띠나: 문화 철조망의 시기』(*Argentina: Años de alambradas culturales*) 출간.

1986년   소설『오락』(*Divertimento*), 소설『시험』(*El examen*) 출간.

1991년   시집『유고 시집』(*Poemas inéditos*) 출간.

1994년   비평집『평론집』(*Obra crítica*, 전3권) 출간.

1995년   소설『안드레스 파바의 일기』(*Diario de Andrés Fava*), 희곡집『로
          빈슨이여 안녕히』(*Adios, Robinson y otras piezas breves*), 단편집『건
          너편 연안』(*La otra orilla*) 출간.

1996년   평론집『존 키츠의 이미지』(*Imagen de John Keats*) 출간.

1997년   산문집『시후아따네호의 노트』(*Cuaderno de Zihuatanejo. El libro.
          los sueños*) 출간.

2000년   서간집『편지』(*Cartas*, 전3권) 출간.

2003년   『훌리오 꼬르따사르 전집 제1권. 단편집』(*Julio Cortázar. Cuentos*)

2004년   『훌리오 꼬르따사르 전집 제2권. 소설집 1』(*Julio Cortázar. Novelas
          I*)

2005년   『훌리오 꼬르따사르 전집 제3권. 소설집 2』(*Julio Cortázar. Novelas
          II*),『훌리오 꼬르따사르 전집 제4권. 시집』(*Julio Cortázar. Poesía y
          poética*) 출간.

2007년   『훌리오 꼬르따사르 전집 제5권. 비평집』(*Julio Cortázar. Obra
          crítica*) 출간.

수록작품 출전

「점거당한 집」(Casa tomada) 「빠리의 아가씨에게 보낸 편지」(Carta a una señorita en París) 「먼 곳의 여자」(Lejana) 「시내버스」(Ómnibus), Julio Cortázar, *Bestiario*, Buenos Aires: Sudamericana 1951.

「맞물린 공원」(Continuidad de los parques) 「키클라데스 제도의 우상」(El ídolo de las Cícladas) 「아솔로뜰」(Axolotl) 「드러누운 밤」(La noche boca arriba), Julio Cortázar, *Final de juego*, México: Editorial Los Presentes 1956.

「어머니의 편지」(Cartas de mamá) 「악마의 침」(Las babas del diablo) 「비밀병기」(Las armas secretas) 「추적자」(El perseguidor), Julio Cortázar, *Las armas secretas*, Buenos Aires: Sudamericana 1958.

「남부고속도로」(La autopista del sur) 「정오의 섬」(La isla a mediodía) 「불 중의 불」(Todos los fuegos el fuego), Julio Cortázar, *Todos los fuegos el fuego*, Buenos Aires: Sudamericana 1966.

발간사

고전의 새로운 기준, 창비세계문학

오늘날 우리는 인간의 존엄과 개성이 매몰되어가는 시대를 살고 있다. 물질만능과 승자독식을 강요하는 자본주의가 전지구적으로 확산되면서 현대사회는 더 황폐해지고 삶의 질은 크게 훼손되었다. 경제성장만이 최고의 선으로 인정되고 상업주의에 물든 문화소비가 삶을 지배할수록 문학은 점점 더 변방으로 밀려나고 있다. 삶의 본질을 성찰하는 문학의 자리가 위축되는 세계에서는 가진 자와 못 가진 자 할 것 없이 모두가 불행할 수밖에 없다.

이 시대야말로 인간답게 산다는 것의 의미가 무엇인지 근본적인 화두를 다시 던지고 사유의 모험을 떠나야 할 때다. 우리는 그 여정에 반드시 필요한 벗과 스승이 다름 아닌 세계문학의 고전이라는 점을 강조한다. 고전에는 다양한 전통과 문화를 쌓아올린 공동체의 경험이 녹아들어 있고, 세계와 존재에 대한 탁월한 개인들의 치열한 탐색이 기록되어 있으며, 새로운 세상을 꿈꾸는 아름다운 도전과 눈물이 아로새겨 있기 때문이다. 이 무궁무진한 상상력의 보고이자 살아 있는 문화유산을 되새길 때만 개인의 일상에서 참다운 인간적 가치를 실현하고 근대적 삶의 의미와 한계를 성찰하는 지혜를 얻을 수 있을 것이다.

'창비세계문학'은 이러한 문제의식에서 출발한다. 세계문학의 참의미를 되새겨 '지금 여기'의 관점으로 우리의 정전을 재구성해야 할 필요성이 그 어느 때보다 절실하다. '정전'이란 본디 고정된 목록으로 존재하는 것이 아니라 그때그때 주어진 처소에서 새롭게 재구성됨으로써 생명을 이어가는 것이다. 우리는 먼저 전세계 문학들의 다양성과 차이를 존중하면서 국가와 민족, 언어의 경계를 넘어 보편적 가치에 기여할 수 있는 가능성에 주목하고자 한다. 근대를 깊이 성찰한 서양문학뿐 아니라 아시아와 라틴아메리카, 중동과 아프리카 등 비서구권 문학의 성취를 발굴하고 재평가하는 것 역시 세계문학의 지형도를 다시 그리려는 창비의 필수적인 작업이 될 것이다.

여러 전집들이 나와 있는 세계문학 시장에서 '창비세계문학'은 세계문학 독서의 새로운 기준이 되고자 한다. 참신하고 폭넓으면서도 엄정한 기획, 원작의 의도와 문체를 살려내는 적확하고 충실한 번역, 그리고 완성도 높은 책의 품질이 그 기초이다. 독서시장을 왜곡하는 값싼 유행과 상업주의에 맞서 문학정신을 굳건히 세우며, 안팎의 조언과 비판에 귀 기울이고 독자들과 꾸준히 소통하면서 진정 이 시대가 요구하는 세계문학이 무엇인지 되묻고 갱신해 나갈 것이다.

1966년 계간 『창작과비평』을 창간한 이래 한국문학을 풍성하게 하고 민족문학과 세계문학 담론을 주도해온 창비가 오직 좋은 책으로 독자와 함께해왔듯, '창비세계문학' 역시 그러한 항심을 지켜나갈 것이다. '창비세계문학'이 다른 시공간에서 우리와 닮은 삶을 만나게 해주고, 가보지 못한 길을 걷게 하며, 그 길 끝에서 새로운 길을 열어주기를 소망한다. 또한 무한경쟁에 내몰린 젊은이와 청소년들에게 삶의 소중함과 기쁨을 일깨워주기를 바란다. 목록을 쌓아갈수록 '창비세계문학'이 독자들의 사랑으로 무르익고 그 감동이 세대를 넘나들며 이어진다면 더없는 보람이겠다.

2012년 가을
창비세계문학 기획위원회
김현균 서은혜 석영중 이욱연 임홍배 정혜용 한기욱

창비세계문학 39

드러누운 밤

초판 1쇄 발행/2014년 11월 24일
초판 6쇄 발행/2024년 12월 30일

지은이/훌리오 꼬르따사르
옮긴이/박병규
펴낸이/염종선
책임편집/권은경
펴낸곳/(주)창비
등록/1986년 8월 5일 제85호
주소/10881 경기도 파주시 회동길 184
전화/031-955-3333
팩시밀리/영업 031-955-3399 편집 031-955-3400
홈페이지/www.changbi.com
전자우편/lit@changbi.com

한국어판 ⓒ (주)창비 2014
ISBN 978-89-364-6439-4 03870